筆鑑

上

馬伯庸

高寶書版集團

筆靈

上

馬伯庸 著

高寶書版集團

序

——馬伯庸

《七侯筆錄》（本書原書名）最初的名字叫做《筆塚隨錄》，創作時間是二〇〇六到二〇〇七年。

那時候，我還年輕，是個精力充沛、不學無術的上班族，每天下班後都樂此不疲地聚會、看電影、玩遊戲，偶爾寫點飛揚跳脫的胡思亂想。一次偶然的機會，重讀《後西遊記》，裡面有一位文明天王，他手裡有一枝孔子的春秋筆，又叫文筆，可以用來壓人。文采不如他的，就會被這筆壓得動彈不得。孫小聖雖然武力驚人，可面對這種化文學成神通的法寶，卻是無能為力。最後還是天上遣下魁星，這才解了這麼一個危難。

讀到這裡，我實在驚嘆於作者的想像力。只知道武力或法力對戰，從來沒想到文科生的專業也有這般絢爛的表現。我忽然想，能不能把古往今來的那些天才文人，都一一變成筆，互相對戰——於是就有了這麼一部幻想小說，起名叫做《筆塚隨錄》。

我在第一個單行本的序言裡是這麼說的：

文化一向是一個非常含糊的概念。

在宣紙上默寫〈出師表〉是文化；烹茶品茗焚香聽琴是文化；蹲在汨羅江邊剝粽葉是文化；在大學裡開課讀經是文化；拿冷豬肉祭孔、祭黃、祭媽祖是文化；甚至上網為世界新七大奇蹟投長城一票，也算得上是文化。

當一切都變成文化的時候，不文化也許會顯得更有趣一些。

中國歷史上的名人多如牛毛，假如他們靈魂不滅，會是什麼樣子？

這是一個典型的唯心主義猜想，甚至有封建迷信的傾向，可是我忍不住總去想。

胡思亂想的產物就是這部小說。所以這本書並沒什麼文化，這只是一個關於毛筆的小故事。這些毛筆和中國歷史上的一些文化名人有一些玄妙的關係，甚至還有點孔老夫子不願意看到的怪、力、亂、神。

用傳統文化來講一個怪力亂神的故事，頗有些焚琴煮鶴的味道，但也有一種行為藝術的美感。對在配電領域做平凡上班族的我來說，這就足夠了。

還是那句老話：「我手寫我口，古豈能拘牽。」

這部小說先後在雜誌上連載了四次，還出了四本單行本，然後……嗯，就坑掉了。其實我也不是故意坑掉，只是那時候的我玩心太大，一個創意寫得差不多了，又去忙活別的想法。很多讀者對此特別憤怒，多年來一直在我耳邊念叨，說希望能看到它有完結的一天。

距離創作《筆塚》已過十年。現在回過頭去審視，這部作品有太多不成熟的地方。無論是遣詞造句、人物塑造還是情節編排，都顯得青澀幼稚，裡面有些特別「中二」的文字，讓現在的我真是羞愧掩面。但是創作它時的初衷，卻是我一直記掛的——不教天下才情付諸東流。

中國有那麼多驚才絕豔的文人墨客，有那麼多璀璨深厚的文藝作品。當我們真心熱愛這些文化時，就會忍不住像浮士德那樣發出感慨：「多麼美好啊，請停留一下。」筆塚主人把才情煉成筆靈，就是這麼一種美好的希冀。

所以對我的創作生涯來說，此部作品就像它的主角羅中夏一樣，是一部幼稚、不成熟的

「中二」作品，但這其中，蘊含著我對文學的初心，以及不可追回的少年意氣。

所以我在十年之際，決定把它重新修訂一下，補完結尾，讓它善始善終。老照片之所以有意義，在於它泛黃的紙邊和模糊的影像，如果強行修成高解析度，反而失去了韻味。為了保留那一份難得的青澀，我沒有做大的改動，只是簡單地調整了一下設定和情節，最大限度地保留原始風貌，一來不致矇騙讀者，二來也給自己一個紀念。

如果你們讀著讀著，發覺作者怎麼這麼幼稚、這麼土氣，那就對了，我在給你們看我一直想回去的青春。

◆目錄◆

◆目錄◆

序章　且放白鹿青崖間

唐寶應元年，當塗縣。

深夜，秋雨飄搖，門窗俱閉。

一位老者頹然臥在床榻上，閉目不動，衣襟上滿是酒氣。以往光芒四射的生命力即將消散殆盡，如今的他只剩一具蒼老軀殼橫在現世，如殘燭星火。

「生者為過客，死者為歸人。天地一逆旅，同悲萬古塵[1]……」老者艱難地嚅動嘴唇輕吟，聲音雖然嘶啞，卻透著豁達，似乎全不把這當回事。他吟到興頭，右手徒勞地去抓枕邊酒壺，卻發現裡面已經滴酒不剩。

「古來聖賢皆寂寞，無酒寂寞，寂寞無酒哪……」

老者望著天花板喃喃自語。倏然屋內似乎有些動靜，他費力地擰了擰脖子，偏過頭去看，但只看到臨窗桌上自己的詩囊和毛筆。屋內沉寂依然。

「或許是大限將至，眼花耳鳴了吧。」老者暗想，心中不無唏噓。這件詩囊和毛筆伴隨他多年，不知自己是否還有機會暢飲美酒，提筆賦詩。所幸自己歷年來積攢的詩稿已經託付給了叔叔李陽冰，倒也沒什麼遺憾。

老者輕拍空壺，心中只是感懷，卻無甚悲傷。

一陣雷聲滾過，老者再看，發現桌旁赫然多出來一個人。這人身形頎長，一身烏黑色的長袍，頭戴峨冠，看打扮似是個讀書人，但面色枯槁，卻有著說不出的詭異。

「青蓮居士嗎？」

聲音低沉，帶著森森陰氣。老者借著窗外的閃電，看到來人背後揹著一個奇特的木筒，這木筒兩側狹窄，卻不甚長，造型古樸，看紋理和顏色當是紫檀所製。

「尊駕是……？」

來人雙手抱拳，略施一禮：「在下乃是筆塚主人，特來找先生煉筆。」

「筆塚主人……煉筆……」老者喃喃自語，反覆咀嚼這六個字，不解其意。

「人有元神，詩有精魄。先生詩才豐沛，寄寓魂魄之間，如今若隨身而死，豈非可惜？在下欲將先生元神煉就成筆，收入筆塚永世留存。」筆塚主人淡淡說道，聲無起伏，似是在說一件平常之事。

老者聽罷嘆道：「人死如燈滅，若能留得吉光片羽，卻也是美事。只是在下油盡燈枯，心有餘而力不足啊。」

筆塚主人道：「才自心放，詩隨神抒，心不死，則詩才不滅。」

老者聞之，不禁哈哈大笑，騰的一聲竟從床上坐起來，大聲道：「說得好，說得好，拿酒來！」

筆塚主人平攤右手，不知從何處取得一壺酒來，送至老者嘴邊。老者渴酒欲狂，立刻奪過酒壺，開懷暢飲，一時竟將一壺酒喝得乾乾淨淨。

「好，好，好！三杯通大道，一斗合自然[2]。」老人抹了抹嘴，大聲讚嘆。此時酒意翻騰上湧，豪氣大發，他原本頹唐的精神陡然高漲，如騰蛇乘霧，雙眸貫注無限神采。他踉踉蹌蹌奔到桌前，乘著酒興鋪紙提筆，且寫且吟，筆走龍蛇，吟哦之聲響徹在這方寸小屋之間：

「大鵬飛兮振八裔，中天摧兮力不濟。餘風激兮萬世，遊扶桑兮掛石袂。後人得之傳此，仲尼亡兮誰為出涕[3]……」

老人的聲音漸趨高亢，吟誦的氣勢愈加悲壯激越。至高潮處，萬縷光煙從他身體流瀉而出，在屋中旋轉鼓蕩，逐漸匯聚成一枝筆的形狀。這筆周身淡有雲靄，如夢似幻，一朵流光溢彩的清拔蓮花綻放於筆頂，泛有淡淡的清雅香氣。

「好一枝青蓮筆！」筆塚主人讚道，當即卸下背後紫檀筆筒，開口朝上，右手微招，欲要將之收入囊中。不料這青蓮筆卻不聽他召喚，自顧在半空盤旋一圈，徑直向東南飛去。

筆塚主人面色一變，連忙把紫檀筆筒拋在空中，大喊一聲：「張！」只見筆筒口猛然張大，如吞舟巨口，直撲筆靈而去。青蓮筆身形迅捷，左躲右閃，始終不為那筆筒所制。

這紫檀筆筒吞噬過無數筆靈，卻從未碰到一枝如青蓮筆一樣跳脫難馴，不禁焦躁不安。筆塚主人見紫檀筆筒一時不能成功，又從懷中取出一個盤虯筆掛，暗暗祭出。這個盤虯筆掛原是個百年老樹的虯根，枝杈盤扭錯節，無處不是天然筆鉤，一在空中展開，就如百手千指，向筆靈罩去。

初生的青蓮筆承秉太白精魄，本是靈動至極，只是屋中範圍畢竟狹窄，在紫檀筆筒和盤虯筆掛左右夾擊之下逐漸顯出劣勢。筆塚主人二指相對，目光一霎不離三個靈物纏鬥，嘴中喃喃自語。

大約過了半炷香的工夫，青蓮筆終於被盤虯筆掛逼至牆角，眼見就要退入紫檀筆筒黑漆漆的筒口之內，筆塚主人緊繃的面色才稍稍放鬆。

就在此時，一旁枯坐的老者卻忽然放聲笑道：「好筆！好筆！你去吧！」

窗外驟然狂風大作，啪的一聲將兩扇窗戶吹開。聽到主人這聲呼喊，青蓮筆一聲長嘯，猛然發力，把盤虯筆掛撞翻在地，隨即飛出窗外，隱沒於風雨之中。

筆塚主人大驚，連忙奔到窗前，眼前空餘秋雨飄潑，唯有嘯聲隱隱傳來。過不多時，連嘯聲都聽不到了。他見筆靈已不可追，無可奈何地收了兩件筆器，轉身去看老者：一代詩仙端坐在地，溘然而逝，手中猶握著一管毛筆，滿紙臨終歌賦墨跡未乾。筆塚主人將他絕筆取來，恭恭敬敬攤在桌上，拿硯臺鎮好，喟然長嘆：

「先生瀟灑縱逸，就連煉出來的筆靈都如此不羈，在下佩服。」

言罷筆塚主人整整冠帶，朝著老人遺體拜了三拜，又望望窗外，搖頭道：「太白筆意恣肆難測，再見筆靈卻不知是何時了。」隨即轉身離去，也消失於茫茫風雨之中……

1 出自李白〈擬古十二首之九〉。
2 出自李白〈月下獨酌四首之二〉。
3 出自李白〈臨路歌〉。

第一章　白首為儒身被輕

七月流火，九月授衣。

此句是言七月立秋前後，天氣轉涼，不出九月便需添加衣衫。雖屢有妄人望文生義，但天時不改。眼見到了農曆七月時節，天氣果然轉涼，正是天下諸多學府開學之際，這一所華夏大學亦不例外。度過數月炎炎夏日的學子們接踵返校，象牙塔內一片初秋清涼之氣，與墨香書卷一處，蔚然雅風。

只可惜有人卻無福消受。

「天命之謂性；率性之謂道；修道之謂教。」鞠老先生手持書卷，搖頭晃腦地念道。

羅中夏在臺下昏昏欲睡地附和了一句，同時覺得自己的胃也在叫了。他回頭看了看教室裡的其他十幾名聽眾，除了鄭和以外，大家都露出同樣的表情。

鞠老先生渾然沒有覺察到學生們的怨念，他沉浸其中，自得其樂，「道也者，不可須臾離也，可離非道也。」每念到「道」字，他就把聲音拖得長長，不到肺部的空氣全部排光不肯住口。

羅中夏的耐心快接近極限了，他暗地裡抽了自己無數耳光，罵自己為什麼如此愚蠢來選這麼一門課程。

新學期開始之初，學校高層為了跟上最近流行的國學熱，特地開了一門新的選修課叫「國學入門」，還請來市裡有名的宿儒鞠式耕老先生主講。羅中夏覺得好混，就報了名。孰料等到正式上課，羅中夏才發現實際情況與自己預想的完全不同：不僅枯燥無比，偏偏老師講得還特別認真。

而羅中夏討厭這門課還多了一個私人的原因，就是鄭和。

鄭和不是那個明朝的三寶太監鄭和，而是和羅中夏同級不同系的一個男生。鄭和人長得高大挺拔，面相忠厚，頗得女生青睞，自然也就招致了男生的敵意。他也報名上了這門選修課。據說鄭和家學淵源，祖上出過舉人，也算是書香門第，有國學底子。他經常與鞠老先生一唱一和，頗得後者歡心，還當了這個班的班長。

「哼，臭太監。」羅中夏只能恨恨地哼上一聲。

講臺上鞠老先生剛剛講完《中庸》第一章，環顧臺下，發現只有鄭和一人聚精會神地聽著，其他人不是目光渙散就是東倒西歪，心裡十分不悅，隨手點了一個人的名字：「羅中夏同學，聽完第一章，你可知道何謂『慎獨』？」

鞠老先生拿起粉筆，轉身在黑板上吱吱地寫下兩個正楷大字。

羅中夏一驚，心想反正也是答不出，索性橫下一條心亂講一通，死便死了，也要死得有點幽默感：「意思是，我們要謹慎地對待獨身分子。」

學生們哄堂大笑，鞠老先生氣得鬍子直顫，手指點著羅中夏說不出話來。

鄭和見狀不妙，連忙站起來大聲說：「老師，我知道，慎獨的意思是君子在一人獨處的時候，也要嚴於自律。」

鞠老先生默然點了點頭，鄭和見老師已經下了臺階，轉而對羅中夏說：「這位同學，尊師重教是傳統美德，你這樣故意在課堂上搗亂，是對鞠老師的不尊重，你知道嗎？」

羅中夏一聽這句話，立刻就火了。他膀子一甩反擊道：「你憑什麼說我是故意搗亂？」

「難道不是嗎？在座的同學都看見了。」

「呸，我是在回答問題。」

「你那算是回答問題嗎？」

「怎麼不算，只不過是回答錯了嘛。」羅中夏話一出口，臺下學生又是一陣哄笑。

鄭和大怒，覺得這傢伙強詞奪理，態度又蠻橫，於是離開座位過去要拽羅中夏的胳膊，強迫他向鞠老先生道歉。羅中夏冷冷地把他的手撥開，鄭和又再去拽，羅中夏又躲，兩個人眼看就要扭打起來。

鞠老先生見狀不妙，連忙拍拍桌子，喝令兩人住手。鄭和首先停下來，閃到一旁，羅中夏一下子收勢不住，身子朝前一個踉蹌，咣的一聲撞到講桌上。

這一下撞得倒不算重，羅中夏肩膀不過微微發麻，只是他聽到周圍同學都在笑，覺得面子大失。他心中沮喪，略扶了一下講臺，朝後退了一步，腳下忽然嘎巴一聲，響得頗為清脆。他連忙低頭一看，赫然是一根折斷了的毛筆，不禁心頭大震。

鞠式耕極有古風，點名不用鋼筆、圓珠筆，而是用隨身攜帶的毛筆勾畫名冊。這枝毛筆是鞠老先生的愛物，筆桿呈金黃色，圓潤光滑。雖然羅中夏對筆一無所知，也看得出這枝毛筆骨骼不凡。如今這筆卻被自己一撞落地，生生踩成了兩截。

大禍臨頭。

當天下午，羅中夏被叫去了系主任辦公室。他一進門，看到鞠式耕坐在中間閉目養神，雙手拄著一根藤杖，而系主任則站在旁邊，神情緊張地搓著手指。他偷偷看了眼鞠式耕的表情，稍微放下點心來，至少這老頭沒被氣死，不至於鬧出人命。

「你！給我站在原地別動！」系主任一見羅中夏，便怒氣衝衝地喝道，然後誠惶誠恐地對鞠式耕說，「鞠老，您看該怎麼處罰才是？」

鞠式耕「唰」地睜開眼睛，端詳了一下羅中夏，開口問道：「羅同學，你可知道你踩斷的，是枝什麼筆？」

「毛筆吧？」羅中夏覺得這問題有點莫名其妙。

「毛筆不假，你可叫得出它名號？」鞠式耕捋了捋雪白長鬚，「我記得第一節課時我曾說過。」

羅中夏一聽這句，反而放心了。既然是上課時說的，那麼自己肯定是不記得了，於是爽快地回答：「鞠老先生，我不知道。反正筆已經斷了，錯都在我，您怎麼處置就直說吧。」

系主任眼睛一瞪，讓他住嘴。鞠式耕卻示意不妨事，從懷裡慢慢取出那兩截斷筆，愛惜地撫摸了一番，輕聲道：「此筆名叫鳳梨漆雕管狼毫筆[1]，是用牛角為筆桿，漆以鳳梨色，用的是遼尾狼毫，不是尋常之物。」

「說這些給我聽有什麼用，難道讓我買枝一樣的給你不成？」羅中夏不以為然地想。

鞠式耕瞥了這個年輕人一眼，徐徐嘆道：「若說賠錢，你一介窮學生，肯定是賠不起；

若讓院方處理，我又不忍為了區區一枝毛筆毀你前途。」

羅中夏聽了一喜，這老頭，不，這位老先生果然有大儒風範，有容人之度，忽然耳中傳來一聲「但是」，有如晴天霹靂，心中忽又一沉。

「但是，羅同學你玩世不恭，頑劣不堪，該三省己身，好好學習君子修身的道理。」說到這裡，鞠式耕沉吟一下，微笑道，「這一次倒也是個機會，我看不如這樣，你去買枝一樣的毛筆來給老夫便好。」

羅中夏大吃一驚，他幾乎以為自己會預言術了。他結結巴巴地反問：「鞠老先生，若是記過、開除之類的處罰，我就認了。您讓我去買枝一樣的毛筆來，還不如殺了我，我去哪裡弄啊？」

鞠式耕哈哈大笑，抬抬手，讓系主任拿紙把斷筆連同一組手機號碼交到羅中夏手裡。「不是買，而是替我去淘。」他又惋惜地看了一眼那斷筆，「此筆說是貴重，也不算是稀罕之物，舊貨市場時有蹤影。我年紀大了，腿腳不便，正好你就代我每週六、日去舊貨市場淘筆吧，錢我來出。要知道，毛筆雖是小道，畢竟是四德之物，你淘多了，自然也就明白事理。到時候我得筆，你養性，兩全其美。」

系主任在一旁連聲附和：「鞠老先生真是高古，教化有方，教化有方！」

羅中夏聽了這個要求，幾乎暈倒過去。記過、處分之類的處罰，只不過是檔案上多寫幾筆；就算賠錢也不過是一時肉疼；但是這個代為淘筆的懲罰，卻等於廢掉了他全部寶貴的休息日。沒有什麼比這個更惡毒的懲罰了，這意味著自己再也不能睡懶覺了——舊貨市場一向是早開早關。

可眼下鞠老開出的條件已經是十分大度了，無法不答應。羅中夏只得勉強點了點頭，接過那包斷筆，隨手揣到兜裡。

鞠式耕又叮囑道：「可要看仔細，不要被贗品騙了。」

「我怎麼知道哪個是贗品……」

「去找幾本相關的書靜下心來研究一下就是，就算淘不到筆，也多少對你有些助益。」

鞠式耕拍了拍扶手，羅中夏嘴上諾諾，心裡卻不以為然。一想到自己的假日全沒了，又是一陣鑽心疼痛。

這一個週六，羅中夏早早起身，羨慕地看了眼仍舊在酣睡的同宿舍兄弟，隨手洗了把臉，然後騎著借來的腳踏車，直奔本市的舊貨市場，去找那勞什子鳳梨漆雕管狼毫筆。

此時天剛濛濛亮，天色半青半灰，整個城市還沉浸在一片靜謐安詳的淡淡霧靄之中，路上寥寥幾個行人，多是環衛工人。羅中夏一個人騎著腳踏車行在大路上，習習晨風吹過，倒也一陣清新爽快。大約騎了半小時，天色漸亮，路上的人和計程車也逐漸多了起來，還有人蹬著三輪兒拉著一大堆瓶子器件，看來都是衝著舊貨市場去的。

這個舊貨市場也算是遠近聞名的去處，此地原本是座寺廟，占地方圓十幾畝。每到週六、週日就有無數古董販子、收舊貨的、收藏家、偶爾挖到罈罈罐罐的農民和夢想一夜致富的悠閒市民彙集到此，從早上四點開始便喧鬧起來。舉凡陶瓷、玉石、金銀器、首飾、古泉、家具、古玩、「文革」藏品、民國雜物、舊書舊報，這裡是應有盡有，不過真假混雜，全看淘者眼光如何。

曾經有人在這裡以極低的價格淘到過宋版書，轉手就是幾十萬；也有人在這裡投下鉅款買元代貼金青瓷花瓶，末了才發現是仿製品，搞得傾家蕩產——不過這些都與羅中夏無關。他進了市場以後，對兩側嚷嚷的小販們視若無睹，一路只打聽哪裡有賣舊毛筆的攤兒，早點找到早點了事。

其實在舊貨市場這種地攤地方，文房四寶極少單賣，多是散見在其他古玩之中。淘舊貨的行內素有「墨陳如寶，筆陳如草」之說。筆毫極易為蟲所蛀，明清能留存下來的已經算是鳳毛麟角，就是民國名家所製，也屬奇品。一般藏家，都是將古筆置於錦漆套盒中再擱進樟腦，防止受潮，才可保存。

在舊貨市場混跡的販子，多是從民間收上來，叮叮咣咣裝滿一車就走，根本不注意什麼防護，若是偶有好筆，也被糟蹋得不成樣子了。

所以羅中夏開口一問哪裡賣舊毛筆，小販們就聽出來這是個棒槌，忙不迭地翻出幾枝看似古舊的毛筆，信口開河：

「您看看這枝，上好的宣筆，七紫三羊，正宗的清宮內府所製。」

「這枝好，地地道道的王一晶齋初代王氏製的鼠鬚筆，您看這筆毫，四德俱全。」

這些小販原本打算祭出一些專用術語，糊弄這個嘴邊無毛的小棒槌。誰知羅中夏對於毛筆一道，無知到了極點，除了知道一邊有毛一邊無毛以外別的一概不懂。所以他只牢記鞠老先生的毛筆是鳳梨顏色，其他一概不認。小販們這一番唇舌可以說俏眼拋給瞎子看。

羅中夏這麼一路看下來，且玩且逛，見到了許多佛手、鐘臺、菸斗、主席像章甚至角先生[2]……雜七雜八倒也十分有趣。古董販子們目光如炬，很快也看出來他不像是又有錢又會賞玩兒的主兒，招呼得也不甚熱心，他樂得清淨。

舊貨市場占地頗大，攤子也多，羅中夏浮光掠影地轉了一圈，已日近中午。他揉揉發痠的大腿，找了處大柏樹下的水泥臺陰涼地坐下歇氣，心想今天差不多可以回去了。淘古董不是一朝一夕的事，今天找不到還有明天，明天找不到還有下週，反正鞠老頭沒說期限。

忽然，羅中夏的目光一凝，他看到一個熟悉的身影在人群中一閃而過。再仔細一看，原來是鄭和。他穿著一件橘紅色套頭上衣，個子又挺拔，在一群老頭大叔中很容易就能認出來。

「奇怪，這小子來舊貨市場做什麼……」羅中夏心中起疑，連忙站起身來拍拍屁股上的土，悄悄跟了上去。

1 狼毫筆，以出色的彈性和堅實筆觸著稱，適合書寫硬朗的字體，例如隸書與篆書。
2 角先生，古代女性用於自慰的洩慾器具，多為初生鹿茸製作。

第二章　總為秋風摧紫蘭

一般來說，來舊貨市場淘寶的人，都是一掃二停三細看：先是拿眼神在一排攤子上掃，掃到中意的就停下腳步細看；若覺得有些名堂，才蹲下來拿到手裡端詳。是以淘寶人的行進速度相當慢，需要極大耐心，有時候稍有錯眼便會漏過寶貝。而鄭和與這些人顯然不同，他目不斜視，對兩旁東西看都不看，徑直朝前走去。羅中夏在後面遠遠跟著，只見鄭和愈走愈偏，七轉八繞，最後來到了寺廟的偏院。

偏院中栽種著數棵參天梧桐，周圍一圈都是平頂禪房。這裡空間不夠開闊，一條碎石小路又曲折，所以設攤賣貨的人少，只有一些比較正規的古董店在這兒租了幾間禪房，稍加裝修當作門臉。比起前院摩肩接踵的喧鬧，後院樹蔭鋪地，間有涼風，倒是個清雅的所在。

鄭和走到一家掛著「墨雨齋」招牌的商店，毫不遲疑地走了進去。羅中夏躲在梧桐樹後一看，發現商店門口的櫥窗裡陳列著文房四寶，心裡霎時明白了：原來這小子想捷足先登弄到鳳梨漆雕管狼毫筆，去向鞠老先生表功。出身書香世家的鄭和想淘古董，關係管道可比自己多得多。比如眼前這墨雨齋，看裝潢就透著古雅之意，比外面攤販要有勢力多了。

他看看左右沒人，輕手輕腳走過去，悄悄湊到商店木門前豎起耳朵偷聽。墨雨齋店面不過幾平方公尺，老舊禪房又沒隔音效果，所以屋子裡說些什麼，羅中夏聽得是清清楚楚。

「趙叔叔，這次真是辛苦你了。」這個聲音是鄭和。

「呵呵，鄭大公子難得有求，我怎麼會推辭呢。」另外一個人笑道，聲音洪亮，中氣十足，「不過你怎麼忽然對毛筆有興趣了？」

「嘿，別提了。我們學校出了個冒失鬼，把鞠老先生的藏筆給踩斷了。鞠老先生有肚量，也沒故意為難他，只讓他去淘一枝一模一樣的來。他一個外行人，怎麼可能淘到真筆！」

羅中夏在屋外聽到對話，恨得直咬牙齒，心說好你個鄭和，怎麼私下亂嚼舌頭。他又轉念一想，好像人家說得也沒錯，自己一個外行人，想淘到真筆不知道是何年何月了。

屋裡二人渾然不覺外面有人偷聽，自顧說著。羅中夏正屏息靜聽，屋中突然響起一陣音樂，倒把他嚇了一跳，急忙朝旁邊躲了一步，幾秒鐘後才反應過來這是手機鈴聲。

屋子裡那個姓趙的對著手機「嗯嗯」了兩聲，然後對鄭和喜道：「筆有著落了，有人在南城玉山路的長椿舊貨店裡，見到過和鞠老那枝一模一樣的。」

鄭和的聲音大喜：「趙叔叔的情報管道果然厲害，這麼快就查得這麼清楚。」

「做我們這一行，若連這點道行都沒有，只怕早混不下去了。」

「那我們現在就去？」

「呵呵。急什麼，筆又不會長腿逃掉，我已經叫那裡的老闆留好了。走，我們吃午餐去，我中午已經在聚福莊訂了一桌。吃完了我親自帶你去取。」

二人一邊聊著天一邊從屋子裡出來，屋外仍舊是寂靜無聲，院內空無一人，只有梧桐樹葉沙沙聲響，樹影碎動。鄭和不由得讚道：「好清雅。」

羅中夏沒想到自己如此幸運，居然無意中偷聽到這麼一條重大資訊。他剛才一聽趙叔說完毛筆下落，立刻轉身就走。既然鄭和還要吃個午餐才去，那就是老天爺要讓自己拿到那管毛筆了。

出了舊貨市場，為了節約時間，他腳踏車也不騎，攔了一輛計程車直奔玉山路而去。路上羅中夏問了下司機，知道玉山路上確實有一家長椿舊貨店，不算太大。可巧司機也是南城人，知道具體位置。羅中夏心中大慰，事事皆順，可見是天意了。大約過了二十分鐘，計程車開到了玉山路上。司機一踩剎車，伸手朝路邊一指，說：「就是那裡了。」

羅中夏循司機手指望去，看到一棟灰白色的二層小樓，樓頂豎著中國聯通的廣告，幾根天線歪歪扭扭地朝天空豎立。一樓門面從左到右依次是髮廊、網咖和一家賣盜版光碟的音像店，在最右面是一個用兩扇黑漆木門擋住的門面，中間只留一條很窄的縫隙權當門口，上面掛著一個招牌，寫了篆體的「長椿」二字，除此以外別無修飾。羅中夏下了車，看看時間，才剛剛十二點半，恐怕鄭和他們的菜還沒上齊呢。

一進店內，羅中夏先感覺到一陣縹緲的涼意，不禁倒抽一口冷氣。屋子裡頭不算黑，一盞日光燈在屋頂嗞嗞地亮著，被從門口射進來的日光中和，顯得蒼白散淡。整個外屋散亂地擺滿了各式各樣的舊物，從滿是銅銹的關公像到「文革」時的軍用水壺一應俱全。裡面還有一扇小門通往後屋，門上貼著一張倒寫的福字。

「有人在嗎？」羅中夏嚷道。

「有。」一個清脆的聲音從裡屋傳來。羅中夏只覺得眼前一亮，走出來的是一位年紀與自己差不多的少女，長髮黑裙，肌膚白皙如瓷，整個人像是從國畫裡走出來的雋秀仕女。

羅中夏定定心神，開門見山地說道：「聽說你們這裡有賣鳳梨漆雕管狼毫筆？」少女點了點頭，她的表情沒有任何改變，淡然而冷漠。

「能不能拿給我看看呢？」羅中夏拚命按捺住心頭狂喜，盡量保持鎮靜。

少女猶豫了一下，說道：「您稍等。」說完她轉身進屋，不多時取來一個錦盒，遞給羅中夏。羅中夏接過錦盒，打開一看，裡面果然放著一枝和鞠式耕那枝一模一樣的毛筆，筆桿圓潤，色澤鮮亮。

羅中夏快樂得要暈過去了，這真是踏破鐵鞋無覓處，得來全不費功夫。他把錦盒小心闔好，握在手裡問那個女孩子：「這一枝，要賣多少錢？」

「對不起，估價要等我爺爺回來才行。」

「他什麼時候回來？」

「他剛出去了，要下午才回來。」少女說完，伸過手去想拿回錦盒。

羅中夏心想等她爺爺回來，鄭和也過來了，到時候可未必爭得過他，於是厚著臉皮不鬆手。兩個人各拿著錦盒的一端，互相僵持了一陣，羅中夏忽然覺得一股奇異的力量沿著錦盒綿綿傳到自己指尖，啪的一聲彈開五指，錦盒立時被搶了回去。

羅中夏縮回手，有點難以置信地望著少女那條纖細手臂，狐疑不已，她難道會放電？

就在這時，屋外傳來一陣腳步聲。羅中夏大為緊張，難道說鄭和他們這麼快就來了嗎？他急忙扭回頭去看，登時鬆了一口氣。

來人不是鄭和，而是一個年輕人。這個年輕人一身西裝革履，連一絲褶皺都沒有，尖削的下巴和高顴骨透著精悍之氣。不知道為什麼，羅中夏想到了草原上的狼。

這個人看都不看羅中夏，徑直走到少女面前，雙手遞上一張名片：「韋小榕小姐，妳好！

我叫諸葛長卿，請問韋勢然老先生在嗎？」他的聲音短促，冷冰冰的，沒什麼起伏。

少女接過名片，看也沒看就扣在了旁邊，表情微微有些變化。

「對不起，我們不歡迎你。」

諸葛長卿嘴角漾出一絲古怪的笑意，目光瞥到了她手中的錦盒：「同道中人，何必如此冷淡！」話音剛落，諸葛長卿毫無預兆地猝然出手，還沒等羅中夏和韋小榕反應過來，他已經把錦盒拿在手中，肆意玩賞。

「原來只是枝下等的狼毫。」諸葛長卿打開錦盒看了看，不屑地把它扔到地上，「我知道你們把它藏起來了，快交出來吧。」

羅中夏雖然是個渾不懍的傢伙，卻也見不得別人耍横，截口喝道：「喂，你未免太霸道了吧？」

諸葛長卿根本不理他，逕自踩著奇妙的節奏走近小榕，伸出食指在她面前點了點：「小妹妹，如果臉上不小心受了傷，可是要好多OK繃才夠用呢。」

面對諸葛長卿的威脅，小榕纖纖玉手不覺交錯在身前，後退了一步。

「靠！」羅中夏被人無視，護花之心不由得大盛。他舔舔嘴唇，站到了諸葛長卿與她旁邊，晃了晃手機：「喂，朋友，不要鬧事，我會報警的。」

「見義勇為？你是誰？」諸葛長卿輕蔑地撣了撣衣服上的灰塵。

「我叫解放軍，就住在中國。」羅中夏一本正經地回答。

這時在一旁的小榕卻忽然開口說道：「你還是走吧，這跟你沒有關係。」

「喂！這妳也忍得住？這傢伙公然恐嚇人啊。」

「你不明白……快走！」小榕的臉上浮現出少許不耐煩和緊張，她感覺到了諸葛長卿的殺氣在上升，飛快地推了羅中夏肩一下。

「你們兩個誰也別想跑！」

諸葛長卿突然發難，暴喝一聲，雙臂猛然展開，屋子裡平地捲起一陣猛烈的狂風。羅中夏毫無武術根基，「哇啊」一聲，立刻被這股強大的力量推到牆角，重重地撞到一尊泰國白象木雕上。他掙扎著想爬起來，卻被強大的風壓得動彈不得。

羅中夏腦子裡一片混亂。耳邊突然一聲低低的呻吟，一具柔軟身軀忽然壓在他身上，軟香溫玉，幾縷髮絲甚至垂到鼻孔裡，散發出淡淡馨香。

羅中夏拚命睜開眼，發現原來小榕也被諸葛長卿的力量震飛，和自己撞了個滿懷。兩個人的臉只間隔幾公分，他甚至聽得到小榕急促的呼吸，看得到她蒼白面頰上微微泛起的紅暈。

兩個人身體交疊，小榕大窘，卻被強大的風壓迫得無法動彈，只好低聲急道：「你……你不許動！」

羅中夏一時間都不知道是該慌亂還是竊喜，雙手摟也不是，放開也不是，只好結結巴巴地回道：「好，好……」

「眼睛閉上。」小榕細聲道。如果不是在這種情況之下，一位美女被你環腰抱住，還在你耳邊吹氣如蘭地說把眼睛閉上，恐怕羅中夏早融化了。所幸他的危機感還沒被幻覺沖掉，乖乖把眼睛閉上。

小榕就這麼趴在羅中夏懷裡，嘴裡不斷念叨著什麼。羅中夏清楚地感覺到，她軟綿綿的身體開始莫名其妙變冷，同時似乎有什麼東西從頭頂飄落。

是雪，還是絮？

這時諸葛長卿恰好從裡屋走了出來，手裡拿著一個髒兮兮的油布包。他滿意地在手裡掂了掂：「這回不會錯了。小榕小姐，記得代我問候韋勢然老先生。」他看了一眼被戾風死死壓制住的兩個人，邁腿朝外走去。走到一半，他卻忽然停住了腳步。

有點不對勁。

諸葛長卿抬起頭，驚奇地發現屋子變得十分陰霾，區區方寸之間的頂棚上有無數白絮紛揚飄落，這些白絮如有生命般紛紛向著諸葛長卿飄來。諸葛長卿大吃一驚，忍不住伸手去拍打，白絮卻愈拍愈多。這些白絮如雪似棉，沾在身上就拍不掉，而且冰冷刺骨。很快諸葛長卿就發現自己的黑西服沾滿了白絮，幾乎變成了一件白孝衣。

「可惡……」

諸葛長卿雙臂徒勞地揮舞，白絮卻愈來愈多，連他那頭烏黑油亮的頭髮都掛起了點點白霜。他氣息一亂，風壓大減，小榕借機從羅中夏身上爬起來。

此時的她與剛才大不一樣，渾身泛起雪白毫光，羅中夏看到一縷筆形的白色煙氣從她頭頂蒸騰而出，煙形婀娜。

諸葛長卿定了定心神，一掌又揮出一陣戾風，試圖故技重演。但他很快發現大風只能促使白絮流轉得更快，更快地把自己淹沒。他目光陡然一凜，似是想到什麼，大叫道：

「難道……韋老頭把詠絮筆種在你的體內了？」

小榕沒有回答，只是冷冷地站在屋子中間，雙目空靈地盯著諸葛長卿，原本就淡然的表情變得更加冰冷。無數的白絮在她身邊旋轉呼嘯，忽上忽下，羅中夏一瞬間還以為看到了傳說中的雪女。

諸葛長卿左衝右突，卻始終不能擺脫雪絮追擊，戾風雖然強橫，卻像是重拳打在棉絮上，毫無效果。眼見走投無路，就快要被雪絮凍結，他拍了拍頭上的冰霜，沉沉吼道：「本來我只想取筆，不想傷人，這可是妳逼我的。不要以為只有妳有筆靈！」

「凌雲筆！」

隨著一聲暴喊，諸葛長卿全身精光暴射，一道更為強烈的罡風陡然驚起，在諸葛長卿周身旋成一圈龍捲，霎時把鋪天蓋地的雪絮生生吹開。小榕暗暗心驚，連忙催動筆靈放出更多雪絮，卻始終難以再接近諸葛長卿身體半分。

諸葛長卿頭頂的強大氣流逐漸匯聚成一枝大筆，挾風帶雲，筆毫聚攏銳如槍尖，居高臨下睥睨著小巧的詠絮筆。不過詠絮筆本身重於內斂，攻不足而守有餘，一時間倒也不落下風。二筆二人，風雪交加，在這間小小的屋子裡戰了個勢均力敵。

羅中夏目瞪口呆地望著這一切，已經找不到任何言辭來解釋眼前的這種奇幻場面。

屋子裡的兩個人都站在原地一動不動，卻有一剛一柔兩股力量持續激烈交鋒，罡風與白絮縱橫亂流，硬生生將這間屋子變成了南極暴風雪的天氣。屋中古物全都罩上一圈白霜，幾張舊地圖和舊書還被風鋒切成點點碎片，跟隨著氣流在空中亂飛。只苦了羅中夏，他只能蜷縮在角落裡一動不動，盡量避免被罡風或者白絮沾到。

風雪之間又是一陣劇烈碰撞，數條白絮借著風勢匯成冰錐，刺啦一聲撕裂了諸葛長卿的西裝口袋。他懷中的那個油布包失去束縛，嗍地飛了出去。半空中交錯的力量立刻把油布斬成絲絲縷縷，露出裡面的一截毛筆。

這筆其貌不揚，從筆管到筆毫都黑黝黝的不見一絲雜色。諸葛長卿和小榕見了，均是全身一震，急忙去搶。黑筆在狂風和白絮的亂流中飄來蕩去，毫無規律，一時間兩個人誰也無法抓在手上。諸葛長卿見久攻不下，心裡著急，暗暗運起一股力道，猛然拍出。凌雲筆的幻象朝前衝去，挾著滾滾雲濤去吞那黑筆。

小榕見狀，立刻催動詠絮筆去阻攔。雖然詠絮筆無法直接抵消掉這勢大力沉的一擊，但它天生帶著靈動機巧，卻是凌雲筆遠遠不及了。它三阻兩擋，就把力道巧妙地偏轉開來，甩向旁邊。

被小榕這麼一帶，諸葛長卿收勢不住，黑筆非但沒有被凌雲筆吞噬，反被強大的力量推動著如箭一般射向旁邊。

「不好！」

「不好！」

小榕與諸葛長卿同時大聲叫道。羅中夏這時候剛從地上爬起來，還未開口說話，就見黑筆迎面激射而來，登時透胸而入。

第三章　黃金逐手快意盡

對於羅中夏來說，這可謂是無妄之災。

就在毛筆刺入胸腔的一瞬間，他腦子一片空白，想的全是「死了死了死了死了，這回我可死了」。

最初的感覺是輕飄飄的，身體像是一個被拔掉了塞子的腳踏車內胎，力氣隨著胸前的大洞噗噗地流瀉而出，而整個人軟軟癱在地上，動彈不得。

出乎意料的是，胸口居然不是很疼，大概這就是所謂的「死」吧。

羅中夏感覺整個世界跟自己都隔開來，眼前一片薄薄的霧靄飄動，小榕和諸葛長卿看起來都無比遙遠。他低下頭，看到那枝黑筆端正地插在胸腔內，只留下一截黝黑筆頂在外面。

不知道為什麼，羅中夏的身體一陣輕鬆，他似乎能看透自己的身體，看到無數曼妙卻看不清形跡的飛字繚繞，從黑筆的筆毫尖端噴湧而出，流經四肢百骸。飛字流經之處，都閃著青色的光芒。這光不同於小榕的淡雅冰冷，也不同於諸葛長卿的豪邁暴戾，羅中夏覺得自己能夠碰觸到這縹緲的光芒，似乎能與之融為一體，整個靈魂都輕靈飄逸起來。

飛字愈流愈多，黑筆愈縮愈短。最終整根黑色毛筆都消融在羅中夏體內，他彷彿聽到一陣吟哦之聲，又似是爽朗笑聲，極空曠又極真切……

最終一切復歸平靜，他緩緩睜開眼睛，發現已經回到了那間屋子，低頭一看，胸口如常，黑筆已經無影無蹤。小榕和諸葛長卿兩個人已經停止了打鬥，都死死盯著羅中夏，表情訝異。

羅中夏神情恍惚地從地上站起來，雙目茫然，像是被人攝去心神。諸葛長卿又急又氣，立刻二指一併，大喝道：「給我把筆靈退出來！」

一道勁風破指而出，直刺羅中夏胸前。不料後者卻像是喝醉酒了一樣，身體一搖一擺，輕描淡寫地避過了這一擊。諸葛長卿一愣，還想再攻，羅中夏卻不知何時已欺到他身前。

諸葛長卿大驚，疾步後退，羅中夏也不追趕，還是掛著那麼一副恍惚表情，嘴裡不住嘟囔著：「雲青青兮欲雨，水澹澹兮生煙[1]……」

原本這屋中風雲交加，雪絮本是輕忽之物，與罡風相比落於下風，一直被吹得四散飄蕩。現在隨著羅中夏的念誦，數道青氣逐漸瀰散，諸葛長卿的風雲被青氣沾染，幡然變色，凝成點點水滴落在地上，復被小榕的詠絮筆凍結成白絮。

由此一來，淩雲筆噴吐出的風雲，反而助了雪絮的勢，愈是催動，愈是此消彼長。屋內風勢漸弱，雪威愈洶。

諸葛長卿暗暗心驚，心想擒賊先擒王，他又催出一陣風雲，趁還未被青光徹底侵蝕猛然挺身，直撲向羅中夏，試圖扼住他的手腕。誰知羅中夏輕側身體，與諸葛長卿的拳頭擦身而過，身法妙至毫巔。小榕趁諸葛長卿攻擊落空失神之際，雙手輕推，將無數雪絮凝成一管冰筆，猛然刺中他的右肩。

只見筆毫所至，肩膀立時為一大片冰雪覆蓋。諸葛長卿痛苦地怒吼了一聲，倒退了三步。數枚新凝成的冰錐窮追不捨，迎面飛來。他情知來者不善，只好強忍痛楚，噴出一口血來，飄在頭頂的凌雲筆在半空以雲氣「唰唰」寫出兩個大字：

子虛！

「子虛」二字寫得磅礴大氣，字成的瞬間，冥冥中傳來鏗鏘有力的念誦之聲，似是長賦漫吟，巍然有勢。原本萎靡的風雲為之一振，彷彿被這兩個字帶起了無限活力，反捲而去。小榕的冰錐被這一突如其來的壓力所震懾，全都凝滯在半空動彈不得。

羅中夏雙手一攤，青氣冉冉上升，很快「子虛」二字中便滲入絲絲青痕，如殘碑苔痕。只是這兩個字太過煊赫，一時之間這青氣也無法撼動其聲勢。

雙方就這麼僵持著，諸葛長卿固然無法擊敗他們兩個人，他們兩個也攻不進子虛的圈內。諸葛長卿原本也沒指望這次攻擊能有多大效用，他只是借用這招遲滯一下敵人的攻擊。一見雪洌青光暫時被「子虛」二字壓制，他顧不上拍落身上沾滿的雪花，轉身砰地用左肩撞開大門，跌跌撞撞逃了出去。

主人既逃，「子虛」二字也無法維繫，瞬間轟然落地，化作片片靈氣，消逝不見。原本混亂的屋子裡，戲劇性地重新恢復了平靜。眼見大敵退去，筋疲力盡的小榕長長舒了一口氣，也把詠絮筆收歸靈臺，屋中風雲雨雪登時化為無形。只有那些舊物古董表面濕漉漉的，是這一場劇鬥留下的唯一痕跡。

羅中夏仍舊站在屋子當中，一動不動。小榕強忍著全身酸楚，走過去扳過他肩膀，細聲問道：「你……還好吧？」

羅中夏衝她咻咻一笑，隨即栽倒在地，不省人事。

不知過了多久，羅中夏悠悠醒來，神志卻仍舊存遊夢中。夢裡恍惚間能遠遠看到自己峨冠博帶，長襟寬袍，提長劍、持犀杯徜徉於天地之間。時而光怪陸離，瑰麗炫目；時而遠瀑長風，泱泱千里；時而鬥酒海量，酣暢淋漓；遊至興處，不禁撫膝長嘯，嘯聲中隱然看到一青袍仙者乘雲而來，與自己合而為一，霎時無數詩句流光溢彩，磅礴入腦，讓人一時間迷亂暈眩。他花了好長時間，才把自己從那個夢裡拽出來。

羅中夏頭很疼，有宿醉的感覺，心想：不會是夢裡酒喝多了吧？他一伸手，發覺額頭蓋著一塊浸著涼水的絲質手帕，摸起來手感很順滑，在一角還用青線繡了一個娟秀的「榕」字。

環顧四周，羅中夏發現自己置身於一間小屋之內，正和衣躺在一張簡陋的折疊床上。房間很舊，牆壁上的灰黃汙漬清晰可見。屋子裡除了床以外只有兩把白色的塑膠椅和一張木桌，地板上還擱著一個小電熱水壺。唯一與房間格調格格不入的是一個懸在牆壁上的神龕，龕中不是財神不是關公，而是一幅已然泛黃的古畫，畫上男子面色清臒，青衿方冠，右手持著一管毛筆，左手二指輕撚筆毫，神態似是在小心呵護。

「奇怪，這是哪裡？」羅中夏掙扎著要起來，發現身體痠疼不已，動彈不得。他只記得自己被黑筆穿胸，接下來什麼都不記得了。就在這時，屋外忽然傳來說話聲。

這聲音他再熟悉不過，正是鄭和。

「韋先生，這是您的錢。」

「好，好，筆我已經幫您包裝好了。」一個蒼老的聲音道，「算您幸運，這種鳳梨漆雕管狼毫筆只有我這裡才有，別人根本都收不到。」

羅中夏聽了大驚，難道自己是躺在長椿舊貨店的裡間？他拚命要爬起來，想要去阻止他們交易，自己好不容易才占了先機，怎麼可以讓那管筆落入鄭和之手！可惜他的四肢如灌注了重鉛，完全不聽使喚，只能眼巴巴地聽著屋外動靜。

「那我走了，下次有什麼好貨，韋先生記得告訴我。」

「一定，一定，您慢走。」

接下來是開門、關門的聲音，還能隱約聽到汽車引擎的轟鳴。羅中夏沮喪地閉上眼睛。功虧一簣，如果不是那兩個怪人莫名其妙地打鬥，也許現在得手的就是他了。

正想著，忽聽吱呀一聲，裡屋的門開了，先是小榕，然後是一位老人走進屋來。這老頭鬚髮皆白，兩道白眉濃密綿長，似兩抹白雲在額前停留不動。

小榕眼尖，一眼看到自己的手帕被挪動過了，對老人說：「爺爺，他醒了。」老人「嗯」了一聲，拖了把椅子坐在床邊。羅中夏見裝不下去了，只好睜開眼睛。

老人道：「你好，我叫韋勢然，是這裡的店主。」

羅中夏奮力抬起脖子：「你們……能不能用最簡單的話告訴我，這一切是怎麼回事？」

「什麼怎麼回事？」韋勢然看起來有些莫名其妙。

「我怎麼會躺在這裡？剛才這個小姑娘和那個怪人到底打的什麼架？我胸口怎麼會塞進一枝筆……」羅中夏覺得要問的問題太多了。

老人眉毛輕微地顫了顫，隨即呵呵一笑：「這位同學，你剛才在外屋裡無故暈倒，被我孫女扶到後屋休息，現在這才醒過來。」羅中夏疑惑地越過老人肩頭去看小榕，後者無語地點了點頭。

「可是……」

羅中夏話未說完，手腕被韋勢然一把按住。過了片刻，韋勢然鬆開他的手腕，慢條斯理地說：「我看你的脈象細弱，可能是體質太過虛弱，所以才會暈倒。」

「可我剛才確實看到她和一個人打架，又是風又是雪的……」羅中夏指著小榕，剛才的情景還歷歷在目。

韋勢然用手背貼了貼羅中夏的額頭：「人在暈倒的時候，確實會產生一些幻覺。至於為什麼夢裡會出現我孫女，就要問你自己了。」

說完以後韋勢然瞟了他一眼，羅中夏被這麼一反問，面色大窘，不敢再追問別的，只好把問題嚥到肚子裡去。韋勢然繼續說：「我這個店裡多是古物，性陰寒，你的身子骨虛，突然暈厥倒也不奇怪。」

原本羅中夏對剛才的打鬥記憶猶新，但經韋勢然這麼一說，再加上自己夢裡也是糊里糊塗，反而開始將信將疑——畢竟那種戰鬥距離常識太遙遠了。他盯著韋勢然身後的小榕那張乾淨的臉龐，拚命回想適才她冰雪之中的冷豔神態。小榕面無表情，看不出什麼情緒波動。

「可是我聽到什麼詠絮筆、凌雲筆，究竟是真是假？」

韋勢然捋了捋鬍子，沉思片刻：「日有所思，夜有所夢。這位先生莫非是愛筆成癡，所以才會夢見這些？」

「這……」

「還是說，你來我這小店，是為了淘筆？」

這一句話提醒了夢中人，羅中夏不禁悲從中來：「沒錯，我是來淘一管鳳梨漆雕管狼毫筆的。」

韋勢然聽到這個名字，微微一驚：「就是剛才一個姓鄭的年輕人買走的那枝？」

「是啊。」羅中夏沒好氣地回答，然後把自己如何得罪鞠式耕、如何被罰淘筆、如何跟蹤鄭和講了一遍。

韋勢然聽完，惋惜道：「那枝筆是一位趙飛白先生預先定下的，行內的規矩，許了別人就不可再給旁人，你可是白費心思了。」

羅中夏撇撇嘴，萬念俱灰，掙扎著要下床。反正筆讓人拿走了，在這裡待著也沒什麼意思。小榕想要過來扶，韋勢然衝她使了一個眼色，小榕點點頭，轉身離去。

羅中夏兩腳著地以後，除了有些頭重腳輕以外，倒也沒感覺到別的毛病。他就這麼歪歪斜斜地走到外屋，驀地想到一件事，不由得右手按在胸口，神情一滯。

手掌撫處，不痛不癢，只微微感到心跳，並無任何異樣。

「難道剛才真的是幻覺，沒有什麼筆插進我的胸口？」羅中夏對自己囁嚅，反覆按壓自己前胸。若不是有小榕在場，他真想解下衣衫看個究竟。

正想著，隨後跟出來的韋勢然忽然拍了拍他肩膀。羅中夏轉過頭去，自己手裡隨即被他塞了一個錦盒。這盒子不大，錦面有幾處磨損，抽了線頭，顯得有些破舊。

「這是什麼？」

韋勢然道：「你在小店暈倒，也是我們的緣分，總不好讓你空手而回。鳳梨漆雕管狼毫筆我只有一管，就送你另外一管做補償吧。」

羅中夏皺了皺眉頭，打開錦盒，裡面躺著一枝毛筆，通體青色，筆毫暗棕，其貌不揚，筆桿上寫著「無心散卓」[2]四個楷字。他也看不出好壞，意興闌珊地把它擲還給韋勢然：「韋先生，我不懂這些東西，買了也沒用。」

「不，不，這一管是送你的，以表歉意。」韋勢然把錦盒又推給羅中夏，拍拍他的手，語重心長地又加了一句，「這枝筆意義重大，還請珍藏，不要離身哪。」

羅中夏見狀也不好推辭，只好應允，暗笑我隨身帶著管毛筆做什麼。這時小榕走上前來，用一截黃線細緻地把錦盒紮起來，遞還給羅中夏。羅中夏伸手去接，盯著小榕的面孔，不覺回憶起適才投懷送抱時的溫軟，心想如果那不是幻覺就好了。

韋勢然又叮囑了幾句，把他送出了舊貨店，態度熱情得直教人感慨古風猶存。

離開長椿舊貨店以後，羅中夏先去舊貨市場取了腳踏車，然後直接騎回學校，一路上心緒不寧。當他看到學校正門前的一對石獅時，日頭已經偏西，夕照殘紅半灑簷角。這一去就是整整一天，此時恰好是晚餐時間，三三兩兩的學生手拿飯盒，且走且笑，好不愜意。羅中夏停好腳踏車，把錦盒從後座拿出來，在手裡掂了掂，忽然有了個主意。

這東西留著也沒什麼用，還不如送給鞠式耕。一來表明自己確實去淘過，不曾偷懶；二來也算拿東西賠過了那老頭，兩下扯平。至於這枝筆是什麼貨色，值多少錢，羅中夏不懂，也毫不心疼。

打定了主意，羅中夏看看時間還早，拎著這個錦盒就去了松濤園。

松濤園位於華夏大學西側，地處幽靜，園內多是松柏，蔭翳樹蔭掩映下有幾棟紅磚小屋，做貴賓招待所之用。鞠式耕的家住得很遠，年紀大了不方便多走動，所以有課的時候就住在松濤園。

松濤園門口是個低低的半月拱門，上面雕著一副輯自蘇軾兄弟的對聯：「於書無所不讀，凡物皆有可觀[3]。」園中曲徑通幽，只見一條碎石小道蜿蜒入林。晚風吹來，沙沙聲起。

羅中夏走到園門口，還沒等細細品味，迎面正撞見鄭和雙手插在口袋裡，從裡面走出來。

羅中夏一看是他，低頭想繞開，可是園門太窄，實在是避無可避。鄭和一看是羅中夏，也愣了一下。他還穿著上午那套紅色套頭上衣，只是兩手空空。

「哼，這小子一定是去給鞠老頭表功了。」羅中夏心想。

鄭和抬起右手，衝羅中夏打了一個禮節性的招呼：「嘿。」羅中夏不理他，繼續朝前走。鄭和伸手把他攔住。

「幹嘛？」羅中夏翻翻眼皮。

「你是要去找鞠老先生嗎？」鄭和問。

「是又怎樣？」

「鞠老先生回家了，要下星期才會過來。」鄭和的態度既溫和又堅決，他這種對誰都彬彬有禮的態度最讓羅中夏受不了。

「那正好，我去了也沒什麼話可說，既然你跟他很熟，就把這個轉交給他好了。」

說完羅中夏把錦盒丟給鄭和，鄭和一把接住，表情很是驚訝，兩條眉毛高高挑起：「等等，你也找到……嗯，你找到鳳梨漆雕管狼毫筆了？」

「沒有，有人越俎代庖，我只好另闢蹊徑。」

鄭和聽出了羅中夏的話外音，笑道：「哦，你消息真靈通。其實我也是湊巧碰到，就順便買下來了。你也知道，淘古玩可遇不可求。」他停頓了一下，又補充道：「鞠老先生很高興，你也不必再去辛苦了，皆大歡喜嘛。」

「我還真是錯怪你了。」羅中夏撇了撇嘴，以輕微的動作聳了一下肩。

鄭和用指頭提起錦盒絲線，饒有興趣地問道：「你給鞠老先生淘到了什麼？」

「你自己看。」

羅中夏懶得與他多費唇舌，冷冷丟下一句話，轉身就走。鄭和想叫住他，卻已經晚了。

鄭和疑惑地望著他的背影消失，小心地打開錦盒，檢查了一番才重新把它合上。

「居然真的不是惡作劇。」鄭和自言自語，擺了擺頭，轉身朝招待所走去。

羅中夏回到宿舍，大部分人還沒回來。他胡亂翻出半包泡麵嚼完，拿了臉盆和毛巾直奔淋浴間，還順便捎走了宿舍老三的一面鏡子。這個時段在淋浴間的人很少，他挑了最裡面的一間，飛快地脫光自己的衣服，然後把鏡子擱在肥皂盒托盤上，在昏暗的燈光下瞪大了眼睛，生怕漏掉什麼細節。

鏡子裡是一個大學男生的胸部，皮膚呈暗褐色，可以依稀看到肋骨的起伏，上面還有一些可疑的斑點和絨毛。總體來說，很噁心，也就是說，很正常。羅中夏試圖找出一些痕跡，但皮膚平滑如紙，絲毫看不出什麼異樣。

「難道我被那枝筆刺穿胸部，真的只是幻覺？」

羅中夏用手一寸一寸地捏起皮膚，想要看個究竟，心中疑惑山一般沉重。一個男生從隔壁探過頭來，想要借肥皂。他剛張開嘴，驚訝地看到一個男子正面對鏡子，反覆撫摸著自己的胸部，嘴裡還嘟囔著什麼。他嚇得立刻縮回頭去，不敢作聲。

1 出自李白〈夢遊天姥吟留別／別東魯諸公〉。
2 無心散卓，宋朝流行的毛筆，使用單毫製作，特色為筆心較粗。
3「於書無所不讀」出自蘇轍〈上樞密韓太尉書〉，「凡物皆有可觀」出自蘇軾〈超然臺記〉。

第四章　昨來猶帶冰霜顏

什麼事情都沒有，一切都是幻覺。

自從那天過後，羅中夏總是這麼安慰自己。他最後終於成功地把腦袋埋在沙子裡，這也算是他的特技之一。羅中夏是那種容易放下心中執念、能輕易說服自己相信並沒什麼大不了的人，有什麼煩惱都能立刻拋諸腦後，不再理會。

這種個性，儒家稱之為「豁達」，佛家稱之為「通透」，道家稱之為「清虛」，而民間則俗稱為「沒心沒肺」。

接下來的幾日，鄭和與鞠式耕沒再找過他，生活過得波瀾不興。羅中夏一如既往地蹺課睡懶覺，一如既往地玩遊戲，一如既往地在熄燈後跟宿舍的兄弟們從校花的新男朋友侃到國籍政治。長椿舊貨店的事，就如同夢幻泡影一般慢慢在記憶裡淡忘，羅中夏的心思，也很快被另外一件更為重要的事情所占據。

華夏大學的足球隊輸了，而且是在校際聯賽中輸給了師範大學隊。

華夏與師範向來是水火不容的死對頭，兩邊都是既生瑜，何生亮。如果說牛津與劍橋是以划船來定勝負的話，那麼華夏與師範就是以足球來論高低的。所以華夏大學足球隊的敗北，不啻一記狠狠扇在華夏莘莘學子臉上的耳光。按照賽程，下一輪是華夏大學在客場挑戰師範大學，憋了一口惡氣的學生們摩拳擦掌，打算在這場比賽中挽回面子，好好羞辱一下那些氣焰囂張的師範生。

羅中夏就是在這種群情激憤的氣氛中被宿舍的人叫上，以啦啦隊隊員身分開赴師範大學，以壯聲勢。

自古以來，跨校足球比賽都是以火藥味開始，以鬥毆結束，這一場也不例外。上半場雙方尚且還踢得中規中矩，到了下半場，黑腳黑手全浮出掩飾的水面，小動作變成了大動作，大動作變成了粗暴衝撞，粗暴衝撞變成了打架，打架變成了打群架。最後整個球場上亂成了一鍋粥，兩邊的隊員和支持者都面紅耳赤地揮灑著青春與活力，紙杯、石塊、板凳腿和叫罵聲飛得到處都是。

羅中夏的一位前輩說過：「打架的理由並不重要，重要的是打架的地點。」華夏大學這一次犯了兵家大忌，危兵輕進，到了人家主場還主動挑釁。開始的時候，華夏大學還尚能跟師大對抗，後來師大學生愈湧愈多，演變成了一面倒的追擊戰，華夏大學的人四散而逃，而師大的人則在校園裡到處巡視，誰看起來像是華夏大學的學生就會被痛打一頓。

羅中夏其實並不擅長打架，原本只想大概打個照面就撤，沒想到局勢會愈演愈烈。他和其他啦啦隊員很快被人群沖散。

面對著周圍一片「抓華夏的，往死裡揍」的喊聲，羅中夏慌不擇路，跌跌撞撞從球場一路往外逃。有好幾個師大學生看見了羅中夏的身影，立刻追了上去。

所幸以前羅中夏來過師範大學幾次，對這裡的地理環境還算熟悉，二話不說直奔離球場最近的北門發足飛跑，只消跑到門口保全處，就可以逃出生天。

可惜師範大學的學生們比他更熟悉環境，他剛剛踏入通向北門的林蔭大路，就有兩幫人馬從前方左右殺出，擋住了去路。羅中夏見狀不妙，橫眼瞥見斜右側一處小山包旁有一條幽靜小路，深深不知通往何處。是時情勢危急，他慌不擇路，一頭扎進去，沿著小路閉眼狂奔。

小路不短，有幾百公尺長，而且盤轉曲行，忽高忽低。等他跑到小路的盡頭時，才發現小路盡頭是一棟看起來像是圖書館的建築。這個圖書館大約有五層，呈深灰色，四周豎起高高的水泥圍牆，高有三公尺多。小碎石路恰好圍著圖書館沿圍牆轉了一圈，除了原路返回外，沒有別的出口。

羅中夏急忙想往後退，可遠處已經傳來嘈雜的腳步聲和叫嚷聲。他跑到圖書館門口，門是鎖著的，一樓也沒有能打開的窗戶。一句話，這就是兵家所謂的「死地」。

羅中夏背靠牆壁，豆大的汗珠從他額頭滴下，雙手微微發抖，心中開始上演絕望與恐懼的二重奏。

他剛才看到追自己的人裡，有那個著名的大壯。

大壯是師範大學的體育特選生，在整個大學區的混混界頗有名望，是個地道的渾人，且心狠手辣，殘酷無情，是個連校警都會退避三舍的刺頭人物。一個落單的華夏大學學生落到大壯手裡，下場簡直無法想像。追兵腳步將近，而自己入地無門。

羅中夏的心裡忽然迸出一個古怪的念頭。入地無門，我可以飛。

想到這裡，他胸中一陣氣息翻湧，左足自然而然輕輕一點，身體頓時一輕。等到他再度反應過來的時候，已經立身於圖書館五樓樓頂邊緣。

「啊……」

羅中夏被嚇得大叫，身體一下子失去平衡，搖搖欲墜。

樓下十幾個追兵已經殺到，他們對這裡的地形很熟悉，立刻兵分兩路，打算來個甕中捉鼈。結果兩路人馬氣勢洶洶地沿著小路轉了一圈，卻什麼都沒發現。那隻「鱉」似乎不見了。

「你們確實看到那小子跑進這條路嗎？」

大壯把香菸從嘴裡拿出來，惡狠狠地問道，周圍好幾個人連連點頭。大壯不甘心地撓了撓自己的光頭：「圖書館裡搜了嗎？」

「這圖書館門一直關著，他肯定進不去。」

「媽的！那他能跑哪裡去！」

大壯大罵，下巴的肌肉一跳一跳，周圍的人都下意識地躲開一段距離，以免這個凶悍的傢伙遷怒自己。

還未等他們琢磨出個所以然，就聽頭頂一陣長長的驚呼。眾人紛紛抬頭去看，卻見一個人影從樓頂飛墜而下，直直摔到了地上。更令他們驚訝的是，這個黑影就地一滾，立刻站了起來，看起來毫髮無傷。

比他們更驚訝的是羅中夏自己。他剛才陡然跳上了五樓邊緣，毫無心理準備，平衡一亂，手腳掙扎無措，立刻又跌了下來。就在他即將接觸地面的一瞬間，胸中突地一陣異樣悸動，身體立時變得輕如柳絮，落地時抵消了絕大部分衝擊力。這一起一落，就如同舉手投足般自然，羅中夏的大腦還沒明白，身體就做了反應。

周圍十幾個學生一時間被這個從五樓跳下來還大難不死的傢伙嚇傻了，現場一陣沉默。過了半分鐘，大壯狠狠把菸頭摜到地上，大喝道：「還等什麼，揍他！」

眾學生這才如夢初醒，一擁而上。被圍在垓下的羅中夏走投無路，胸中又是一動，雙足不覺向前邁去，如騰雲霧。

學生裡有讀過金庸的，不約而同都在心中浮現出三個字：泥鰍功。

只見羅中夏在十幾個人裡左扭右轉，游刃有餘，每個人都覺得捉到他是輕而易舉，每次卻都差之毫釐，被他堪堪避過。

大壯在一旁看了，怒從心頭起，罵了聲「沒用」，拎起饅頭大小的拳頭搗過去。這一拳正中羅中夏胸前，大壯心說這一拳下去還不把他打個半死？誰想拳頭一接觸胸口，卻感覺到一陣強烈的斥力傳來，生生把他的拳頭震開。

羅中夏此時是又驚又喜，喜的是自己至今還沒被打死；驚的是胸中的悸動愈大，動作就愈流暢，一旦他強壓住這股悸動，身形頓時就會一滯，被動挨打。這讓他越發害怕，感覺好似一個好萊塢電影裡的異形在自己體內活了，卻又不敢去壓制。

「媽的，老子偏不信邪！」大壯面孔扭曲，雙手又去抓羅中夏雙肩，羅中夏回手就是一掌，覺得自己每一個姿勢都是自然而然。偏偏這種「自然而然」總是恰到好處，大壯悶哼一聲，被這一掌打出幾公尺開外。

而羅中夏胸中的鼓蕩也在這一霎達到最高峰，這種感覺，就和當時他被黑筆插中時完全一樣。不痛不癢，輕靈飄逸，如幻煙入髓，四肢百骸幾乎要融化在空氣中。

眾學生一見自己老大被打倒，都停住了動作。羅中夏卻絲毫不停，身形一縱，一陣旋風呼地平地而起。眾人下意識地用手臂去擋眼睛，再放下時羅中夏已經消失無蹤。

「我靠，不是碰到超人了吧？」一個戴眼鏡的中分頭張大了嘴巴，發出感慨。

「我覺得像蜘蛛人。」另外一個心有餘悸。

「老大呢？」第三個人忽然想起來。大家這才如夢初醒，紛紛跑過去看大壯。

大壯被人從地上扶起來，從嘴裡吐出一對帶血的門牙，用漏風的口音大叫道：「那個臭小子跑哪兒去了？」

沒人能回答。

這時的羅中夏已經一口氣跑回了宿舍。他一路上腳下生風，轉瞬間就從師範大學到了華夏大學的男生宿舍樓——這段路通常坐計程車都要花上十幾分鐘。到了地方，整個人氣不長出，面不更色。這是只有在好萊塢電影，而且是美國英雄電影裡才能看到的場景。

羅中夏一頭扎進淋浴間裡，拚命地用肥皂和毛巾擦自己的胸口，試圖把那種異樣的感覺硬生生拽出來，直到自己的胸肌被擦得通紅生疼還不肯甘休。

剛才的大勝沒有給他帶來絲毫成為超人的喜悅感，只有「我被不明生物當成寄主了」的恐慌。剛才自己的超常識表現，也許正是那隻生物侵占了自己身體的表現之一。有一天，這隻生物會把自己開膛破肚，再從胸腔裡鑽出來，美滋滋地用小指尖挑起流著汁液的腎臟與盲腸細細品嘗。

羅中夏的想像力在這種時候總是高度發達。

他頹然癱坐在淋浴間的水泥地板上，沮喪得想哭。性格再豁達也沒用，血淋淋的現實就擺在眼前。他看過許多類似的小說，也曾經憧憬過能夠獲得神奇的力量，但當這種事真正落在自己身上的時候，卻和想像中的完全不一樣。和那些超級英雄不同，他根本不知道自己的力量是怎麼來的，唯一的感覺只是胸腔內那莫名其妙的躁動，彷彿真的有生物寄居其中。這種無法確認的未知是最容易激發人類恐懼心理的，何況他的想像力還很發達。

帶著這種無端的恐懼，接下來的幾天裡他沒有一天能睡好，每天半夜都從異形破膛而出的噩夢中驚醒，發覺自己遍體流汗。他曾經偷偷在半夜的時候去操場試驗過，只要他一運起那種類似武俠小說裡神行百變的能力，就能在幾秒內從操場一端跑到另外一端，但代價就是胸中的不適感再度加劇。於是只試了一次，他就不敢再用了。

宿舍的兄弟們注意到了他的異常，還以為是被哪個校花拒絕了，紛紛恭喜他重新回到組織的親密懷抱。不能指望那些傢伙有什麼建設性的意見，於是他去找過心理輔導老師，得到的答案是少看點美國電影；他甚至去過醫院照X光，醫生表示看不出有什麼異狀。

這解決不了任何問題。

更糟糕的是，每當他一閉眼的時候，耳邊總能響起一陣輕吟，這吟聲極遙遠又極真切，恍不可聞卻清晰異常。那似乎是一首詩：

大鵬飛兮振八裔，中天摧兮力不濟。
餘風激兮萬世，遊扶桑兮掛石袂。
後人得之傳此，仲尼亡兮誰為出涕[1]。

這是經歷了數次幻聽以後，羅中夏憑藉記憶寫下來的文字。奇怪的是，他只是憑藉幻聽的聲音，就能無師自通地用筆準確地寫下來，彷彿這些文字已經爛熟於胸，自然流露一般。

這幻聽不知從何而來，也不知是誰在耳邊低喃。但每及此時，胸中便躍動不已，活力迸出，讓羅中夏愈加惶恐，噩夢來得愈加頻繁。持續了數天以後，羅中夏終於不能再忍受這一切，他覺得再這樣下去，自己的精神會徹底崩潰。一貫消極懶散的他，被迫決定主動出擊，去想辦法結束這個噩夢。

第一步，就是找出這段詩的出處。總是幻聽到這首詩，一定有它的緣由。找出詩的出處，就大概能分析出原因了。不過這不是件容易的工作，羅中夏和大多數學生一樣，肚子裡只有中小學時代被老師強迫死記硬背才記下來的幾首古詩，什麼「曲項向天歌」、「鋤禾日當午」、「飛流直下三千尺」，大學時代反覆被練習的只有一句「停車坐愛楓林晚」。

他的國學造詣到此為止。

這首詩他看得糊里糊塗，什麼大鵬、扶桑、仲尼之類的，尚可猜知一二，至於整句連到一起是什麼意思，則是全然不懂。

就在他打算出門去網咖上網搜的時候，宿舍裡的電話忽然響了。羅中夏拿起電話，話筒裡傳來鄭和那熟悉而討厭的禮貌問候：

『喂，你好，請找一下羅中夏。』

「他已經死了，有事請燒紙。」

『鞠老先生找你有事。』電話裡的聲音絲毫沒有被他的拙劣玩笑所動搖。

羅中夏再次踏入松濤園的林蔭小道，心中半是疑惑半是煩躁，他不知道鞠式耕為什麼又把他叫過來，難道是上次送的毛筆品質太差了？可惡，最近的煩心事未免也太多了點……他跟著來接他的鄭和走進招待所，雙手插在口袋裡，心緒不寧。

鞠式耕早就等在房間內，看見羅中夏走進來，精神一振。羅中夏注意到他手裡正握著那一枝無心散卓筆。

羅中夏問道：「鞠老先生，您找我有什麼事？」

鞠式耕舉起那枝筆來，聲音有些微微發顫，山羊鬍子也隨之顫抖：「這一枝筆，你是從哪裡弄來的？」

羅中夏後退一步，裝出很無辜的樣子：「怎麼？這枝筆有什麼不妥嗎？」

「不，」鞠式耕搖搖頭，眼鏡後的光芒充滿了激動，「老夫浸淫筆道也有數十年時光，散卓也用過幾十管，卻從未見過這種無心散卓筆。」

他半是敬畏半是愛惜地用手掌摩挲著筆桿，青色的筆桿似乎泛著一絲不尋常的光芒。羅中夏和鄭和聽他這麼一說，都把目光投向那枝筆，卻看不出究竟。

鄭和先忍不住問道：「鞠老先生，這筆究竟妙在何處？」

鞠式耕道：「你可知道筆之四德？」

鄭和想了想，回答說：「尖、齊、圓、健。」

鞠式耕點了點頭：「這枝筆做工相當別緻，你看，這裡不用柱毫，而是用一種或兩種獸毫參差散立紮成，而且兼毫長約寸半，一寸藏於筆中，且內外一共有四層毫毛，次第而成，錯落有致。」

鄭和點頭讚嘆道：「老師果然目光如炬。」

鞠式耕又搖了搖頭：「你錯了。表面來看，只是一管四德兼備的上等好筆，但是其中內蘊綿長。我試著寫了幾個字，有活力自筆頭噴湧而出，已非四德所能形容。」停頓了一下，他轉向羅中夏：「你是在哪裡淘到的這枝筆？」

羅中夏心想可不能把我偷聽鄭和說話的事說出去，於是扯了個謊：「是我在舊貨市場的小攤上淘來的。」

反正舊貨市場的小攤比比皆是，流動性很大，隨便說一個出來也是死無對證。

鞠式耕又追問：「是誰賣給你的？他又是從哪裡收上來？」

羅中夏搖了搖頭，只說是個普通的猥瑣小販，根本沒多加留意。

「那你是多少錢買下來的？」

「五十元。」羅中夏信口開河。

鞠式耕聽到以後，拍了拍大腿，慨然長嘆：「明珠埋草莽，騏驥駕鹽車。可惜，可惜啊。」嘆完他從懷裡掏出五十元，遞給羅中夏。羅中夏一愣，連忙推辭。

鞠式耕正色道：「原本我只是叫你去代我淘筆，又不是讓你賠償，五十元只是報銷。這筆的價值遠在鳳梨漆雕管狼毫筆之上，究竟其價幾何，容我慢慢參詳，再跟你說。」

既然話都這麼說了，羅中夏也只得收下那五十元，心裡稍微輕鬆了一些，同時對自己撒謊有點愧疚。

鞠式耕見從他這裡也問不出什麼，就把毛筆重新收好，對他說：「這麼晚把你叫過來，辛苦了，早早回去休息，明天一早還有國學課，不要忘記了。」

羅中夏這才想起來為什麼鞠式耕會忽然來松濤園住，原來這一週的國學課又開始了。他從心底發出一聲長長的嘆息，又是一件煩心事。

他轉身欲走，忽然又想起來了什麼，折返回來，從口袋裡掏出一張紙條遞給鞠式耕：「鞠老先生，請教一下，這是一首什麼詩，是誰寫的？」

鞠式耕接過紙條只瞥了一眼，脫口而出：「這乃是李太白的絕命詩。」

「絕命詩？」

「不錯。」鞠式耕用手指在空中劃了幾道，龍飛鳳舞寫了幾個字，「當年謫仙行至當塗，自覺大限將至，於是寫下這首絕筆，隨後溘然逝去。」

「謫仙是誰？」

「就是李白了。」

「哦。」羅中夏臉色微微一紅，道了聲謝。

鞠式耕笑道：「莫非你對李白感興趣？我可以專門開幾堂課來講解。」羅中夏連忙擺手說不用不用，轉身飛也似的逃出了房間。

出了招待所，時間已經接近十一點，松濤園地處偏僻，周圍已經是一片寂靜，只有幾隻野貓在黑暗中窸窸窣窣地走動。

羅中夏穿行在林間小道，心中疑惑如樹林深處的陰影般層層疊疊地浮現出來。看來韋勢然那個老頭給的確實是值錢貨，只是他何以捨得把這麼貴重的東西給一個素昧平生的學生呢？那種異樣的感覺又襲上心頭，韋勢然的表情裡似乎隱瞞著什麼東西。

正想著，忽然胸中一陣異動，覺得周圍環境有些不同尋常，一股充滿了惡意的氣流開始流動起來，陰冷無比。

羅中夏停下腳步，環顧四周。四周幽靜依舊，但是他胸中狂跳不止，心臟幾乎破腔而出。

「羅中夏？」

一個聲音突地從黑暗中跳出來，陰沉，且嗞如蛇芯。

「是，是誰？」

「羅中夏？」

聲音又重複了一次，然後從林間慢慢站起來一個人。

準確地說，站起來的是一個類人的生物。這個傢伙五官板直，面如青漆，像是戴了一層人皮面具，額頭上印有一處醒目的印記，透明發亮，有如第三隻眼。在這樣的夜裡看到這樣的「人」，羅中夏幾乎魂飛魄散。他想跑，雙腿卻戰戰兢兢使不出力氣。

「羅中夏？」

那人又問了第三次，聲音木然，嘴唇卻像是沒動過。那人走路姿勢極怪，四肢不會彎曲，只是直來直去，像是湘西傳說中的趕屍，暗夜裡看去異常地恐怖詭異。說來奇怪，隨著那怪人接近，羅中夏忽然發覺胸中那隻「生物」也開始急不可耐，在身體裡左衝右撞，彷彿有無窮力量要噴發出來。

在內外夾擊之下，羅中夏向後退了幾步，怪人幾步趨上，卻不十分逼近。眼見走投無路，情急之下羅中夏一咬牙，橫下一條心，寧可拚著性命使出那種神行百變，也不要落到這怪人手裡。

他停穩腳步，怪人也隨之停下，面無表情地望著他。羅中夏擺出一個起跑的姿勢，全身肌肉緊繃，大喊一聲：「跑！」後腿猛蹬，整個人如箭般飛了出去。

怪人也幾乎在同時出手。

確實是「出」手。它雙手猛地伸長數尺，一把抱住尚未跑遠的羅中夏，狠狠摜到了地上。

羅中夏這幾天來，日日夜夜想的都是如何擺脫身體裡那種古怪的力量，從來沒考慮過去運用它，現在倉促之間想奔走如飛，談何容易。

怪人那一摔把羅中夏摔了個眼冒金星，他胸中力量的振盪越發劇烈，卻找不到發泄的路徑。「羅中夏？」怪人還是不緊不慢地問。

「媽的，可惡！」羅中夏被氣得氣血翻湧，一股怒氣沖淡了恐懼，他翻起身來使盡全力一拳搗向怪人下腹。

只聽「哎呀」一聲，羅中夏只覺得自己的拳頭像是砸在了冰石冷木之上，只覺對方堅硬無比。怪人不動聲色，用右手捏住羅中夏的拳頭，用力一拽，生生把他拉到自己跟前，左手隨之跟進，緊緊扼住了他的咽喉。

羅中夏拚命掙扎，怎奈對方手勁極大，掙脫不開。隨著怪人逐漸加大了力氣，他感覺到呼吸開始困難，視線也模糊起來。

「我死了……」

這是一個多星期內他第二次冒出這種念頭。

模糊之間，羅中夏彷彿看到怪人肩頭開始有雪花飄落，星星點點。說來也怪，對方的手勁卻漸漸鬆下來，忽地把他遠遠扔開。

羅中夏被甩出數尺，背部著地，摔得生疼。他勉強抬起頭來，看見一位少女徐徐近前，十七、八歲，細臉柳眉。

面上冷若冰霜，四下也冷若冰霜。

「我爺爺送你的毛筆呢？」韋小榕冷冷道。

1　出自李白〈臨路歌〉。

第五章　白雪飛花亂人目

羅中夏萬沒想到她劈頭第一句話，居然是這個，只得喘息道：「送……送人了。」

小榕雙眉微顰：「我爺爺讓你隨身攜帶，你卻把它送了人？」沒等羅中夏回答，她瞥了一眼遠處的怪人，冷冷道：「怪不得穎童惹起這麼大動靜，它還是無動於衷。」

「妳在說什麼啊？」羅中夏莫名其妙。

「稍等一下。」

小榕轉過身去，正對著那被稱為「穎童」的怪人，以她為圓心三十公尺內的樹林裡陡然白雪紛飛，撲撲簌簌地飄落下來，很快蓋滿了穎童全身，它那張青色臉孔在雪中顯得愈加乾枯。穎童似乎對冰雪毫不為意，四肢僵直朝前走去，關節處還發出嘎啦嘎啦的聲音。

「劣童，還不束手？」小榕威嚴地喝道，頭上乍起一道光芒，很快在頭頂匯聚成一股雪白筆氣，紛攘繚繞。

羅中夏蜷縮在地上，臉上難掩驚駭。看來，那天在長椿舊貨店發生的絕對不是幻覺！這個姑娘似乎會用一種叫做詠絮筆的異能。

他感覺自己被騙了。

穎童見到詠絮筆現身，終於停住了腳步，懾於其威勢不敢近前。

「區區一個散筆童兒還想忤逆筆靈？」小榕反手一指，兩道雪花挾帶著風勢撲向穎童雙腿。穎童意識到有些不妙，也顧不得詠絮筆在頭上虎視眈眈，連忙高高跳起，試圖擺脫這股冰風。

這卻恰恰中了小榕的圈套，原本鋪在地面上的雪花忽地散開，頓時凝成一片亮晶晶的冰面。穎童跳在空中，已經是無可轉圜，重重落在冰面上，腳下一滑摔倒在地。四周冰雪立刻席捲而來，似群蝶撲花，雪花錦簇，登時把穎童埋在雪堆之下，凍成一個碩大的冰堆。

這一起一落不過十幾秒的時間。料理完了穎童，小榕緩緩轉過身來，周身雪花飄蕩，表情冷豔如冰雪女王。她低下頭，盯著癱在地上的羅中夏道：「送給誰了？」

羅中夏張了張嘴，卻沒說出話來。小榕輕嘆道：

「那枝筆本是用來救你性命的，誰知你不愛惜，今日若非我來，只怕你已經死了。」

羅中夏一聽，心中一陣惱怒。明明是他們自己不說清楚，讓自己生死懸於一線，現在倒反過來責難自己。他從地上一骨碌爬起來，盯著小榕反問道：「這一切到底是怎麼回事？」

小榕微微皺了下淡眉：「此事說來話長……」

話音未落，羅中夏截口又問道：「上星期，妳和那個黑衣人在舊貨店裡又是風又是雪的，到底有沒有這件事？」

「有。」小榕這一次回答得很爽快。

羅中夏冷哼一聲，看來果然是韋勢然那個老傢伙騙人，虧他一臉忠厚的樣子，硬是讓自己相信了那是幻覺。他伸出手撫摸胸口，剛才那陣異動似乎稍微消退了些。

「那我被那枝黑筆貫穿了胸部，也是真的嘍？」

「是的。」

「那我體內的怪物，自然也是你們的主意了！」

小榕聞言一愣：「怪物？」

「是啊，自從那天以後，我體內好像多了一隻異形……」羅中夏把這一星期來的苦楚折磨通通說了出來，說到痛處，咬牙切齒。

不料小榕聽罷，竟噗哧一聲笑了出來，嬌憨盡顯，隨即又立刻改回冰女形象，只是笑容一時收不住，還留了幾絲在唇邊。

羅中夏又窘又怒：「這有什麼好笑！被寄生的又不是妳！」

小榕也不理他，揚起纖纖素手，指作蘭花，本來懸在半空的筆靈登時化作白光，吸入顱頂，而四周紛飛的冰雪也開始被召回。她走到埋著穎童的大冰堆旁，俯下身子：

「讓你看看，那怪物究竟是什麼。」

她把手伸進冰堆裡一撈，冰堆轟然倒塌，中間空無一物，剛才那體格頎長的穎童竟不知所終。羅中夏再仔細看去，發現小榕手裡多了一桿毛筆。這枝毛筆的筆桿沉青，筆頭尖端有一段整齊而透明發亮的鋒穎[1]，和怪人額頭一樣。

「這就是它的原形，乃是一枝湖筆[2]所煉成的筆童。你看，湖筆有鋒穎，是別家所無的。」

羅中夏不知湖筆是什麼來歷，嚥了口唾液道：「那妳爺爺送我那枝……」

「那種筆叫做無心散卓，乃是……」小榕說到這裡，欲言又止，「……唔，算了，總之是湖筆的剋星。」

「這麼說，我體內也是類似的東西了？」

小榕冷笑道：「果然是個牛嚼牡丹的人。湖筆雖然聲名卓著，卻只是沒經煉化、未得靈性的散筆而已。你體內的筆靈，卻比它們要上等得多。」

「那……那我的是什麼？」羅中夏覺得現在自己一肚子問題，什麼筆靈啊，什麼煉化啊，聽起來都像是神話傳說裡的東西，現在卻真實擺在自己眼前。

小榕抬起下巴，看看天色：「你想知道更多，就隨我去見爺爺吧。」她說完，也不等他回答，轉身就走。羅中夏別無他法，只得緊緊跟著小榕離開松濤園。

從華夏大學到長椿舊貨店距離著實不近，羅中夏原本打算騎腳踏車，不過小榕出了校門，揚手就叫了一輛計程車，上了前排副駕駛的位置。羅中夏暗自嘆息了一聲，無可奈何地鑽進了後排一個人坐著。

一路上小榕目視前方，默不作聲，羅中夏也只好閉目養神。

說來也怪，現在他胸中那種異動已然消失無蹤，呼吸也勻稱起來。他一想到胸中居然藏著毛筆，就忍不住伸手去摸，無意中發現計程車司機透過後視鏡詫異地看了自己一眼，嚇得趕緊把手放下了。究竟是怎麼回事，等一下就會真相大白了。羅中夏這樣對自己說著，開始欣賞小榕在前排優美的身影輪廓，來轉移自己的注意力。

很有效果。

不知過了多久，車子停住了。羅中夏往窗外一看，正是長椿舊貨店。

舊貨店內還是一切如舊，羅中夏小心地避開地上的古董，心裡回憶著先前小榕與諸葛長卿那場戰鬥的情景，歷歷在目，清晰無比。

「這果然不是幻覺！我被那個老頭騙了！」他在心裡捏著拳頭大喊。

恰好這時韋勢然迎了出來，他一見羅中夏，熱情地伸出手來：「羅先生，別來無恙？」

「托您老的福，擔驚受怕了一個多星期。」羅中夏沒好氣地回答。

韋勢然絲毫不尷尬，瞥了一眼他身後的小榕，隨即笑道：「呵呵，進來再說吧。」

說完他把羅中夏引進小屋，這時羅中夏才發現原來這小屋後面還有一個後門。穿過後門，眼前霍然出現一座精緻的四合院，院子不大，青磚鋪地，左角一棵枝葉繁茂的棗樹，樹下一張石桌，三個石凳，紫白色的野花東一簇，西一叢，牆根草叢裡油葫蘆唱得正響。雖不比松濤園茂盛，卻多了幾分生氣。

羅中夏沒想到在寸土寸金的鬧市之內，居然還有這等幽靜的地方，原本惴惴不安的心情略微一舒。

他們三個走進院子，各自挑了一個石凳坐下。小榕端來了一壺茶。韋勢然似乎不著急進入正題，而是不緊不慢地給羅中夏斟滿了茶：「來，來，嘗嘗，上好的鐵觀音。」然後他也倒了一杯給自己，先啜了一口，深吸一口氣，閉目神遊，似乎為茶香所醉。

小榕端坐在一旁，默默地伺候泡茶。有她爺爺的場合，她似乎一直都默不作聲。

羅中夏於茶道六竅皆通[3]，草草牛飲了一大口，直截了當地問道：「韋老先生，請你告訴我，這一切究竟是怎麼回事？」

韋勢然似乎早預料到他會這麼問，瞇起眼睛又啜了口茶，回味片刻，這才悠然說道：「今夜月朗星稀，清風獨院，正適合二三好友酌飲品茗，說說閒話，論論古今。時間尚早，羅先生也不急於這一時之……」

「誰說我不急！」羅中夏一拍桌子，他已經被這種感覺折磨了一個多星期，現在沒有閒心附庸風雅。

韋勢然見狀，捋了捋鬍鬚，把茶杯放下，徐徐道：「既然如此，那我們就權且閒話少提吧。」他頓了頓，又道：「只不過此事牽涉廣博，根節甚多，需要一一道來，還請耐心聽著。」

「洗耳恭聽！」羅中夏深深吸了一口氣，擺出正襟危坐的樣子。只是這姿勢坐起來委實太累，過不多時他就堅持不下，重新垂下肩膀，像個泄了氣的充氣猴子。小榕見了，偏過頭去掩住口，卻掩不住雙肩微顫。

韋勢然又啜了口茶，右手食指敲了敲桌面，沉吟一下，兩道白眉下的臉變得嚴肅起來：「你可聽過筆塚？」

「手塚[4]我就知道，畫漫畫的。」羅中夏生性如此，就是在這種時候還忍不住嘴欠了一句。韋勢然用指頭蘸著茶水在桌子上寫了「筆塚」二字，羅中夏嘟囔道：「聽起來像是一個祕密組織。」

「呵呵，也是也不是吧。欲說筆塚，就得先說筆塚主人。」

韋勢然舉臂恭敬地拱了拱手，羅中夏轉頭一看，不知什麼時候院裡多出了一幅畫，正是先前掛在小屋神龕裡的那一幅古畫。風吹畫動，畫中男子衣袂飄飄，似是要踏步而出。

「筆塚主人就是他？」

「不錯。這一位筆塚主人姓名字號都不詳，只知道本是秦漢之間咸陽的一個小小書吏。筆塚主人一生嗜書，寄情於典籍之間，尤好品文，一見上品好文就喜不自勝。你也知道，那時候時局混亂，焚書坑儒、火燒阿房，一個接著一個，搞得竹書飛灰，名士喪亂。筆塚主人眼見數百年文化精華一朝喪盡，不禁痛心疾首，遂發下一個宏願：不教天下才情付水東流。」

「……說中文，聽不太懂。」

韋勢然解釋道：「就是說，他發誓不再讓世間這些有天分的人被戰火糟蹋。」

羅中夏似懂非懂，只是點了點頭：「於是他把那些人的書都藏起來了嗎？」

「夾壁藏書的是孔鮒[5]。」韋勢然微微一笑，「書簡不過是才華的投射，是死物，才華才是活的。筆塚主人有更高的追求，他希望能把那些天才的才氣保留下來，留傳千古。」

「這怎麼可能？」

「呵呵，別看筆塚主人只是一介書吏，卻有著大智慧，乃是個精研諸子百家的奇人——最後真的被他悟到了一個煉筆收魂的法門。」

又是煉筆。羅中夏知道這與自己干係重大，不由得全神貫注起來。

「所謂煉筆收魂，就是汲取受者的魂魄元神為材料，將之熔煉成筆靈形狀。《文心雕龍》[6]裡說過：『心生而言立，言立而文明，自然之道也。』可見才自心放，詩隨神抒，魂魄既被收成筆靈，其中蘊藏的才華自然就被保存下來。」

「聽起來好玄，為什麼非要選筆做載體啊？」

「文房四寶之中，硯乃文之鎮，紙乃文之承，墨乃文之體，而筆卻是文之神，因此位列四寶之首。你想，人寫文作畫之時，必是全神貫注。想法自心而生，由言而立，無不傾注筆端。所以煉筆實在是採集才華的最佳途徑。」

韋勢然說到這裡，又斟了一杯茶，羅中夏也學著啜了一小口，一種奇異的苦澀味道從舌尖蕩漾開來，一股清氣瞬間流遍身體各處。憊懶如他，一時間也不覺有些心清。

韋勢然放下茶杯，繼續娓娓說道：「筆塚主人自從修得了這個手段，就周遊天下，遍尋適於煉筆之人，俟其臨終之際，親往煉筆。常言道，身死如燈滅，所以那些名士泰半都不願意讓自己才情隨身徒死，對筆塚主人的要求也就無有不從。他把煉得的筆靈都存在一處隱祕之地，稱之為『筆塚』，自稱筆塚主人，本名反而不傳。」

「那後來呢？」

「且聽我慢慢說來。」韋勢然示意他少安毋躁，「筆塚主人自從領悟了煉筆之道，循循深，最後竟修煉成了一個半仙之體。嗣後經歷了數百年時光，由秦至漢，由漢至三國，由三國至南北朝隋唐，筆塚主人煉了許多名人筆靈，都一一收在筆塚中。後來不知生了什麼變故——我估計可能是筆塚主人雖是半仙之體，畢竟也會老去——筆塚主人不再出來，而是派了筆塚吏代替自己四處尋訪……」

這時羅中夏忽然打斷了他的話：「我只是想知道，這個神話故事和我有什麼關係？」

韋勢然不以為忤，他從小榕手裡拿過那管被打回原形的湖筆，用指尖從筆鋒畫至筆尾，說道：「剛才我也說了，筆靈乃是用名士的精魄煉就而成。名士性情迥異，煉就出的筆靈也是個個不同。凝重者有之，輕靈者有之，古樸者有之，險峻者有之，有多少種名士，便有多少種筆靈。」

韋勢然說到這裡，聲音轉低，他把臉湊近羅中夏，嚴肅道：「接下來，才是我要說的重點。你可要聽好了。」

羅中夏嚥下一口唾沫。

「筆塚主人發現，筆靈自煉成之後，除了收藏才華之外，卻還有另外一層功能。所謂天人合一，萬物同體，筆靈自收了精魄以後，與自然隱然有了應和之妙。而且每枝筆靈的應和之妙都不同，各有神通。」韋勢然指指身旁的孫女：「小榕能冰雪，諸葛長卿能呼喚風雲，這都是他們體內筆靈顯現出來的神奇功效。」

羅中夏回想起他們那日對決的情形，在這麼一間小屋之內居然風雪交加，這筆靈未免也太過奇妙了。他又想到自己那次還曾和小榕撞了個滿懷，那種溫香軟玉的感覺至今思之仍叫人神往，唇邊不禁微微洩出曖昧笑容。

他恍惚間忽看到小榕正盯著自己，雖然面無表情，一雙俊美的電眸卻似看穿了自己的齷齪心思，面色一紅，連忙去問韋勢然問題，以示自己無歪心：「他們的筆靈是如何得來？」

韋勢然道：「筆靈乃是神物，有著自己的靈性與才情，但非要與人類元神融合才能發揮。筆塚稱與筆靈融合的人為筆塚吏。」羅中夏連連點頭，不敢側眼去與小榕眼睛直視。韋勢然卻哪壺不開提哪壺：「你可知小榕她體內寄寓的是什麼？」

「啊……呃……韋姑娘會操縱冰雪……這個……是《冰雪奇緣》裡的艾莎？」

「她體內的這枝筆靈，乃是煉自東晉才女謝道韞。當年謝道韞少時，叔父謝安問一群子侄輩，空中飄雪像是什麼。有人說像是撒鹽，而謝道韞則說『未若柳絮因風起』，奉為一時之絕。所以這枝筆的名字，就叫做詠絮筆。」

「那個諸葛長卿呢？」

「唔……」韋勢然捋著鬍子想了一下，又道，「我當日不在場，據小榕描述，他自稱凌雲，又以『子虛』二字為招。有此稱號的只有漢代司馬相如。司馬相如擅作漢賦，尤以〈子虛賦〉為上佳，漢賦氣魄宏大，小榕的詠絮本非敵手，若非你及時出手，只怕……」

羅中夏經這麼一提醒，猛然想到自己被黑筆穿胸的記憶，不禁驚道：「難道，難道說我胸內的不是怪物，而是筆靈？」

「不錯。」韋勢然盯著他，「而且你的那枝筆靈，大大地有來頭呢。」

羅中夏腦子裡電光石火般地閃過那首絕命詩，說話不由得結結巴巴：「你、你們別告訴我是李、李白的啊？」

「也是，也不是。」

1 此為湖筆特色，在業內又稱為「黑子」，黑子的深淺，即為鋒穎的長短。
2 湖筆，又稱湖穎，產自浙江湖州善璉鎮，常用黃鼠狼的尾部毛跟羊毫製造，工藝上乘。
3 六竅皆通，七竅中通了六竅，意指一竅不通。
4 指漫畫家手塚治虫，畫過《原子小金剛》與《怪醫黑傑克》等作品。
5 孔鮒，孔子九世孫，相傳在李斯倡議焚書時，將《論語》、《尚書》、《孝經》等經典藏於牆壁中。
6《文心雕龍》，為南朝劉勰所作，開中國批評史之先例，內容探討了文學起緣、體裁分類即修辭等問題。

第六章　更無好事來相訪

「到底是，還是不是？」羅中夏急切地追問道。堂堂一代詩仙的靈魂，居然就在自己胸腔裡轉悠，這玩笑可開大了。

韋勢然又慢慢啜了口茶，彷彿在挑戰羅中夏的耐心，直到他幾乎坐不住了，才徐徐道：「當年李謫仙縱橫天下，才氣充塞四野，極負盛名。筆塚主人早就想收其入塚。寶應元年，也就是七六二年，李白客死在當塗他的族叔李陽冰家中。在他臨死之前，筆塚主人親赴榻前，為他煉出一枝青蓮筆。孰料這青蓮筆和李白一樣，灑脫不羈，不甘心被收入筆塚，竟逃出筆塚主人的手，不知所終。」

「說的就是這一枝嗎？」羅中夏又想去摸自己的胸部。

「不，真正的青蓮筆已經消失逾千年，至今沒有人知道李白的魂魄驅使著它去了何方。你身體裡的那枝筆，卻是筆塚主人在遺憾之下，拿太白臨終時的筆煉出來的，雖也沾染了些許太白的精氣，終究離真正的青蓮筆還差著許多。」

羅中夏聽了，心裡說不出是失望還是慶幸。難怪那天在師範大學自己能夠奇蹟般地逃脫，原來是這枝偽青蓮筆所帶來的力量。

「可是……可是怎麼會選中我呢？難道我是李白轉世？」

聽到這個問題，韋勢然沒有露出什麼表情，反而是小榕撇了撇嘴，露出不屑神色。羅中夏為了掩飾尷尬，又喝了一口茶。

韋勢然伸出兩個指頭道：「一般來說，筆靈尋主的方式分成『神會』和『寄身』兩種，前者是筆靈通神，自選其主；『寄身』則是用外力強行植入。兩者威力不同，試想筆靈若與被植者性情迥異，不能人筆相悅，威力便會大打折扣。我千辛萬苦搜得這枝青蓮遺筆，還沒找到合適的神會對象，就被你生生寄身了。」

最後一句話顯然是暗示羅中夏才學根本不夠。他聽了大為不悅，卻又無從發洩。他和李白之間的差距，大概是天壤之別的平方。

「這麼說來，小……呃，韋小姐應該就是神會的了？」

「不錯，她十二歲那年，就被筆靈選中，連我都出乎意料。」

羅中夏轉頭看向小榕，只覺得她怯怯弱弱，帶著幾絲淡雅，倒也和傳說中的謝道韞有幾分相似。

「那一枝穎童呢？那傢伙看起來木木的，眼神無光，卻是什麼筆煉出來的？」

「那個啊，嚴格來說不算筆靈。這些筆原本只是普通毛筆，沒有魂魄，是以只能煉出傀儡來。你若是學過書法就該知道，湖筆乃是筆中一大系，以鋒穎——行內人皆稱為黑子——而聞名，質地最純，拿湖筆煉成的是傀儡中的精品，便叫做穎童。通常筆塚煉出它們作為僕役來用。」

羅中夏聽到這裡，驚訝地從凳子上跳起來：「等一下！這麼說那個穎童是筆塚的？那它為什麼要殺我？我跟筆塚有什麼仇怨？」

聽到這些質問，韋勢然聲調復轉低沉：「此事牽涉太廣，你知道太多，只怕會招來殺身之禍。」

羅中夏有些惱火地嚷道：「喂，我已經招來殺身之禍了好不好！」

韋勢然伸手示意他少安毋躁：「我那日故意騙你，正是為了你安全著想；送你一枝無心散卓筆，也是為了備不時之需。只可惜你不曾留心，若非我孫女及時趕到，你恐怕早死在他們之手了。」

羅中夏從小到大，還不曾如此真切地感覺到死亡的威脅，一想到剛才穎童扼住自己咽喉的感覺，臉上就不禁泛起蒼白：「他們為什麼要來殺我……」他猛然間想到什麼，又追問道：「莫非，莫非是為了那枝青蓮遺筆？」

「正是。此筆不祥啊……」韋勢然點了點頭。

就在這時，一個渾厚的聲音突然撲入小院。這聲音訇訇作響，如風似潮，瞬間就淹沒整個院子，久久不退，就連棗樹樹葉都隨之沙沙作響。

「大話炎炎，好不害羞。」

三個人俱是一驚，一時又無法辨別聲潮的來源，只得轉頭四顧。羅中夏固然驚懼萬分，就連韋小榕也面露不安之色，只有韋勢然很快恢復鎮定，眼神中閃爍著異樣光芒。聲潮持續了數秒後漸漸退去，院內重新歸於寂然，只是這種寂靜和剛才的恬靜迥然不同了。

韋勢然捏起茶碗，朗聲道：「既然來了，何妨現身一坐？」

小院內忽然平白泛起一大片黃光，千條光絲彷彿從地裡長出來的蘆葦一樣搖曳擺蕩，彷彿數十個強聚光燈匯聚在一起。一個人影自光圈中央緩步出現，呈放射狀的光線隨著他的步伐一點一點聚斂起來。當那人站定在小院中間時，光線如孔雀屏翼一般已經完全收起，只在他身影邊緣隱隱泛起一圈金黃色的光芒。

羅中夏屏住呼吸，仔細端詳。來人身著淺藍色襯衫，戴一副黑框眼鏡，面瘦眼深，有點像陳景潤[1]。但是儒雅中自帶幾分威勢，叫人心中一凜。

「韋兄，別來無恙？」

韋勢然冷哼一聲，沒有回答，小榕似乎無法承受這種無形壓力，擔心地叫了一聲「爺爺」。韋勢然拍拍她的手，示意沒事。

來人笑了笑，又把視線集中在羅中夏身上。

「羅中夏同學，你好！」

「你……你也好！」羅中夏覺得自己的回答很可笑，但他已經口乾舌燥不能思考。除了初中數學老師以外，他還是第一次如此清晰地感受到一個人所能帶來的壓力。

院子上空傳來撲稜撲稜幾聲，宿在棗樹上的幾隻鳥振翅逃開。

「老李，你終於還是忍不住跳出來了嗎？」韋勢然冷冷說道，同時把紫陶茶壺交給小榕。

老李摘下眼鏡擦了擦，悠然道：「原本是不該來的，但是你用大話欺小孩子，總是不好。」

「哼，這裡還輪不著諸葛家的人來教訓。」

羅中夏在一旁聽得心驚，忍不住開口問道：「我被騙了？」老李也不理他，略一抬手，一束光芒自手指激射而出，正刺入羅中夏胸前。羅中夏下意識地要躲，雙腿卻不聽使喚，只得任由光束照射。好在這道光暖洋洋的，不疼不癢。唯有胸中筆靈似是不甘心被那光束罩住，上下翻騰不已。

糾纏了一分鐘，老李回手一握，光束立消，瘦削的臉上浮起滿意的笑容。

「果然是太白遺風。」

「……」

「羅同學，這千年以來，你可也算得上是數一數二的福緣至厚，韋兄還說不祥，豈不是欺你嗎？」老李言罷，雙手衝韋勢然一拱，「恭喜，這不世之功，居然被韋兄你捷足先登了。」

韋勢然不耐煩道：「少在這裡裝腔作勢，你不是一早就派人趁我不在的時候來搶了嗎？」

老李用食指扶扶即將從瘦弱鼻梁上滑下來的黑框眼鏡：「哦，你說諸葛長卿。他還是個喜歡衝動的年輕人，我已經嚴厲地批評他了。」

「哼，你這幾年倒是集了不少筆靈，連凌雲筆這些上等貨色都被你收了。」

「萬千沙礫，終不及寶珠毫光。我卻不如韋兄口風緊，連自己孫女都種下了筆靈，可謂是處心積慮。」他忽地話鋒一轉，「這麼多年來，我一直不曾計較你的存在，彼此相安無事，也是看顧往日情分。今日既然青蓮現世，卻又不同了。」

韋勢然白眉一挑：「你想如何？」

「把他交給我，然後一切如常。」

老李說得慢條斯理，語氣平淡，既非問句亦非祈使句，而是高高在上的陳述句。自信至極，也傲慢至極。

羅中夏聽了，悚然一驚，背後一陣冰涼。這，這不是明擺著要搶人嗎？

韋勢然端起茶杯，呵呵大笑：「青蓮現世，其價值如何你我都很清楚，何必再說這些廢話！」

老李搖了搖頭：「你還是這副脾氣。詠絮筆再加一枝青蓮遺筆，最多兩個筆塚吏，能做些什麼？蚍蜉螳臂，又豈能撼樹當車。做個強項令[2]有什麼好處？」

「誰勝誰負，還尚未可知。總之你休想得手，我也絕不會與諸葛家有什麼妥協。」

韋勢然說得斬釘截鐵，面如峭岩，十指糾錯成一個古怪的手勢。

老李無奈地用指頭敲了敲太陽穴，嘆道：「何必每次都搞得兵戎相見呢。」

他朝前走了一步。

只走了一步。小院之內霎時精光四射。

在一旁保持沉默的小榕猝然暴起，搶先出手。數枚冰錐破風而出，直直刺向老李。可是，冰錐像穿過影子一般穿過老李的身體，勢頭絲毫不減，砸到對面牆壁上，傳來幾聲清脆的叮叮聲。

老李毫髮無傷，只是笑道：「看來性急是會遺傳的。」

小榕蛾眉緊蹙，揮手又要再射，被韋勢然攔了下來：「不用了，這只是個幻影。」

彷彿為了證實他的話，眼前老李的身體開始慢慢變得稀薄起來，逐漸被光芒吞噬。

「今日就到這裡吧，先禮後兵。羅同學，我們後會有期。」人已近消失，聲音卻依然清晰，隱有迴響。

「你，你要做什麼……」羅中夏臉上白一陣綠一陣，膽怯地囁嚅。雖然他對目前的局勢還是糊塗，但直覺告訴他，自己似乎被捲入了一場不得了的風波。

已經快要完全被光芒吞沒的老李和藹地回答道：「不是我想做什麼，而是我能做什麼。」

老李既去，小院又恢復了剛才的清靜，只是氣氛已大為不同。

羅中夏看看韋勢然，又看看小榕，壯起膽子問道：「那個人是誰……」

「對你不利的人。」

韋勢然低聲答道，似乎不願意多加解說，兩條白眉耷拉下來，整個人一下子變成了鬆弛的發條。羅中夏還想要追問，卻被小榕瞪了一眼：「我爺爺已經耗盡心神。」

羅中夏這才知道，剛才在談話之際老李和韋勢然已經在水面下有了一番較量。雖然他不懂這些怪力亂神的玩意兒，但能看得出，老李只是以幻影之軀，就跟韋勢然戰了個平手。

韋勢然喘息了一陣，才稍稍恢復了一點精神。他看看天色，揮手讓小榕和羅中夏都從院子裡進屋。他一招手，那幅筆塚主人的畫像也飄然進屋，自行貼在牆上不動。

進了後屋以後，小榕扶著韋勢然躺在那張行軍床上，從一個五斗櫥裡取出一個小瓷瓶，從裡面倒出一粒米粒大小的藥丸，就水給韋勢然服下。韋勢然喉頭滾動了幾下，長長出了一口氣，面色這才逐漸恢復紅潤。

韋勢然轉過頭，對一直傻呆在旁邊的羅中夏道：「你現在一定想知道，我們是什麼人，他們是什麼人，和筆塚關係如何吧？」

羅中夏所想被完全猜中，有些尷尬地點了點頭。

韋勢然道：「你可聽過韋昶這個人？」羅中夏搖了搖頭。

「此事要上溯至三國時期，當時魏國有位書法名家叫韋誕，字仲將；韋昶正是他的親兄，字伯將。韋昶幼時蒙筆塚主人提攜，入塚為吏，曉悟煉筆之法，後來加上他自己潛心鑽研，終於成為一代製筆名匠。韋昶的後人承襲祖職，入世則為製筆世家，出世則為筆塚吏，借製筆的名望結交名士，世代為筆塚主人搜集可煉之筆。」

「難道你們……」

「不錯，我們便是韋氏之族的傳人。綿延至今，已經是第四十五代了。」羅中夏看看韋勢然，再看看小榕，心中咂舌不已。

「原本歷代筆塚吏都出自韋家，可到了唐代，卻有了變化，筆塚吏中首次出現了外姓——琅琊諸葛氏。從此筆塚吏一分為二，韋氏與諸葛氏互較鋒銳。這種局勢持續了數百年，到了南宋年間，筆塚突然經歷了一場劫難，這劫難究竟是什麼，如今已經是千古之謎。只知道此事以後，筆塚主人不知所終，筆塚也隨之湮沒無聞，從此無人知其所在。」

「什麼……筆塚在南宋就消失了嗎？……我還以為這個祕密組織延續到今日了呢。」羅中夏遺憾道。

「呵呵，筆塚雖沒，韋氏和諸葛氏卻仍舊開枝散葉，繁衍下來。那一場紛爭之後，兩家一直明爭暗鬥，一面暗中收集散落各處的筆靈，一面設法找尋筆塚的下落。可惜煉筆之法失傳，諸葛家、韋家只能把普通毛筆煉成筆童，卻再也無法煉製真正的筆靈了。因此自南宋之後，再無任何筆靈誕生。」

「於是你們這類人一直留傳到了今日？」

「與時俱進嘛，我們也得過日子。不過筆靈之祕卻一直不曾外傳，只有這兩個家族的人才了解。倘若把這個公開，只怕會引發新的動盪。這一點兩家都有默契。」

「那個老李，就是諸葛一族的後人吧？」

「不錯，哼，他跟我鬥了幾十年時間，他的為人我太了解了，是個為達目的什麼手段都能使出來的傢伙。這一回他看到青蓮再世，看來是打定主意要搶了。」

羅中夏想到老李臨走前說的那句話，不禁一凜，撫胸道：「我那枝青蓮，如此重要嗎？」

「正是，青蓮再世，意義重大。」韋勢然說到這裡，神色卻忽然一黯，「老李這人苦心經營了這麼多年，手下黨羽眾多，筆靈和筆塚吏想來也有了許多。而我只有小榕一人一筆可以依靠，前途卻是渺茫。」

小榕在一旁聽了，握住韋勢然的手，身子不覺朝枕邊靠了靠。

「老李也是筆塚吏嗎？」

「他的力量深不可測。」

「那豈不是……」羅中夏覺得接下來的話太過怯懦，不好意思說，改口道，「他們要青蓮遺筆，我會如何？」

韋勢然瞥了他一眼：「我說過了，老李那人做事不擇手段。你忘了那個要殺你的穎童了嗎？」

羅中夏面色大變。

「那，那我把筆還給你們，好不好？」羅中夏現在只想盡快脫離這是非之地，做回與世無爭的普通大學生。

韋勢然早料到他要說這句話，只是微微搖了搖頭，嘆息道：「此事可沒那麼容易。若是能輕易把筆靈從你身上取出，那天你在店裡的時候我就取了，何至於拖到現在？」

羅中夏聽韋勢然的口氣，應該是還有辦法，於是急忙問道：「那該怎麼取？」

「筆靈不是實體，而是寄寓在寄主魂魄之間。只要寄主人死神散，筆靈無所憑依，自然就能收回。」

「……」

「說得簡單點，只要把你殺死，一切就解決了。」

羅中夏心神大震，不由得自嘲道：「這倒確實是個好辦法。」他警惕地朝四周望去，忽而轉念一想，如果韋勢然現在想殺他的話，也只能束手待斃，提防不提防，倒也沒什麼區別。

「我又何嘗想讓外人捲入這場紛爭。」韋勢然仰起頭，嚴肅地說道，「其實既然筆靈已經為你所繼承，也是緣分。」

「緣分啊……」羅中夏低頭不語，反覆咀嚼著這個詞。

「是的，青蓮筆的妙處你若體會得到，終生受用無窮。怎麼樣？加入我們吧。」韋勢然和小榕同時把目光投向羅中夏，屋子裡陷入短暫的沉默。

「不，還是算了。」羅中夏搖了搖頭。

1 陳景潤，為中國數學家，第一屆華羅庚數學獎得主，於一九六六年發表〈表達偶數為一個質數及一個不超過兩個質數的乘積之和〉論文，是為研究「哥德巴赫猜想」的一個里程碑。

2 強項令，原指漢朝董宣執法如山，不向皇親國戚低頭的行為，被漢光武帝稱讚「強項令」。後多用於形容正直廉潔、不畏權勢的人。

第七章　人生在世不稱意

羅中夏忙不迭地搖了搖頭。懵懂少年捲入奇怪的殺戮世界，這種事情在漫畫裡看看就好，現實中還是少惹為妙，畢竟是性命攸關。何況羅中夏本人是個好事卻怕事的人，一想到敵我陣營實力懸殊，好勝之心就先自消了一半。

韋勢然皺起眉頭：「可你若踏出這家舊貨店，老李他們隨時有可能派人來將你殺死。你現在就好似是唐僧肉，青蓮一日在身，你就一日不得安寧。」

「中國……可是個法治社會。」

「老李如今是個有勢力的人，想幹掉你可以說是輕而易舉。」

羅中夏坐在椅子上，雙手抱住了頭，有些彷徨失措，感覺自己被逼上了一條兩難的絕路。最可悲的是，他連自己怎麼被逼上去的都莫名其妙。

戰亦死，不戰亦死，這叫人如何抉擇。

這種生死大事對於一個普通大學生來說，確實太嚴肅了點。

韋勢然勉強從床上坐起來還想說什麼，卻一下子咳嗽不已。小榕連忙拍拍他的背，扭頭瞪了羅中夏一眼，氣道：「爺爺，還是別逼他了。你看他那副樣子，哪裡有半點太白遺風，就是肯來也不頂用！」

若是平時，羅中夏被女生這麼踐踏自己的男性尊嚴，早就跳起來抗辯了。但是現在他卻聽之任之，默默不語。

韋勢然示意小榕不要繼續說了，沉吟了一下，伸出三個指頭：「羅小友，茲事體大，讓你倉促間做出決定也殊為不易。你不妨先回學校，三日之後再給我答覆，如何？」

羅中夏連忙一口應允，心裡想能躲一步算一步吧。他忽然又想到老李那張躊躇滿志的臉，不禁畏縮道：「可是……萬一我回去以後，老李他……」

「這你放心，我自有安排，保你這三日內平安無事。」韋勢然示意他不必擔心，重新合上雙眼，雙手也交叉在胸前。

這是個談話結束的信號。小榕對羅中夏做了一個送客的手勢。

兩人臨要出屋，韋勢然忽然又睜開眼睛，別有深意地對羅中夏說：「不要抗拒命運，有些事情，是講究隨遇而安的。」

羅中夏訕訕而退。

他回學校的時候已近凌晨三點，宿舍早就關門了。第二天的一大早恰好是國學課，於是羅中夏索性不回宿舍，在附近找了一間叫「戰神」的網咖打遊戲。網咖裡只有寥寥十幾個人，老闆倒豪爽，算給他一個通宵半價。

遊戲雖然是小道，也能窺人心境。羅中夏一直心亂如麻，這遊戲就打得心不在焉，屢戰屢敗。他連輸了十幾局，胸中煩躁如雨聚雲積，最後啪地把滑鼠一摔，幾乎要一拳砸到電腦螢幕上。

「老闆，來瓶啤酒！」

老闆聽見，連忙給他端來一罐紅牛能量飲料。

羅中夏看著老闆，不解其意。老闆把易開罐砰地打開遞給他：「嘿，哥們兒，借酒澆愁愁更愁，抽刀斷水水倒流。我跟你說，你要是心裡不痛快，就喝點紅牛提提神，別拿電腦出氣，是不是？」

羅中夏心中一驚，又是李白的詩。老闆不知他的心理波動，斜斜靠在電腦桌前，繼續說道：「哥們兒你八成又是碰著什麼不稱意的事了吧？」

他見羅中夏沉默不語，哈哈一笑：「甭介意，我見得多啦，不是失戀的，就是考研沒考上的，總之什麼人都有，心裡揣著事半夜跑到我這兒來。我都有經驗，見到這樣的一律紅牛伺候，讓他們腦子清醒點；要是誰心裡不痛快都借撒酒瘋砸電腦，我這兒就成資源回收站了。」

羅中夏暗暗苦笑，心想他們的苦處豈能和我的相比，他們至少沒有性命之虞啊。

老闆渾然沒覺察到，還在侃侃而談：「所以啊，年輕人，有什麼不痛快的看開點，大不了一死唄，死了不就什麼都不用擔心了？」

羅中夏聽了一樂，覺得這人風趣得緊，抬眼仔細端詳。這位老闆也就……「老闆你怎麼稱呼？」

「哦，我叫顏政，顏是顏色的顏，政是政治的政。」

老闆介紹完自己，大大咧咧地拍了拍他肩膀，在對面機器的座位坐了下來：「來，我陪你修煉。」

「修煉？」羅中夏一愣，難道這也是位方家？老闆拍了拍主機殼側面，彈掉菸頭，喊道：「我跟你說，我們今天就來個遊戲修煉。」

原來是這個啊。羅中夏一陣失望，卻也不好拂了老闆的盛情，於是也操縱滑鼠進了遊戲。

很快遊戲開始，老闆的聲音從耳機裡傳了進來：「嘿，你沒這麼修煉過吧？我跟你說，遊戲這東西別看新聞媒體總報導是電子鴉片，其實不然，它修煉的是定力，考較的是注意力，得全神貫注，心無旁騖。心裡有什麼不痛快的事，只要是鑽進遊戲裡，就能立刻給擱到一邊去。我跟你說，什麼時候你要修煉到校長站你身後你都能拿下『一血』，那就算是到境界了。以後辦起什麼大事來，都嚇不倒你。」

兩個人就這麼且打且聊，大多數時候都是老闆在通訊頻道裡喋喋不休。不過別說，也不知道是遊戲真有這心理療法的功能，還是老闆的廢話無限連擊起了作用，羅中夏的心情確實比剛進網咖那會兒舒服多了。

「老闆看來你是閱人無數啊。」

「承讓承讓，做我們這行的，沒雙慧眼識人還真不行。算命的說，我有當心理醫生的命格。」

「不錯，你不去做心理諮詢可惜了。」

「嘿嘿，我跟你說吧，網咖這地方是人心的集散地，什麼么蛾子事都有，我在這兒每天教化的學生仔，可比在心理診所拯救的多多了。我開了二十多年網咖，什麼人沒見過？」

「……二十多年前有網咖嗎？」

「嘿，我就那麼一說。」

「哎，那我諮詢一下，我……呃，我有一個朋友，現在面臨一個重大選擇：要麼是捨棄學業去做事，搞不好還有生命危險；要麼不去，可搞不好也有生命危險……」

老闆聽了，放下滑鼠，嘬了嘬牙花子[1]，從懷裡掏出根中南海香菸替自己點上：「你這位朋友是黑道的還是白道的，怎麼動輒就來個生命危險？」

「這事吧……不能明說……」

老闆大約見多了這種喜歡「代朋友來問」的傢伙，促狹一笑：「既然左右都有生命危險，那還不如由著自己性子來呢。」

「可惜連我自己都不知道自己性子是什麼……」羅中夏心想，嘴上卻不敢明說。

「我跟你說，人都有命數，甭管怎麼折騰，還是逃不脫這兩字。」老闆說到這裡，羅中夏還暗想這人好消極，誰知老闆話鋒一轉，嗓門陡然提高，「所以說，既然命數都預設好的，還不如率性而為，圖個痛快。」

「命數……」羅中夏心念一動，忽然想到了什麼。

「看後面！」老闆在耳機裡又大嚷起來。

第二天七點五十分，滿眼通紅的羅中夏進了階梯教室，趴在桌子上睡眼矇矓。他跟老闆打到早上七點多才鳴金收兵，出網咖後隨便買了兩個包子吃，就直接過來了。老闆說的遊戲修煉卻也有幾分效果，他如今內心焦慮已略微平復，不如先前那麼百爪撓心，只是睏倦難耐。

八點整，鞠式耕準時出現在教室門口。他走上講臺，把花名冊打開，環顧了一圈這些七點鐘就被迫起床的學子，拿起毛筆來開始一一點名。羅中夏強睜開眼睛，發現他手裡那枝是長椿舊貨店里弄來的鳳梨漆雕管狼毫筆，那桿無心散卓卻沒帶在身上。

點名花了足足十幾分鐘，鞠式耕每念一個名字都得湊近名冊去看，聲音拖著長腔兒，還要一絲不苟地用毛筆蘸墨在名字後畫一道。

等到他點完所有人的名字，合上花名冊以後，羅中夏忽然發現，今天鄭和居然沒來！這個國學積極分子居然會曠掉他最尊敬的鞠老先生的課，這可真是怪事。羅中夏又瞥了一眼鄭和的空位置，重新趴到桌子上。

沒來就沒來吧，反正不關我的事，現在最重要的事情是睡覺。

今天上課的內容還是《中庸》，極適合催眠。鞠式耕開口沒講上三段，羅中夏就已經昏昏睡去，直見周公去了。說來也怪，羅中夏在宿舍裡噩夢連連，在課堂上卻睡得酣暢淋漓，連夢都沒做，一覺睡到下課鈴響，方才起身。

鞠式耕在講臺上拍了拍手上的粉筆灰塵，看看時間，開口說道：「同學們，今天的課就上到這裡。」同學們如蒙大赦，紛紛要起身離開，未料鞠式耕又道：「請稍等一下，我有件事情要說。」大家只好又悻悻地坐了回去。

「上星期有同學提議，說光講四書五經太枯燥了。我覺得這個意見值得思考，國學並不只包括儒家經典，一些好的詩詞歌賦也是我國古代文化寶藏的一部分。所以呢，下節課我會分成兩部分，一部分繼續講解《中庸》；第二部分則有選擇性地挑選一些古詩詞來做賞析。我們就從李白開始。」

聽到這句話，羅中夏悚然一驚，挺起身子去看鞠式耕，正和後者四目相接。鞠式耕衝他微微頷首，還晃了晃手中的毛筆。

「所以請同學們回去做做準備，請閱讀我指定的幾個篇目，有〈夢遊天姥吟留別〉、〈蜀道難〉、〈廬山謠寄盧侍御虛舟〉，這幾篇比較有名，相信大家都有印象。我們就從這幾篇開始。」

「靠……他想幹嘛啊，這不是明擺著要刺激我嗎？」

現在羅中夏一提李白就頭疼，「李白」二字會把他埋在沙土裡的鴕鳥腦袋生生拖出來，讓他明白自己的危險處境以及兩難抉擇。而這個鞠式耕偏偏還讓他們去讀李白的詩，這不是火上澆油、硫酸加水嘛！

好在鞠式耕沒再多說什麼，夾起名冊就離開了。樹倒猢猻散，聽課的學生們也都哄然離去。羅中夏呆呆坐在座位上，腦袋裡渾渾噩噩，不知道接下來該幹嘛。

忽然有人猛拍了一下他的肩膀，羅中夏抬頭一看，卻是自己宿舍的老七。老七一臉興奮，連說帶比畫地對羅中夏說：「喂，還愣著幹什麼，快出去看看。」

「怎麼了？美軍入侵我們學校食堂了？」

「不是。哎呀，你去了就知道了。」老七不由分說，拉著他就走。羅中夏這才注意到，往常這個教室下課後學生們走得很快，可今天門外卻聚集著好多人，在走廊裡哄哄嚷嚷，以男生居多。

「到底怎麼回事啊？」

老七朝外面看了一眼，舔了舔嘴唇，露出健康大學生慣常的色瞇瞇表情：「來了一個不知道從哪裡跑來我們學校的美女，就在教室門口哪！」

「美女？」

「對啊，我們系花跟她比，連渣都不如！」他把羅中夏連推帶搡地往門外帶，羅中夏現在實在沒有賞花鑑玉的心情，只是任由他推。兩個人到了教室外面，走廊上已經站了好些男生。這些男生有的假裝滑手機，有的假裝翻筆記，一個個眼睛卻全往一個方向瞥。

羅中夏也朝著那個方向望去。

他一瞬間愣住了。是小榕。但又和他所見過的那個小榕不太一樣。

她鼻梁上還多了一副精緻的金絲眼鏡，一改往常的古典風格，清雅宛如荷塘月色。也無怪這幫男生如此驚豔。

羅中夏經歷了最初的震驚，很快另外一個疑問跳入腦海：她來幹嘛？

小榕此時也發現了羅中夏，她抬起右手扶扶眼鏡，徑直朝他走來。周圍的男生看到這個神祕美女朝自己走來，心中都是一漾，待到發現美女的目標另有其人，又不約而同地發出一聲嘆息。

小榕走到羅中夏面前，淡淡說道：「我們走吧。」

羅中夏在一秒鐘內，就樹起了包括他的兄弟老七在內的二十幾個敵人。周圍的人都用嫉恨交加的眼光反覆穿刺著這個討厭的幸運兒，老七張大了嘴巴，彷彿被誰突然按了暫停鍵。

「嗯嗯……好的。」羅中夏情知此地不適合談話，也只好含糊應和。兩個人也不說話，就這麼並肩沉默地朝走廊外面走去，留下一大堆張口結舌的男生，望著小榕款款倩影發呆。

老七半天才恢復正常，他拍拍自己的臉，確定自己是處於清醒狀態以後，暗罵了一句：「我靠！」轉身朝宿舍跑去。這條八卦實在是太有傳播價值了。

羅中夏和小榕兩個人走出教學大樓，走到一處僻靜的拐角綠地。等確定周圍沒有什麼人了，羅中夏停住腳步，轉身問道：「妳來做什麼？」

「我爺爺派我來保護你。」

原來這就是韋勢然所說的保護措施。羅中夏聽了心中一陣失落，也不知是因為什麼。

「也就是說，這三天裡妳會形影不離地保護我？」小榕點了點頭，表情看不出情願還是不情願。

羅中夏望了望小榕身後，疑惑道：「難道……妳爺爺只派了妳來嗎？」

「正是，他另外有事。」

「……不是吧……妳也只能和諸葛長卿打一個平手。萬一諸葛家的人派來幾個更厲害的，那豈不是孤掌難鳴？」

從一開始，羅中夏就沒把自己算入戰力之內，小榕杏眼閃過一絲鄙夷，伸出兩個指頭。

「所以我現在來找你，是有兩件事。」

「呃？」

「第一，你把那枝無心散卓筆要回來，那非常重要。」

羅中夏心中暗暗叫苦，那筆早就送給鞠式耕了，現在再去找人家要，自己都不太好意思開這個口。他又問第二件事是什麼。

小榕鄭重地扶了扶眼鏡，眼神變得銳利起來。「第二件事，就是要訓練你運用筆靈的能力。」

「我學那、那些東西做什麼？」

「讓你至少能有些自保的能力，不至於拖累我。」

「才三天時間啊，能學到什麼？」

小榕明明比羅中夏年紀小，這時卻變得很像一個威嚴的老師：「三天時間可以學許多東西了。」

「可是……」羅中夏一邊不自信地搔著頭皮，一邊囁嚅。打架這種事他實在是沒什麼自信，何況還是奇幻等級的。

「不必擔心，你那天在舊貨店，不是幹得不錯嗎？」小榕說到這裡，聲音忽地轉緩，鏡片後的眼神也柔和了許多，「若非你出手，我還不知會如何……說起來我還得謝謝你呢。」

羅中夏仍舊拚命搔著頭皮，他對自己那天如何擊退諸葛長卿的過程毫無印象，那是整個人失去神志以後被筆靈侵占了身體，完全本能地在戰鬥。

彷彿了解他心中所想，胸中筆靈忽地躍動不已，迫不及待。左思右想了半天，羅中夏覺得自己好像沒有什麼選擇。末了他長長出了一口氣，高舉雙手，終於下定了決心：「好吧，好吧，那我該怎麼辦？是跑步、健身還是先打沙包？」

小榕滿意地點了點頭，從挎在胳膊上的粉紅色坤包[2]裡取出一本線裝書，遞給羅中夏。

「請你背熟它，這是第一步。」

羅中夏接過書本，上面寫著五個字。這是五個令羅中夏哭笑不得的字。

《李太白全集》。

---

1 牙花子，中國方言，指牙齦、齒齦。

2 坤包，女性用的小手提包。漢語中「坤」代表女性。

第八章　男兒窮通會有時

羅中夏拿著《李太白全集》在手裡反覆地掂量。怎麼看這都是一本毫無特別之處的普通紙質印刷品，它甚至不夠古，書籍末頁清楚地寫著印於一九七七年，中華書局，清人王綺所注。每一頁都不可能隱藏著夾層，漢字的排列也看不出有什麼特別的規律——這又不是《達文西密碼》。

「我要修煉的就是這本東西嗎？」他迷惑地抬起頭。

「是的。」小榕的回答無比肯定。

「不是開玩笑吧，又不是語文考試。」

小榕似乎早預料到他會是這種反應，伸出一隻纖纖素手點了點他的胸口：「你的胸中寄寓的是李白的筆靈，雖然不夠完全，但畢竟沾染了李白的精神。若想讓它發揮出最大的威力，你必須要了解李白的秉性、他的才情、他的氣魄，而讀他的文字是最容易達成這種效果的途徑。」

「就是說我要盡量把自己和李白的同步頻率調高？」

「我們叫做筆靈相知。觀詩如觀心，相知愈深，相悅愈厚。」

小榕說完以後，抿起嘴來不再作聲。羅中夏盯著她形狀極佳的嘴唇看了半天，終於忍不住開口問道：「就完了？」

「當然，你還想知道什麼？」

「我的意思是……呃，難道不該有些心法、口訣或者必殺技之類的東西教我嗎？」

「筆靈是極為個人的東西，彼此之間個性迥異，每一枝筆靈運用的法門也是獨一無二，不能複製。所以沒有人能教你，只能去自己體會。我所能告訴你的，只是多去讀文。熟讀唐詩三百首，不會作詩也能吟。這本集子裡，你多看詩就好，後面的賦、銘、碑文什麼的暫時不用理。」

羅中夏悻悻地縮了縮脖子：「這不是等於什麼都沒說嘛……」

這時一名校工騎著腳踏車從旁邊路過，他看了羅中夏和小榕一眼，吹了聲輕佻的口哨，揚長而去。小榕連忙把點在羅中夏胸口的手指縮了回去，臉上微微浮起一絲紅暈。彷彿為了掩飾自己的尷尬，她轉移了話題。

「你別忘了第一件事。那枝無心散卓筆呢？我們必須找到它。」

羅中夏嘆了一口氣：「那枝筆，已經送給我們學校的老師了。」

然後他把整件事前因後果解釋給小榕聽，小榕聽完撇了撇嘴，只說了四個字：「咎由自取。」因為這四個字批得實在恰當，羅中夏被噎得一句話也說不出來。

在小榕的催促下，羅中夏索性曠掉了第二節通識課，直接去松濤園找鞠式耕。小榕陪著他一起去，兩個人一路並肩而行，不明真相的路人紛紛投來羨慕和詫異的目光。這一路上羅中夏試圖找各種話題跟小榕聊天，卻只換來了幾句冷冰冰的回應。

在又一個話題夭折之後，小榕淡淡道：「你與其這麼辛苦地尋找話題，不如抓緊時間多背些詩的好。」

「那從哪一首開始比較好啊？」羅中夏不死心。

「第一首。」

這回羅中夏徹底死心了。

兩個人很快又一次邁進松濤園內。舊地重遊，遊人卻沒有生出幾許感慨，而是沿著碎石小路徑直去了招待所。小榕在招待所前忽然站定了腳步，表示自己不進去了。羅中夏也不想讓她看見自己被鞠式耕教訓的樣子，於是也不勉強。

等到羅中夏離開以後，小榕抱臂站定，垂頭沉思。她本是個極淡泊的人，這時卻忽然心生不安。她抬起頭環顧，四周野草聳峙，綠色、黃色的楊樹肅然垂立，即使是上午的陽光照及此地，也被靜謐氣氛稀釋至無形。

她朝右邊邁出三步，踏入草坪。昨日穎童就是在這裡襲擊羅中夏的，草科中尚且看得見淺淺的腳印，稜角方正分明，是筆童的典型特徵。她低下頭略矮下身子，沿著痕跡一路看去，在這腳印前面幾公尺處是一片凌亂腳印，腳印朝向亂七八糟，顯然是那個被嚇得不知所措的羅中夏留下的。小榕腦海裡想到他昨天晚上的表現，不禁莞爾。

一陣林風吹過，小榕把注意力集中到了右側的更遠處。大約二十公尺開外有一條深約半公尺的廢棄溝渠，半繞開碎石小路深入林間。溝內無水，充塞著茂密的野草，從遠處望去只能看到一片草尖飄搖，根本發覺不了這條溝的存在。

小榕慢慢撥開草叢來到溝邊，她的細緻眼光能夠發現常人所無法覺察的微小線索，堪比CSI（Crime Scene Investigation，犯罪現場調查）。她從野草的傾斜程度和泥土新鮮程度判斷，這裡曾經藏過人，而且時間和羅中夏遇襲差不多。她用右手把掙脫髮帶垂下來的幾絲秀髮撩至耳根，俯下身子，發出輕微的喘息。

一道極微弱的藍光從少女的蔥白指尖緩緩流瀉而出，慢慢灑在地上，向四面八方蔓延開去。在溝渠的某一處，原本平緩的藍光陡然彈開，朝周圍漫射開來，像是一片藍色水面被人投下一塊石頭，泛起一圈圈的漣漪。小榕的表情變得嚴峻起來。

羅中夏從招待所裡走出來，兩手空空。他看到小榕還站在原地，急忙快走兩步，上前說道：「那枝筆，已經不在這裡了。」

「我已經知道了。」

「啊？」

小榕揚起手指了指遠處的溝渠：「我剛才在那邊發現了些線索。昨天晚上你遇襲的時候，有人隱藏在旁邊，而且這個人手裡拿著無心散卓筆。」

「妳怎麼確定？」

「筆靈過處，總會留下幾絲靈跡。我剛才以詠絮筆去試探，正是無心散卓筆的反應。」

「難道真是鄭和？」羅中夏疑惑地叫道。剛才鞠式耕告訴他，昨天晚上鄭和借走了那枝筆，就再沒有回來過。

「鄭和是誰？」

「就是那天去你們那裡買了鳳梨漆雕管狼毫筆的傢伙。」羅中夏沒好氣地回答，那件事到現在他還是耿耿於懷。

「哦，原來是那個人，他現在在哪裡？」

「那就不知道了，這得去問了。」

羅中夏心裡對鄭和的憤恨又增加了一層，這傢伙每次都壞自己的事，而且兩次都和毛筆有關，著實討厭。小榕俏白的臉上也籠罩著淺淺一層憂慮：筆靈本是祕密，讓羅中夏摻和進來已經引起無數麻煩，現在搞不好又有別人知道。不過眼下他們也沒什麼別的辦法，只好先返回校園，四處去找鄭和的同學打聽。

接下來的時間羅中夏可是過得風光無比——至少表面上風光無比——他走到哪裡小榕都如影相隨，上課的時候小榕就在門口等著；到了中午，兩個人還雙雙出入學校旁邊的小餐館，讓羅中夏的那班兄弟眼睛裡都要冒出火來。而老李絲毫不見動靜，彷彿已經把羅中夏給忘掉了一樣。這更讓羅中夏惴惴不安，他終於深刻地理解到那句「不怕賊偷，就怕賊惦記」了。

他心中還存著另外一件事，但如果小榕在身邊，這件事情是沒有辦法做的。

羅中夏問了幾個鄭和的同學，他們都說不知道那傢伙跑去哪裡了；還說今天的課鄭和全都缺席沒來，他的手機處於關機狀態，也無法聯絡。他還帶著小榕去了幾個鄭和經常出現的地方，在那裡小榕沒有發現任何無心散卓筆的痕跡。

羅中夏跑得乏了，找了間雜貨店買了兩瓶汽水，靠在欄杆上歇氣，隨口問道：「我說，那枝筆為什麼叫做無心散卓啊？這名字聽起來很武俠。」

小榕嘴唇沾了沾瓶口，略有些猶豫，羅中夏再三催促，她才緩緩道：「漢晉之時，古筆筆鋒都比較短，筆毛內多以石墨為核，便於蓄墨，是名為棗心；後來到了宋代，筆鋒漸長，筆毫漸軟，這墨核也就沒有必要存在，所以就叫做無心。散卓就是散毫，是指筆毫軟熟的軟筆，這樣寫起字來筆鋒自如，適於寫草書。」

羅中夏似懂非懂地點了點頭，又問道：「那妳能不能感應到無心散卓筆的氣息呢？」

「不靠近的話幾乎不能，事實上筆靈彼此之間的聯繫並不強烈。你看，我和諸葛長卿上次面對面，都不知道對方筆靈的存在。」

「那反過來說，諸葛家的人想找我，也沒那麼容易了？」羅中夏小心地引導著話題走上自己想要的方向。

小榕沉吟了一下，回答道：「對，但他們已經知道你在這所大學，也許現在就有人在盯梢。」

羅中夏立刻順著竿子往上爬：「那我們逆向思維，離開這所大學不就得了？」

小榕有些意外地看了看他：「離開大學？」

「對啊，我離開大學，他們再想找到我就難了，妳也就不必再辛苦護衛我，我們可以分頭去找鄭和，妳看如何？」

小榕看著羅中夏侃侃而談，絲毫不為所動：「不必多此一舉，我們就在校園裡等。」

「可萬一鄭和沒找到，敵人又打來了呢？」

「爺爺既然這麼安排，總沒錯。」小榕輕鬆地否定了羅中夏的提議。

羅中夏失望地擺了擺頭，嘆道：「那晚上我們只好在學校網咖裡待著了。」

「網咖？為何去那裡？你們應該有晚自習吧？」

「……呃，有是有，可……」

「別欺負我沒上過大學。」

小榕一直到現在，才算第一次在他面前綻放出笑容，這笑容讓羅中夏無地自容。不知道為什麼，在她面前，他一句反擊的話也說不出來。

到了晚自習的時候，羅中夏被迫帶著小榕來到階梯教室，一百個不情願地翻閱那本《李太白全集》；小榕則坐在他旁邊，安靜地翻閱著時尚雜誌，她側影的曲線文靜而典雅。不用說，這又引起了周圍一群不明真相者的竊竊私語。

羅中夏不知道自己今天已成為校園一景，他悶頭翻閱手裡的書，看著一行一行的文字從眼前滑過，然後又輕輕滑走，腦子裡什麼都沒剩下。他胸中筆靈似已沉睡，絲毫沒有呼應。

李白的詩他知道得其實不少，什麼「床前明月光」、「飛流直下三千尺」、「天生我材必有用」。中國古代這麼多詩人裡，恐怕李白的詩他記得最多——相對而言。不過這些詩在全集裡畢竟是少數，往往翻了十幾頁他也找不到一首熟悉的。

小榕在一旁看羅中夏左右扭動十分不耐，把頭湊過去低聲道：「不必著急，古人有云『文以氣為主』，你不必逐字逐句去了解，只需體會出詩中氣勢與風骨，自然就能與筆靈取得共鳴。你自己尚且敷衍了事，不深體味，又怎麼能讓筆靈舒張呢？」

羅中夏苦笑，心想說得輕巧，感覺這東西本來就是虛的，哪裡能想體會到就體會到的？但他又不好在小榕面前示弱，只好繼續一頁頁翻下去。

書頁嘩嘩地翻過，多少李太白的華章彩句一閃而逝，都不過是丹青贈瞽[1]、絲竹致聾，終歸一句話，給羅中夏看李白，那真是柯鎮惡的眼睛——瞎了。才過去區區四十分鐘，羅中夏唯一看進去的兩句就是「茫茫大夢中，惟我獨先覺」[2]，更是困到無以復加，上下兩眼皮止不住地交戰。忽然，胸中筆靈噌地一陣抖動，引得羅中夏全身一震。羅中夏大驚，開始以為是有敵人來襲，後來見小榕還安坐在旁邊，才重新恢復鎮定。

「奇怪，難道是剛才翻到了什麼引起它共鳴的詩歌？」

羅中夏暗暗想，這聽起來合情合理。他用拇指權當書籤卡在頁中，一頁一頁慢慢往回翻，看究竟是哪一首詩能挑起筆靈激情。

翻了不到十頁，筆靈似被接了一個觸電線圈，忽地騰空而起，在體內盤旋了數圈，流經四肢百骸，整個神經系統俱隨筆靈激顫起來。小榕在一旁覺察到異象，連忙伸手按住羅中夏手腕，循著後者眼神去看那本打開的書。這一頁恰好印的是那一首絕命詩：

> 大鵬飛兮振八裔，中天摧兮力不濟。
> 餘風激兮萬世，遊扶桑兮掛石袂。
> 後人得之傳此，仲尼亡兮誰為出涕。

羅中夏只覺得一股蒼涼之感自胸膛磅礡而出，本不該屬於他的悲壯情緒油然生起，這情緒把整個人都完全沉浸其中。筆靈的顫動愈來愈頻繁，牽動著自己的靈魂隨每一句詩、每一個字跌宕起伏，彷彿粉碎了的全像攝影照片，每一個碎片中都蘊含著作者的全部才情，通通透透。不復糾纏於字句的詩體憑空升騰起無限氣魄，自筆靈而入，自羅中夏而出。

突然，整個世界在一瞬間被抽走了，他的四周唯留下茫茫黑夜，神遊宇外。無數裂隙之間，他似是看到了那飄搖雨夜的淒苦、謫仙臨逝的哀傷激越，如度己身。

不知過了多少彈指，羅中夏才猛然從幻象中驚醒，環顧四周，仍舊是那間自修教室，小榕仍舊待在身邊，時間只過去幾秒鐘，可自己分明有恍如隔世之感。

「你沒事吧？」小榕搖晃著他的肩膀，焦急地問道。她沒料到這枝青蓮遺筆感情如此豐沛，輕易就將宿主拉入筆靈幻覺之中。她的詠絮筆內斂深沉，遠沒這麼強勢，看來筆靈煉的人不同，風格實在是大異不同。

羅中夏緩緩張開嘴，說了兩個字：「還好。」腦子裡還是有些混沌。

小榕悄悄遞給他一塊淡藍色手帕，讓他擦擦額頭細細的一層汗水，這才問道：「剛才發生了什麼？」

「……呃……很難講，大概就像是某種條件反射。我翻開這一頁，筆靈立刻就跳彈起來，接著就出現了許多奇怪的東西……」羅中夏低聲回答，用食指在那幾行詩的紙面上輕輕地滑動，神情不似以往的憊懶，反而有種委蛻大難後的清靜。

「不知道為什麼……這首詩現在我全懂了，全明白了。它的不甘、它的無奈、它的驕傲我全都懂。很奇怪，也沒有什麼解說，只是單純的通透，好像是親手寫就的一般。」

羅中夏又翻開別的頁看了幾眼，搖了搖頭：「其他的還不成，還是沒感覺。」

小榕蛾眉微蹙，咬住嘴唇想了一陣，細聲道：「我明白了！」

「哦？」

「你這枝筆本也不是真正的青蓮筆，而是太白臨終前的絕筆煉化而成。是以筆中傾注的多是臨終絕筆詩意，別的閒情逸致反而承襲得不多。所以你讀別的詩作都沒反應，唯有看到這一首時筆靈的反響強烈如斯。」

羅中夏「嗯」了一聲，又沉浸在剛才的氛圍中去。

小榕喜道：「這是個好的突破口。你不妨就以此為契機，摸清筆靈秉性。以後讀其他詩就無往而不利了。」

「筆靈秉性啊……我現在只要心中稍微回想一番那首絕命詩，筆靈就會立刻復甦，在我體內亂撞亂衝。」

「很好，人筆有了呼應，這就是第一步了。接下來你只要學著如何順筆靈之勢而動就好。」

羅中夏低下頭去，發現自己胸前隱隱泛起青蓮之色，流光溢彩，他心想這若是被旁人看了，還不知道會引起怎樣的議論。心念一動，光彩翕然收斂，復歸暗淡，簡直就是如臂使指。他忽地又想起來那日在師範大學時的情景，偏過頭去把當日情景說給小榕聽，問她這枝青蓮筆究竟有何妙用。

小榕說以前從不曾有人被這枝筆神會或者寄身過，不知道具體效用是什麼。但她說太白詩以飄逸著稱，煉出來的筆靈也必然是以輕靈動脫為主，究竟如何，還是得他自己深入挖掘和體驗。

「妳的詠絮筆，當時是如何修煉的？」

小榕一愣，隨即答道：「我小時候好靜不好動，每天就是凝望天空，經常都是三、四小時不動。我爺爺說神凝則靜，心靜則涼。詠絮筆秉性沉靜，時間一長，自然就人筆合一了。」

羅中夏撇撇嘴：「原來發呆也是修煉的一種，那妳可比我省事多了……」

「好了，你繼續。」小榕轉過臉去。

適才的一番心路歷程讓羅中夏信心大振，他重新翻開太白詩集去看，比剛才有了更多感覺。雖然許多詩他還是看不懂，但多少能體會到其中味道。這本詩集尚有今人作注，若有疑問難解之處，可以尋求解答。

正看得熱鬧，羅中夏心中一個聲音響起：「你究竟在幹什麼呀？」他猛地一驚，情緒立刻低落下去。自己本來是千方百計與這些怪人脫了干係，怎麼現在又開始熱衷於鑽研這些玩意兒了？豈不是愈陷愈深嗎？

想到這裡，他啪地把書合上，重新煩悶起來。

1 瞽，瞎眼的人。
2 出自李白〈與元丹丘方城寺談玄作〉。

第九章　夜欲寢兮愁人心

小榕見他忽然把書合上了，奇道：「怎麼了？」

羅中夏已經沒了讀書的心思，於是指指黑板前的時鐘道：「時間差不多了，該回去了。」

「哦，那好。」

兩人起身收拾好東西，出了教室朝著生活區走去。羅中夏心中矛盾，小榕生性淡泊，兩人一路無話。快到男生宿舍樓門口的時候，羅中夏才想起來小榕還沒處安置。他停下腳步問道：「那……呃……晚上妳怎麼辦？」

「放心好了，我就在附近。」

「這個……那多不好，要不妳先回舊貨店，明天早上再來吧。」

小榕不為所動：「我爺爺說了，你晚上被襲擊的可能性最大。」

「可妳就這麼在外面站一晚上？」

「你別忘了，我從小就最耐得住寂寞啊。」小榕微微一笑。

羅中夏瞅瞅宿舍樓上寢室的窗戶，心想老七肯定已經把這事告訴所有人了，自己今天晚上回去是九死一生，肯定會被那群色狼盤問到半夜。

左思右想之下，羅中夏打定了主意。他轉過身來拉住小榕的手：「算了，我們去外面找個地方過夜。」

「什麼？！」就算是從容如小榕也被嚇得雙目圓睜。

羅中夏慌忙擺手解釋說：「啊啊，別誤會，我是說去外面找個能通宵的網咖。總不能我在宿舍裡蒙頭大睡，妳在外面站著啊。」

「那裡……離大學遠嗎？」

「不遠，就在旁邊。那裡有吃有喝，總比在外面吹涼風的好。」

羅中夏連說帶比畫，唾沫橫飛，極力勸說小榕。小榕想了想，覺得他說的也不無道理，點頭應允了。於是兩個人折返出生活區，去了戰神網咖。

這會兒差不多十一點，該回宿舍的學生都回去了，想通宵的還沒補完夜宵，所以屋子裡頗為安靜。只是空氣裡瀰漫著一股混雜著汗味與香菸的味道，讓小榕皺起眉頭捂住了鼻子，一臉的厭惡。

「沒事，沒事，一會兒通風就好了。」羅中夏生怕小榕反悔，他東張西望，正看到老闆拎著一箱紅牛空罐出來。羅中夏笑道：「喲，老闆，今天過來心理諮詢的人不少啊。」

「哎，我跟你說，現在的大學生，那是一代不如一代，心理脆弱得不得了。」老闆一面搖著頭一面走過來，他看到羅中夏身後的小榕，眉頭一挑，把他拉到一邊來悄聲問道：「嘿……這麼快就搞定了？」

「不，不是這回事。」羅中夏趕緊辯解，生怕小榕聽到發作。

老闆又露出那種洞悉一切的曖昧笑容，連連點頭：「我知道，我知道，你表妹來探望你，沒找到住的地方，所以你陪她來網咖打發時間，對吧？」

「對，對。」

「對個屁，我上大學那會兒都不用這種藉口了。」

老闆在他頭上象徵性地揮打了一記，然後爽快地對小榕伸出右手：「妳好！我叫顏政，顏是顏真卿的顏，政是政通人和的政。」

「韋小榕。」小榕微笑著也伸出手來，兩個人握了握。

羅中夏把顏政拽到旁邊低聲問道：「喂，你以前跟我可不是這麼介紹的。」

「到什麼山上唱什麼歌。人家小榕姑娘一看就出身書香門第，氣質高雅。我跟你說顏真卿，你知道他是誰嗎？」

顏政一句話就把羅中夏給噎回去了。他動作麻利地為他們開好兩臺相鄰的機器，還送了兩罐紅牛。羅中夏趕緊推回去一罐，說有一罐就夠了，換了一瓶冰紅茶回來。

到了電腦前，羅中夏拉開椅子，隨口問小榕：「妳以前上過網嗎？」

「你是在笑我土嗎？」

小榕不悅，羅中夏尷尬地撓了撓頭：「不是啦，我總覺得像你們這些……呃……仙人，與現實世界應該是格格不入的。」

「我們只是身具筆靈的普通人罷了，哪裡是什麼仙人啊……」小榕忽然有些神色黯然，「不過你說得不錯。我們韋家身背千年的宿命，每個人從一生下來就接受各種訓練，很少能接觸正常的普通人生活。」

羅中夏有些歉疚，剛要出言安慰，顏政又不失時機地冒了出來。

「小榕姑娘平時很少上網吧？」

小榕仰起頭，饒有興趣地回答：「你怎麼知道？」

顏政走到小榕身後，雙手扳住她的椅子後背，身子前傾：「我跟妳說啊，一般天天來網咖的人，比如老羅吧，都是右手習慣性地放到電腦桌前，方便握滑鼠，左手擱在鍵盤上，隨時能進入狀態；妳看妳現在，雙手交叉疊在桌前，拇指微抬，手腕空懸，一看便知很少用電腦，用毛筆倒是多一些吧？」

「老闆你好厲害。」

「那當然了，算命的一直說我有當推理小說家的命格。」

「喂，上次你還說自己是心理醫師的命格呢！」羅中夏在旁邊坐不住了。

顏政朝他擺了擺指頭，復對小榕道：「如蒙不棄，就讓我來教妳如何？」

「好啊。」小榕點點頭，露出清新爽快的笑容。

羅中夏也把腦袋湊過來，警惕地對顏政道：「要不我們倆帶她一起打遊戲吧。」

「遊戲打打殺殺的，不適合女孩子玩。」

顏政剛說完，小榕轉向羅中夏道：「羅中夏同學，你還有更重要的功課對吧？」

後者像泄了氣的皮球，悻悻縮了回去，把《李太白全集》拿了出來。

顏政左看看右看看，笑道：「謔！妳管得還挺嚴的嘛，我還是頭一回看見上網咖通宵來讀詩的呢。」他又衝羅中夏擠了擠眼睛：「以後你可有的是苦頭吃了。」

羅中夏聽了，不知是該哭還是該笑。

於是羅中夏老老實實地捧起書來，昏天黑地地看。而顏政則教小榕上網衝浪，去一些女孩子感興趣的時尚、心情網站閒逛。羅中夏不時偷偷斜眼旁觀，還好，顏政還算規矩，沒有手把手地教她握滑鼠。

讀文字和打遊戲不同，羅中夏一過十二點就開始犯睏，只好拚命喝紅牛撐著。那邊顏政已經完成了教學任務，小榕冰雪聰明一點就會。顏政沒事就說兩個笑話，談些掌故，逗得小榕咯咯一笑，氣氛融洽到讓一旁的年輕人酸水直冒。

所幸小榕很快就能自己獨立上網，顏政回到櫃檯去招呼其他客人。

長夜漫漫。有道是有心十年彈指過，無意彈指勝十年。羅中夏拿著詩卷只覺得度時如年，小榕卻是過得順風順水，轉瞬就幾小時飛過。

就這麼一直到了凌晨五點。羅中夏經常通宵，知道這個時間點是個坎兒，大凡通宵的到這會兒都是最睏的時候。他事先喝了紅牛提神，小榕不知此中奧祕，雖然勉力支撐，可臉上卻難掩倦意。

羅中夏見時機已到，湊過臉來關切地問道：「睏了吧？」

「還好……呵……」小榕嘴裡含混答著，稍稍貓展了一下兩條胳膊，不期然引爆了連續數個哈欠。

「要不妳休息一會兒吧，通宵不睡對皮膚不好。」

「哼，還不是你害的。」

「這會兒應該沒事，壞人也得睡覺呀。有什麼事發生，我再叫醒妳就是。」

「可是……這裡沒有地方躺。」

羅中夏一看有門，連忙回答：「那邊有長條椅，躺著還挺舒服的。」

小榕聽了羅中夏的話，躊躇了一下，自己也著實有些睏倦了，經不住羅中夏勸說，就走了過去。她原本已經躺倒，忽又起身囑咐道：「有什麼可疑的事發生記得叫醒我，諸葛家的攻擊方式比我們想像中更廣泛。」

「一定，一定。」

小榕放心不下，再三叮囑完才翻身睡去。

顏政趴在櫃檯上，一邊整理著手裡一疊厚厚的身分證，一邊斜眼看著羅中夏：「我跟你說啊——雖然摻和你們的事不合適——你看人家對你多體貼，年輕人，得珍惜呀。」

「什麼？」

「少裝糊塗了，從一開始你就是成心把她騙來網咖，你好脫身而走的吧？」

「你，你誤會了，不是那麼回事……」羅中夏結結巴巴地說，「我離開幾小時，最快七、八點就回來了，讓她在這兒等我。」

說完他不顧顏政懷疑的目光，匆匆離開了戰神網咖。顏政看他的背影消失，搖了搖頭，走到小榕身邊替她蓋上一件大衣，回到櫃檯繼續忙活起來。

離開了戰神網咖，羅中夏立刻攔下一輛夜班的計程車，拉開車門騰地坐到後排。司機回頭疑惑地打量了羅中夏一番，問道：「去哪裡？」

「舊貨市場。」羅中夏半是緊張半是興奮地說道。

舊貨市場旁邊有個墨雨齋，當初鄭和是在那裡和趙飛白見面，才從韋勢然手裡弄到一枝鳳梨漆筆。羅中夏有個直覺，這次鄭和借走了無心散卓筆，說不定也會跑來這裡。他決定不驚動小榕，自己把筆去要回來。

過去一段時間發生的事情太詭異了，無論是凶狠如狼的諸葛長卿、強迫自己修煉背詩的韋小榕還是神祕莫測的韋勢然和老李，以及那個筆塚主人和他背後那如同神話般的故事，都讓羅中夏心生懼意，無所適從。

他一點也不想被牽扯進來，只想把這件事盡快了結。而他覺得最好的辦法，就是不驚動和筆靈有關的任何人，去把無心散卓筆找回來，還給小榕，再設法把李白的筆還掉，老老實實做回一個平凡的學生。

到了舊貨市場的時候，天還沒亮，一輪彎月掛在天空還精神得緊，絲毫不見月薄西山的頹勢。市場前的人不算特別多，賣豆花、油條、餛飩和煎餅果子的小販們剛把攤子支起來，三三兩兩的生意人在攤前抄手閒談；旁邊老柏樹上的烏鴉尚未睡醒，只是偶爾拍拍翅膀，懶散地呀呀叫上兩聲。

墨雨齋還是老樣子，只是梧桐樹立在黑暗中，倒比白天多了幾分幽深的氣息。其他幾家店門戶緊閉，顯然是還沒開門，唯有墨雨齋的門微微開了半扇。四下一片寂靜，月亮斜掛偏院簷角，頗有琉璃簷角襯月冷的清冷。

「我的倒楣，就始於此了。」

羅中夏暗自嘆息，若非當日他過來偷聽，也就不會把這等麻煩事惹上身，現在只怕還無憂無慮地在宿舍裡睡覺呢。

傷心之地，不宜久留。他轉身要走，胸中的筆靈忽地又開始振盪起來。

羅中夏大驚，若非有什麼重大感應，青蓮筆斷然不會如此躍動。他四下望去，院內悄然無聲。他朝前走了幾步，發覺筆靈躍動的頻率前後不同。

朝右三步，筆靈激動不已；退後三步，則復又轉緩。

難道這是個類似雷達的東西？

羅中夏雖然不知是怎麼回事，但好奇心蓋過了一切。他試探著又往右邁了幾步，筆靈大振，於是他就依著這個規律摸索著前進。

小院不大，羅中夏慢慢繞開正路，一步一步探查著。經過幾次試探，他總算搞清楚了正確的方向，逐漸走到墨雨齋房後的梧桐樹下。此時筆靈振動已經達到一個極限，他探頭一看，不禁倒抽一口冷氣。在梧桐樹下赫然蜷縮著一個人。

這人身穿白色運動服，雙手抱臂，腦袋被運動服的帽兜遮住看不清楚，雙腿彎曲縮成了一團，身體不時抽搐一下，這是唯一能表明他仍舊活著的表徵。

羅中夏趕忙拿出手機，準備撥打一一〇。他又湊近了一些，想借著手機的夜光再看仔細點，卻驚訝地發現，躺倒之人十分面熟。正是墨雨齋的老闆，幫著鄭和找筆的趙飛白。

「怎麼老闆暈倒在自家店的後面了？」羅中夏自言自語。

只見帽兜下的趙飛白眉頭緊皺，雙唇蒼白，整個面色就像竹漆一般慘青。羅中夏拚命按捺住驚恐，用手去觸他的鼻息，感覺到極微弱的呼吸，心中一寬。

至少他還活著。

雖然他幫鄭和奪了自己的筆，那也只是舊怨。眼下人命關天，這些小事羅中夏也就顧不上計較了。至於他為什麼暈倒此處、鄭和與無心散卓筆何在，這些都等把人救出去再說。

他拍了拍趙飛白的臉，喊了幾聲「喂」，趙飛白毫無反應，雙手仍舊緊緊箍著，似是冰冷至極。

「還是趕緊先弄到醫院去吧。」

羅中夏拿起手機，剛按了兩個數字，就聽外面傳來一陣腳步聲。他站起身來想大聲呼喚，突然之間一股不祥之感衝入心中，把他的聲音生生按下。

他悄悄關上手機，閃身躲到墨雨齋的另外一側，心臟與筆靈都狂跳不已。

腳步聲漸近，來人只有一個，只是天色未明，看不清相貌穿著。

這人先到了墨雨齋前，拿出鑰匙嘩啦嘩啦打開門鎖，推門進去，過不多時，又推門出來，繞到房後，剛好發現梧桐樹下的趙飛白。

羅中夏緊貼在拐角處的牆壁上，大氣也不敢出一口。

這人用腳踢了踢昏迷不醒的趙飛白，見沒什麼反應，竟然笑道：「想不到你倒能跑，居然還有力氣爬到這裡。」

趙飛白自然是毫無反應。

「本來我們一場相好，我不想傷你性命，誰叫你反抗來著。不就是個世交的侄子嘛，何至於此！」聽聲音是個女子，而且年紀不大。

羅中夏暗暗心驚，聽她的口氣似乎是談及鄭和。那邊傳來一陣衣服磨地的聲音，只見來人拽著趙飛白一條腿，生生拖回墨雨齋內。看她的手法舉重若輕，拖起這一百多斤的人來毫不費力。

「是該報警還是……」羅中夏猶豫了一下，決定還是再看一下情況。他一步一步小心蹭到墨雨齋門前，門沒關牢，剛好留了一道小縫。

那人恰好背對著門縫，羅中夏這回看清楚了她穿著一身風衣，身材卻不高。只見她把趙飛白隨便甩到一旁，打開日光燈，隨後從懷裡掏出一個竹製小筒，擱到紫檀桌上。這筒長十幾公分，由暗青色的竹片用金絲箍成，上面似乎還漆著幾行字，不過距離太遠，實在看不清。

再往屋子深處看，羅中夏一驚。

一個人在一張簡易行軍床上盤膝而坐，雙目緊閉，正是鄭和。但他的模樣是何等可怕！鄭和的整張臉完全被青色所侵蝕，裸露在外面的手臂也是青筋暴起，黑中透紫，整個人恍如鬼魅。他的臉形本是正方，現在卻越發瘦削起來，彷彿被不知名的力量拉得長且直，太陽穴深陷。

羅中夏猛然想到，此時的鄭和，與穎童有幾分相似。

風衣人用手按在鄭和的人中和太陽穴各幾秒鐘，又摸向鄭和下腹，一股光亮閃出，隱約可見一管毛筆影影綽綽在丹田之內。她自言自語道：「奇怪了，就算是無心散卓筆，何以煉化得如此之慢呢？」

鄭和依然沉默，她拍了拍鄭和的頭，忽笑道：「不過無所謂啦，我就再多等十幾分鐘，待到日出之時，你便可以開始作為我奴僕筆童的新人生，這是你的福分哦。」

這番話聽得羅中夏毛骨悚然。韋勢然那個老狐狸，可沒提過煉筆童需要活人來做材料的。他心中害怕，身體自然朝後縮去，心中天人交戰，不知是該去救鄭和的性命還是自顧逃生。鄭和雖然討厭，可畢竟是自己同學。羅中夏雖然渾，可絕不會坐視別人瀕臨絕境而不理。

此時天空已然泛起魚肚白，只怕沒一會兒就要日出。一個人的生死，不，是兩個人，不，是三個人的生死，就掌握在自己一念之間，羅中夏陡然背負起沉重的心理壓力，呼吸不覺開始粗重起來。

「是誰？！」屋內風衣人厲聲叫道。羅中夏大驚，轉身就跑。

為時已晚。

第十章　麟閣崢嶸誰可見

從墨雨齋門口到偏院出口只有二十公尺遠，只要逃到那裡就安全了。只是想走過這二十公尺，卻如跨天塹深崖。

羅中夏剛一轉身，只聽身後墨雨齋的大門「啪」的一聲被推開，隨即一陣罡風呼地擦耳而過。他再定睛一看，那個風衣人已經擋到了他與偏院出口之間。

風衣人打量了羅中夏一番，笑道：「我當是誰，原來又是個年輕人。你不在家裡睡覺，跑到這種荒僻之地做什麼？」語氣輕鬆，倒像是閒談。

羅中夏猶豫了一下，現在想逃只怕也已經晚了，還不如放手一搏。他本來也是個好耍小聰明的人，於是壯起膽子喝道：「妳幹的一切，我都看到了。」此時他與風衣人直面相對，天色又已泛亮，對方面容看得清清楚楚，竟是一名年近三十的豔麗少婦。她齊耳短髮，素妝粉黛，一雙圓眼卻透著精幹之色。

她聽到羅中夏呼喊，用手端住尖尖下巴，似是饒有興味：「哦？你倒說說看，我幹什麼了？」

「哼，妳想把他變成妳的奴隸！」

「哎呀，哎呀。」少婦揚揚手腕，羞澀地拍了拍自己的臉頰，嫵媚一笑，「真是小孩子，你誤會了。」

「我沒誤會。」羅中夏冷冷回答，「筆童如行屍走肉，不是奴隸是什麼？」

少婦沒料到眼前這個年輕人竟知道筆童為何，輕佻作派消失不見，眉宇間一下子湧出煞氣：「你，你是諸葛家的還是韋家的？」

「我是羅家的。」

羅中夏泰然自若，負手而立。少婦被他的氣度嚇住，先自疑惑道：「羅家？我怎麼不知道有這麼一派？」

「妳不知道的，可多了。」

羅中夏從容答道，朝前走了兩步，忽然伸長脖子，越過少婦肩頭向出口處打了個招呼：「老李，我在這兒呢！」

少婦聽得這個名字，面色劇變，連忙回頭。羅中夏見機不可失，心中筆靈一提，發足狂奔，與少婦擦身而過，直撲出口。剛才他就算準了時間，情知自己敵不過她，所以先虛張聲勢把對手唬住，再伺機逃走。

青蓮筆本擅長靈動，只是羅中夏不知如何操控，與筆靈本身相知又低。初時發足之際全憑一口衝氣，心念絕命，青蓮筆奮力一躍，一下子出去十幾公尺遠。而時間一長，身體與筆靈之間流通復窒，他腳步登時又慢了下來。

眼看人已經衝到了出口，羅中夏眼前黑影閃過，夾以幽幽香氣。他覺得一隻軟軟玉手抵住自己胸膛，轟的一聲，自己被震出十幾公尺遠，背部正正撞在墨雨齋門上。

這一下把他撞得眼冒金星，頭昏腦漲，躺倒在地半天爬不起來。

少婦款款走來，笑意盎然：「我還真被你嚇著了呢，真是個壞孩子。」說完這句，她陡然停下了腳步，表情既驚且疑。

羅中夏不知何故，掙扎著要起來，一低頭，看到自己胸前衣服已經化為片片碎布，而裸露胸部正閃著青色毫光。

「你，也有筆靈？」少婦收斂起笑容。「而且是好多枝呢。」

羅中夏嘴上胡說八道，心裡反覆默念絕命詩，希望能催起筆靈。筆靈雖以鼓蕩應和，他卻不知如何運用，就好像一個人拿了汽車鑰匙發動了引擎，卻不知道如何起步上路一樣。真是書到用時方恨少，若是自己昨天晚上認認真真讀幾首詩，也不至於落到這種窘迫境地。

少婦不知羅中夏心中波動，警惕地停住了腳步不敢上前。兩個人四目相對，卻是誰都不敢先動。

局勢僵持了一陣，少婦眼珠一轉，先開口示好：「你既然也有筆靈，那我們就是同道中人了。我叫秦宜，尊駕怎麼稱呼？」羅中夏不知她突然懷柔意欲何為，也不答話，盡力掩飾住自己的虛弱。如果被她看破自己根本無法駕馭筆靈，只怕生死立決。

「嘖，疑心病還挺重的。好啦，好啦，為了表示我的誠意，讓你先見識一下。」

少婦以為他不信，又是嫵媚一笑，伸手開始解風衣的扣子。羅中夏大窘，趕緊把視線朝旁邊移去。

秦宜笑道：「這孩子，這麼猴急，我給你看的可是另外一樣東西。」風衣之下，是一套粉紅色的ＯＬ套裝，穿在秦宜身上凹凸有致，曲線玲瓏。而吸引羅中夏的，不是她前胸兩處誘人的圓潤突起，卻是雙峰間一個玉麒麟的掛飾。

「很美吧？」秦宜垂頭半看，聲調柔媚，也不知她指的是什麼。

隨著她的指頭撫弄，幾縷光彩自玉麒麟頭部飄然而出，隱約間羅中夏看到一管毛筆幻象自秦宜背後冉冉形成，筆頂微彎若角，筆身斑駁如鱗，隱有琥光。

這是除凌雲筆、詠絮筆和自己的青蓮遺筆以外，羅中夏見到的第四枝筆靈。這管筆流光溢彩，端莊華麗，直看得他心馳目眩，不由得脫口問道：「這是什麼筆？」

「呵呵，好看吧，這叫做麟角筆。」秦宜的笑面在彩光中魅惑無限，「那尊駕的筆靈又是什麼呢？」

「是當年日軍投降時簽字用的，叫做派克筆。」羅中夏一本正經地說。

秦宜先是一愣，然後很幽怨地說道：「好過分呀，你都把人家的看完了，還淨騙人家。」

秦宜媚態盡顯，嬌柔的幽怨之聲讓羅中夏心旌動搖。他忽地想到屋子裡的鄭和生死不知，一股冷氣穿心而入，把那股虛火生生壓了下去。

「快把你的筆靈給姐姐看看嘛。」秦宜半真半假地催促道。

羅中夏側臉看看屋內，鄭和的面色愈加慘青，只怕真如秦宜所言，一到日出就會被煉化到無心散卓筆中，淪為傀儡。

「可惡，得想個辦法啊。」羅中夏挪動一下四肢，在心中暗暗著急。為今之計，只能設法催動起青蓮遺筆的神速能力，突破出去找小榕或者韋勢然，他性格消極，知道自己是沒有勝算的。

秦宜又朝前走了兩步，羅中夏忽然開口道：「妳這麼做，就不怕諸葛家不高興嗎？」

秦宜果然停了下來，表情有些不自然。從剛才她對「老李」這個名字的反應來看，她似乎對老李頗為忌憚。羅中夏知道自己這一把押在諸葛家算是押對了。

「他，他們已經知道了？」秦宜的聲音有些發顫，不是那種故作嬌嗔的顫音，而是自恐慌而生。

「不錯，一切都在我們掌握之中。」羅中夏繼續演戲，故意停住不往下說。

秦宜朝後退了一步，身上筆靈一渙，神情似乎不太相信。羅中夏決定再嚇她一嚇，瞇起眼睛道：「這是老爺子親自下的指示。」

「……」

「我現在若是不回去，就自會有人來接應。到時候你可別怪老爺子無情了。」

秦宜又畏縮地退了退，羅中夏心中一喜，心說得手了，起身就走。突然羅中夏覺得右腿一酥，登時整個人摔倒在地，動彈不得，渾如癱瘓了一般。

秦宜放聲大笑：「小夥子，我幾乎被你騙到了。」

「怎……怎麼回事？」

「你這人真有意思，老李什麼時候成了老爺子了？」羅中夏聽了後悔不迭，直罵自己胡亂發揮，反露了破綻。「不聽話的孩子就得調教。」

秦宜打了兩個響指，啪啪兩聲，羅中夏的左腿和右臂也是一酥，也都陷入癱瘓。他能恍惚感覺到，自己三肢之內的神經似是被三把重鎖鎖住，陰陰地往外滲出痠痛，如蟻附體。

他難受得在地上打滾，張口大呼，秦宜居高臨下道：「如何？我們再換個滋味吧。」又是一聲響指，痠痛之感陡然消失，取而代之的是一陣奇癢，百蛆蝕骨，更加難耐。這種感覺持續了一分鐘，秦宜又打了一個響指，柔聲道：「現在如何？」奇癢瞬間消失，一股難言的興奮從他的下腹悄然升溫。

「別以為姐姐只會虐待別人，在我手裡欲仙欲死的男人可多了呢。」秦宜調笑著拿眼神向下掃去，親切地說，「只要你告訴姐姐，姐姐就用這麟角筆好好謝謝你，豈不比你雙手省力？」

羅中夏不知道，這麟角筆本源自西晉名士張華（字茂先）。當年張華作《博物論》洋洋萬言，獻與晉武帝，武帝大喜，遂賜其遼東多色麟角筆。若論年代，麟角尚在詠絮、青蓮之先。麒麟本是祥物，其角能正乾發陽，故有「麟角如鹿，孳茸報春」之說；所以這麟角筆天生就可司掌人類神經，控制各類神經衝動。只要被它的麟角鎖住，就等於被接管了一身感覺，要痛則痛，要疫則疫，要爽則爽。

秦宜一邊用麟角筆繼續撫弄他的興奮神經中樞，一邊逼問道：「你到底說還是不說呀？」羅中夏心想：若是被妳知道我有青蓮筆，只怕死得更快。於是抵死不吭聲，只是咬緊牙關硬扛住下腹一波波傳來的快感。

秦宜見他如此，臉色一翻，縱身跳進屋子裡，把適才那個小竹筒握在手裡，冷冷對羅中夏道：「我說，我已經夠客氣的了，別敬酒不吃吃罰酒。」羅中夏只是閉目不語。

「好，既然如此，我就不問了，反正等我把你的筆靈收了，就知道是什麼貨色了。」

秦宜恨恨說道，高舉起那個小竹筆筒，頭上麟角筆光彩大盛，一股巨大的疼痛感瞬間爬滿羅中夏所有的神經。

「啊！」

羅中夏痛苦地大叫起來，秦宜絲毫不為所動，繼續施加壓力，直至要把他的神經全部碾碎為止。就在此時，羅中夏的身體驟然發抖，肌肉以極高的頻率顫動起來，到了極致時，一縷青光盤旋而出，繚繞在身體四周。

原本因為寄主不懂運用的法門，體內筆靈能力雖盛卻無處發洩，如今卻生生被強大的外部壓力激發而出，其勢便變得極猛極強。青蓮筆自胸中擴散而開，靈波所及，雙腿和右臂上的麟角鎖立時反被震至粉碎。

秦宜早預料到這種事發生，她既驚且喜。喜的是畢竟逼出了這年輕人的筆靈，可以一睹真面目；驚的是這筆靈威力竟至於斯，一出手就震碎了自己的三把麟角鎖。只見繚繞在羅中夏周身的青光愈盤愈盛，最後凝聚在他頭頂，匯成一枝毛筆形狀。這筆輕靈飄忽，形態百變；一朵青蓮妙花綻放於筆頂，花分七瓣，寶相莊嚴。

秦宜幾乎不敢相信自己的眼睛：「想不到，想不到竟然是青蓮遺筆！」羅中夏此時悠悠恢復過來，看到青蓮花開，心頭一陣大慰——只是接下來該如何處置，卻仍舊茫然不知。

秦宜面色變得神采奕奕，她習慣性地擺動了一下腰肢，不由得喜道：「老天爺真是眷顧我，先讓我得了無心散卓，又把青蓮遺筆送上門來，真是得來全不費功夫啊。」

她把那個竹製筆筒對準羅中夏：「能成為我收藏的一部分，你也算幸運！」言語之間，彷彿已經篤定能把青蓮收入囊中一般。

「靠，好大口氣！」有青蓮浮現，羅中夏膽氣也壯起來了。

「那，你要小心了哦。」

秦宜說罷，身形忽地消失，整個院子只聽到極速的腳步聲在四面牆間迴蕩。麟角筆飛至半空，筆毫散落，每一毫都化成一件奇物，有鎖有劍，有龍有魚，一時間漫天紛雜，洶洶撲來。張茂先以博物而聞名，見識廣博，麟角筆秉其精氣，自然也就變幻無方、不拘一類。

羅中夏看得眼花繚亂，意欲抵擋，卻發現無從下手。

他心中暗念「動啊」，青蓮紋風不動；他又高喊一聲「動啊」，仍舊不動。剛才青蓮綻放，純粹是因為外部壓力過大給逼出體外。若是寄主不能與之心意合一，還是無濟於事。

他不動，敵人卻在動。

只聽「砰砰砰砰」數聲悶響，毫無抵抗能力的羅中夏被這些東西撞了個正著，這些奇物皆是靈氣所化，甫一入體，紛紛變回麟角鎖，把他周身關竅俱重重緊鎖。

羅中夏整個人登時癱軟在地，與植物人無異。

見一擊得手，秦宜現出身形，輕啟紅唇，朝羅中夏飛了一個吻：「再見了，不老實的小傢伙。」她緩緩舉起兩根手指，只消那麼一搓，麟角鎖就會立時收斷神經，讓羅中夏二十三年的人生畫上一個句號。

羅中夏情知局勢已經嚴重至無以復加，自己無力回天，絕望之際，腦子忽然電光石火般地閃過小榕曾經說過的一句話：觀詩如觀心，相知愈深，相悅愈厚。觀詩？

觀什麼詩？啪。

秦宜二指搓響，麟角鎖轟然發動……

日照香爐生紫煙，遙看瀑布掛前川。

飛流直下三千尺，疑是銀河落九天。

一首七言絕句，二十八個字。一字一響，青蓮花開，麟角寸斷。

羅中夏自地上緩緩爬起，頭頂青蓮遺筆復振於雲端，恰迎朝陽晨曦，金光萬道。

這一首〈望廬山瀑布〉乃是李白壯年游至廬山時乘興而作，千年以來留傳極廣，雖三歲小童亦能牙牙默誦，乃是萬古開蒙必讀。羅中夏雖不諳謫仙精妙，於這首詩卻是熟極而流，遇到要緊關頭，自然不假思索，本能反應而出。

歷代大家評價此詩，無不以「大氣」、「奇瑰」稱之，蓋其響徹天地之能，號稱古今第一，極具衝擊感。詩意皇皇，正合了詩仙精義所在，是以立時貫通寄主筆靈，使人筆合一，靈感交匯。若換了第二首，必不能如此輕易地衝破麟角鎖。

秦宜在大好局面之下，絲毫沒有心理準備，猛然遭此劇變，臉上霎時漲得紫紅。

此時青蓮筆為靈氣牽動，一動則風雲翕張，再動則青氣四塞。麟角筆受此壓力，略有畏縮之意。小院內的落葉被呼呼吹動，捲成朵朵漩渦。

「沒道理！」她不甘心放棄，四指一併，麟角筆呼呼又放出數枚麟角鎖，直鎖羅中夏心臟。只要能鎖住心臟肌腱，便可置敵於死地。

只是現實永遠不如理論那般美好，麟角鎖飛至一半，羅中夏橫手一掃，朗聲吟道：「日照香爐生紫煙。」

此時天光大亮，金烏東升，正合了日照之象。只見陽光所及，紫煙嫋嫋而起，阻住了麟角的去勢。

「遙看瀑布掛前川。」紫煙漫展開來，竟在羅中夏與秦宜之間形成一道屏障，高約十公尺。這屏障如海生紫潮，洶湧翻捲，不時有浪頭直立拍起，彷彿這堵煙牆隨時可以化作巨浪拍擊下來，席捲一切。

秦宜也知道羅中夏念的是〈望廬山瀑布〉，她想到接下來的一句是「飛流直下三千尺」，一張俏麗的面孔登時變了顏色。只消羅中夏念動這一句，都不必「疑是銀河落九天」，自己就已經被洶洶煙浪活活拍死了。麟角筆只是小巧之物，面對這等攻勢無能為力——張華雖賢，卻怎及李太白？

瀕此絕境，秦宜銀齒暗咬，把麟角筆召回，閉目凝神。麟角筆似乎感覺到了主人決心，飛至人前不住鳴叫，隱有鏗鏘之聲。秦宜猛睜開眼，雙臂一振，竟從麟角筆管中掣出兩柄長劍。一名龍泉，一名太阿。

張茂先當年曾在吳中窺得龍光大盛，親往試掘，得古劍兩柄，持之若寶。是以麟角筆變幻雖多，卻以這兩柄寶劍最臻化境。秦宜平時總不肯以這招示人，現在使出來，實在已是萬不得已。

她高舉雙劍，交於頭頂，一股靈氣自頭頂百會[1]蒸騰而出，欲挽狂瀾於既倒。

「飛流直下三千尺。」隨著一聲輕吟，煙幕勢如滔天巨浪，先自驚起千丈，再從天頂飛流而下，訇然擊石。整個偏院一時間都被紫浪淹沒。

浪濤過後，院中無人，地上空餘一個小巧竹筒與兩柄殘劍。

---

1 百會，指人體中督脈、手足三陽經、足厥陰肝經交會之處，又稱萬能穴位。

第十一章　桃竹書筒綺繡文

大敵既退，羅中夏靠在墨雨齋門外，大口大口喘著粗氣，四肢痠痛難忍。他生平除了中學時代的一千公尺跑步，還不曾經歷過如此劇烈運動。

秦宜那個女人生不見人，死不見屍，想來是逃走了。他往地上看去，那兩片殘劍本是靈力所化，不能持久，很快消融不見。

羅中夏掙扎著起身，俯首撿起那個小竹筒。這東西是以竹片金線箍成扁平，通體呈魚形，筒口有曲尺溝槽；筒身正面鐫刻著篆體「存墨」二字，腹側則刻有侍讀童子、松樹仙雲，未有多餘雕飾。看似古雅素樸，筒內卻隱隱有嘯聲，搖震欲出。

羅中夏雖不知這是什麼，但看剛才秦宜表現，猜到此物絕非尋常，就順手揣到懷裡。他略一抬頭，太陽已然升起，透過梧桐樹葉照射下來，形成斑斑光點。又是一日好天氣。

「糟糕！」

他猛然驚覺，秦宜剛才說日出之時煉筆可成，現在不知鄭和怎麼樣了。他大步闖進墨雨齋內，見到鄭和依然緊閉雙目，端坐不動，臉上青氣卻比剛才重了幾分。

羅中夏搖了搖鄭和肩膀，大聲叫他的名字，後者卻全無反應。「這個渾蛋，總是給我找來各種各樣的麻煩。」

羅中夏一邊罵著鄭和，一邊拚命拽起他的手臂架在自己肩膀上，攙扶著往外走。鄭和個子有一百八十幾公分，塊頭又壯，拖起來格外辛苦。

到了門外，正看見趙飛白晃晃悠悠地走了過來。他的身體本也被麟角鎖鎖住，拜剛才那一戰所賜，總算消除了禁錮，方才醒轉過來。

「你是……」趙飛白迷茫地看著羅中夏。

羅中夏也不客套，劈頭就問：「你們和那個秦宜到底發生了什麼？」

趙飛白一聽這個名字，又是憤恨又是扭捏，猶豫片刻方才答道：「那天鄭公子拿來一枝毛筆，說讓我給鑑定鑑定。我於此道不太精通，就請了一個朋友，哦，就是秦宜，我跟她是好朋友，嗯嗯……算是吧……來幫忙鑑定。秦宜那個女人雖然是外企部門主管，但是對毛筆很有研究，我就讓她過來了，沒想到她居然見利忘義，把我打暈……」

羅中夏大概能猜出整個事情的全貌了：鄭和那天無意中偷窺到了穎童追殺自己的情景，又聽了小榕關於無心散卓的一番解說，便從鞠式耕那裡借出筆來墨雨齋找人鑑定。誰想到趙飛白找誰不好，卻找上了秦宜。秦宜見寶心喜，於是鎖住趙飛白，還要拿鄭和來煉筆童。由此看來，秦宜似乎與諸葛家不是一路。

不過這些事稍微放後一點再詳加參詳，如今還有更要緊的事情要辦。羅中夏問趙飛白身體還挺得住嗎，趙飛白點了點頭。

「那你自己去醫院檢查一下吧，我帶鄭和先走，救人要緊。」

趙飛白看了一眼鄭和，大吃一驚，連忙低頭在懷裡摸出一把車鑰匙：「趕緊送鄭公子去醫院吧，我這裡有車。」

「有車嗎？太好了，把我們送到華夏大學。」
「華夏大學？不是去醫院嗎？」
「聽我的沒錯，趕快，不然人就沒救了！」羅中夏跺腳喝道。
趙飛白雖不知就裡，但憑藉在古玩界多年的經驗，多少隱隱感覺到有些不對勁。當下他也不多問，和羅中夏一起攙扶著鄭和從偏院小門出了舊貨市場，上了車，直奔華夏大學。
羅中夏指路，讓他來到戰神網咖門口，把車子停住。
「不是吧，現在來網咖？」趙飛白把著方向盤疑惑地問道。
「總比洗浴中心強吧？」
羅中夏丟下這句話，轉身一溜小跑衝進網咖。現在是早上七點過一點，正是最清靜的時段。他一進網咖，就看到顏政專心致志在櫃檯點數鈔票。
顏政一見是羅中夏，用中指比了一個噓的姿勢，小心地點了點左邊。羅中夏忽然覺得一陣冰冷刺骨的視線從背後射來，慌忙回頭去看，看到小榕正坐在沙發上，雙手抱胸直視自己，沙發前的地板上擱著一本已經凍成了冰塊的《李太白全集》，擺在那裡異常駭人。
「你女朋友……不會是有特異功能吧？我還沒見發火發成這樣的……」顏政悄悄對羅中夏說，一臉的敬畏。
羅中夏顧不上搭理他，一個箭步衝到小榕身前，沒等她發作就先聲奪人：「無心散卓找到了！」
「哦。」小榕不動聲色。
「是鄭和拿去了舊貨市場。」

「哦。」

羅中夏深吸一口氣，然後說道：「我在那裡發現有人試圖把鄭和煉成筆童。」這一句話終於動搖了小榕的冰山表情。筆靈的存在是千古隱情，歷來只有極少數人知道，現在居然有人在舊貨市場試圖煉筆童，在小榕看來只有一個可能。

「諸葛家的人終於動手了？」小榕的口氣充滿了戒備。

「那些事容後再說，妳先看看這位吧！」

羅中夏重新折回門口，恰好趙飛白攙著鄭和衝進來，兩個人把鄭和直挺挺平放在一張玻璃桌上。

在櫃檯裡的顏政目瞪口呆，緊接著不滿地嚷道：「喂，喂，這裡是網咖，不是太平間啊。」但他看到小榕的眼神，嚇得立刻把話嚥了回去。

「他就是鄭和，被煉化到一半的時候被我救出來了。妳看看是否還有救。」

小榕看著不省人事的鄭和，神情嚴峻。她雖然筆靈種下得早，但活生生一個人被煉成筆童並強行中斷的事卻是從來沒碰到過。她把眼鏡取下來擱到一旁，用髮圈把自己的長髮紮起來，不那麼自信地說：「那……我來試試看。」

小榕命令羅中夏把鄭和的前襟解開，用手絹蘸冷水先擦了一遍，鄭和面色鐵青依舊，胸口略有起伏，證明尚有呼吸。小榕拿起他的手腕探了探脈搏，從懷裡取出一粒藥丸塞入他口中，朝羅中夏使了一個眼色。

羅中夏會意，轉身對趙飛白說：「趙叔叔，請您去附近藥店買三個氧氣包、兩罐生理鹽水和一包安非他命。」

趙飛白哪知這是調虎離山之計，連忙「嗯嗯」點頭，轉身出去。羅中夏見解決了一個，轉向顏政，還未開口，顏政先翻了翻眼皮：「你不是也想對我用這招吧？」

「怎麼會呢。」羅中夏生生把原先的話嚥下去，賠笑道，「我是想問你這裡是否有隔間，萬一客人進來看到總不好。」

「哼哼，算了，姑且就算我上了你們的當好了。」顏政不滿地抽動了一下鼻子，用手一指，「那裡是豪華包廂，雖然不大，多少也算是個獨立空間。」

「多謝多謝！」

羅中夏和小榕在顏政的幫助下把鄭和架進包廂裡。這個包廂是兩排沙發椅加隔間磨花玻璃構成，從外面不容易看到裡面的情況。

顏政看了眼鄭和，道：「你們真的不用幫忙嗎？算命先生說我有做推拿醫生的命格。」

「不，不必了……」

好不容易把顏政送了出去，小榕對羅中夏道：「你把他的褲子解開。」

「什麼？」

「讓你解開褲子。煉筆之處是在人的丹田，必須從那裡才能判斷出狀況。」

「為什麼讓我解啊？」

「難道讓我解？」小榕狠狠地瞪了他一眼，羅中夏面色一紅，不再爭辯，低頭，心裡忽然回想起來，今天早上秦宜摸那地方的時候，表情卻甘之如飴，一想真是讓人面赤心跳。

好不容易克服了重重心理障礙把鄭和的褲子脫至膝蓋處，羅中夏如釋重負，還未及喘氣，小榕又說道：「握著我的手。」

「這個好辦！」羅中夏心中一喜，連忙把手伸過去，忙不迭地把那雙溫軟細嫩的小手捏住，一股滑潤細膩的觸感如電流般瞬間流遍全身。他再看小榕，小榕的表情嚴肅依舊，雙手泛起一陣橙色光芒，這光芒逐漸擴大，把兩個人的手都裹在了一起。

「你可以鬆開了。」

羅中夏心生小小的遺憾，不情願地把手放開，指尖一陣空虛。隨即他驚訝地發現那團橙光仍舊圍著自己雙手。

小榕抬了抬下巴：「我已經渡了一注靈氣給你，你按我說的去做，用手去替他注入丹田。」

縱然有百般的不情願，羅中夏也只得去做了。他強忍悲憤，把雙手平攤按在鄭和丹田部位，緩慢地順時針挪動。隨著手掌與肌膚之間的細微摩擦，那團橙光竟逐漸滲入鄭和小腹，並向身體其他部分延伸而去，分枝錯縷，宛如老樹根鬚。更令人驚訝的是，這一切深入腠理的運動，肉眼竟然可憑藉橙光的指引看得一清二楚。

「這和做ＣＴ（Computed Tomography，電腦斷層掃描）時的顯影劑原理是一樣的。我讓你貫注進去的橙光與無心散卓筆的靈氣相通，它會標記出鄭和體內被無心散卓融煉的部分。」

「那豈不是說……」羅中夏望著鄭和的身體，瞠目結舌。

鄭和全身已經被蜘蛛網似的橙光布滿，密密麻麻，可見侵蝕之深；只有頭部尚沒有什麼變化，數道橙光升到人中的位置就不再上行。

小榕以手托住下巴，眉頭緊蹙，自言自語道：「很奇怪……他已經接近完全煉化狀態，一身經脈差不多全都攀附上了無心散卓筆的靈氣，腦部卻暫時平安無事。」

「呼，這麼說還有救？」

小榕搖了搖頭，讓他湊近頭部去看。那裡橙光雖然停止了前進，但分成絲絲縷縷的細微小流，執拗地朝前頂去，去勢極慢卻無比堅定，不仔細看很容易被忽略掉。

「煉筆童不同於與筆靈神會，它是將筆材強行煉化打入人體之內，以體內骨骼為柱架攀緣而生，像植物一樣寄生。是以筆材寄生之意極強，不徹底侵占整個人體便不會停——尤其是無心散卓筆，我很了解。」

「那就是說鄭和他……」

「雖然我不知道原因，但暫時看來應該不會有大恙，但時間一長就難說了。如果不採取什麼措施，無心散卓早晚會跟他的神經徹底融合，到時候就是孫思邈、白求恩（Henry Norman Bethune）[1]再世，也救他不得了。」

羅中夏一聽，反倒先鬆了口氣，至少眼下是不用著急了。

「就是說，我們現在什麼也做不了？」

小榕無奈地點了點頭。

「具體怎麼處置，還得去問我爺爺。不過他外出有事，怕是要明天才回來。」

「最好不回來……」羅中夏一想到自己兩日之後還要做一個重大決定，心中就忐忑不安。今天早上雖然誤打誤撞僥倖勝了，卻絲毫不能給他帶來什麼成就感，反而是鄭和的下場讓他恐慌愈深。以後萬一再碰到類似的強敵，他是一點自信也沒有。

「再讓我重複一次是不可能的，我也只能做到這一步了……」他心想。

小榕沒有覺察到他的這種心理波動，她把注意力都集中到了鄭和身上，一對深黑雙眸陷入沉思，白皙的臉上浮現出一絲不安。

就在這時，外面「咣」的一聲，像是誰把門踹開了。

「我兒子在哪裡？！」

羅中夏和小榕俱是一驚，連忙把身體探出包廂去看。只見趙飛白、一個大腹便便的胖子和幾個年輕人出現在門口，那胖子和鄭和眉眼有幾分相似。

那個中年男子快步走到鄭和身前，表情十分僵硬。他端詳了幾秒鐘，揮了揮手，沉聲說道：「把他抬出去，馬上送市三院。」

那幾個年輕手下得了命令，一起從沙發上抬起鄭和出了網咖。

然後中年男子走到羅中夏面前，伸出手來：「羅中夏同學是吧？」

「啊……是，是。」

「我是鄭和的父親，叫鄭飛。」中年男子說到這裡，看了一眼趙飛白。

羅中夏瞪了他一眼，趙飛白趕緊解釋道：「我剛才出去買藥，心想這麼大事，怎麼也得通知鄭公子父母一聲，就順便打了一個電話。」

鄭飛繼續說道：「趙兄弟已經把整個事情都講給我聽了，感謝你救了犬子和趙兄弟。雖然我不知道你為什麼不送犬子去醫院，反而把他帶來這間網咖，但我相信一定有你的理由。」

羅中夏無法向他解釋，只好「嗯嗯」地點頭。

「事起倉促，沒時間準備，這裡是一點心意。等犬子的事情告一段落，我會另行致謝。」鄭飛說完，從公事包裡取出一疊現鈔，遞到羅中夏手裡。羅中夏大驚，正要擺手拒絕，鄭飛已經轉身離開了。

他到了門口，回過頭道：「時間緊迫，便不多言了。接下來的事情你們不必費心了，我會照顧好他。一旦有什麼消息，我會派人來通知你們。」說完拉開門匆匆離去，趙飛白也緊隨其後。

這一夥人來也匆匆，去也匆匆，似一陣大風吹過，帶上鄭和又呼啦啦地消失，前後連五分鐘的時間都不到。轉眼間整個網咖又只剩下顏政、羅中夏和小榕三人。

這一切變故太快，網咖的氣氛變得頗為古怪，三個人都陷入了尷尬的沉默。最後還是小榕率先打破沉默，她向羅中夏招了招手：「你過來。」

顏政聳了聳肩，大聲道：「你們小倆口慢慢談，我掃地。」拿了把掃帚走開。

羅中夏乖乖走了過去，恭恭敬敬道：「我知道我偷偷離開是不對，不過那是有原因的。」

小榕從鼻子裡冷冷哼了一聲，仍舊板著臉。羅中夏撓了撓頭，不知道該怎麼往下說。據大學男生宿舍故老相傳，哄女生轉怒為喜的法門有三萬六千個。可惜現在他一個也想不起來，只好老老實實地雙手合十，不住告饒。

看到他那副狼狽的樣子，小榕的嘴角微微翹起，白了他一眼，終於鬆口說道：「告訴我整個事情經過，就原諒你。」

羅中夏忙不迭地把前因後果細細說了一遍，連說帶比畫。小榕聽完以後，表情十分意外：「你是說，你打敗了一個筆塚吏？」

「啊……實際情況就是如此，我自己其實也很驚訝。」聲音裡卻有遮掩不住的得意。

「真的是你打退的嗎？麟角筆雖不強大，畢竟也是枝古筆……」

羅中夏像是受了傷害一樣，委屈地大嚷：「怎麼不是！我有證據，那個女人丟下了一個竹筒呢！」

「一個竹筒？」

羅中夏簡單描述了一下外貌，小榕道：「那個叫做魚書筒，筆塚中人必備之物，是用來盛放筆靈的容器。」頓了一頓，她的聲音復轉憂慮：「可見那個叫秦宜的一直暗中搜羅筆靈，只是不知道目的是什麼。」

「我就知道妳不信，所以把它撿回來了。」羅中夏上下摸了摸，都找不到，「哎，奇怪，剛才還在身上呢……」他回頭剛想問顏政，卻看到顏政從地上撿起一個竹筒，正好奇地翻來覆去地看。

「顏政，把那個竹筒拿來。」羅中夏衝他喊道。

可為時已晚，顏政已經把手按在了那個竹筒的蓋子處，用力一旋，筒蓋順著凹槽「唰」的一聲打開。

只聽兩聲尖嘯，兩道靈氣突然從黑漆漆的筒口飛躍而出，狂放的動作好似已經被禁錮了許久，如今終於得到了解放。顏政被突如其來的變化嚇了一跳，手一鬆，竹筒啪的一聲摔到了地上。一道靈氣在網咖內盤旋一周，嗖的一聲順著網咖門縫飛了出去；另外一道靈氣卻似猶豫不定，只在天空晃動。

幾秒以後，它突然發力，化作一道光線直直打入顏政胸口之內。

1　孫思邈，中國著名的醫學家與藥物學家，有「藥王」美名；白求恩，加拿大胸外科醫師，曾援助西班牙與中國。

第十二章　如今了然識所在

顏政猝不及防，竟被這條剛擺脫了桎梏的靈氣生生打進胸口，整個人一下子朝著櫃檯倒了下去。

羅中夏和小榕相隔甚遠，想衝過去幫忙已經來不及了，只能眼睜睜看著這一切發生。顏政在倒下的瞬間還保持著驚愕，那是一種面對突如其來的變故不知所措的表情。

只聽一聲沉悶的「咚」，顏政重重仰面摔倒在木地板上。羅中夏一個箭步衝過去，試圖攙他一把；小榕也飛身上前，卻越過顏政的身體，衝到大門前把兩扇門奮力推開。只見遠處碧空之上靈光一閃，隨即消失不見。

羅中夏手忙腳亂地把顏政扶起來，抬頭去向小榕求助。小榕卻沒理睬他，而是直勾勾地盯著天空，滿是憾色。

顏政此時緊閉雙目，面如金紙，已經失去知覺。羅中夏沒學過緊急救助，只好按武俠小說裡的法子拿拇指按他的人中。他一邊按一邊再度抬頭，看到小榕仍舊呆呆地看著天空，十分不滿：「喂，現在是人命關天啊！」

小榕聽到呼喊，這才把目光轉回來，淡淡道：「不妨事，他只是突然筆靈入體，心智一時混亂而已，一會兒就能恢復。」

羅中夏霍地站起身來：「他也筆靈入體？」

「正是。剛才筆筒被他打開，一共逃出兩枝筆靈。一枝入了他的身體，一枝卻已經逃走了。」小榕的表情似是在說一件很平常的事，說完她又轉過身望著天空，口中喃喃說道：「這個秦宜究竟是什麼來頭，居然收有兩枝筆靈……」

筆靈煉自名士，一人一筆。歷代下來雖然積少成多，可自筆塚沒後，藏筆大多風流雲散，已經是世所罕有。韋勢然窮其幾十年，也才訪到詠絮筆與青蓮遺筆兩枝，秦宜不過三十出頭就坐擁三枝筆靈，確實十分蹊蹺。

羅中夏並不知道此中究竟，他只是把注意力集中在「筆靈入體」這件事上。在潛意識裡，他還是覺得這是件要命的事，於是也就對第二個「受害者」特別緊張。

他見小榕一點不著急，就自己氣鼓鼓地把顏政放平在長椅上，扯開他襯衫領子。果然不出所料，顏政胸膛平滑如常，不見一絲痕跡。他再仔細看，發現皮膚有些泛紅。這紅卻與平常一巴掌拍出來的紅色不同，如自體內散射出來的纖纖毫光，浮流於表面。羅中夏有些驚訝，取出一包餐巾紙蘸了水去抹，紅光透過水珠而出，暗暗閃爍。

這時小榕終於走了過來，她端詳了一番顏政，抓起他的手腕把了把脈，復又放下，對羅中夏說：「取一杯水來。」

羅中夏對她剛才那種做法很不滿，不過現在卻不是投訴的時候。他從旁邊飲水機裡倒了一杯水遞給她。小榕取出一枚紫色藥丸，把顏政的牙關撬開，混著白水把藥丸灌了下去。

「我已經餵了他鎮神定心丸，十分鐘內他就會醒轉過來。」

藥一入腹，當即發揮了作用，顏政面色開始轉潤。羅中夏這才放下心來，開口對小榕說：「妳剛才為什麼要那麼做？」

「怎麼做？」小榕似乎沒明白。

「對妳來說，一枝筆比人命還重要嗎？」羅中夏認為她在裝糊塗，有些不悅。

網咖裡忽然陷入一種尷尬的安靜中。羅中夏忽然有些緊張，害怕自己和小榕好不容易建立起來的一點默契就因為這個質問而毀了，不過實在是如骨鯁在喉，不說不快。

小榕聽完他的話，也沒作聲，默默把藥瓶揣回懷裡，朝外走去。

羅中夏以為她生氣了，有些惴惴不安。

那本凍透了的《李太白全集》在桌子上尚未融化。要知道，冰雪看似纖弱，實則綿裡藏針，既有「故穿庭樹作飛花」[1]，也可「北風捲地白草折」[2]。當年謝道韞雖有才女之稱，也是個剛烈的人。她老年之時，面對亂賊攻城，竟能挈婦將雛，一路殺將出去，直面殺人魔王孫恩而色不撓，骨子裡自有一股硬悍之氣。小榕承其靈魂，也沿襲了外柔內剛的秉性，惹她發怒可不是好玩的。

現在過去拽她回來也不是，不拽也不是，羅中夏正左右為難，小榕卻回來了，手裡握著剛才被顏政甩在一旁的魚書筒——原來她只是過去撿魚書筒。羅中夏暗暗鬆了一口氣。

小榕用蔥白手指細細撫摩魚書筒黑漆漆的邊緣，無限遺憾道：「尋訪筆靈殊為不易，有時一個筆塚吏終其一世都兩手空空——如果不是他的魯莽，我們本可以拿到兩枝。」

「那顏政的生死你就不管了？」

「他只是被筆靈神會附體，根本不會有生命危險。」

羅中夏的怒氣一瞬間變成突然被關掉了煤燃氣閥的火鍋：「妳說神會？」

「對，神會。」小榕冷靜地說，「剛才我看得很清楚，那枝筆靈在屋內盤旋了幾圈，主動撞進了顏政的身體。是筆靈自己的選擇。」

記得韋勢然說過，筆靈附體分為兩種，一種是強行植入的寄身，一種是筆靈自己選擇的神會。羅中夏想到這裡，不禁低頭看了看躺在地上的顏政，心想究竟什麼樣的筆靈，會和這個自稱擁有各種命格的網咖老闆品性相通呢？

「妳能知道是什麼筆嗎？」

小榕無奈地搖了搖頭：「這個要看他自己了，旁人是無從得知的。」

羅中夏道：「我還以為你們會有本筆靈名單，就好像潛艇的聲紋特徵，每枝筆都記下特點，到時候一查就得了。」

「聽爺爺說，當年是有的。但自從諸葛家、韋家決裂，筆塚關閉以後，這份名錄就不知所終。」

「那還真是可惜。」羅中夏咂咂嘴，大概這和學校的論文索引庫一樣，一旦關閉，這幫學生立刻就抓瞎了。

顏政依舊躺在地上一動不動，胸口起伏，呼吸平穩，赫然就在呼呼大睡，周身溶溶有紅光閃耀。別說羅中夏，就連小榕都有些驚訝。按說筆靈入體，是與人的元神相洽，少不得要有一番折衝磨合，寄主往往表現得特別興奮，嚴重如羅中夏甚至會被筆靈短時間控制神志——而顏政卻睡得酣暢淋漓，毫無痛苦神情。

顏政自顧睡著，身旁的兩個人一時間卻不知說什麼好。

羅中夏拿眼角瞥了一眼小榕，後者抱臂靜立，兀自沉思。他抓了抓頭皮，鼓起勇氣對小榕說：「好吧，剛才我有點誤會，您多包涵。」

「哦，你剛才說什麼了？」小榕抬了抬眉毛，微偏了一下頭。

羅中夏從她俏麗冰冷的表情裡分辨不出這是氣話還是玩笑，趕緊又轉移了話題：「我去把門關上，省得別人闖進來。」

他走到門口，把「暫停營業」的牌子掛出去，把兩扇大門關上，忽然想到一件麻煩事。

「對了，等到他清醒以後，要不要把筆塚的事告訴他？」

小榕不假思索地回答：「當然，他現在已經算是個筆塚吏了。」

「可是……他自己是否能接受得了這種事？」

羅中夏自己就是莫名其妙成了筆塚吏，一直到現在都不能完全接受這一事實，這種面對超越現實的惶恐心情他所知最深。

「事情已經發生，隨遇而安吧。」小榕淡淡說道。

羅中夏不知道她指的是顏政還是他自己，他猶豫了一下，用半是建議半是懇求的語氣對她說：「如果他自己不問，就不告訴他，好嗎？」

「好。」小榕有點意外，但還是答應了，「你這個人真怪呢，怎麼對筆靈這麼敵視？」

「如果妳經歷過專業調劑[3]這種事，就會明白生活的突然改變並不總是充滿樂趣……」羅中夏低聲嘟囔著，同時習慣性地撫了撫胸口。青蓮筆安然臥在其中，似已沉沉睡去。

接下來的十幾分鐘內，兩個人再也沒說話。小榕拉了把椅子坐在顏政旁邊，低頭不知傳訊息給誰；羅中夏不好上去攀談，就隨便找了臺電腦，心不在焉地打著遊戲。門外不時傳來腳步聲，看到牌子後就隨即遠去了。

幾小時以後，顏政終於悠悠醒來。他從長椅上掙扎著爬起身，張大嘴打出一連串的哈欠。羅中夏和小榕趕緊湊了過去，顏政隨手抹抹嘴角的口水，漫不經心地開口問道：

「你們是MIB（星際戰警）還是X-MEN（X戰警）？」

「……」

「……」

兩個人都沒想到他一開口，居然問的是這麼一個問題。唯一的區別是，小榕心裡有疑問，而羅中夏則直接喊了出來：「你到底想說什麼？」

「說這個。」顏政指了指自己隱隱發紅的胸膛，「剛才一定發生了奇怪的事情，對吧？」

「呃……沒那回事。」

「不必隱瞞了，我記得很清楚。我打開了那個竹筒，然後飛出來一團光，砸到我身上。一定有什麼事發生。」

顏政停了停，興奮地比畫著雙手：「我猜，你們應該就是某個祕密組織的成員，就好像MIB或者X-MEN那樣，你看小榕剛才居然能把書凍結——而我，就是被選中的新成員吧？」面對想像力高度發達的顏政，羅中夏只好把求助的眼光投向小榕。顏政還在那裡喋喋不休：「無論是拯救世界還是追捕吸血鬼，我隨時都OK。」

「顏政。」小榕說。

「能力愈大，責任愈大[4]。」

「顏政！」

「什麼？」

「你能安靜一下，聽我說嗎？」小榕的聲音變得很有威勢。顏政「啪」的一個立正，敬了個軍禮，然後一臉興奮地望著她，滿懷期待。小榕無奈地側臉看了看羅中夏，意思是說可是這傢伙逼著我說真相的啊，羅中夏以同樣的無奈眼光回視。

小榕花了二十分鐘時間，把筆塚、煉筆以及諸葛家、韋家兩族的恩怨簡短地講給了顏政聽。她的聲音很輕，又沒有抑揚頓挫，把整件事講得如同吃飯、睡覺般平淡，但顏政聽得卻十分認真。

「這就是我們為什麼在這裡。」小榕說到這兒就停住了，她很少會一口氣說這麼多話。

「說完了？」

「完了。」

「我明白了。」顏政嚴肅地點了點頭，雙手放在膝蓋上，挺直了胸膛。

羅中夏忍不住問了一句：「你就這麼相信了？」

「那你覺得我應該怎樣？」顏政反問。

「這種事，任誰聽了都會先說幾句諸如『聽起來不太可靠』、『這是真的嗎』、『常識上不可能』之類的話吧？」

顏政滿不在乎地回答：「這世界上沒什麼不可能的，算命的說我天生有做超級英雄的命格。」小榕看了羅中夏一眼，意思很明顯：姑且不論這種人生哲學是否可取，至少在態度上，顏政要比羅中夏積極得多，也開放得多。

顏政迫不及待地又問道：「對了，我這個筆靈是什麼來頭？想來也很不尋常吧？」

「這個……」羅中夏和小榕面面相覷，「很抱歉，我們不知道。」

「不知道？」

「對，這個要靠你自己參悟，別人幫不上什麼忙——在夢裡筆靈有無給你什麼暗示？」

「哎呀哎呀，這個嘛……我都不記得了。」顏政抓了抓頭，「算了，我回頭自己在家慢慢試吧，先試飛簷走壁，再試移形換位，總有一款最適合我。」

小榕忽然站起身：「那很好，我們先走了。」

羅中夏和顏政都是一愣，然後異口同聲地問道：「等等，你去哪裡？」

「鄭和所在的醫院。」小榕拽了一下羅中夏，讓他也站起身來，「既然有了無心散卓的下落，我們就必須待在它身邊。若非出了顏政的事，我們本該跟著鄭和父親直接去的。」

顏政「哦」了一聲，示意他們稍等，轉身回吧臺內開了一罐紅牛，咕咚咕咚喝了個乾淨，又扔了兩罐給羅中夏。羅中夏有點不知所措地把紅牛都揣到衣服裡，一抬頭，發現顏政拿出一件米黃色外套，正往自己身上套。

「我們一起去。」顏政高高興興地說，俐落地把拉鏈拉上。

小榕眉毛一挑，冷冷說道：「我記得我剛才說過，諸葛家一直在追殺我們。你跟我們走，是很危險的。」

「沒關係，正義必勝嘛。」

羅中夏心想我自己避之尚不及，你倒還主動往上湊，開口反問道：「你怎麼知道我們一定就是在正義這邊呢？」

顏政咧開嘴，露出燦爛的笑容，豎起右手食指得意地在半空晃動了一下：「這個很簡單，無論漫畫還是電影，可愛的美女永遠都是在正義的一邊。」

大象無形，大拍希聲，這馬屁拍得渾然天成，竟絲毫沒有破綻。小榕聽了，露出一絲笑容，走到顏政跟前拍了拍他肩膀道：「好吧，不過你現在筆靈還未覺醒，若碰到危險就先逃吧。」

「放心，放心。」顏政把手伸向羅中夏，「我還是個新人，還請前輩多多指教。」

「……少來這套。」

三人離開網咖，從旁邊車庫開出一輛破舊的小汽車來，直奔市三院而去。

市三院是本市數一數二的大醫院，占地極廣，每天都是人來人往，熙熙攘攘。顏政開著車在院子裡轉來轉去，愣是沒找到停車的地方。最後他們七繞八繞，總算找到了一處停車的位置。

停罷了小長安（廂型車），顏政趴在方向盤上望望窗外，回頭問羅中夏：「我們去哪兒找那個叫鄭和的人？」

「急診部吧。」

「很好，那麼急診部在哪裡呢？」

這時羅中夏和小榕才發覺他們置身於一大片草坪的旁邊，草坪之間道路縱橫，遠處還有些穿著病患服的人在緩緩走動，就沒有一處牌子是指向急診部的。

一個年輕護士[5]推著一輛輪椅緩緩沿著水泥便道走過來，輪椅上坐著個老人，老人腿上蓋著條藍格毛巾被，正在閉目養神。顏政一看到那個漂亮小護士，臉色立刻變得神采奕奕，推門下了車。

「我去問問路。」

「你是想跟人家搭訕吧？」羅中夏咂了咂嘴，在這種事情上他總是目光如炬。

「哎，你不懂，護理制服代表了先進生產力。」

顏政丟下這句話，轉身跑到了小護士的跟前。

「妳好，請問急診部怎麼走？」

小護士把輪椅停住，友好地朝著一個方向指了指。顏政點了點頭，卻還不走，兩隻眼睛上下打量那身凹凸有致的雪白護士服。小護士不滿道：「急診部在那邊，你看我幹嘛？」

「有機會能不能一起吃個飯呢？」

小護士大概是經常碰到這種人，非但沒有驚惶，反而不甘示弱地一揚下巴：「我口味很挑的，只怕你請不起。」

「跟您在一起，我就是這所醫院裡最富有的人。」顏政露出溫和的笑容，諂而不媚。

這時老人的毛巾被忽然從身上滑落，顏政立刻殷勤地彎腰給撿起來，重新鋪到他身上，還親切地拍了拍他的腿：「您可比我幸運多了。」

小護士咯咯笑道：「你這人，真有意思。」

顏政突然面色一變，像觸電一樣飛快地把手縮了回來，面上氣血翻湧，紅光大盛。

小護士不知緣由，還以為他害羞了。

「嘻嘻，哎？剛才還……怎麼現在誇了一句，就臉紅了？」

「嗯嗯，是被妳的風采傾倒了。」顏政敷衍了一句，轉身趕緊跑了。小護士莫名其妙，望著他消失的背影，輕輕悵然嘆息了一聲。

輪椅上的老人忽然動了一下，被子又滑了下去。

小護士彎腰朝下望去，圓圓的眼睛一下子睜得更圓了……

---

1 出自韓愈〈春雪〉。

2 出自岑參〈白雪歌送武判官歸京〉。

3 專業調劑，在中國的大學招生制度中，當學生考試成績達到所申請學校的錄取分數線，但其所填報的專業（科系）已無空缺時，學校會詢問學生是否同意「專業調劑」。如果學生同意，學校將根據實際情況，將其分配到其他尚有名額的專業，這些專業可能來自該校的任何學院。若學生不同意調劑，且所填報的所有專業均已滿額，則不被該校錄取，轉至下一志願學校。

4 出自《蜘蛛人》經典臺詞：With great power comes great responsibility。

5 因本書出版背景當下，仍普遍使用護士一詞，為保留作者語氣，無另修改為「護理師」，全書同。

第十三章 當年頗似尋常人

眼前是一棟三層灰色小樓，外表其貌不揚，裡面的裝潢卻十分精緻，走廊鋪著厚厚的深綠色絨毯，走起路來悄然無聲。要說鄭和的面子還真大，沒送去急診部，而是直接送到特需病房了。

他所在病房的門口聚集著好多人，黑壓壓的一片。站在人群中心的是鄭和的父親和趙飛白，還有個不住啜泣的中年女子，想來是他媽媽。這些人都誠惶誠恐地站在原地，望著病房門口，大氣也不敢喘一聲。

小榕不願驚動他們，三個人悄悄找了一個偏僻的角落，在沙發上坐下。這個角度恰好能夠看到走廊的動靜，又不會被人注意到。羅中夏看了看那群人，兩隻手不耐煩地交叉在小腹：「我一直不太明白，幹嘛非要待在無心散卓筆的旁邊？那枝筆很能打嗎？」

「我爺爺是這樣叮囑的。」小榕似乎並不想做過多解釋。

「可我們就這樣一直待下去嗎？」

「時機到了，自然知道。」

羅中夏放棄似的垂下頭，這段時間胸中平靜得很，筆靈再無動靜。他百無聊賴，只好把身體拉直，採取最舒服的姿勢靠在沙發上。這裡太安靜了，讓他有些昏昏欲睡。

忽然，小榕說：「你有沒有覺得不太對勁？」聽她這麼一說，羅中夏騰地直起身子，緊張地左顧右盼，觸目所及，好似深深的走廊兩側都隱藏著諸葛家的人。

「敵人在哪裡？」他壓低聲音。

「我是說顏政。」

經小榕這麼一提醒，羅中夏想起來已經好長時間沒聽到顏政的聲音了，這可不太尋常。他扭轉視線，看到顏政翹著二郎腿，右手兩個指頭心不在焉地敲擊著沙發扶手，目光的焦點不在任何一點。

羅中夏剛想開口詢問，一個小護士從另外一個方向匆匆走過來，她瞥了這三個人一眼，停下了腳步。

「哎，哎？你不是剛才那個誰嗎？」小護士湊到顏政跟前，彎腰抬起下巴。

顏政看了她一眼，笑道：「是你啊，怎麼？特地來找我？榮幸，榮幸。」

「呸，呸，誰是特意來找你的。」小護士瞪了他一眼，「還不就是因為你……」話沒說完，遠處另外一個護士喊道：「小趙，妳的病人已經送到加護病房，專家也快到了，妳趕緊過去。」小護士答應了一聲，對顏政做了個鬼臉，轉身一路小跑離開，白衣飄飄。

顏政看她背影，緩緩抬起右手端詳，又是一聲長嘆。羅中夏心中納罕，忙問他是怎麼了。顏政道：「剛才我與那個小護士搭訕的時候，輪椅上的病人蓋的毯子掉了。我好心幫忙撿起來，不小心右手碰了他膝蓋一下……」

「然後呢？」

顏政搖搖頭：「然後我就忽然覺得有一陣熱流翻滾，像是端著剛泡好的泡麵那種燙手，我急忙收手，全身一下子都氣血翻湧，幾乎沒站住。」他伸手給羅中夏看，五個指頭上都有微微燒灼過的紅痕。

「難道那個病人是高人？」羅中夏驚道。

小榕在一旁問：「你是否感覺胸內鼓蕩？」顏政點點頭，小榕道：「那就是了，筆靈牽心，異動顯然是從你這邊來的。」

羅中夏又問：「那個病人後來如何了？」

「不知道，我一覺得渾身不對勁，就趕緊離開了。」

「看來你的筆靈力量真不得了，他只被輕輕一碰，立刻就被送到加護病房了。」羅中夏望向剛才小護士消失的樓梯，口氣有些敬畏。

顏政看起來有些鬱悶：「唉，他若是因此而死，我豈不是成了殺人犯？」羅中夏也不知如何安慰才好，只得拍了拍他肩膀，也「唉」了一聲。

小榕看了看他指肚上的灼痕，皺眉道：「看起來，你這枝筆靈，卻是與陽火相關的。」她閉上眼睛想了一會兒，卻想不到什麼筆靈與火能扯上干係。

「就像是《X戰警》裡的那個火人一樣嗎？」

顏政說著，奮力往前揮出一掌，卻連個火星也沒冒出來。小榕道：「筆靈和元神是需要慢慢融合匯通的，不能一蹴而就。」羅中夏在旁邊沒吱聲，心裡暗暗慶幸還好自己沒和他握過手，不然怕是也進加護病房了。

三個人坐在沙發上又等了三、四小時，天色逐漸黑了下來。他們親眼見到那一干專家搖著頭走出病房，跟隨著鄭和父母離去。看來鄭和的「病情」既沒惡化，也沒找出毛病。走廊裡的人逐漸散去，只留下幾個護士不時進出。

小榕自幼修得心靜，能耐得住寂寞，卻苦了羅中夏和顏政。兩個人沒網可上、無漫畫可翻，只能不停變換姿勢，聊作發洩。

大約到了傍晚時分，原本閉目養神的小榕猛然睜開眼睛，靈臺一顫，敏銳地覺察到了空氣中一絲絲特別的感覺。

準確地說，是一絲絲特別的色彩。

此時夕陽已沒，窗戶又向北面，窗外昏暗一片，走廊裡已經半融入沉沉夜色。可在他們目力所及之處，走廊地板上飄然伸展起幾株異色光線。這些光線婀娜多姿，宛若芝草，縷縷光絲如深海植物搖曳擺動，緩慢而有致地蔓延生長，一會兒工夫就爬滿了半個走廊，泛起奇詭色彩，不暗亦不亮。

羅中夏和顏政也隨後發現了這種異變，紛紛坐直了身體，面色興奮。無論這東西是吉是凶，總算是把他們從無聊的地獄裡拯救了出來。

三個人原地不動，默默地注視著這些光線。顏政忽然開口輕聲問道：「老羅，你說彩虹有幾種顏色？」

「七種，赤、橙、黃、綠、青、藍、紫。」

顏政伸出五個指頭：「我怎麼數這裡也才五種呢？而且種類也不對。」

經他提醒，羅中夏定下心神去數，果不其然。走廊上看似色彩紛呈，仔細數下來，嚴格意義上的色彩只紅色、黃色、青色三種，另還有黑色與白色兩束，黑的純黑，白的晶白，卻都能看得清清楚楚。

「大家鎮靜。」小榕冷靜地說，同時喚醒了詠絮筆，「五色使人目盲，不要被迷惑了。」

話雖如此，面對這些彷彿具有生命的光線，羅、顏二人還是忍不住瞪大了眼睛去看。顏政還想伸手去撫摸，卻只摸到虛空。看來這些光線不是具備了實體的東西。一小股寒氣從小榕身體倏地盤旋而出，形成一個漩渦，讓這段走廊的溫度瞬間下降了二十幾度。這雖然對光線不能產生什麼作用，但多少能讓另外兩個人腦子清醒一下。

五色光線時而分散，時而合在一處，不緊不慢地圍著三個人形成一圈光芒的結界。最先出現反應的是顏政，他的眼神被光芒牽引，頭部隨著光線開始來回擺動，人不自覺地從沙發上站了起來。隨即羅中夏也緊隨其後，半張著嘴，開始手舞足蹈。紅色、青色從兩側悄然繞上兩人身體，黃色挑逗般地撫摸著下巴，黑白兩色則遠遠側立，冷冷地睥睨著這一切。黃色光線挑逗了一陣，忽然搭上了他們的腦袋，一瞬間顏政眼睛裡看到了美女，而羅中夏眼中則出現了另外一個美女。

兩個人同時露出傻兮兮的欣喜笑容。

「快閉上眼睛！」

小榕大喝道，同時讓周圍的溫度又下降了十度，希望那兩個傢伙能夠從幻覺裡清醒過來。顏、羅二人充耳不聞，只是哧哧地笑。那幾色光線又朝著小榕游動而來。

一陣雪雲立刻擋在她面前，只是冰雪雖冷，卻阻不住光芒。黃光一馬當先撲至小榕面門，輕輕搭到她腦門。小榕悶哼了一聲，眼前依稀幻出一些稀薄的影子，隨即就煙消雲散。她清心寡欲，內心不像那兩個傢伙一樣亂七八糟，黃光難以動搖。

青光見黃光奈何不了這個淡泊女子，立刻飛撲而上。小榕後退了一步，可惜走廊太過狹窄，終究還是被青光捕住。

一隻碩大無朋的黑色蜘蛛出現在小榕面前，清晰異常，連嘴前口器、腿上絨毛都看得一清二楚。

「啊——」一尖銳的女性尖叫在走廊一下子炸裂開來，小榕花容慘然失色，臉一下子變得煞白煞白，幾乎站立不住。身旁冰雪也因為主人心意動搖而轟然落地。

塞翁失馬，焉知非福，小榕的這一聲尖叫，卻驚醒了那兩個被美女弄暈了頭腦的大老爺兒們。顏政眼神恢復清明的瞬間，憑藉直覺一個箭步衝到小榕身前，把渾身顫抖的她攙住；羅中夏慢了一步，剛一恢復了神志就看到那束青光直直又衝自己而來。

羅中夏的青蓮遺筆有點像段譽的六脈神劍，不能收發自如，時靈時不靈，不到緊要關頭不能喚出。此時情況凶險，羅中夏眼見躲不過這束青光，情急之下，胸中筆靈呼地噴湧而出，在他頭頂綻放。

青蓮筆取自蓮色，乃是青色之祖。那青光一見青蓮綻放，立刻畏縮不前。青絲一斷，小榕眼前的蜘蛛也隨之消失。她驚魂未定，在顏政懷裡不住大口喘息。

「不愧是青蓮遺筆。」一個人聲自周圍黑暗中傳來，半是讚嘆，半是惱怒。這聲音飄忽不定，無法分辨出方位。

羅中夏見青光剛才被自己嚇退，膽氣復壯：「既然知道厲害，就趕緊走吧，我不計較。」

黑暗中的人呵呵乾笑：「嘖嘖，小子你的內心可是夠汙的，我可看得清楚。」

羅中夏被人說破了隱私，面色大窘，不由得惱羞成怒：「呸！不要汙蔑人！」

「黃色致欲，青色致懼，你看到的都是內心照映，哪裡是我汙蔑？」

羅中夏還要再梗著脖子反駁，卻被小榕伸手攔了下來，示意他住嘴。她雖然臉色還是蒼白，可精神已經恢復了一些。

她定下心神，撫胸四顧，朗聲說道：「不知來的可是五色筆？」彷彿是為了回答她的問題，五色光芒如五條光蛇昂起頭來，輕輕吐芯。

「詠絮筆，好久不見。」黑暗中的聲音說。

「來的是江淹還是郭璞？」

黑暗中的聲音沉默了一陣，過了半分鐘方才回道：「妳小小年紀，倒也見識廣博。」

「你還沒回答我的問題。」

對方不再回答，五色光芒又開始嗞嗞向前。小榕冷笑一聲，橫身上前，一道冰壁「唰」地拔地而起。這道冰壁是吸盡周圍空氣中的水分凝結而成，薄而晶瑩。小榕見那五色光芒還是能夠透過冰壁，又喚了一層雪花覆於其上，防止光線透過來。

小榕知道這種程度的防禦支撐不了多久，讓顏政趕緊後退。顏政又試著揮舞了幾下手掌，毫無效果，知道自己暫時幫不上什麼忙，只好老老實實朝後退去。臨退之時，他還不忘朝黑暗中嚷了一句：「對自己討厭的問題避而不答，這可不是什麼好習慣……」

羅中夏知道此時已經不能逃避，暗暗咬了咬牙，鼓起勇氣走上前，與小榕並肩而立。此時周遭已經是一片漆黑，連只隔十幾公尺遠的病房微光都無從看到。剛才那一番劇烈的折騰打鬥，竟沒引起旁邊值班護士的注意，顯然是被這團黑暗給隔開了。對方存心打算取一個主場之利。

冰壁又支撐了一陣，終於轟的一聲坍塌。黃光與青光一馬當先，洶洶而來。小榕心無欲求，羅中夏的青蓮又強勢，兩個人交錯輪替，黃光來則由小榕抵擋，青光來則靠羅中夏的青蓮壓制，一時間二光始終奈何不了他們。

如此持續了兩分多鐘，黑暗中的人終於沉不住氣了。一聲呼哨，原本留在圈外的紅光加入戰團。小榕橫眼一瞥，急忙對羅中夏喊道：「要小心，紅色是致危之色。」

「什麼？致瘘？」羅中夏聽了面色大變，腳步有些紛亂。紅色乘虛而入，有幾條光線堪堪切過脖頸，他登時覺得自己腳下地板裂成千仞深淵，深不見底。紅色能誘出人類對特定環境的恐慌，羅中夏本來就有些恐高症，被這麼一刺激，兩股戰戰，幾乎無法站立。

小榕一見，手一揮將冰塊砸出，正中羅中夏頭部。他慘叫一聲，身體歪歪倒下去，這才勉強避過紅光。羅中夏捂著腦袋再度起身，情知這紅色比青、黃二色還厲害，不敢再掉以輕心。自從經過秦宜一役，他得了靈感，知道吟詩是個與筆靈呼應的好辦法，青蓮遺筆似乎可以將詩句具象化。現在的局勢是對方紅、黃、青三色糾擾不清，羅中夏覺得應該也要想一首帶有許多顏色的詩，才能反制。

計議已定，他雙手微抬，回想太白飄逸之體，朗聲念道：

鵝，鵝，鵝，曲項向天歌。白毛浮綠水，紅掌撥清波[1]。

青蓮光芒驟然暗淡，三色乘虛而入。

「笨蛋！那是駱賓王[2]的詩！！」小榕奮力抵擋著三色侵襲，回頭生氣地大叫道。

就連黑暗中的人也呵呵大笑：「我道青蓮遺筆的筆塚吏是何等人物，原來不過是這種傻瓜。」

「你也好不到哪裡去。」小榕一邊悄悄擴大冰雪範圍，一邊故意大聲道，「不過是枝未臻化境的江淹筆，還好意思說人家。」

「胡說！」對方彷彿被刺中了痛處，跳起腳來。

「要不那黑、白二色為什麼不動？」

「無知小輩！妳懂什麼！」黑暗中的人怒罵了一句，黑、白兩道光束卻紋絲不動，沒有任何攻擊的跡象。

「若是不想承認，就動來看看吧。」小榕淡淡說道，她平靜如水的態度反讓反擊更有力度，對方暴跳如雷，卻沒有什麼實質性的反擊，這一場口舌之爭卻是小榕完勝。

「出來吧！」聲音暴喝，卻有遮掩不住的挫敗感。這時候，走廊的四個角落裡突然出現四個穎童，一起木然欺近。它們四個額頭都有一道發亮的穎縫，面色泛著慘青。

「力有未逮，只好拿些筆童來湊數嗎？」

小榕嘴上占盡便宜，卻知此時局勢愈加不利。五色筆中的紅、黃、青三色能迷惑人心，卻無物理傷害能力，黑白功能不明，真正最終的物理攻擊還是要由其他人來輸出。

這就是四個穎童出現得恰到好處的原因。

小榕被三色糾纏，一時脫不開身；羅中夏還沒摸清青蓮遺筆的底細，只是靠誤打誤撞，尚不知該如何應付這種局面。現在再加上四個穎童，可謂是雪上加霜。

「臭丫頭，妳以後不許講這種我無法反駁的話！」

話音才落，四個穎童分進合擊，默契無比。羅中夏剛才被小榕這一喝，腦子全亂了，更別說吟什麼詩了，只能憑藉青蓮遺筆勉強逃避。

顏政在旁邊急得團團轉，拚命揮舞手掌，又是念咒又是比畫，急得氣血翻湧卻無從發洩。他現在渾身都悶得發紅，好似一隻煮熟的大閘蟹，可就是半點火苗都放不出來。

「可惡……若是能放出火來，這幾個毛筆變的傢伙算得了什麼！」顏政自言自語，搓了搓十指，猛然聽到呼啦一聲，自己雙手手掌一下子籠罩上一層紅盈盈的光芒。「哈哈，鑽木取火，成了！」

他大喜過望，連忙轉頭過去，看到兩人三色四個穎童激戰正酣，不由得擺出一個姿勢：「現在是正義使者顏政的出場時間！」

憑藉這雙火焰肉掌，顏政覺得對付那幾個筆童肯定是不費吹灰之力。他心念一動，胸中那枝不知底細的毛筆即行回應，輸送了更多紅焰去雙掌，這更讓他信心十足。

就在此時，東躲西藏的羅中夏一時氣息窒澀，被一個筆童的竹掌拍上了脊背。只聽「喟吧」一聲骨頭斷裂的聲音，他凌空飛出，直直飛向顏政所在的方向。顏政一見，情急之下忘了雙手之事，下意識地去接。

羅中夏的身體重重落下，壓在他十個燃燒著熊熊火焰的指頭上。

一聲男性的慘叫劃破走廊。

---

1 出自駱賓王〈詠鵝〉。

2 駱賓王，初唐著名詩人，筆力雄健，擅長七言歌行。

第十四章　寒灰重暖生陽春

筆童煉自常人，人軀為體，湖筆為竅，筆毫伸成奇經八脈[1]。毛筆本是竹木之物，又不曾受靈，是以筆童無思無想，唯一的特點就是力大無窮。若是被它們正面打中，正常人如羅中夏一樣的肉身根本無法承受。

顏政雙臂一沉，聽得耳邊先是一聲真切的「喀吧」，又是一聲撕心裂肺的慘叫，心想八成是脊梁斷了；再一想到自己雙手飛火焰，竟還把他接了個正著，驚惶之情自峰頂又向上翻了一番。

心惶則筋軟，他下意識地雙手一鬆，直接把羅中夏扔到了地上，閉上眼睛，不忍去看那一場人間慘劇。好在地面鋪的全是厚厚的絨毯，羅中夏五體投地，只發出一聲悶悶的撞擊聲。

顏政沮喪不已，他本想當個超級英雄，怎麼也沒想到甫一出手就先傷了一個自己人。他失望地抬起雙手，卻驚訝地發現，自己原本被火焰籠罩的十個指頭裡，左手的小指頭已經褪色，恢復如常。

一聲微弱的呻吟忽然從他腳下傳來，顏政連忙低頭去看，看到羅中夏像一條菜青蟲一樣在地上滾來滾去，嘴裡哼哼唧唧，皮膚卻並不像烤鴨那般外焦裡嫩。

顏政趕緊俯下身子喊道：「喂，還活著？」

他雙手作勢想去攙扶，又在半途停住，不敢近前。

羅中夏聽到呼喚，勉強抬起頭來：「這要看你活的標準是什麼……」說完他晃晃悠悠站了起來，直了直腰——顏政注意到他除了臉色有些蒼白以外，全身倒沒什麼異樣之處。

這一變化讓小榕和黑暗中的五色筆吏都非常驚訝，他們都知道筆童的手底分量，也都猜得出羅中夏挨上這一掌後骨斷肉飛的慘狀。現在預料竟然落空，兩個人不由得停下動作，原本激烈的戰況為之一頓。

「什麼……難道青蓮遺筆竟已經……」黑暗中的人發出驚嘆。

「太白遺風，又哪裡是區區江淹可以參透的！」小榕不放過任何一個諷刺他的機會，隨手帶起兩團雪霧，試圖用雪的不透明性把五色光籠罩起來。

「我不信！」

感覺受到了愚弄的聲音猛然提高，一個筆童感應到主人命令，急速飛撲而上。羅中夏猝不及防，被它對準下巴狠狠來了一記上勾拳。這回大家都看得真真切切，羅中夏被正面擊中，仰天摔倒，半空鮮血亂飛。

旁邊的顏政一把撐住羅中夏雙肩，使之不致倒地，心裡卻暗暗叫苦。從他的經驗判斷，羅中夏下巴已經被揍脫了臼，搞不好下頜骨也已經粉碎。可當他手掌接觸到羅中夏肩膀的一瞬間，顏政忽然覺得一股熱流自掌端湧出，順著肩膀流入對方體內。隨著熱流湧入，羅中夏原本痛苦不堪的表情開始轉緩，很快嘴巴就能一張一合。

這時候，顏政注意到自己左手無名指的紅光也悄然熄滅。他腦子轉得快，立刻想到了最大的可能性。

「難道說……我的雙手不是火焰，而是急救噴劑？」

他自言自語，周圍的三個人卻聽得清清楚楚。小榕既驚且喜，羅中夏除了驚喜還多了幾分後怕——如果顏政的筆靈不是這種功效，只怕自己已經蒙主恩召了。

既然有了顏政當後盾，羅中夏恐懼之心漸消，怒火大盛。這也不怪他，誰剛剛被人狠狠揍了兩回，性命幾乎喪掉，也會發怒的——泥人尚有個土性，泰森[2]逼急了還咬人呢。

太白詩境原本就是恃才放曠、詩隨意轉，全憑五內一股情緒驅馳。羅中夏這一怒，心意流轉，元神與筆靈之間登時流暢通順，青蓮得了情緒滋補，愈加光彩照人。

那四個筆童已經重新調整了陣勢，在五色光的掩護之下再度殺來。羅中夏略定了下心神，終於想起一首合適的詩來——而且確定是李白的沒錯。

「床前明月光，」輕聲吟出，整條走廊登時青光滿溢，五色光芒頓時矮了幾分，瑟瑟不敢輕動。

「疑是地上霜。」

小榕剛才一直就在極力飛霜布雪，雖然屢屢被五色筆阻撓，不能成勢，但走廊空間中已經冰冷無比，滿布冰雪微粒。羅中夏是句一經唇出，這些飄浮在各處的微粒登時凝結一處，沉降於地，在地毯上鋪了厚厚的一層冰霜銀面。

五色光芒已被徹底壓制，沒有了後顧之憂的小榕飛身上前，區區幾個筆童根本不在話下。轉瞬間就有一個筆童被冰錐攔腰斬斷，重重倒在冰面上，化為兩截斷筆。

另外三個筆童見狀不妙，轉而去攻羅中夏。羅中夏就地一滾，就著光滑冰面避開鋒芒，堪堪吟完後面兩句：

「舉頭望明月，低頭思故鄉。」

這兩句飽含感懷怨望，一舉一低之間語多沉鬱。一個筆童欺身跟進，卻忽然被籠罩在一片青光之內，動作一下子沉滯起來，關節處啰啰空響，慢如龜鱉。小榕見勢，奮起詠絮筆，筆鋒掃出兩道冰氣，把它徹底凍結。

黑暗中的五色筆吏被這一連串的變故弄得措手不及，筆童幾秒內就損失了一半，五色光又被壓得抬不起頭，局勢可有些不妙。

「吾有筆在卿處多年，可以見還。」小榕不忘嘲諷他一句。這句是當年郭璞對江淹說過的原話，現在被小榕說出來，顯然是嘲弄那人能力上不了檯面。

這次五色筆吏學乖了，知道自己在口舌上爭不過小榕，索性裝沒聽見，只是沉沉喝道：「我就先徹底斷絕你們的希望！」

殘存的兩個筆童聽了主人號令，立刻齊齊撲向顏政。他的意圖很明顯，顏政的筆靈只能恢復，卻沒有什麼戰力，只要先打殘了恢復者，再對付敵人就容易多了。古代兵法先截糧道，現代電子遊戲先殺恢復系的牧師，都是這個道理。

這一招圍魏救趙讓小榕和羅中夏大驚，一個揮袖飛出兩枚冰錐，一個飛身上前，可惜反應都太慢。兩個筆童的竹拳轉眼間已經砸到了顏政的面門和小腹，只消再往前半分，就能置他於死地。

但這半分卻無法逾越。

顏政雙掌一上一下，各自封住了一個筆童的拳路。他輕輕一帶，雙手瀟灑地畫了半個圓圈，兩個筆童立刻被自己的力量朝前推去，撲通、撲通兩聲摔倒在地。

顏政得意揚揚地晃了晃手腕，瀟灑地擺出了一個起手式：「對不起，算命的告訴我，我有太極拳三段的命格。」

羅中夏驚訝地問道：「你居然會太極拳？」

顏政又換了個「攬雀尾」，笑道：「請稱呼我為華夏大學網咖界六十公斤級以下男子組少數民族分組太極拳表演項目起手式第一高手。」

無論敵友，都被這一連串的華麗頭銜所震懾，走廊一瞬間陷入略帶喜劇感的沉寂。

「不要以為我讀書少！」黑暗中的聲音低吼著，他感覺受到了愚弄，很憤怒。聲音在走廊裡迴蕩。

顏政沒作聲，而是偏過頭去似沉思般地側耳聽了聽，然後唇邊露出一絲笑容。他收起招式，無比堅定地朝著黑暗中的某一個方向走去。

小榕和羅中夏不明白他要幹什麼，五色筆吏卻立刻洞察了他的用心，變得大為緊張：「你要做什麼？」

顏政也不回答，只是抬步疾走，五色筆吏急忙派那兩個剛從地上爬起來的筆童去攔截。筆童迅速跑到顏政旁邊，揮起橫拳就砸，他舉臂去擋，喀嚓一聲，右臂骨頭應聲而斷。顏政暗哼一聲，腳步卻片刻不停，只是抬起左手摸了摸斷臂。又一根指頭的紅光消逝，斷骨重生。

這種手法貌似無賴，卻有效得很。筆童連續打斷了顏政的手臂數次，喀嚓聲不絕於耳，卻始終阻不住這個可怕的傢伙前進。當顏政還剩兩根指頭尚有紅光縈繞的時候，他終於走到黑暗走廊中的某一處。

「今、今天就算是打個平手吧！」

黑暗中的聲音忽然變得十分驚惶，五色光芒嗞嗞往回收去。在顏政聽來，這聲音卻是近在咫尺，他揮起左手擋下筆童的最後一記攻勢，右手跟進恢復，隨即用剛剛復原的左手向前一探，把一個人影抓在手裡。

「平手可不符合我的作風呢！」

顏政低頭去看，黑暗中看不太清對手的臉，但大致能看得出這人個子不高，是個矮胖子，好似還戴著一副眼鏡。顏政拎著他脖領，像玩具一樣把他提了起來。

首腦一經被擒，那兩個筆童就像是斷了線的木偶一樣，癱軟在地，動彈不得。眼鏡胖子試圖掙扎，卻被顏政一拳打中小腹，發出一聲慘叫。

「嘿，你打斷了我胳膊起碼有十七次，現在只還了一拳就受不了了？」

眼鏡胖子瞥了一眼顏政仍舊閃著紅光的右手中指，怯怯地回答：「最多也就七次啊……」

顏政把中指單獨伸到他眼前，罵了一句：「呸！七次也不少了！」

說完又是好幾拳，打得那個眼鏡胖子連連慘呼，很快就變得鼻青臉腫，狼狽不堪。拳法不合太極沖虛圓融之道，只是一個狠字。

末了顏政「唰」地收回拳頭，正色道：「本來該多打你幾拳，不過看在剛才我見著涼宮春日[3]的份上，就少打你一下吧。」

「多、多謝……」眼鏡胖子喘息道。

「但是你拿蜘蛛嚇唬女孩子，罪卻不能赦！」本來收回來的拳頭又砸了過來。

「哇啊！」

這一拳打得著實厲害，正中眼鏡胖子的鼻子，登時鮮血迸流。眼鏡胖子涕淚交加，含混不清地呻吟著。

顏政料定這傢伙已經徹底屈服了，把他放回到地上，冷冷道：「先給我把這層黑幕解除。」

「是。」眼鏡胖子跪在地上，五色筆隱然在半空出現。顏政看到這枝五色筆狹小精致，短鋒紫毫，周身五色流轉，不由得嘖嘖稱奇，心想這枝筆和它主人唯一的共同點，大概就只有「長度」了。

「我說，提個意見給你。」

「您說，您說。」

「口才不行，以後就少說話，當反派當成你這個樣子，被小姑娘噎得說不出話，也太掉價了。」

「您說得是，說得是。」胖子恭敬地回答，不敢對這揶揄之詞表露出什麼不滿。

周圍黑幕逐漸淡去，顏政左顧右盼，想先分辨出小榕和羅中夏的位置。趴在地板上的眼鏡胖子窺準了時機，突然跳起來五指回攏。原本伏地如死蛇的五色光芒一下子被拽了起來，其中紅色最為突前。眼鏡胖子食指一揮，紅光轉了一個彎，立刻籠罩住毫無準備的顏政。

「哇哈哈哈，盡情地流出恐懼之淚吧！！」

眼鏡胖子顧不得擦乾臉上的血，興奮地哈哈大叫道。笑聲未落，顏政已經飛起一腳，把他重重踹飛。

胖子一下子從天堂跌落地獄，狼狽地揉著肚子，氣急敗壞地嚷道：「……你……我明明打中你了！」

「很抱歉。」顏政頭頂紅光，滿不在乎地揉了揉頭髮，「我這個人有點渾不懍，沒什麼矯情的心理創傷。」又是一腳，把他踢了個筋斗。

顏政從懷裡掏出一包餐巾紙丟給眼鏡胖子：「趕緊自己擦乾淨點，免得一會兒讓人家女孩子看了害怕。」

眼鏡胖子瑟瑟地接過餐巾紙，把自己臉上的血跡抹去。接下來的幾分鐘裡，他不敢造次，只好慢慢撤去黑幕。

隨著黑幕漸淡，顏政發現原來他們一直只是在這一小段走廊裡打轉，小榕和羅中夏就在幾公尺開外的地方。遠處值班護士在加護病房前打著瞌睡，絲毫沒留意這邊的天翻地覆。

「嘿，這兒呢。」

顏政朝他們兩個打了個招呼，揮了揮手，忽然覺得身邊一陣風響。他急忙轉頭，發現這個死纏不休的胖子又撲了上來，不過這一次他對準的目標，卻是顏政唯一還帶著紅光的中指。

他知道這種治癒能力只要有物理接觸就會自動觸發，所以拚死一搏，任憑顏政怎麼毆打都死不鬆手。這份頑強大大出乎顏政的意料，他拚命甩也甩不掉，終於被眼鏡胖子抓到一個機會，讓自己的臉碰到了那根中指。

中指的光芒猝然熄滅。

胖子的臉上立時血流成河。

這一變故別說胖子自己，就連顏政都大吃一驚。這治癒能力用了九次都分毫不差，怎麼這一回卻顯現出完全相反的結果呢？

就在他一閃念吃驚的工夫，眼鏡胖子就地打了一個滾，以五色筆做掩護，骨碌到樓梯口處。等到小榕和羅中夏趕到顏政身旁的時候，樓梯口已經失去了他的蹤影，只剩下一串血跡洇在地毯之上。

三個人彼此對望一眼，均覺得筋軟骨疲。方才那一戰，可真是波折四起，險象環生。沒有祝賀的言辭，也沒有歡呼，他們第一個反應是坐回到沙發上，長長地舒了一口氣。顏政伸手從沙發旁邊的塑膠袋裡掏出三罐紅牛，每人一罐。易開罐已經被小榕剛才那一通風雪給凍了個冰鎮，這三個剛經歷了劇鬥的人喝在口裡，倒也清爽怡人。

羅中夏一罐紅牛下肚，精神頭恢復了許多，轉頭感嘆道：「哎，顏政，今天若不是你，我就完蛋了。」

「好說好說。」顏政已經一飲而盡，用手玩著空罐。羅中夏又轉頭看看小榕，回想起剛才死戰之時並肩而立的情景，兩個人均是微微一笑，原本的幾絲不快已然煙消雲散。

「對了，妳現在可知道顏政的筆靈是什麼來頭了嗎？」羅中夏問。

小榕把目光投向顏政那兩條被折斷了好幾次的胳膊，肌腱分明，絲毫看不出折斷的痕跡。小榕用手指抵著太陽穴仔細想了一會兒，終究惋惜道：「想不到，至少我聽過的筆靈裡，似乎沒有與其相符的。」

「難道筆塚主人還煉過孫思邈或者李時珍[4]？」羅中夏半是胡說半是認真地猜測。

顏政皺起眉頭，抬起十指看了又看，紅光已經完全收斂：「可是，如果這有療傷之能的話，怎麼剛才那個死胖子一碰，就弄得滿臉是血呢？」

沒人能回答。

末了顏政聳聳肩，表示這無所謂，轉而問道：「小榕啊，我也問個問題。」

「嗯？」小榕小口啜著飲料，面色已經慢慢紅潤起來。

「妳剛才損那個傢伙，說什麼江淹、郭璞，那是怎麼回事？」

「什麼醬醃、果脯？」羅中夏也把耳朵湊了過來。

小榕白了羅中夏一眼，慢慢說道：「江郎才盡這個典故，你們可聽過？」

兩個人都忙不迭地點了點頭。小榕又道：「江郎，指的就是江淹。他是南梁的一位文學大家，詩賦雙絕。他在四十多歲那年有一天夢見晉代的郭璞，郭璞向他討要五色筆。結果他把筆還了以後，從此才思飛退，一蹶不振，再也寫不出好文章了。」

「小時候好似聽過成語故事……」羅中夏撓撓頭。

「沒錯，『江郎才盡』這個成語就是這麼來的。」

「那麼這枝五色筆，就是我們今天碰到的那枝了？」

小榕點點頭：「聽我爺爺說，這個還筆事件，還與筆塚大有關聯。事情還得上溯至晉元帝時，郭璞那時候擔任大將軍王敦的記室[5]，生性耿直。王敦意圖謀逆，他勸阻不成，反遭殺戮。筆塚主人當時身在始安與干寶[6]論道，趕來時郭璞已死，煉筆不及。他痛惜之下，收殮了郭璞屍身，把他已經半散的魂魄收入筆筒。一直到了兩百年後的南梁，筆塚主人方才為散魂尋得一個合適的孩童寄寓，就是江淹。」

兩個人幾乎聽直了眼，問不出話來。小榕喝了口紅牛，又繼續說道：「江淹憑著郭璞的散魂遂得文名，到了四十多歲時，他無論才情、心智還是見識都已經達到一個巔峰。筆塚主人見時機已到，就現身入夢，以江淹已至文才巔峰的肉身為丹爐，終於把遲了兩百年的郭璞魂魄煉成了五色筆，收歸筆塚。」

「聽起來夠玄乎的。」連顏政都發出這樣的感慨。

「這個郭璞我怎麼從來沒聽過……」羅中夏愈聽愈糊塗。

小榕看了他一眼，淡淡說道：「他留存下來的著作不多，而且多在注釋訓詁方面，你可以找《郭弘農集》來翻翻。」

羅中夏知趣地閉上了嘴，這些東西對他來說太艱深了。

小榕又回到正題：「正因為有了這個典故，所以這枝五色筆就有了兩重境界，一重是江淹，只得其皮相；一重是郭璞，才是真正的正源本心。剛才那個傢伙只能操控三色，顯然只能發揮出江淹的實力罷了。」

「筆是好筆，可惜所託非人哪。」顏政搖了搖頭。

羅中夏狐疑地瞪了他一眼，不知道他指的是誰，怕又說出別的什麼難聽話，趕緊轉移了話題：「對了，顏政你什麼時候學太極的？」

顏政得意地一晃腦袋，舉起雙手推來推去：「我沒師承，是透過函授學的。」

「我靠，函授太極拳，你可靠不可靠啊？」羅中夏一看他又要吹牛，連忙擺了擺手，「得了得了，算我沒問過。」他一罐紅牛下肚，小腹有些發脹，於是站起身來說：「我去趟洗手間。」

大敵剛退，料想短時間內應該不會有危險，小榕也就沒有阻攔。

羅中夏獨自走出走廊，沿著指示牌朝廁所走去。這一層的廁所旁邊就是側翼樓梯。羅中夏剛要邁腿走進廁所，旁邊卻突然傳來吱呀一聲門響，隨即自己的肩膀被一隻手搭住。

「羅中夏？」

背後一個聲音問道。

1 奇經八脈，包括督脈、任脈、沖脈、帶脈、陰維脈、陽維脈、陰蹻脈、陽蹻脈。

2 指拳王麥克．泰森。

3 涼宮春日，為輕小說《涼宮春日的憂鬱》的主角。

4 李時珍，《本草綱目》作者，與扁鵲、華佗和張仲景並稱中國古代四大名醫。

5 記室，職官名，掌書記。

6 干寶，東晉史學家，著有志怪小說《搜神記》。

第十五章　此心鬱悵誰能論

羅中夏剛經歷完一場大戰，被這麼冷不丁一拍肩膀，嚇得悚然一驚，像觸了電的兔子一樣朝廁所門裡跳去。來人沒料到他反應這麼大，也被嚇退了三步，確信自己沒認錯人以後，才奇道：「你這是怎麼了？」

羅中夏聽到這聲音有幾分耳熟，他定定心神，回頭去看了一眼，方長出一口氣。來者是一位老人，高高瘦瘦，外加一副厚重的玳瑁腿老花眼鏡。

「鞠老先生？」

「呵呵，正是。」鞠式耕先點了點頭，又搖了搖頭，大概是覺得這孩子太毛躁了，毫不穩重。

羅中夏尷尬得不知說什麼好，只能沒話找話：「您老，也是來看鄭和？」

鞠式耕偏頭看了看病房的方向，銀眉緊皺，語氣中不勝痛惜：「是啊，真是天有不測風雲，居然會發生這種事。」

「唉唉，誰也想不到啊，天妒英才。」羅中夏附和道。

鞠式耕瞥了他一眼，沉聲道：「那是喪葬悼語，不可亂用。」羅中夏趕緊閉上嘴，他原本想講得風雅點，反露了怯。

鞠式耕忽然想到什麼，又問道：「聽說，還是你先發現他出事的？」

「啊，算是吧……」羅中夏把過程約略講了一遍——當然，略掉了一切關於筆塚的事情。

鞠式耕聽完，拍了拍他的肩膀稱讚道：「我看你和鄭和一向不睦，危難之時卻能不念舊恨，很有君子之風呢！」

「人命關天嘛。」羅中夏聽到表揚，很是得意。不過他生怕老先生問得多了自己露出破綻，連忙轉了個話題：「您老怎麼這麼晚才過來？」

鞠式耕指指自己耳朵：「我年紀大了，好清淨，剛才雜人太多，就晚來了一陣。」

羅中夏聽了，心臟兀自在胸腔裡突突地跳，一陣後怕。幸虧鞠式耕現在才來，否則若被他看到剛才那一幕，可就更加麻煩了。

兩個人且聊且走，不知不覺就到了鄭和的病房門口。門外的護士見有人來了，站起身來說現在大夫在房間裡做例行查房，要稍候一下。

兩個人只好站在門外等著，鞠式耕把拐杖靠在一旁，摘下眼鏡擦了擦，隨口問道：「太白的詩，你現在讀得如何了？」

羅中夏沒想到這老頭子還沒忘掉這茬兒，暗暗叫苦，含含糊糊答道：「讀了一些，讀了一些。」

鞠式耕很嚴肅地伸出一個指頭：「上次其實我就想提醒你來著。我見你從絕命詩讀起，這卻不妥。你年紀尚輕，這等悲愴的東西有傷心境，難免讓自己墮入為賦新詞強說愁的窠臼；該多挑些神采激揚、清新可人的，能與少年脾味相投，借此漸入佳境，再尋別作，才是上佳讀法。」

羅中夏暗想，如果只是一味諾諾，未免會被他鄙視，恰好剛才用〈靜夜思〉擊退了強敵，於是隨口道：「先生說得是。我以前在宿舍裡偶爾起夜，看到床前的月光，忽然想到那句『床前明月光』，倒真有思鄉的感覺。」

鞠式耕呵呵一笑，手指一彈：「此所謂望文而生義了。」

羅中夏一愣，自己難得想裝得風雅些，難道又露怯了？可這句詩小學就教過，平白樸實，還能有什麼特別的講究？

鞠式耕把眼鏡戴了回去，輕捋長髯，侃侃而談：「唐代之前，是沒有我們現在所說的床，古人寢具皆稱為榻。而這裡的『床』字，指的其實是井的圍欄。」

「靠……」羅中夏聽著新鮮，在這之前可從來沒人告訴過他這一點。

「其實如果想想後面兩句，便可豁然明瞭。試想如果一個人躺在床上，又如何能舉頭和低頭呢？唯有解成井欄，才能解釋得通。李太白的其他詩句，諸如『懷余對酒夜霜白，玉床金井冰崢嶸』[1]、『前有昔時井，下有五丈床』[2]等，即是旁證。所以詩人其實是站在井邊感懷，不是床邊。」

羅中夏搔搔腦袋，剛才拿著這首詩戰得威風八面，以為已經通曉了意境，想不到卻是個猴吃麻花——整個兒滿擰[3]。

「讀詩須得看注，否則就會誤入歧途。倘若與原詩意旨相悖，還不如不讀。」

鞠式耕正諄諄教導到興頭，病房門「吱呀」一聲開了，大夫和一個護士走出來，叮囑了幾句就匆匆離去。羅中夏如蒙大赦，趕緊跟鞠老先生說我們快進去吧，鞠式耕無奈，只好拿起拐杖，推門而入。

這間病房有三、四十平方公尺，周圍的牆壁都漆成了輕快的淡綠色，窗簾半開半閉，透入窗外溶溶月色。房間中只有病床和一些必要的醫療設備，顯得很寬敞。鄭和平靜地躺在床上，一動不動，臉上罩著一個氧氣面罩，旁邊生理監視器的曲線有規律地跳動著，形象地說明病人的狀況很穩定。

鞠式耕站在床頭，雙手垂立，注視著昏迷不醒的鄭和，嗟嘆不已。鄭和身上蓋著一層白的薄被，羅中夏不好上前掀開，只好在心裡猜度他的身體已經被侵蝕成什麼樣子了。

雖然兩個人關係一直不好，但看到鄭和變成這番模樣，羅中夏也不禁有些同情。大約過了兩分鐘，鞠式耕騰出一隻手，輕輕拍了拍床頭鐵框，語有悔意：「只怪我昨天要他代我驗筆，今天才變成這樣，可嘆，可嘆。」

「驗筆？」

「對。你可還記得那枝無心散卓？昨天鄭和說可以幫我去查一下來源，就帶走了，不想就這樣一去不回。」

羅中夏立刻明白了，接下來鄭和帶著無心散卓筆去墨雨齋找趙飛白，結果那個倒楣孩子卻撞見了秦宜，以致遭此橫禍。鞠式耕縱然是當世大儒，也肯定想不到，那枝筆近在咫尺，已經散去鄭和體內了。

這些事自然不能說出來，羅中夏小聲順著他的話題道：「人總算撿了條性命回來，只可惜那管筆不見了。」

鞠式耕重重蹾了一下拐杖：「咳！為這區區一管諸葛筆，竟累得一個年輕人如此！讓老夫我於心何安！」

羅中夏剛要出言安慰，卻突然愣住了：「您剛才說什麼？不是無心散卓筆嗎？」鞠式耕扶了扶眼鏡：「無心散卓，不就是諸葛筆嗎？」

「什麼？」羅中夏一瞬間被凍結。

「無心散卓筆指的乃是毛筆功用，最早是由宋代的製筆名匠、宣州諸葛高所首創，所以在行內又被稱為諸葛筆。」鞠式耕簡短地解釋了一下，注意力仍舊放在鄭和身上，沒留意身旁的羅中夏面色已蒼白如紙，汗水涔涔，彷彿置身於新年午夜的寒山寺大鐘內，腦袋嗡嗡聲不絕於耳。

無心散卓是諸葛高的筆，是諸葛家的筆。但諸葛家的筆，為何在韋勢然手中？為何他對此絕口不提？為何小榕一定要讓我守在無心散卓旁邊？

一連串的問號在他心中蹦出來，飛快地在神經節之間來回奔走，逐漸連接成了一個浸滿了惡意的猜想。這個猜想太可怕了，以至於他甚至不願意去多想。可是他無法控制自己，這個念頭愈想愈深入，愈想愈合理，而且揮之不去。

接下來在病房裡發生了什麼，他一點都沒注意到，只是拚命握住病床的護欄，彷彿這樣可以把自己的震驚與混亂傳導出去。

鞠式耕看罷鄭和，和羅中夏一同走出病房，兩個人一前一後走出小樓，一路無話。在鄰近樓前林蔭小路，走在後面的羅中夏猶豫片刻，舔舔嘴唇，終於開口叫了一聲：「鞠老先生……」

鞠式耕拐杖觸地，回過頭來，微微一笑：「你終於下決心說出來了？」

羅中夏心裡突地一跳，停住了腳步，顫聲道：「難道，難道您早就知道了？」

「我看你剛才腳步浮亂，面有難色，就猜到你心中有事。」

羅中夏鬆了口氣，看來他並不知道筆塚之事，於是吞吞吐吐地說道：「其實是這樣，我有個好朋友，我發現他可能騙了我，但是又不能確定，現在很是猶豫，不知該不該跟他挑明。」

「先賢有言：『君子可欺之以其方，難罔以非其道』。」鞠式耕豎起一根指頭，「你自己問心無愧就好。」

羅中夏勉強擠出一絲笑容：「多謝您老教誨。只是我自己也不知是否無愧。」

「年輕人，有些事情，是不能以是非來論的。」

鞠式耕蹴了蹴拐杖，在地板上發出橐橐悶響，彷彿在為自己的話加注腳。

送走鞠式耕後，羅中夏自己又偷偷折返回特護樓。顏政和小榕正在沙發上坐著，一見羅中夏回來，同時轉過頭去。

顏政抬起手，不耐煩地嚷了一聲：「喂，你是去蹲坑了還是去蹲點啊，這麼長時間？」

羅中夏沒有回答，而是沉著臉徑直走到小榕跟前。小榕看出他面色不對，雙手不經意地交叉擱在小腹。

「小榕，我有話要問妳。」

「嗯？」

顏政看看羅中夏，又看看小榕，笑道：「告白嗎？是否需要我迴避？」

「不用，這事和你也有關係。」羅中夏略偏一下頭，隨即重新直視著小榕。小榕胸前詠絮筆飄然凝結，彷彿是感到了來自羅中夏的壓力。

「無心散卓是諸葛家的筆，對不對？」

羅中夏一字一頓地問道。聽到他突然問及此事，小榕的冰冷表情出現一絲意外的迸裂，她張了張嘴，一時間不知道說什麼才好。

羅中夏把這看成默認，繼續追問道：「為什麼你們韋家會有諸葛家的筆？」

小榕還是沒有作聲，顏政覺得氣氛開始有些不對勁，不過他對這個問題也有些好奇，於是搔了搔頭髮，沒有阻止羅中夏問下去。

羅中夏雙手抱臂，滔滔不絕地把自己剛才的想法一倒而出：「我一直很奇怪，為什麼韋勢然一定要讓我待在無心散卓旁邊。當然，妳告訴我的理由是，無心散卓是保護我的重要一環。」稍微停了一下，他又繼續說道：「我剛才想到一件有趣的巧合。自從我被靈……呃，青蓮筆上身以來，韋勢然總說我會被諸葛家追殺，但這幾天無論是在宿舍、顏政的網咖還是大學教室，都平安無事。反而針對我的兩次襲擊，一次是湖穎筆童，當時鄭和懷揣著無心散卓在旁邊偷看；第二次是五色筆吏，鄭和與無心散卓恰好就在隔壁的病房。我不覺得這是什麼巧合。」

他一口氣說完這一大段推理，見小榕還是沒有動靜，遂一字一頓吐出了縈繞於心的結論：「所以，你們讓我留在無心散卓筆的身旁，根本不是為了救我，而是為了故意吸引諸葛家的人來！讓他們把我幹掉，你們好取出筆靈！」

他的聲音在幽暗的走廊裡迴蕩，地面上還殘留著些許劇鬥的痕跡，半小時前還並肩作戰的羅中夏、小榕和顏政此時構成了一個意味深長的三角。

羅中夏本來料想小榕會出言反駁，結果對方毫無反應，甚至連姿勢都沒有動一下，只是用那雙美麗而冷漠的眼睛注視著自己，冰藍色的詠絮筆冰冷依舊。他有些慌亂和膽怯，右手不由自主地拽了拽衣角，一瞬間對自己的推理失去了信心。

「我想……小榕也許妳並不知情，我們都被妳爺爺騙了。」羅中夏不那麼自信地補充了一句，他心存僥倖，試圖把她拉回到自己戰線上來。

小榕用極輕微的動作聳了聳肩。

這種態度一下子激怒了羅中夏。從一開始被青蓮遺筆附體後，自己不僅被牽扯進亂七八糟的危險事情中來，還一直被「友軍」韋勢然愚弄——至少他是如此堅信的——從外人角度來看這些事好似很有趣，但他這個當事人可從來沒有情願變成李白的傳人，並跟一些奇怪的傢伙戰鬥。

硬把我扯進這一切，還把我當傻瓜一樣耍，憑什麼啊？

羅中夏的渾勁忽地一下子冒了出來，他握緊雙拳，半是委屈半是惱怒地吼道：「那隨便你們好了！我可不想被人賣了還幫著數錢！」

他低頭看了一眼小榕，後者仍舊沒有要做出任何解釋的意思。

事已至此，怒火中燒的羅中夏「呼」地一揚手，轉身欲走。這時顏政從旁邊站起來，一把按住他的肩膀。

「喂，不能這麼武斷吧？」顏政的手沉而有力。羅中夏掙扎了一下，居然動彈不得：「雖然我讀書少，可也知道這不好。如果韋勢然成心想你死，那幹嘛還派他孫女一起來冒這個險啊？」

他鬆開羅中夏的肩膀，靈活地活動一下自己的指頭。這些指頭上的紅光剛剛打跑了五色江淹筆，讓三個人都得以生還。

「他不想弄髒自己的手吧？或者根本就沒有什麼諸葛家，從頭到尾都是他自己編造的謊言！」羅中夏一梗脖子，嚷嚷起來。

顏政再次按住他的肩膀，這一次表情變得很嚴肅，就像真正的心理諮詢師：「你已經有了能力，再有些責任感就更完美了。」

羅中夏怒道：「我沒義務被他們當槍使！」說完他甩開顏政，轉過身去，偷偷回眸看了小榕一眼，怔了怔，終究還是鼓起勇氣大踏步地朝外面走去。

顏政還想攔住他，羅中夏停下腳步，冷冷地說道：「你想要阻止我嗎？」隨著話音，青蓮蓬然而開。顏政十指的紅光早已用盡，現在是萬萬打不過他的。

顏政非但不怒，反而笑了：「你還說是被硬扯進來的，現在運起青蓮遺筆不還是甘之如飴？」羅中夏一愣，面露尷尬，低頭含混囁嚅了一句，撞開顏政匆匆離去。

這一回顏政沒再阻攔，而是無奈地看了一眼端坐不動的小榕，攤開雙手：「妳若一直不說話，我也沒轍了啊。」小榕一直到羅中夏的背影從走廊消失，才緩慢地抬起右手掌，輕輕捂了一下鼻子，眼神閃動。

原本凝結在她胸口的詠絮筆渙然消解，如冰雪融化，散流成片片靈絮……

羅中夏憑著一口怒氣衝出大樓，氣哼哼直奔大門而去，決意把這件事忘得乾乾淨淨，從此不再提起。此時已近十一點，醫院外還是熙熙攘攘，車水馬龍。羅中夏快步走到馬路旁，想盡快離開這是非之地，一摸口袋，忽然發覺一件很尷尬的事。

沒錢了。

今天他們是坐著顏政的車來的，身上沒放多少錢。現在公車恐怕已經沒有班次了，醫院距離學校又遠，他身上的錢肯定付不起叫計程車的費用。

更要命的是，他的肚子不合時宜地發出咕嚕咕嚕的響聲。從昨天開始一連串的事情接連發生，羅中夏其實就沒怎麼正經吃過東西。

羅中夏仰天長嘆，不由自主地拍了拍胸口，假如借助青蓮遺筆的力量，倒是可以一口氣跑回學校去，不過自己剛發誓不再和這個世界發生任何關係，十分鐘不到就食言而肥，這就有點太說不過去了……

「好吧！今天我豁出去了！」

羅中夏暗自下了個很渾的決心，捲起袖子。他打算罄盡身上的餘財吃個飽，然後徒步回學校去。這個決定是他餘怒未消的產物，血氣方剛，直抒胸臆，反倒惹得秉承太白豪爽之風的青蓮遺筆在胸中搖曳共鳴，讓羅中夏啼笑皆非。

計議已定，即行上路。醫院附近的飯店羅中夏不敢去，就一直朝著學校方向走。沿途飯店大多已經關門。他走過三個街區，才找到一家二十四小時營業的永和大王。這裡附近高級辦公大樓鱗次櫛比，店裡面三三兩兩的，都是一些加班剛結束或者夜班間歇的上班族。一個個眼睛通紅，不是叼著包子死盯筆電螢幕，就是手握半杯豆漿不停對著手機嘟囔。

羅中夏點了兩籠包子，一碗稀粥，端著盤子挑了個角落的位置，自顧埋頭猛吃。不一會兒工夫，他就已經幹掉了一籠半，徹底把悲痛化為飯量。

正當他夾起倒數第二個包子，準備送入口中時，一個人走到他對面說了聲「對不起，借光」，然後把手裡剛點的冰豆漿擱到了桌子上。羅中夏見狀，把托盤往自己身邊挪了挪，騰出片地方。那人道了謝，在對面坐了下來。羅中夏包子丟進嘴裡，一邊咀嚼一邊抬眼看去。

這是個穿著淺灰色辦公套裝的ＯＬ，戴著一副金邊無框眼鏡，波浪般的烏黑捲髮自然地從雙肩垂下，漂亮中透著精幹，只是那張嫵媚的面孔有些眼熟。

羅中夏又仔細端詳了一下，手中筷子一顫。這時候，對方也發覺了羅中夏的視線。

「喲……這，這還真是巧啊。」秦宜不自然地笑了笑，警惕地撫了撫胸前那塊麒麟玉佩。

---

1 出自李白〈答王十二寒夜獨酌有懷〉。
2 出自李白〈洗腳亭〉。
3 歇後語，比喻完全相反的情況。

第十六章　春風爾來為阿誰

兩個人四目相對，一時間氣氛十分尷尬。羅中夏對這個女人的狠毒記憶猶新，這幾日的事端可以說都是因她而起；而秦宜上次在羅中夏手底下吃了大虧，對這個愣頭青頗為忌憚，一下子也不敢輕舉妄動。

這一男一女對視良久，誰都摸不清楚對方突然出現在這裡到底是什麼居心。到底還是秦宜最先從震驚中恢復過來，她看看左右，給了羅中夏一個曖昧的笑容。

「你好啊！」口氣輕鬆平常，就好像是兩個不太熟的朋友無意中在街頭邂逅一樣。

羅中夏狠命快嚼幾下，幾乎把嘴裡的包子囫圇嚥下去，這才放下筷子，裝出一副冷峻的樣子：「我今天不想與妳打。」

秦宜聞言，眨眨眼睛，從手提袋裡拿出一個粉色的梳妝盒，一邊旁若無人地開始補妝，一邊悠然說道：「我也想不出好理由打架。我這是剛加完班，回家前來買點夜宵吃，你呢？」

她口氣親熱，完全看不出幾秒鐘前還是劍拔弩張。羅中夏卻絲毫不敢掉以輕心，像一隻貓豎起了全身的毛，凝視秦宜胸前那個麒麟掛飾。

這具豐滿身體裡隱藏的，是張華的麟角筆，博極萬物，孳萓報春。

這個女人那天也是帶著這副笑臉把鄭和煉成了筆童，把自己打得幾乎全身癱瘓。女人都是些表面可愛無比，實際上卻能把你騙到死的生物，連小榕都可以面不改色地欺騙自己……一想到小榕，羅中夏心裡沒來由地疼了一下，連忙勉強扭轉注意力，不去想她。

秦宜還在兀自說個不停：「你們做學生的可不知道上班族多慘，天天被老闆當牛當馬，不把你榨乾了不放你走，嘖嘖。」

羅中夏打定主意不再理睬她，自顧吃自己的包子。秦宜一邊吸著冰豆漿，一邊托腮笑盈盈地望著羅中夏，眼神飄飛，還故意露出衣領之間一片欺霜賽雪。若是普通人，有這麼一位美女跟你有說有笑，只怕早就神魂顛倒、筋骨俱酥了。還好麟角筆的威力羅中夏是見過的，不敢稍有鬆懈。

上次一戰，秦宜是敗在了輕敵上，才令羅中夏從容使出青蓮遺筆；倘若這一回大打出手，秦宜必然一出手即是全力，時靈時不靈的青蓮遺筆能不能鬥得過麟角筆，還是未知之數。

秦宜早看出了他這點心思，本來嘴上一直說著最新出品的ＬＶ包，忽然話鋒一轉：「對了，你壞了我的筆童也就罷了，我那兩枝筆，現在還在你那裡擱著吧？」

羅中夏光惦記著提防，沒料到她忽然問了這麼一句，猝不及防，不由自主地張開嘴回了一句：「啊？」

秦宜伸出手去在他額頭上點了一下，嬌嗔道：「你裝什麼呀，討厭！」羅中夏嚇得趕緊捂住額頭，生怕被她一招偷襲，青蓮筆「唰」地綻放開來。

秦宜噗哧一笑，施施然收回手指，輕輕撫摸著自己精緻的小拇指指甲：「別緊張嘛，今天我們不打架。我就是問問，我那兩枝筆靈呢？」

羅中夏這才明白她說的是什麼，於是搖了搖頭。秦宜鏡片後的眼神陡然多了幾分銳利，雪白的臉頰也泛起幾絲陰鷙之色。

「它們在哪裡？」

「一枝名花有主，一枝不知所終。」羅中夏沒好氣地回答。

「名花有主？」秦宜杏眼圓睜。

羅中夏懶得解釋，現在的他，一點也不想跟這些筆靈扯上關係。反正有青蓮在握，諒這個女人也不敢造次。

要依靠筆靈才能遠離筆靈生活，這真諷刺。

於是他吞下最後一口包子，站起身來朝外走去。

「哎？怎麼說著說著就走了？」秦宜指甲輕輕一彈，一個極小的麟角鎖飄然而出，正中羅中夏右腿。這片小麟角微乎其微，效力剛好夠讓神經一酥。

羅中夏被絆了一個踉蹌，有些惱火地回過頭來怒道：「妳想幹嘛？」

秦宜雙手交攏在一起，柔聲道：「你有沒有想過，我們可以合作？」

「合作？」

秦宜注視著羅中夏的雙眼，嫵媚一笑：「不用隱瞞了，你也不是諸葛家的人吧？」羅中夏原本要走，但一聽到諸葛家的名字，不由得停住了腳步。秦宜把這一切看在眼裡，唇邊浮起一絲淺笑，繼續道：「老李那個人啊，你是不了解。你一個人跟他鬥，是一點勝算也無的。今天既然我們能偶遇，也是緣分，何不攜手合作？」

羅中夏腦子裡飛快地轉著。經秦宜這麼一提醒，他猛然想到，自己可能還仍舊處在威脅之下。雖然他推測如果沒有無心散卓，諸葛家就找不到自己，但這畢竟是推測，沒有經過任何驗證。如果自己錯了，諸葛家的人殺上門，現在不會有任何人來幫忙了——除了眼前的這個不太可靠的秦宜。他們兩個彼此都不知道對方底細，羅中夏實在不知自己是否可以輕率地把韋勢然和小榕的事情告訴她。

羅中夏有些後悔自己不該輕率地與小榕鬧翻，但木已成舟，悔之已晚。「但妳是什麼來頭？韋家的人嗎？」

秦宜神情一黯，隨即聳聳肩，露出一絲鄙夷的口氣：「誰會是韋家的——我是誰並不重要，重要的是我們都不是老李的人。敵人的敵人，就是朋友。」

秦宜停頓了一下，一手指向羅中夏，一手按撫在自己胸口。

「你的青蓮遺筆，再加上我的麟角筆，相信就能和諸葛家分庭抗禮——何況還有我辛苦搜集來的那兩枝筆靈呢！」秦宜的「我」字發音發得很重。

略微沉吟了一下，羅中夏抬起頭，誠懇道：「妳那兩枝筆靈，一枝已經找到了宿主，另外一枝不知飛去哪裡了，我可沒瞞妳。不過……」

「不過什麼？」

羅中夏咬咬嘴唇，下了決心：「妳真的想要我身上這枝青蓮遺筆嗎？」

秦宜哧哧笑道：「這是自然，太白青蓮位列管城七侯，誰會不要呢？」

「什麼？城管什麼侯？」

「哈哈哈，你這孩子真是油嘴滑舌，是管城七侯啦。」

「我不管你是幾侯，只要妳有辦法取出，又不傷我性命，就請隨便拿走。」羅中夏攤開手，坦然說道。他心想韋勢然這傢伙講的話虛虛實實，也不知哪句是真的，也許自己身上這枝筆靈別有妙法可脫，也未可知。

秦宜只道已經看透了羅中夏的秉性，卻沒料到他如此乾脆，此時她看羅中夏的眼光好似看一隻不吃偉嘉（貓糧品牌）妙鮮包的家貓。青蓮遺筆人人夢寐以求，眼前這個傢伙卻棄如敝屣，真是不可捉摸。

「成交。」秦宜瀟灑地打了一個響指，同時站起身來，「走吧。」

「去，去哪兒？」

「下了班，自然是回家嘍。」秦宜眼波流轉，食指間一串銀光閃閃的鑰匙晃動。

秦宜的家距離她上班的公司並不遠，位於某高檔社區裡的二十六樓，是一套一百二十多平方公尺的公寓。羅中夏心算了一下價格，咂舌不已。

房間裡的裝潢以白色和橘黃色為主，簡約而明快，客廳裡只掛著一臺液晶電視、一個擺滿玩偶的透明玻璃櫃子、一個小茶几和兩個可愛的Q式沙袋椅。牆上還掛著幾張洋人的海報，兩個漆黑音箱陰沉地趴在角落裡。

秦宜從廚房裡探出頭來問羅中夏：「喝點什麼？」

「呃……紅牛吧。」

「我這裡沒紅牛，自己榨的檸檬汁行嗎？」

羅中夏默默地點點頭，打定主意絕不碰這個「秦宜自己榨的」檸檬汁。他雖然讀書少，但《水滸傳》中的蒙汗藥總還是聽過的。

他正低頭忐忑不安地琢磨著，秦宜已經端著兩杯檸檬汁走了出來。她已經脫掉了辦公套裝，摘下眼鏡，換成了一身休閒的米黃色家居服，兩條綿軟玉臂搖動生姿，胸前的圓潤曲線讓羅中夏口乾舌燥。

「為我們的合作乾杯。」秦宜舉起了杯子。

羅中夏也舉起杯子，只略沾了沾唇便放下，糾正她的用詞：「我可沒說與妳合作，我不想跟你們有什麼瓜葛。」

秦宜不以為忤，把杯子裡的水一飲而盡：「這樣也好，每個人都有自己的祕密。過了今夜，你不問我是誰，我也不問你是誰。」說完她放下杯子，拉開旁邊的臥室門，斜靠在門邊衝他輕輕擺了一下下巴。

她的話和動作都曖昧無比，羅中夏依稀看到裡面有張雙人床，登時鬧了個大紅臉，雙手急遽擺動：「這，這……」

秦宜白了他一眼，示意他趕緊進來。

羅中夏戰戰兢兢進了臥室，發現和自己想像的完全不同。裡面沒有什麼羅帳錦被、爵爐紅燭，牆上是幾幅字畫，陽臺與臥室之間的牆壁被打通，空間裡擺著一張檀木方桌，其上整齊地擺放著文房四寶，旁邊竹製書架上是幾排線裝藍皮的典籍。這房間和外面大廳的後現代休閒風格形成了極大差異，是個書香門第的格調。

羅中夏深吸了一口氣，說不上是失望還是慶幸。

「跟趙飛白那幫文化人混，也得裝點裝點門面嘛。」秦宜彷彿洞察了羅中夏的心思，她一邊說著一邊走到桌前，從一個小匣子裡拿起一方硯臺。

「妳打算怎麼取筆？」羅中夏一直對此將信將疑。

秦宜纖纖玉手托起硯臺，款款走來：「本來筆靈與元神糾纏，再度分離實屬不易，不過我自有妙法。」

「是什麼？」

「就是我掌中之物了。」秦宜把它端到羅中夏跟前。

這方硯臺方形四足，硯色淺綠而雜有紫褐二色，紋理細密，其形如燕蝠，硯堂陽刻，與硯邊恰成一個平面，看起來古樸凝重。堂前還刻著一行字，不過光線不足，無法辨認。

「呃，妳說這硯臺能取出我的筆靈？」

「筆為靈長，硯稱端方。這硯臺也是四寶之一，專門用來磨杵發墨。筆靈與元神的糾葛，當然只有用硯臺方能化開。」秦宜且說且靠，不知不覺把羅中夏按在床邊，二人並肩而坐。羅中夏感覺到對方一陣香氣飄來，寬鬆的領口時張時合，讓他雙目不敢亂動。

他不敢大意，嘴上應承，暗中把青蓮筆提到心口，一俟感應到麒角發動，即行反擊。

秦宜看起來並無意如此，自顧說道：「我這方硯，可是個古物，乃是產自泰山的燕蝠石硯，採天地精華，專能化靈，不信你來摸。」

羅中夏覺得手心一涼，已經被她把硯臺塞到手裡。

這塊燕蝠石硯確實是個名物。雖然羅中夏不懂這些，卻也能體會到其中妙處：皮膚一經接觸，就覺得石質清涼滑嫩，只稍微握了一會兒，手硯之間就滋生一層水露。

秦宜右手攀上羅中夏肩膀，下巴也開始往上湊，暖煙嫋嫋而升。羅中夏緊張地朝旁邊靠了靠，秦宜紅唇微抿，媚眼如絲，溫柔地把那硯臺從他手中取回來。兩人雙手無意間相觸，羅中夏只覺得滑膩如硯，還多了幾分溫潤，心神為之一蕩。

「你有所不知。燕蝠石硯雖然外皮柔滑，內質卻是極硬，所以被人稱為硯中君子呢。」秦宜趴在羅中夏脖子邊輕輕說道，吹氣如蘭。

秦宜前胸已經開始有意無意地輕輕蹭著他的胳膊，羅中夏拚命控制神志，從牙縫裡擠出一段聲音：「內質堅硬，取筆會比較容易嗎？……」聲音乾澀不堪，顯然是已經口乾舌燥了。

「那是自然嘍。」秦宜的嬌軀仍在擺動，蹭的幅度也愈來愈大。

噗！

羅中夏只覺得腦後突然一下劇痛，眼前迸出無數金星，隨即黑幕降臨……

他從昏迷中睜開眼睛，過了幾十秒，視力才稍微恢復一些，後腦勺如同被一隻疼痛章魚的八爪緊緊攫住，觸手所及都熱辣辣的，疼痛無比。

羅中夏環顧四周，發現自己置身於一個狹小的空間裡，周圍漆黑一片，還有股膠皮的異味。他掙扎著要爬起來，卻發現自己的手腳都被電線牢牢綁住，胸前被一張紙緊緊壓著。

他試著運了運氣，青蓮筆在胸中鼓蕩不已，卻恰恰被那張紙壓住，窒澀難耐，一口氣息難以流暢運轉。

正掙扎著，羅中夏眼前忽然一亮，刺眼的光線照射下來，他才發現自己原來是被關在一輛汽車的後車廂裡。

而打開後車廂蓋的，正是秦宜。

「喲，你醒了呀。」她還是那一副嬌媚的作派，但在羅中夏眼中卻變得加倍可惡。

「妳騙我。」少年咬牙切齒。

「我不想惹出青蓮遺筆，只好另闢蹊徑嘍。只要不動用麟角筆你就不會起疑心，嘿嘿，好天真。」

「所以妳就用了那塊燕蝠硯？」

「為了拍你，著實廢了我一塊好硯臺。」秦宜撇撇嘴，她已經換了一身黑皮夾克，「哎呀，哎呀，拿硯臺當磚頭，我真是焚琴煮鶴。」

「那個硯臺多少錢？」羅中夏嘆了一口氣。「行情怎麼也得五、六萬吧。」

「被這麼值錢的磚頭拍死，倒也能瞑目了……」羅中夏窮途末路，胡說八道的秉性反而開始勃發，「這麼說，妳的話全是假的！」

秦宜掩口笑道：「咯咯，哪會有什麼不傷性命的退筆之法啊——人死魂散，筆可不就退出來了嗎？」

「那妳幹嘛還不殺我？」

秦宜打開一瓶礦泉水，對著羅中夏的嘴咕咚咕咚灌了幾口：「殺你？我現在哪裡捨得。青蓮遺筆輕靈不羈，難以捉摸，沒有萬全的收筆之策，還是暫時留在你體內比較安全。」

羅中夏不安地扭動身體，拚命要讓青蓮遺筆活起來，卻徒勞無功。那一張薄薄的紙如重峰疊巒死死壓在胸口，青蓮遺筆就像是五行山下的孫猴子，空有一腔血氣卻動彈不得，在這張紙前竟顯得有些畏縮。

「這，這是什麼符？」

「符？這可是字帖呢。」

「龐中華[1]的嗎？」

「貧嘴孩子。」秦宜笑罵一聲，「你沒聽過『眼前有景道不得，崔顥提詩在上頭』嗎？這帖是崔顥[2]的〈黃鶴樓〉，鎮太白可謂極佳。可惜黃鶴筆如今不在，不過一張字帖也夠壓制住你這業餘筆塚吏了。」

羅中夏沒奈何，只得恨恨道：「哼，我現在若是咬舌自盡，你就人財兩空。」

「得了吧，你這孩子哪裡有膽子自殺啊。」秦宜一句話刺破了羅中夏外強中乾的偽裝，「我們現在就去能收筆的地方，你放心，我會對你很溫柔的。」

她砰的一聲，把後車廂蓋重新關上。很快羅中夏就覺得車子抖動，轟鳴聲聲，顯然是上路了。

「媽的，我也快上路了。」他心裡想，卻絲毫沒有辦法。

車子開了有半個多小時，羅中夏忍住強烈的眩暈感，試著動了動手臂。

還好，能動。崔顥鎮得住李白，可鎮不住羅中夏。雖然雙手被背綑，至少手指和肘關節還能活動，他掙扎了幾下，勉強把手指伸進褲兜，指尖剛剛能碰到手機的外殼。又經過一番艱苦卓絕的小動作，他終於把手機拿到了手裡，可以在口袋裡直接按動數字鍵。

可是打給誰呢？

一一〇？自己根本分辨不出方向，也別指望他們會像ＦＢＩ一樣隨便就能追蹤訊號。

一二〇？收屍的事應該不用自己操心。

一一四[3]？別傻了！這是胡思亂想的時候嗎？最終他還是想到了小榕……但是……這可實在是太丟人了。死到臨頭的羅中夏左右為難，想到了一個折中的辦法。

他想打電話給顏政。

顏政的那枝不知名的筆靈來自秦宜，也許彼此之間能有什麼感應也說不定。事到如今，只能賭一賭了。

羅中夏憑著感覺輸入完數字，剛剛按下通話鍵，車子突然一個急剎車，巨大的慣性猛地把他朝前拋去，腦袋重重撞在鐵壁上。他還沒來得及罵娘，車後箱蓋砰的一聲被掀開。秦宜神色慌張地探進身子來，揮手割斷綑著羅中夏手腳的電線，又一把扯掉〈黃鶴樓〉的字帖。

「來幫忙，否則我們都要死！」她的聲音緊張得變了聲。

羅中夏揉著痠疼的手腕爬出車子，還沒想好用什麼話來嘲諷秦宜，就注意到周圍環境有些不對勁。這是一片稀疏的小樹林，附近高高低低都是小沙丘，如墳伏碑立，幽冥靜謐，看來是遠離公路。

在秦宜的 Passat 前面遙遙站著兩個人。一個少年，還有一個和尚。

---

1 龐中華，中國書法家。

2 崔顥，盛唐詩人，以〈黃鶴樓〉一詩得名天下。

3 一一〇，中國公安部門報警電話；一二〇，急救電話；一一四，電話號碼查詢服務。

第十七章 空留錦字表心素

這兩個人造型迥異，夜幕下顯得很不協調。少年濃眉大眼，顴骨上兩團高原紅，一身嶄新的NIKE運動服穿得很拘謹，不大合身；那個僧人看起來三十多歲，戴著一副金絲眼鏡，脫掉那身僧袍就是副大學年輕講師的模樣。

秦宜一看到這兩個人，渾身瑟瑟發抖。在她身旁的羅中夏摸摸腦後的大包，忍不住出言相諷：「妳剛才還要殺我，現在還要我幫妳？」

「此一時，彼一時。」秦宜口氣虛弱，嘴上居然還是理直氣壯，「你不幫我，大家都要死。」

「反正我左右都是死，多一個妳作伴倒也不錯。」羅中夏心理占了優勢，言語上也輕鬆許多。

秦宜看了他一眼，銀牙暗咬，不由得急道：「你說吧，陪幾夜？」

「靠。」

羅中夏面色一紅，登時被噎了回去。雖然這女人總是想把自己置於死地，他卻始終無法憎惡到底，難道真的是被她的容貌所惑？

那邊兩個人已經慢慢走近，和尚扶了扶眼鏡，一拍僧袍，向前走了一步：「Miss秦，我們找妳可找得好辛苦呢。」

秦宜嘴角牽動一下，終於開口說道：「我早說過，你們找錯人了。」

「Miss 秦，妳在國外大公司工作那麼久，這個簡單的道理總該明白吧？」和尚表情和氣，還有些滑稽地用手指梳了梳並不存在的頭髮。

「沒有就是沒有，你們看不住東西，與我有什麼相干？」秦宜一改平日嗲聲嗲氣的作派，表情變得嚴肅起來。

和尚也不急惱，又上前了一步：「Miss 秦，妳我都心知肚明，又何必在這裡演戲呢？今天既然尋到了妳，總該問個明白才是。我們韋家向來講道理，不會冤枉一個好人。」他頓了頓，又加了一句：「也不會放過一個壞人。」

羅中夏在一旁聽到，心裡咯噔一聲，怎麼他們也是韋家的人？他原本不想幫秦宜，一走了之，但一聽對方是韋家，反倒躊躇起來。

秦宜警惕地朝後退了一步，右手已經摸上了胸前的麒麟掛飾。和尚注意到了這個小動作，微微一笑，又開口說道：「看來 Miss 秦妳不見棺材，是不肯落淚的。」

「你們什麼都不知道。」

「我們什麼都知道。」和尚微笑著，又朝前邁了一步。這一步舉輕若重，腳步落地看似悄無聲息，卻蓄著極大的力道，竟震得浮空塵土微微一顫。

秦宜面色驟變，彷彿被這一震切斷了早已緊繃的神經，全身靈力如拔掉了塞子的香檳酒，霎時噴湧而出，很快匯成一枝毫光畢現的神筆，浮在半空，雕飾分明。

和尚仰頭看了看，嘆了口氣道：「果然是麟角，Miss 秦，妳這可算是不打自招了。」

明明是他那一踏迫出了秦宜的筆靈，卻還說得像是秦宜自己主動的一樣。她雖然氣得不輕，卻不敢回話，只能惡狠狠地盯著和尚的光頭，豐盈胸部起伏不定。

和尚還想說什麼，麟角筆鋒突然乍立，無數細小的麟角鎖疾飛而出，鋪天蓋地撲向和尚。和尚並沒躲閃，只是默默雙手合十。麟角小鎖衝到他面前一尺，就再也無法前進，彷彿被一道無形弧盾擋住，一時如雨打塑膠大棚，劈啪作響。

等到攻勢稍歇，和尚摘下眼鏡，捏了捏鼻梁，用讚嘆的口氣說道：「Miss 秦的麟角威力如斯，可見深得張華神會之妙，並非寄身。」他口氣繼而轉厲：「妳和麟角靈性相洽，人筆兩悅，就該推己及人——妳私自帶走那兩管靈筆，致使空筆蒙塵，不能認主歸宗，於心何安呢？」

「呸！說得好像你們就篤定能找到正主似的！」秦宜忍不住啐了一口。

這時羅中夏忍不住提醒秦宜：「喂，看看妳的四周。」

光顧著跟和尚鬥嘴的秦宜這才發現，少年不知何時已經站在了身後，與和尚恰好構成夾擊之勢，將他們兩個人圍在中間。

和尚道：「Miss 秦妳到了這一步，還是死撐嗎？」

兩個人很默契地朝前邁了一步，將包圍圈縮小。秦宜環顧四周，追兵不依不饒，而羅中夏看起來不打算配合，她情知今日絕無轉圜的餘地了，不由得蛾眉緊蹙，頗有「深坐蹙蛾眉」的韻態——只可惜羅中夏不讀詩，無從欣賞。

和尚忽然開口道：「二柱子，去把秦姑娘打暈。」

那少年「嗯」了一聲，走上前來，認認真真對秦宜一抱拳道：「我要打妳了。」羅中夏心說哪裡有打人之前還告訴的，暗中提了提氣防備，青蓮遺筆振動了一下作為應和。

秦宜拽了一下羅中夏衣角，說你快點出手。羅中夏對她偷襲自己的事仍舊憤憤不平，幫與不幫還沒想好，於是只是哼了一聲，站在原地不動。

說時遲，那時快，秦宜還沒說第二句話，少年的拳頭已經到了。這雙拳可以說是虎嘯風來，拳壓極有威勢。秦宜來不及用麟角筆去擋，只能閃身躲避。她穿著高跟鞋，幾番翻滾以後，腳下一歪，哎呀一聲倒在地上。

少年見狀立刻停手，對秦宜道：「起來吧，我們重新打過。」

秦宜顧不得多想，連忙一骨碌從地上爬起來，身子還沒站穩，少年的拳頭又打了過來。和尚在圈外稱讚道：「二柱子你的拳法又有進步了，只是還少點心計，虧欠些歷練。」

羅中夏雖然不懂行，也能看得出來。這個少年全身沒有絲毫靈筆氣息，是純粹的外家功夫，且全無花哨，一招一式有板有眼。如果不是出現在這個場合，肯定會被人當成河南哪個武術學校的。

重劍無鋒，大巧不工，這樸實無華的拳法，拳拳相連，綿綿不絕，一波接一波的攻勢讓秦宜疲於應付，絲毫沒有喘息的機會，一頭青絲紛亂飄搖。本來秦宜身負麟角筆，這等對手是不放在眼裡的，但現在身旁還有兩個強敵環伺，隨時可能出手干涉，逼得她不敢擅出筆靈。若沒有了筆靈，一個普通的上班族，怎麼會是武校少年的對手。

兩人相持了一陣，和尚又喊道：「二柱子，快些，不要怕傷了人。」秦宜一聽，嚇得魂飛魄散，她慌不擇路逃到羅中夏身後，拽著他的胳膊朝前擋去。二柱子正要揮拳直搗，猛然見一個外人插了進來，連忙收住招式，生生把雄渾的拳勁卸掉。

「怎麼停手了？」和尚問。

「彼得師父，你讓我打秦姑娘，可沒說要打他。」二柱子甕聲甕氣地指著羅中夏回答。

那個叫彼得的和尚一時不知該說什麼才好。秦宜見有隙可乘，眼珠一轉，窈窕身體突然挺立，左手臂一把摟住羅中夏的脖子，另一隻手緊扼住他喉嚨，大喊道：「你們不要上前，你可知他是誰？」

兩人立刻把目光集中在羅中夏身上。羅中夏突遭襲擊，不禁又氣又急，一邊掙扎一邊怒道：「妳要幹嘛？」秦宜也不答話，手指扼得更緊。

彼得擦了擦眼鏡，詫異道：「Miss 秦，這位先生是你帶來的，怎麼反倒拿他要脅起我們來了？」

秦宜騰出一隻手把自己散亂的長髮撩起夾到耳根，冷笑一聲：「這個人，可與你們干係不小呢。」

「哦，願聞其詳。」

秦宜一字字道：「他體內寄寓的，就是青蓮遺筆！」

是言一出，一下子便震懾全場。和尚一聽是「青蓮遺筆」四字，一時呆在那裡，不能言語。小樹林在這一刻寂靜無聲，空有幽幽風聲傳來，就連空氣流動都顯出幾分詭祕。

彼得和尚先恢復了神志，他瞪大了眼睛：「Miss 秦，妳所言可是真的？」

秦宜手中力道又加了幾分，厲聲叫道：「不錯，此時青蓮遺筆就在他的身體裡。你們若再逼我，我就先把他殺了，到時候青蓮飛出，誰也收不著了。」

「可我們又怎麼能相信青蓮遺筆就在這人體內呢？」

「那你大可過來一試。」秦宜冷冷道。羅中夏被她三番五次算計，現在居然還被脅迫，終於忍無可忍，欲振出青蓮遺筆來反擊。可秦宜捏著他喉嚨，讓他呼吸不暢，真氣不續，無法呼出筆靈。羅中夏沒奈何，只能破口大罵，把平時在學校球場和宿舍聽來的髒話統統傾瀉出來。

秦宜充耳不聞，彼得和尚聽羅中夏罵得愈來愈不像話，反而皺起眉頭來：「太白瀟灑飄逸，有謫仙之風，這位先生的作派可就差得有些……嘿嘿。Miss 秦說他是青蓮遺筆的筆塚吏，恐怕難以認同。」

「不信是嗎？」

秦宜雙指一撚，幻出一把麟角鎖，二話不說，啪的一聲直接打入羅中夏的嘴裡。俗話說：「天下至苦誰堪期，莫如凌遲與牙醫。」牙神經乃是人體裡對痛感最為敏感的地方，甫一被麟角鎖住，無限疼痛轟然貫注其中，只怕凌遲比之都有所不如。

羅中夏發出一聲驚天動地的慘號，也不知從哪裡迸發出一股神力，一下就掙脫了秦宜的束縛，青蓮遺筆也被這疼痛所催生的驚人力量迫出了體外，化作青蓮綻放於半空。

彼得仰頭一看，原本瞇成一條縫隙的眼睛陡然圓睜，雙肩微微顫抖，神情竟似不能自已。

二柱子倒沒有受到影響，他看到秦宜悄悄朝後退去，連忙對彼得說：「秦姑娘逃走了，我們不追嗎？」彼得沒有理睬，兀自望天。

秦宜見機不可失，也不顧自己那輛 Passat 了，轉身就跑，跌跌撞撞不一會兒就消失在黑暗中。二柱子目送她離去，抓了抓頭皮，顯得很茫然。

這一股疼痛勁持續了大約三秒，對羅中夏來說卻像是三個學期那麼長。等到他從混亂中恢復時，已經是大汗淋漓，面部肌肉也因過度扭曲而變得痠疼。

彼得忽然喃喃說道：「青蓮現世……看來傳言果然不錯。」他轉過頭來，打量了一番羅中夏，鏡片後的眼神閃過一道光芒：「那麼現在我們只需要解決一個問題了。」

羅中夏這時才意識到，秦宜是走了，而現在自己卻要面對這兩個強敵。他不得不在心裡扇自己一個耳光，把絕不再用青蓮筆的誓言和血吞了。

他必須要戰，以李白的名義。然後他看到彼得笑了。

與此同時，在市三院的加護病房前，一男一女仍舊留在原地。

顏政雙手插兜在走廊裡來回轉悠，不時斜過眼去偷偷瞥小榕。小榕自從羅中夏走了以後，就一直木然不語，宛如一尊晶瑩剔透的玉像，漂亮是漂亮，只是沒什麼生氣。顏政有心想逗她說話，也只換來點頭與搖頭兩種動作，只得作罷。

「唉，真是少年心性，一個渾，一個呆，這成什麼話。」顏政暗地裡自言自語，無可奈何地拍了拍自己的腦袋，朝著走廊深處閒逛而去。此時正主兒羅中夏已然離去，鄭和在病房裡躺得正舒坦，若非有小榕還留在這裡，顏政早就走了。他是個閒不住的人，現在既然已經沒什麼大敵，小榕又不肯說話，他就只好四處亂逛，聊以打發時間。

說實在的，這棟樓實在沒什麼好逛的，千篇一律都是淡綠色的牆壁，深色地毯，放眼望過去門窗都是一母所生。而且與普通病房不同，這裡的牆上連值班女護士照片都沒有，只掛著一些顏政毫無興趣的藝術畫之類。

他正百無聊賴地溜達著，忽然身後傳來一聲輕微的關門聲。他轉頭一看，看到白天指路的那個小護士正懷抱著病歷表從一個房間裡出來。

「哎，我們真是有緣分。」顏政笑嘻嘻地走過去，伸手打了個招呼。

小護士一看是他，奇道：「怎麼是你，你還沒走啊？」

「據說這棟樓晚上心靈純潔的人能看到白衣天使，所以我來碰碰運氣。」

小護士一撇嘴：「呸，油腔滑調，還說自己心靈純潔呢。」

顏政高舉雙手，很委屈地說道：「心靈不純潔，怎麼會這麼巧碰到妳當班呢？」

「還提這個！」小護士一張圓臉立刻變得很惱怒，「都怪你，害得我今天要加班。」

「哎？難道妳是為了我而加班的？」顏政半真半假地做了個誇張的驚訝手勢。小護士瞪了他一眼，把病歷表砸到他臉上。

「到底是怎麼回事呢？」顏政笑嘻嘻地問。

「還不是那個病人的事。他兩天前剛做完腿部外科手術，我推車帶他出去透透氣。後來你不是問路還順便幫他蓋被子嗎？你剛走，我就發現病人的腿上本來縫好的線全開了！手術的刀口也都裂開了，那邊新得像剛開了刀似的——這不趕緊送到加護病房，一直折騰到很晚，我也只好留下來專門看護了。」

「……」

顏政伸出自己的十個指頭看了又看，陷入了沉思。戰五色筆時，羅中夏和自己都被那枝無名之筆救過，治癒功能應該是無可置疑；可那個五色筆吏和小護士的病人接觸了自己的紅指光，卻都出了事。

到底自己的這枝筆是能治病救人，還是火上添亂？

「哎，想什麼呢？」小護士在顏政耳邊叫喊。顏政這才猛地驚醒過來，衝她尷尬一笑。

「你這人，一會兒油嘴滑舌，一會兒又心不在焉，哪有你這麼搭訕的啊？」小護士拿回病歷表，抬腕看了看時間，「給你個機會吧，我馬上就交班了，請我去吃宵夜。」

「宵夜啊……」顏政有心想去，忽然想到小榕還一個人留在那裡，就有些躊躇。

小護士催促道：「喂，你快決定啊，不然我自己去了。有的是人排隊請我吃呢。」

顏政最初有些為難，忽然轉念一想，這其實倒是個好機會。這個小護士嘰嘰喳喳的，活潑開朗，說不定能逗出小榕點話來，兩個女生在一起，什麼都好說。無論怎麼著，總比她現在跟兵馬俑似的強。

計議既定，顏政就對小護士說道：「對了，我有個朋友在這樓裡，叫她一起吧。」

「男朋友、女朋友呀？我剛才可是看到你們有三個人呢。」小護士忽閃忽閃大眼睛，全是八卦神色。

「女的，女性朋友。」顏政豎起食指，嚴肅地強調了一句。

兩個人一路說笑，來到了鄭和病房附近的那條走廊。一拐過彎來，顏政就愣在了原地。沙發上擱著小榕的手機與一頁便箋。手機為冰雪所覆，已然凍成了一坨；便箋素白，上面寥寥幾行娟秀字跡。而小榕已經不見蹤影，只留下空蕩蕩的走廊，冷霜鋪地。窗外月光灑入，映得地毯上幾片尚未融盡的冰雪痕跡，晶瑩閃爍，如兀自不肯落下的殘淚餘魂一般……

而顏政的手機忽然在這時響起。

第十八章　以手撫膺坐長嘆

天下的笑有許多種，有微笑，有媚笑，有甜笑，有假笑，有冷笑，有晏笑，有開懷大笑，有掩嘴輕笑，有滄海一聲笑，有牆外行人牆內佳人笑，可沒有一種笑能夠概括彼得和尚此時的笑容。那是一種混雜了佛性安然和知識分子睿智的笑容，自信而內斂，然而細細品味這笑容，卻讓人感覺如芒在背，油然生出一種被對方完全掌握了的無力感。

所以當彼得和尚衝他一笑的時候，羅中夏頓時大駭，不由得往後退了一步。彼得和尚紋絲不動，原地宣了一聲佛號，問道：「阿彌陀佛，這位先生，請問高姓大名？」

羅中夏剛才見識過他那一踏，非同小可，所以不敢掉以輕心，一邊琢磨著如何使出青蓮遺筆，一邊敷衍答道：「姓羅，羅中夏。」

「哦，羅先生，幸會。我想我們之間，或許有些福緣，不妨借步聊聊如何？」

彼得和尚這番話羅中夏壓根沒聽進去，他一看這兩個人都不是良善之輩，心想只有先發制人一條路了。他經過數次劇鬥，對於青蓮遺筆的秉性也有了些了解，平添了幾分自信，不似在長椿舊貨店那時懵懂無知。

他嘴唇嚅動了幾下，彼得和尚稍微往前湊了湊，道：「羅先生聲音太小了，可否再說一遍？」

「長風幾萬里，吹度玉門關[1]。」

羅中夏又重複了一次，彼得和尚一聽，悚然驚覺，已經晚了。只見長風如瀑，平地而起，化作一條風龍席捲而去——雖無相如凌雲筆的霸氣，卻也聲勢驚人。

彼得和尚就手一合，想故技重演，畫起一道圓盾。沒想到這股風暴吹得如此強勁，他的力量防得住麟角鎖，卻扛不住青蓮筆的風暴，身子一晃，不由得往後足足退了三步。

不料羅中夏不記得下面的句子，情急之下隨手亂抓了一句：「孤帆遠影碧空盡，唯見長江天際流[2]。」

風暴陡止，全場氣氛開始凝重低沉。彼得和尚得了喘息的機會，這才停住身形。他不怒反笑，朗聲讚道：「不愧是青蓮，果然是大將之風。」

羅中夏看到敵人還有餘力稱讚，有些暗暗起急。這些詩句都是他那天晚上捧著《李太白全集》渾渾噩噩記下來的，只記得一鱗半爪，而且詩句之間意境相悖，全無連貫，他本身理解又膚淺，難以構成強大的威力。

看來舊不如新，還是用自己背熟的幾首詩比較好。於是很自然地，他開始施展出〈望廬山瀑布〉來。這首詩氣魄宏大，比喻精奇，容易被青蓮遺筆具象化成戰力。它挫敗過秦宜，實戰經驗應該信得過。

羅中夏一邊將前兩句慢慢吟出來，一邊警惕地望著彼得和尚，腳下畫圓。這首詩前兩句平平而去，只是鋪墊，無甚能為，實際上卻是為第三、四兩句的突然爆發張目，詩法上叫做「平地波瀾」。

羅中夏自然不曉得這些技巧，不過他憑藉自己武俠小說裡學來的一點常識，知道一套掌法從頭到尾連環施展出來，威力比起單獨幾招強了數倍。所以他從頭到尾，把整首詩逐句念出，也暗合了詩家心法。

只見得吟聲到處，紫煙在四周嫋嫋升騰，水聲依稀響起，形成一道奇特的景觀。彼得和尚不知虛實，不敢上前進逼。羅中夏見狀大喜，開口要吟出第三句「飛流直下三千尺」。此句一出，就算彼得和尚有通天之能，恐怕也抵擋不住。

豈料「直」字還沒出口，彼得和尚突然開口，大喊了一聲：「行！」這聲音不大，卻中氣十足，脆亮清楚，宛如銅豆（古代食器）墜在地上，鏗然作響。若是有京劇行家在場，定會擊節叫好。

這一聲呼嘯恰好打在詩的「七寸」之上。

詩分平仄，「飛流」為平，「直下」為仄。他這一個「行」字乃是個腦後摘音[3]，炸在平仄分野之間，韻律立斷，羅中夏登時就念不下去。

羅中夏定了定心神，心想這也許只是巧合，哪裡有話說不出來的道理。他瞥了一眼和尚，決心說快一點，看他又能如何。

可任憑他說得再快，和尚總能炸得恰到妙處，剛好截斷詩韻的關竅。他吟不成句子，更不要說發揮什麼威力了。羅中夏反覆幾次吟到一半，都被彼得和尚的炸音腰斬，時間長了他漸覺呼吸不暢，有窒息之感。對方的嘯音卻越發高亢清越。

這種感覺最難受不過，羅中夏滿腹情緒無從發洩，胸悶難忍，不由得仰起脖子大叫一聲。這一聲不要緊，青蓮遺筆辛辛苦苦營造的紫煙水聲具象被破壞無遺，渙然消散，再無半點威勢。

彼得和尚見機不可失，連忙使了個眼色。一旁的二柱子猶豫了一下，終於衝上前去，一記乾淨俐落的手刀落在羅中夏脖頸。

這個不幸的傢伙「哎呀」一聲，「撲通」栽倒在地，一夜之內二度昏迷不醒。

四周歸於平靜，夜色依然。彼得和尚指了指秦宜扔下的那輛 Passat：「既然有人不告而別，留下這輛車，我們就不必客氣了。」

二柱子歉然看了一眼羅中夏，俯身把他扛在肩上，如同扛著一袋糧食般輕鬆。彼得和尚手法熟練地拽開兩截電線發動引擎，汽車突突開始震動，慢慢駛出樹林。

不知時日多久，羅中夏悠悠醒來，發現自己斜靠著一塊石碑，四肢沒被綑縛，額頭上還蓋著一條浸濕了的藍格大手帕。

他拿開手帕，試圖搞清楚周圍環境。此時仍舊是夜色沉沉，四周黑影幢幢都是古舊建築，簷角低掠，顯得很壓抑。只有一豆燭光幽幽亮在石碑頂上，燭火隨風擺曳，不時暗送來幾縷丁香花的清香。

羅中夏朝身後一摸，這石碑比他本人個頭還高，依稀刻著些字跡，不過歲月磨蝕，如今只有個輪廓了。石碑下的通路是凹凸不平的條石鋪就，間隙全被細膩的黃土填滿，間或有星點綠草，滲著蒼涼古舊之感。

這時，黑暗中傳來「嚓」的一聲。

羅中夏一個激靈，看到彼得和尚從黑暗中緩緩而出，全身如豎起毛的貓一樣戒備起來。

「羅先生，別害怕。」彼得和尚伸出手來，試圖安撫他，「我們並沒有惡意。」

「沒有惡意？」羅中夏摸了摸自己的後頸，諷刺地說。

「那是不得已而行之。剛才的情況之下，羅先生你恐怕根本不會聽我們說話。」

「難道現在我就會聽你們說了？」

彼得和尚扶了扶眼鏡，不緊不慢地說：「至少我們已經有了一個良好的開端，不是嗎？」

羅中夏鼻子裡哼了一聲，不置可否。他已經被韋勢然和秦宜騙怕了，再缺心眼兒的人也會長點記性。

彼得和尚笑道：「為了表示誠意，我們已經除掉了你身上的繩索。」羅中夏伸開雙手，暗地裡一運氣，青蓮立刻鼓蕩回應。

還好，筆靈還在，只是有些沉滯，不似以往那麼輕靈。

他幾小時前還迫不及待地要把筆靈退出來，現在居然慶幸它仍舊跟隨自己。這種反差連羅中夏自己都覺得有些可笑，可在現實面前又有什麼辦法呢？

「介紹一下，貧僧法號『彼得』，佛家有云，能捨彼念，即無所得，是所云也。」彼得和尚虔誠地合上手掌宣聲佛號，然後揮袖指了指另外一個人，「這一位叫韋裁庸，不過我們都叫他二柱子。」

二柱子大大咧咧一抱拳：「抱歉剛才打暈你了。你要是覺得虧，可以打俺一下，俺絕不還手。」彼得聞言斜眼瞪了二柱子一眼，二柱子趕緊閉上嘴，撓著頭嘿嘿傻笑。

「我這位賢侄憨厚了點，不過人是好人。」

羅中夏警惕心也大起，他們這一夥人果然是韋家的，不知跟韋勢然有什麼干係。

「我們介紹完了，不知羅先生你是否方便說說自己的情況？」

彼得和尚用字遣詞都很講究，好似是在跟羅中夏商量著來，而不是審問。

「羅中夏，華夏大學大二學生。」他乾巴巴地回答。

這個答案顯然不能讓他們滿意，彼得和尚開門見山道：「羅先生，你知道你體內是青蓮遺筆嗎？」

羅中夏撇撇嘴，不屑道：「那又如何？」

他這種棄之如敝屣的態度讓彼得和尚一愣。

彼得和尚奇道：「看起來，你並不知道身上這管青蓮遺筆的意義有多重大。」

「我是不知道，也沒興趣知道，你們若能收得走，儘管來拿就是。」他有恃無恐。

彼得和尚搖了搖頭，嘆道：「人筆相融，取出筆來，就等於抽走了魂魄。難道讓我們殺了你嗎？」

羅中夏心想狐狸尾巴總算露出來了，冷笑道：「殺了我是容易，只怕到時候青蓮遺筆逍遙而去，大家人財兩空。」

彼得和尚憐憫地看了他一眼，輕聲道：「羅先生，你可知這是哪裡？」

「你們帶我來的，我怎麼知道？」

「不是我們要帶你來，而是 Miss 秦要帶你來。我們只是順藤摸瓜找到此處而已。」彼得和尚笑了笑，「這裡是法源寺。」

「法源寺？」

羅中夏再次環顧四周，這裡確實有幾分古剎的感覺。只是他記得這廟如今已經改成了佛教圖書館，不知道他們把自己擒來這裡，有什麼特別用意。

「你就不怕旁人知道嗎？這裡可是中國佛教協會的所在。」

彼得和尚淡淡搖了搖頭：「我自有辦法讓他們覺察不到，何況此地是碑石之地，大半夜的誰也不會來的。」

他伸出食指，以指畫圈，把方圓十幾公尺內都籠罩在一層淡薄的氣息之中，然後說道：

「法源寺本叫憫忠寺，本是唐太宗為戰死在高麗的唐軍將士所設，取憐憫忠良之意。之後歷代風雲輪轉，宋時的宋欽宗、謝枋得[4]，元時的張翥[5]，明時的袁崇煥[6]，都曾與此寺有過牽連，民國時甚至一度是停靈之所，無數孤魂怨靈都經此地而墮輪迴，無不懷著嗟嘆怨憤之情。千年積澱下來，就讓這寺中天然帶著悲愴陰鬱的氣息。」

他一拍石碑，燭光自行大熾，羅中夏看到碑上的文字清晰了幾分，那是一首律詩：

百級危梯溯碧空，憑欄浩浩納長風。金銀宮闕諸天上，錦繡山川一氣中。

事往前朝人自老，魂來滄海鬼為雄。只憐春色城南苑，寂寞餘花落舊紅。

詩意蒼涼，語氣愁鬱。落款是蛻庵先生。

「你想表達什麼？這種話你該對文物局的去說。」羅中夏不知蛻庵先生就是張翥，冷淡地反問。

「欽宗、謝枋得懷亡國之痛，張翥感時局之殤，袁崇煥更有沉冤啖肉之怨。就算是整個華夏歷史上，這幾個人的哀傷怨痛都是至情至深。是以整個京城，要數此地沉怨最甚。」彼得和尚說到這裡，鏡片後的目光一凜，「筆靈是靈性之物，對於情緒最為敏感。太白之筆性情飄逸，到了此地必為憂憤的重靈所羈絆，不能一意任行——就好像是蚊蟲落入松脂一樣。」

「難道說……」

「不錯，Miss 秦顯然是打算把你帶來這裡殺掉，然後借憂憤之氣黏住脫離了宿主的太白遺筆，然後從容收之。」

羅中夏聽了以後，面色一變。難怪自己一來到這裡，就覺得胸中憋悶，原來是另有原因。如果他們所言屬實，那現在自己就處於絕大的危險中。只消他們動手殺掉羅中夏，青蓮遺筆唾手可得。

彼得和尚彷彿看穿了他的心思，不由得呵呵笑道：「羅先生你過慮了，我們韋家不是那等下作之人，否則我們早就動手了，何苦跟你在這裡白費唇舌？」

「那……你們究竟是什麼人，跟秦宜到底是什麼關係？」

彼得和尚道：「如果我們告訴羅先生韋家與秦宜之事，你是否願意也把青蓮遺筆的來歷告訴我們？」

「好吧，不過得你先講。」羅中夏勉強同意了這個提議。他怕萬一再推三阻四惹惱了這夥人，指不定會發生什麼事。

「在我講之前，可否讓我感受一下那枝青蓮遺筆？」彼得和尚道。羅中夏把手伸了過去。和尚的雙手微微發顫，他小心地握著羅中夏的手，彷彿虔誠的天主教徒親吻教皇的手背。羅中夏微一運筆力，青蓮輕輕綻放，一股奇異的溫軟感覺順著羅中夏的手傳到彼得身上。和尚如被雷擊，僵在原地，五官沉醉。過了半晌，他才重新睜開眼睛，雙眸放光。

「是了，是了，這就是太白遺風啊！」

羅中夏把手縮了回去，彼得點點頭，右手習慣性地敲了一下並不存在的木魚，娓娓道來：「韋氏的來歷，我想羅先生你也是知道的，乃是筆塚留傳的兩大家族之一。其實我們韋氏傳到今日，開枝散葉，宗族也頗為繁盛，但真正握有筆靈之祕的，卻只有正房這一系。人心難測，萬一哪個不肖子孫拿著筆靈出去招搖，早晚會為整個家族帶來災難。所以韋家除了正房和諸房房長以外的絕大多數族人，都不知道韋家和筆塚之間的淵源。正房一直秉承韜光養晦之策，盡量低調，與世無爭。」

彼得這時聲音略有些抬高：「如今韋家的族長叫做韋定邦。二十多年前，他的長子韋情剛外出遊歷時，在安徽當塗一個叫龍山橋的鎮子，認識了一個姓秦的上海姑娘，兩個人情投意合，談了朋友。時代已經不同，韋家對『媒妁之言，父母之命』也不那麼重視，不過韋家身負筆塚之祕，大少爺又是正房長孫，擇偶不得不慎。因此韋氏特意派了一位長老前往當塗，去暗中考察一下。」

「這故事聽起來真像《故事會》[7]。」羅中夏暗自嘟囔。

彼得繼續講道：「韋勢然到了當塗龍山橋鎮以後……」

「等一等！你說誰？」羅中夏猛然間聽到這個名字，彷彿神經被抽了一鞭子。

「韋勢然。」彼得迷惑不解地反問，「你認識他？」

「豈止認識……」羅中夏苦笑道，指了指自己胸口，「我這枝青蓮筆，就是拜他所賜啊。」

他再一看，彼得和尚的臉色已經變得如蒙死灰，難看至極。

---

1 出自李白〈關山月〉。

2 出自李白〈黃鶴樓送孟浩然之廣陵〉。

3 腦後摘音，京劇裡將聲音繞到腦後去的功夫。

4 謝枋得，南宋官員，南宋滅後原辭官隱居鄉間，後因政治因素被強制送往大都，又被拘於憫忠寺（法源寺前身），最終絕食而死。

5 張翥，元朝詩人，曾寫一詩「事往前朝人自老，魂來滄海鬼為雄，只憐春色城南苑，寂寞餘花落舊紅」，其中餘花被推論為是法源寺種植的丁香。

6 袁崇煥，明末名將，因「通虜謀叛」、「擅主和議」等罪名被判凌遲，行刑後棄屍於北京甘石橋，無人敢去收屍，最後是袁崇煥的義僕人佘氏半夜收斂屍骨，埋在法源寺附近。

7《故事會》，於一九六三年在中國創刊的故事性雜誌。

第十九章　當年意氣不肯平

「呃……我倒忘記了，韋勢然也是你們韋家的人吧？」羅中夏看他們面色不善，不知情由，於是謹慎地問了一句。

彼得沉吟片刻，方才慢慢答道：「此人與我們韋家……咳，可以說淵源頗深了。」言語之間，似是已經不把他當作韋家的人看待。

羅中夏問：「那麼他與你現在說的事可有關聯？」

彼得道：「牽涉很大。」

羅中夏一點頭：「那您繼續，到了韋勢然的時候再詳說便是。」

彼得長嘆一聲，繼續說道：「誰料過了一個月，韋勢然傷重而回。族長問他怎麼回事，韋勢然說他去了龍山橋鎮以後，查出那個秦姑娘可能與諸葛家頗有勾結。諸葛家野心勃勃，向來於我們韋氏不利，韋勢然當下就勸韋情剛要慎重。可他已經被那女子迷得神魂顛倒，任韋勢然如何苦勸只是不聽。最後二人甚至不顧叔侄之情，大打出手。韋情剛系出正脈，又懷有筆靈，竟把韋勢然打得落荒而逃。」

「他的筆靈是什麼？」羅中夏插了句嘴。

「裴劍筆。」

羅中夏不知這是什麼典故，又不想露怯，就「哦」了一聲，示意他繼續。

彼得道：「這一下闔族大震，韋情剛是韋家少主，那女子又是死敵諸葛家的人，這事就極嚴重。族長先後派遣了四、五批人前往龍山橋鎮拘韋情剛回來，結果派去的人全都不知所終。韋家的震驚可想而知。族長不得不親自帶隊，出發去捉拿孽子。」

「韋勢然呢？」

「當時他已經養好了傷，也在族長的隊中。」彼得回答，然後繼續說道，「那一戰，至今想起來都讓人心痛不已。韋家的長老們固然都是強手，可韋情剛是個不世出的天才。老爺和族中的幾位長老經過一番苦鬥，始終不能制伏他。後來韋勢然出了個主意，他們抓住秦姑娘，意圖逼韋情剛投降。哪知這人突然發難，一時失手將族長打成重傷，隨後帶了同樣身受重傷的秦姑娘逃走。族中長老去追，卻盡皆死於其手，只有一個人逃了回來……」

「又是韋勢然？」

「正是。」彼得雙手不禁攥緊，面露憤恨之色，「這兩次逃脫，巧合痕跡太重。族長很快就識破了他的謊言。原來韋勢然此次隨大隊來龍山橋鎮，是別有私心。」

「私心？」

彼得沉聲道：「你要知道，龍山橋鎮不是尋常之地，這裡歷代都是當塗的治所。以南五公里，有一個地方，叫做太白鄉。」

「啊？」羅中夏想到了什麼，胸中一振。

「不錯，太白鄉那地方，就是謫仙當年仙逝之所，也是筆塚主人煉製青蓮遺筆之處，處處有太白遺跡。韋家和諸葛家歷代以來，都不遺餘力地在此地尋找，希望能找到一星半點關於那枝青蓮筆的線索，只是始終沒什麼結果。於是這一百多年來，兩家漸漸放棄了搜尋——但太白鄉始終是個敏感地帶。」

羅中夏慢慢聽出點味道來了，胸中的青蓮遺筆微微顫動。

「韋勢然大概是找到了什麼祕密，所以故意挑唆韋家內鬥，想從中漁利。可惜族長雖然識破他的奸計，但那時身負重傷，還是讓他逃走。經此一役，韋情剛和那秦姑娘不知所終，族長至今殘廢在榻，而韋勢然被族長革了他的族籍，從此再也不曾出現過。」彼得頓了頓，指著羅中夏補充道，「直至今日。」

「那個祕密，大概就是和青蓮遺筆有著千絲萬縷的關係。原來韋老頭果然騙了我。」羅中夏心中說不上是憤怒還是如釋重負，他舔了舔嘴唇，疑惑道，「那這個秦宜，怕不是與韋情剛有什麼淵源？」

彼得苦笑道：「今年早些時候，她突然找到韋家，自稱是韋情剛的女兒，說自己父母都已去世，臨死前讓她來韋家歸還裴劍筆。族長憐她孤苦，又是自家血脈，沒多加提防。沒想到當天夜裡，這個秦宜突然亮出了一直隱藏著的麟角筆靈，夜闖韋家藏筆閣，打傷了好幾名族人，偷走了兩枝筆靈。」

彼得轉向羅中夏道：「如果是筆靈選擇了秦宜，純粹發自心意，我們這些筆塚吏會玉成其事，不橫加阻攔；但秦宜硬生生把筆偷走，卻又是另外一回事了。我們受命外出追查，到了最近才找到她的蹤跡，然後就如羅先生您剛才所見……」

羅中夏下意識地撫了撫自己胸口，可惜筆靈雖巧，卻不能言，不然這些謎團就能夠迎刃而解了。

彼得道：「那麼，羅先生，現在你是否能告訴我們，你的青蓮遺筆從何而來呢？」

羅中夏心想如今不說也不行了，於是把自己如何去淘筆，如何誤入長椿舊貨店，如何被硬植了青蓮，以及之後一系列離奇遭遇，前後約略說了一遍。

彼得和尚聽完以後，默然不語。過了半晌，方才恨恨道：「聽你這麼一說，當年在太白鄉的祕密，應該就是這青蓮遺筆。想不到韋家這麼多代人的辛苦，最後居然是韋勢然這個小人找到了它！」彼得忽然想到什麼，又問道：「那個少女，你說是叫韋小榕？」

「不錯。」羅中夏點頭。

彼得和尚哼了一聲：「正偏僭越，他可真是荒唐。」

羅中夏不解道：「什麼？」

彼得道：「羅先生你有所不知。我們韋家自入世以來，是以《文心雕龍》的章名排字。《雕龍》每章兩字，正房取前一字，偏房取後一字，長幼次序都亂不得。比如老爺那一代是第三十代，取的是第三十章名『定勢』二字。所以老爺名『定邦』，與老爺平輩但系出偏房的韋勢然，就取一個『勢』；再比如二柱子，是第三十二代偏房，所以取了三十二章名『熔裁』的次字，叫韋裁庸。韋勢然身為偏房，又已廢籍，居然還給自己的孫女取了一個正字『熔』，不是僭越卻是什麼？」

羅中夏哪裡知道此榕非彼熔，又聽得腦子混亂，連忙擺了擺手，說這不是重點。

「可嘆韋勢然機關算盡，卻還是被羅先生您無意中得了青蓮遺筆。可見佛祖公平，從不投骰子。」彼得和尚雙手合十，口稱善哉。

羅中夏這時悄悄挪動了一下腳步，終於問了一個自己一直想知道的問題：「然後呢？你們打算怎麼辦？」

彼得和尚正色道：「青蓮既然真的現世，茲事體大，我們韋家絕不能放手不管。羅先生，您得跟我們走一趟韋氏祖村了。」

羅中夏有些不好意思地撓了撓頭，呼出一口氣：「唔，是這樣。能不能把青蓮筆從我體內拿走啊？我實在不想被捲進這些事情裡來。我才大二，我還有許多門課沒過呢。」

韋家二人都露出不可思議的神情。自古得了筆靈的人都是天大的福緣，何況是太白青蓮筆。誰肯去做這種棄玉捐金的傻事？而眼前這個年輕人卻視之如洪水猛獸，避猶不及，無怪他們要瞠目結舌了。

「我想……」彼得和尚一時也不知該說什麼好，「羅先生你是不知道青蓮現世的意義有多麼重大，才會有此妄念吧。」

「我不會說那麼多文縐縐的詞，反正這枝筆很能打，我知道。不過對我沒什麼用就是了，徒增危險。到底有沒有取筆的方法啊？」

「活體取筆，聞所未聞。」兩個人異口同聲地答道。羅中夏一陣失望，看來至少這一點上韋勢然沒騙他，天下就沒有既取出筆來又不傷性命的便宜事。

彼得和尚又道：「但我必須指出，羅先生你犯了一個最基本的錯誤。青蓮遺筆再有威力，終究也只是一枝筆罷了。韋氏與諸葛氏兩家紛爭千年，泰半是為這管筆而起，原因卻非為這筆本身，實在是這筆背後隱藏著無窮的深意。」

「哦？」羅中夏稍微有了點興趣。

「你要知道，筆塚雖然號稱收盡天下筆靈，可萬千筆靈皆都不及管城七侯……」彼得和尚剛說到一半，忽然被二柱子打斷。

「有人來了！」二柱子低聲喝道，他雖然憨直，卻十分敏銳。彼得和尚立刻收了聲。羅中夏又驚又疑，心想難道又有新的敵人殺來？今天晚上倒真是熱鬧非凡。

一時間三個人都不作聲，果然，遠處傳來一陣腳步聲，緩慢而堅定，聽足音節奏明顯就是朝著這邊來的。彼得「唰」地睜開眼睛，做了一個手勢。二柱子看到發令，身子一躬，像一隻鼴子[1]般鑽入草叢，悄無聲息。

彼得和尚見二柱子消失，隨即朗聲笑道：「呵呵，羅先生，剛才我們說到哪裡了？」

「管，管什麼七侯。」羅中夏先前聽秦宜提過這個詞，不過沒記住。

「哦，對對。這乃是引自韓退之的典故，《毛穎傳》中有云：『秦皇帝使恬賜之湯沐，而封諸管城，號曰管城子』，所以毛筆古時又稱『管城侯』……」

彼得和尚開始滔滔不絕，只是話題變得有如閒扯一般，忽而說到蒙恬造筆，忽而扯到文房四寶，甚至還說起莎士比亞的鵝毛筆、阿基米德的木枝筆。羅中夏知道他是為了不致讓敵人起疑，所以也不打斷他，任這和尚滿嘴跑火車。

腳步聲漸近，忽然響動消失。來人似乎很遲疑，不敢輕舉妄動。又過了半分鐘，腳步重新響起，但只踏出不到五步，驟然多出另外一串急促腳步聲。隨即足聲紛亂，拳腳聲霍霍，隱約還夾雜著喘息。看來二柱子已經跟潛入者打了起來。

本來口若懸河的彼得和尚登時住了口，飛身朝那邊衝去。羅中夏自恃青蓮之威，也跟了過去。他們轉過古碑旁的青磚屋角，看到兩個人影兀自纏鬥不休。二柱子的對手身材比較高大，不過拳腳功夫明顯不及他。二柱子施展開招數以後，占盡上風——但這個對手怪招頻出，一會兒渾如街頭流氓，一會兒空手道中帶了些柔術腳法，甚至還有幾式美國摔跤的架勢，雖不如二柱子招式嚴謹，打法卻不拘一格。二柱子碰到這種機靈百出的對手，一時難以卒制。兩人堪堪戰了個平手。

彼得和尚見狀，抖了抖胸前的佛珠，要加入戰團。羅中夏在一旁急忙按住他的肩膀，大喊道：「喂，都不要打了！」彼得和尚忽覺一股熱力從肩膀滲入，暫態瓦解了自己剛剛提起來的一股勁力。

那邊二柱子聽到呼喊，立刻就停下手來，對方也沒趁機緊逼，兩個人各退了三步站定，彼此都有些敬佩對方。

「羅先生，怎麼？」彼得和尚問道。

「那個……不必打了，是朋友不是敵人。」羅中夏有些尷尬地擦了擦鼻子，轉過頭來看著那個神祕來客，「你怎麼找到這裡的？」

神祕來客學著李小龍的樣子，用拇指蹭了蹭自己的大鼻頭，悠然道：「我不是跟你說過嗎？算命的說我有做刑警的命格。」

來人居然是顏政。

羅中夏既喜且驚，喜的是總算見到一個故人，驚的是不知顏政怎麼就能摸到這裡來。

顏政早看出了羅中夏的疑問，他拿出自己的手機晃了晃，笑道：「全程手機現場直播。」羅中夏這才恍然大悟，剛才他被秦宜關在後車廂裡的時候，曾經把手伸到褲袋裡撥電話給顏政求救，剛剛撥通他就被秦宜揪出了汽車。接下來這手機就一直處於通話狀態，顏政把他們在法源寺的對話聽了個一清二楚。

羅中夏趕忙掏出手機一看，不禁暗暗叫苦。這手機已經微微發燙，螢幕顯示通話時間將近兩小時，看來這個月的電話費要達到天文數字了。

顏政道：「本來我光聽手機裡呼呼打鬥，卻不知地點，只好在城裡瞎轉悠。後來你們到了這裡，我一聽那個彼得師父介紹說是法源寺，這才趕了過來。」他說完晃了晃手腕，看了一眼二柱子，頗為恭敬地豎起大拇指：「這位二柱子兄弟真是拳法高手。」

二柱子憨聲憨氣地反問道：「你咋知道我的小名？」

顏政呵呵一笑，一時還真不知道該如何回答這個問題。羅中夏把顏政拉到一旁，小聲問道：「小榕呢？她沒跟你來嗎？」

顏政挑了挑眉毛：「咦？是你把她甩了走開，怎麼這會兒又問起我來了？」

羅中夏面色一紅，急忙分辯道：「你剛才也都聽見了吧？韋勢然把我們都騙了。」

顏政正色道：「她爺爺騙沒騙人，這我不知。不過我不認為小榕有絲毫作偽。你不問情由，就亂下結論，如今可是傷透了她的心了，不是男人所為。」

「可我又能如何……」

「女性是拿來尊重的，不可由著自己性子去褻瀆。」顏政一涉及這類話題就很認真。

「好吧，那她現在在哪裡？」羅中夏明知她肯定沒來，還是朝他身後張望了一下。

這個小細節被顏政看在眼裡，微微一笑：「我也不知道。她自己離開醫院了，不過——」

顏政話未說完，旁邊彼得忽然截口說道：「既然是羅先生的朋友，不妨也認識一下吧。」

「您好，我叫顏政。顏是顏真卿的顏，政是政通人和的政。」顏政開朗地撥了撥頭髮，伸出右手。

羅中夏忽然想到，顏政其實也跟韋家有些淵源。秦宜從韋家偷出來的兩枝筆靈，其中一枝正寄寓在顏政體內。剛才彼得說如果是筆靈擇主，神會入體，韋家便不會多加干涉，亦不會追討，他想是不是把這事跟他們提一下？——可是羅中夏轉念一想，萬一韋家的人反悔該怎麼辦？

他正在這兒左右為難，顏政已經大大咧咧說道：「剛才的故事我都聽見了，真是巧得很，您丟的那兩枝筆靈，恰好有一枝在我這裡。」

韋家的人和羅中夏俱是一驚。顏政看看羅中夏，神情輕鬆地說：「藏頭藏尾可不合我的風格，沒什麼好隱瞞的。」

「您說您有枝筆靈，是說——」彼得和尚的眼神透過鏡片，直視顏政的胸前。顏政拍拍胸膛，道：「不錯，這筆靈已經跟我神會了，您能告訴我是什麼筆靈嗎？」

羅中夏還以為他們見自己家的筆靈被人橫刀奪愛，多少會顯露出一絲猶豫，不料彼得和尚頗為欣喜，連連作揖道：「又一枝筆靈認主，卻是喜事，喜事。只是不知道顏施主你的筆靈特徵如何？」

顏政把自己戰五色筆時的情形講給他聽。彼得和尚聽了，笑容中帶了五分欣喜、三分得意，還有兩分促狹。

「顏施主，如果不介意的話，請允許我先問一句，你結婚了嗎？」

「呃，還沒。」

「女朋友總該有幾個吧？」

「具體數量的話，那要看你問的是哪一個城區的了。」顏政面不改色。

彼得和尚合掌深施一禮：「顏施主你的福緣深厚，得了枝極適合你的好筆。」

「花花公子的兔女郎筆？」

「不，是張敞畫眉筆。」

1 麞子，一種中小型的鹿類。

第二十章　日慘慘兮雲冥冥

張敞，乃是漢代宣帝時的京兆尹。他為人清正精幹，是一代循吏名臣。張敞的夫人幼年曾經受過傷，眉角不全，於是他每日親執墨筆，為夫人細細畫眉。後來有人把這件事以敗壞風俗的罪名告至宣帝處，宣帝在朝會上質問此事，張敞從容答道：「閨房之樂，有甚於畫眉者。」從此為後世留下一段夫妻恩愛的佳話，即「張敞畫眉」的典故。這故事實在可愛，以至於連以古板著稱的班超，都忍不住在皇皇《漢書》中對這段逸事記了一筆。

「我靠。」

古樸凝重的法源寺上空，忽然爆起一聲響亮的粗口。

顏政原本也在猜測自己能得什麼筆，卻萬沒想到竟然是這等脂粉氣的東西。他聽了彼得和尚的解釋，大為失望。雖然愛護女性這一點值得尊敬，不過自己的筆靈聽起來實在柔弱，和凌雲、青蓮、詠絮、麟角什麼的相比，氣勢差了太多。

「我還以為會多威風呢。」顏政十分失望，不由得伸開十指看了又看。

彼得和尚嘿嘿一樂，寬慰道：「顏施主有所不知。張敞此人雖然是個循吏，卻也放達任性。史書明載：每次退朝之後，他都特意選擇走長安著名的紅燈區章臺街，還取下遮面之具拍馬，任請妓女瞻仰。這種特立獨行，在漢代也可算是一個異數。」

顏政一聽，轉憂為喜，連連拍腿，樂道：「這個好，合我的胃口。」

「我就知道這個適合顏施主。」彼得和尚微微抬眼。

「那是自然，我平時最喜歡的就是這種作派。」顏政忽然轉了話題，「你們可聽說過武術協會十誡？」他見大家不答，就自己答道：「就是不許酗酒、不得打架之類。」眾人都以為他要宣揚武德云云，誰知顏政一拍胸部，得意道：「唯有我十誡全犯。」

這一句引得羅中夏、二柱子和彼得和尚笑了起來。原本沉滯的氣氛被顏政稀釋至無形，這個傢伙似乎有那種讓所有的事都變輕鬆的命格。

「對了，對了，你接著說管城七侯的事吧。」羅中夏催促道，剛才被打斷了好幾次，差點忘了這個話茬。

彼得和尚點點頭：「其實能說的東西，倒也不多。筆塚在南宋時離奇關閉，從此不知所終，而煉筆之道也就此失傳。故老相傳，筆塚主人曾經煉就七枝至尊至貴的筆靈，每一枝都煉自空前絕後的天才巨擘，地位高貴，足可傲視群筆。」

「青蓮筆，就是其中一枝？」

「不錯，李太白一代詩仙，如泰山北斗，七侯之位，自然有它一席。可惜其他六枝如神龍見首不見尾。據說如果湊齊了這七管筆靈，就能重開筆塚，找到煉筆法門，再興筆靈之道——現在你明白為何那麼多人要奪你的青蓮筆了吧？」

羅中夏勉強笑了笑，心情卻越發沉重起來。如果彼得和尚所言不虛，那自己就成了一把關鍵鑰匙。這得引來多少人的覬覦啊，他一想到未來要面對的腥風血雨，頓時就高興不起來。

此時天色已近濛濛亮，天光掀起夜幕的一角，並逐漸將其撕開，貼上白晝的標籤。對於羅中夏來說，瘋狂的一夜行將結束，這讓他多少鬆了一口氣。在過去十二小時發生的事情，簡直比他一個月遭遇的都多。假如他讀過李白的詩，那麼就一定會對「生事如轉蓬」[1]這一句感觸良多。

一隻晨起的灰色麻雀落到古建築的簷角，發出一聲清脆的鳴啾。彼得咳了一聲，把那些剛剛陷入小小歡樂中的人帶回現實。

「無論如何，羅施主，我們得帶你回去，希望你能理解。」彼得和尚豎起食指，言辭禮貌而堅決。

「喂，喂……你們不要擅自決定別人的去留好不好？」羅中夏本來稍微放鬆的心情忽地又緊起來，「我是個在校大學生，還得準備專業課考試和英語四級呢！」

「茲事體大，還請你諒解。」

顏政忽然想到什麼，把手伸進口袋，一邊掏一邊嘟囔：「我剛才就想說呢，這裡有一份小榕留給你的東西……等我找找，我記得擱到褲兜裡了……」

他還沒翻到，就見二柱子突然一步邁上前來，開口說道：「又有人過來了！」

彼得和尚歪了歪頭：「是不是法源寺的工作人員？環衛工人起得都很早。」

「不是。」二柱子堅定地搖了搖頭，「是筆塚吏。」二柱子別看憨厚，對環境的感覺卻極為敏銳。他這麼一說，在場的人俱是一驚。二柱子又趴在地上靜聽了一陣，爬起身來拍拍腿上的土，回答說：「兩個人，聽腳步聲是直奔這個方向，應該半分鐘內就到。」

「先避一避。」

彼得和尚立刻招呼眾人站到自己身後，雙手一合。一道無形的屏障籠罩在他們周圍，與旁邊的灌木叢渾然一色。

這邊剛剛隱去，那邊就傳來一陣急促的腳步聲，還夾雜著重重的喘息。很快兩個人出現在古碑附近的碎石小路。為首的是個平頭小青年，他西裝革履，右手還拽著另外一個男子。那個被拽的人佝僂著腰，不時喘息不已，雙腿幾乎不會挪動，似已受了極重的傷。但那年輕人絲毫不理會，只是一味硬拖著朝前走去。

年輕人走到張翥古碑前，仰頭看了看碑文，還用手掌貼在碑面挪動幾寸。他嘴邊露出一絲陰鷙的微笑，隨手鬆開那男子。那男子失去支撐，立時如同一攤軟泥倒在地上，彎曲的身體活像一尾小龍蝦。

年輕人閉目細細體會，深深吸了一口氣，右手輕拍，喜道：「是了，是了，我一路走過來，只覺得筆靈逐漸沉滯，這裡果然是重靈之地。」

年輕人用腳踢了踢倒地之人，自言自語道：「嘿，嘿，若不是重靈之地，還真怕壓不住你這枝筆呢。」

羅中夏躲在彼得和尚屏障之後，只覺得渾身發涼。那一臉狠勁的年輕人他記得太清楚了，正是前兩天直闖長椿舊貨店，讓他捲入這一連串詭異事件的始作俑者——諸葛長卿。

諸葛長卿蹲下身子麻利地把那人翻過來，解開上衣拉鎖，從懷裡掏出一把短刀來晃了晃，另外一隻手從懷裡掏出一個筆掛。這個筆掛用琉璃製成，通體琥珀顏色，筆梁兩端是兩個鼇龍頭，看起來猙獰凶悍。

只見他的手指慢慢流出一道光芒，這光芒逐漸爬滿筆掛。筆掛彷彿一頭被喚醒的屋頭坐獸，張牙舞爪，竟似活了一般。諸葛長卿向空中一拋，筆掛飛到半空停住，悠悠懸在那裡，雙龍頭居高臨下，睥睨著那倒地之人的胸中之筆。

古人有言，良禽擇木而棲，良臣擇主而事，良筆擇掛而息。筆為君子，筆掛就是君子之範，是以收筆必以筆掛為範，方能繫住筆靈，而後才好納入筆筒。

諸葛長卿又取出一塊墨，攤開手掌，以手心為硯磨了幾轉。不一會兒掌心霧氣蒸騰，竟有墨汁微微聚起。他隨手一甩，墨汁畫成一條弧線飛出去，恰好灑了那人周圍一圈，如黑蛇盤旋。

羅中夏看得一頭霧水，懂行的彼得和尚卻是眉頭緊皺。雙龍筆掛和嵩山墨，都是威力巨大的稀罕物，這諸葛長卿到底要收什麼筆，要搞得如此鄭重其事？

諸葛長卿反握著尖刀，逐漸逼近那人胸口。被害者已經是半昏迷的狀態，動彈不得，只能坐以待斃。

三公分，兩公分，一公分。

當刀子的尖刃剛剛觸及胸膛時，有三個聲音同時吼道：

「住手！！」

羅中夏、顏政和二柱子同時直身高喝，彼得和尚的屏障登時失去了作用。他們雖然或怯懦，或隨性，或憨直，但面對這等凶殘之事，都無法坐視不理。

這幾個人突然憑空出來，諸葛長卿卻只是眉毛一挑，面色仍舊不變。他收回刀鋒，從容起身道：「幾位藏得好隱蔽，佩服，佩服！」

彼得冷冷說道：「殺人取筆，諸葛家教出來的好門人，我才真是佩服佩服。」

諸葛長卿聽了他的話，眼中一下子凶光大盛，他用狼一般的目光掃了一圈眼前這四個人，最後把視線停留在了羅中夏臉上。

「你不就是……」

羅中夏料想躲無可躲，索性挺直了胸膛：「不錯，青蓮遺筆就在我這裡。」

「好得很，好得很。」諸葛長卿哈哈大笑，把自己的西裝脫下來，露出一身黑襯衫和襯衫下的肌肉，「左右尋你不著，你卻自動送上門來，這很好。管城七侯，今日就讓我一次得二。」

「管城七侯？」羅中夏聽到這個詞，大吃一驚，難道這奄奄一息的人身上，竟然藏的是第二枝管城七侯？

諸葛長卿獰笑道：「你好像也知道管城七侯的事情了？不過可惜太晚了。」

「哼，你就儘管說大話吧，我們有四個人，你只有一個。」

「全殺掉就是零了。」諸葛長卿隨意捏了捏拳頭，發出「嘎巴、嘎巴」的響聲。

彼得和尚悄悄問道：「這就是那個把筆打入你體內的諸葛長卿？」

羅中夏點了點頭。

彼得和尚嘆道：「不想諸葛家出世日久，竟然墮落如斯。」

「還輪不著你來評論！」

話音剛落，諸葛長卿一拳已經衝著羅中夏打過來，動如雷霆，虎虎生風。最先反應過來的是二柱子，他一步踏到諸葛長卿和羅中夏之間，雙手去夾諸葛長卿的手臂兩側。不料諸葛長卿中途一變，凌雲筆毫無徵兆地自靈臺暴起，一道罡風吹入二柱子眼中。二柱子沒有提防，雙眼一下子被瞇到，招式突滯。諸葛長卿的拳頭毫不放鬆，仍舊朝著羅中夏搗去。

羅中夏待在原地，反應不及。彼得和尚見狀不妙，第一時間橫擋在他面前，十指一彎，面前聚起一道氣盾。諸葛長卿的拳頭撞到盾上，鏗鏘有聲，兩個人各自退了幾步，身後的草叢沙沙作響。

諸葛長卿晃了晃手腕，頗有些意外：「你這人沒有筆靈，卻也有幾分能耐。」羅中夏一愣，彼得和尚自己沒有筆靈？

這邊諸葛長卿已經再度發難，瞄著羅中夏連續發出十幾拳，拳拳都剛健威猛。彼得和尚牢牢護在他身前，取了十成守勢，周身半公尺內被一層氣罩牢牢包裹，生生頂著諸葛長卿狂風暴雨般的攻擊，一時不落下風，卻也沒有反擊的餘裕。

羅中夏心中起急，想發動筆靈卻無從使力。

這時二柱子已經衝了上去。諸葛長卿知道這個憨小子拳沉力大，不想與他硬拚，就往後稍退了兩步。彼得和尚窺見這一間隙，朝前疾走兩步，周身氣盾恰好罩住二柱子。諸葛長卿再想反擊，二柱子已經被納入氣盾保護之內。等他一遲疑，二柱子搶身而出，暴發一拳，彼得和尚緊跟其後，再度把他罩入圈內。

兩個人配合起來默契無比，步步緊逼。諸葛長卿只得連連後退，眼見背後已經快靠到一堵青牆，退無可退，這人一身悍勇之氣反被激得大起。他低吼一聲，原本在身後若隱若現的凌雲筆現出了本尊。

一枝巨大剛直的大筆凜然浮現於眾人頭頂，煙雲繚繞，間有風嘯。

諸葛長卿雖然狂傲，卻不粗疏，他知道這三個人都不是泛泛之輩，於是一喚出筆靈即使出全力。

只見古碑上空方寸之間驟然風雲突變，層層翳雲翻湧而至，將剛剛升起的太陽完全遮蔽，一片愁雲慘霧，四下如墜陰墟。彼得和尚一見，不由讚道：「漢賦以相如為最高，今日一見，凌雲筆果然有凌雲之象。」諸葛長卿咧開嘴笑了笑，眼神中的凶光愈來愈濃。羅中夏看看顏政，後者伸開十指，無奈地晃了晃腦袋。他的十根指頭中只有左手中指略顯出微微紅光，顯然還未恢復。

空中突然狂風大作，裹挾著片片陰雲纏繞上諸葛長卿的右臂，兩道飆風遮雲蔽日，變幻無方，風雲間彷彿幻成「紅杳渺以眩湣兮，飆風湧而雲浮」數列飄飄大字，頗有〈大人賦〉中的境界。昔日司馬相如作〈大人賦〉，武帝見之而讚曰：「有凌雲氣遊天地之間意。」凌雲筆名即出自此意。所以諸葛長卿一經使出，威力卻非尋常辭賦所能比擬。

「再來試試這一拳吧！」

諸葛長卿又飛起一拳，這回是真正的挾風恃雷。彼得和尚不敢托大，全力迎上。不料諸葛長卿這一拳的拳勁如漢賦駢詞，綿綿不斷。數十秒鐘以後，氣盾終於抵受不住，砰的一聲碎成幾絲亂氣，彼得和尚袍袖一揮推開二柱子，自己雙肩劇震，連連倒退了數十步方才站定，嘴角流出一絲鮮血。

1 出自李白〈贈從兄襄陽少府皓〉。

第二十一章　雲龍風虎盡交回

眼下彼得和尚受傷、二柱子身上無筆、顏政尚未恢復，羅中夏意識到目下能依靠的，就只有自己了。

怯懦如他，在險惡局勢面前也不得不打起精神，把退筆什麼的念想拋之腦後。

羅中夏舔了舔嘴唇，用力握住拳頭，心臟卻狂跳不已。諸葛長卿雖然強悍，畢竟曾經是自己的手下敗將，心理上該占些優勢。但看他如此凶悍，自信不覺減了幾分。

此時二柱子仍舊在與諸葛長卿纏鬥，但是面對著罡風勁吹的凌雲筆，他左支右絀，只靠著一腔血氣和精純功夫才勉強撐到現在。羅中夏一沉氣，大喊道：「二柱子，我來幫你。」

「羅先生，不可。」靠在古碑上的彼得和尚忽然截口說道，嘴邊鮮血還不及擦拭。

「什麼？」

「你忘了嗎？筆靈歸根結柢是情緒所化。青蓮筆以飄逸見長，在這愁苦冤重之地備受壓制，是施展不開的，過去只是送死。」

羅中夏不信，試著呼喚青蓮，果然胸中一陣鼓蕩，筆靈卻難以舒展，像被壓在五行山下的孫猴子。羅中夏驚道：「可是諸葛長卿為什麼能用？」

彼得和尚道：「筆靈亦有個性，凌雲筆性慷慨，自然不受此地的影響。倘若是杜甫秋風筆、易安漱玉筆之類在此，威力恐怕還要加成。但青蓮就……喀……喀……」

「可，可我不出手，我們豈非更加危險？」

彼得和尚摘下眼鏡揣入懷中，拍拍羅中夏肩膀，勉強笑道：「筆塚祖訓，不可為取筆而殺生，亦不可見死而不救——我們不過是遵循先人遺訓罷了。何況羅先生您青蓮在身，我們就是拚了性命，也要保您平安。」

羅中夏一瞬間覺得鼻子有些發酸。這些人與自己相識不過幾小時，如今卻在為自己而拚命，一時他不知該說什麼是好。

那邊二柱子忽然一聲大叫，右腿被雲朵牽扯失去了平衡，被諸葛長卿一拳打飛，身子飛出十幾公尺遠才重重落在地上。諸葛長卿收了招式，略活動活動手腕關節，冷笑道：「你們沒別的雜耍了嗎？」

彼得和尚拿袖子擦了擦嘴角的血跡，走上前去，從容說道：「阿彌陀佛，諸葛施主就不怕違了祖訓嗎？」

「規矩是人定的，老天是無眼的。」諸葛長卿的凶戾本色暴露無遺，他一指上空，幾團雲氣翻捲如浪，陽光絲毫透不進來，簡直不可一世。

「如此說來，我們是沒有共識了？」彼得和尚看了一眼二柱子，他雖然受了傷，好在皮糙肉厚，打了個滾自己爬了起來，站到彼得和尚旁邊。

「你們唯一需要知道的，就是都要死。」

諸葛長卿雙臂一震，風雲翕張，空中赫然幻出「長門」二字，幡然又是一番格局。

〈長門賦〉與司馬相如其他作品不同，擬以冷宮嬪妃之口，其辭幽怨深婉，為歷代宮怨體之祖，在憫忠寺這等深沉之地再合適不過。

「浮雲鬱而四塞」、「天日窈窈而晝陰」……原本狂蕩的風雲收斂，凝成片片大字紛遝而出，一時間整個空間都被這些字雲充塞，就連張翥古碑也隱隱相鳴。

「羅先生。」彼得和尚側過頭去，悄聲說道。

「唔？」

「你看準時機，逃出去吧。」

說完這句話，彼得和尚與二柱子甩開驚愕的羅中夏，一後一前，再度迎著獵獵飆風衝了上去。

羅中夏呆呆站在原地，心中百感交集。以往他千方百計要丟棄筆靈，卻總有不得已之事迫他運用；如今他真心實意想用了，筆靈卻已經無從伸展。

難道說就按彼得和尚的囑咐，自己逃了？

不逃？不逃自己又拿什麼來打呢？

羅中夏又抬起頭來，看到彼得和尚與二柱子已經漸顯不支之象。彼得和尚還在勉力支撐，但他身前的氣盾愈來愈稀薄，幾不可見；失去了有效保護的二柱子更是只有挨打的份兒。諸葛長卿卻是愈戰愈勇，氣流亂竄，縱橫天地之間，實在是把漢賦之高亢博大發揮到了極致。

「二柱子，快帶他們走！」一直面色從容的彼得和尚突然怒喝道，嘩啦一聲扯碎脖子上的黃木佛珠。木珠四散，飄在空中滴溜溜飛速轉動，構成一道屏障，在狂風中成為一個小小的避風港。

「雕蟲小技！」

諸葛長卿又發一掌，一枚木珠應聲而爆，但屏障仍在。彼得和尚生平只精研防守之術，這串木珠是他心血凝成，就算是凌雲筆也無法立刻突破。

二柱子聽到彼得和尚呼喊，立刻跳到羅中夏面前，大呼道：「彼得先生讓我們走。」

「走？那彼得呢？」羅中夏質問他。

「彼得先生讓我們走。」二柱子雙眼發紅，他也知彼得和尚必遭不幸，但仍舊執拗地重複著。

「笨蛋！」

羅中夏罵了二柱子一句，甩開他的手，憑著一股血氣朝前跑去。他心想前兩次都是瀕臨絕境才發揮出實力，現在如果把自己置於險地，說不定也可以迫出青蓮筆來。

坐視別人為自己而死，他無法容忍這種事情發生。

諸葛長卿被彼得和尚阻得怒了，雙手一立，雲氣紛紛化成片片刀鋒，切向木珠。只聽見數十聲爆裂聲同時響起，彼得和尚的木珠陣立時崩潰。彼得和尚長嘆一聲，全身爆出數團血霧，朝後倒去。

羅中夏恰好在此時跑來，一把撐住彼得和尚雙肩。諸葛長卿見狀，手起刀飛，三團凌雲刀朝著已經沒有任何防護的羅中夏直直飛去。

二柱子從後面猛地推了一把，羅中夏、彼得二人堪堪倒地，避過了刀鋒。而二柱子卻已經躲閃不及，「噗噗」兩聲被插中了背部，發出悶悶的一聲呻吟，撲通倒在地上。

諸葛長卿哈哈大笑，風雲稍息，他走到這一干已經喪失了戰鬥力的人身邊，把羅中夏揪了起來。

「你這小子，前幾天壞了我的大事，還讓我蒙受羞辱，今天就全還給我吧。」羅中夏咽喉被掐，說不出話來，只好瞪目怒視。諸葛長卿鬆開他丟到地上，又喚來一柄凌雲刀，就地就是一刺。

「哦，不！」

刀光一閃，最初躺倒在地的那個人突然發出一聲慘號，凌雲刀已然直直插入他的心臟，眼見雙腿一蹬，氣絕身亡。

「先等我取出這枝筆來，算作今日青蓮入手的慶祝。」

諸葛長卿提手回刀，鮮血從那個不幸的人前胸噴湧而出，他低頭欣賞片刻，竟對這種血腥鏡頭很是迷醉。

這是羅中夏第一次見到人類在自己面前死去，他手腳冰涼，被一種巨大的恐怖鎖鏈攫住了全身的神經，根本動彈不得。

此時懸在空中的雙龍筆掛彷彿活了一般，開始圍著那人餘溫尚存的屍體盤旋。有一股細小卻清晰的氣息絲絲縷縷地從死者胸前傷口冒出來，慢慢被吸入雙龍龍嘴，再集中在筆梁之下，逐漸顯現出一枝倒掛毛筆的形狀。這筆狀如玉圭，直桿之上隱隱浮現鱗甲，好似龍頭一般，上頭還沾了兩點墨跡。

「點睛筆，果然不錯！」諸葛長卿滿意地點了點頭，從腰間取出一件竹製筆筒，輕輕一抖，把它吸了進去，然後蓋住了蓋子。筆架掛筆，筆筒收筆。這件筆筒和筆掛一樣自蘊有靈性，專為收筆而用，點睛筆一進去，立刻被緊緊束縛，再也不可能跑出來。

彼得和尚一聽這名字，登時大驚，急忙想起身卻動彈不得。

諸葛長卿順利收了一枝筆靈，心情大暢。他舔了舔嘴邊，提著滴血的刀子，又走向羅中夏。今天好事成雙，一個也是殺，兩個也是殺，先收點睛，再納青蓮，實在是再好不過。

羅中夏喉嚨乾澀，想要爬起來跑掉，可是手腳發軟，毫無力氣。那具新死的猙獰屍體躺在地上，彷彿預示著他的未來。而在胸中的青蓮筆，因為主人的這一股畏縮驚懼的情緒，也無從施展。

諸葛長卿咧嘴大笑，左手拿著筆筒，右手握著凌雲刀，一腳踢翻羅中夏。一道寒光閃過，凌雲刀直奔胸膛而去。

就在千鈞一髮之際，一個黑影猛然撲過來，竟是顏政。他伸出右手一根指頭，直直戳過來，那指頭被一圈紅光包裹，看起來異常醒目。

畫眉筆的異能是什麼？到底是救人還是殺人？顏政始終沒搞明白。可這局勢急轉直下，他也顧不得細想，一看紅光剛剛蓄滿一根指頭，便立刻戳過去了。

諸葛長卿精於格鬥，對此早有提防，他身子微偏，順手用左手拎著的竹筆筒一擋，巧妙地頂住了顏政的一指。他雖不知這混混的筆是什麼來頭，但只要不讓它接觸自己或羅中夏的身體，就已足夠安全。

顏政感覺到指頭前方一硬，心中大嘆，知道這最後的偷襲失敗了。諸葛長卿獰笑道：

「莫要急，你們今天都要死的。」

他再次驅動凌雲刀，刺向羅中夏。就在這時，那筆筒卻猛烈顫動起來，在手裡瘋狂地搖擺起來。諸葛長卿動作一滯，疑惑地轉眼看去，不知這是怎麼回事。

就在下一個瞬間，那筆筒「噗」的一聲，蓋口被什麼力量給掀開了，原本被收的點睛筆再度恢復自由，浮現在半空之中，矯如金龍一般。

諸葛長卿勃然大怒，還以為這是顏政玩的什麼手段。可顏政自己也莫名其妙，這畫眉筆什麼毛病，一會兒治療，一會兒損傷，怎麼現在又改開鎖了？

突然一個念頭電光石火般地閃過他的腦海，那些接觸過畫眉筆光芒的案例一個個閃現出來，最終構成了一個近乎荒謬的猜測。

難道說，畫眉筆的功效不是治療，而是時光倒流？

所以在市三院那場大戰裡，羅中夏和自己不是被畫眉筆治療，而是被恢復到受傷前的狀態；而五色筆吏碰到畫眉筆後血流滿面，只是因為他之前就已經被揍得頭破血流——至於那個剛做完手術的不幸的病人，顯然是被畫眉筆把他的傷口恢復到了手術時的狀態。

換句話說，竹筆筒被莫名其妙打開，是因為畫眉筆把點睛筆恢復到了被收前的自由狀態。

諸葛長卿怒極，飛起一腳，把顏政一腳踹開十幾步遠，又狠狠踩住羅中夏胸膛，抓住筆筒要再收一次。羅中夏被這一踩，身軀痛苦地弓起來，恰好讓他與剛才那位死者四目相對。一霎時，恐懼、憤恨、驚惶、悲哀諸般情緒一擁而至，羅中夏突然大吼一聲，把諸葛長卿攔腰抱住。諸葛長卿只顧要去收點睛筆，猝不及防，倒被他弄了個狼狽不堪。他正在氣頭上，順手噴出一片罡風，吹得羅中夏一陣窒息。

那點睛筆本來想走，怎奈此地陰鬱之氣太重，飛不遠，只得悠悠浮在半空，茫然無措。此時平地裡忽起了一股大風，把它吹得東倒西歪，被氣流推著亂走。

只聽「噗」的一聲。筆透入胸。

入了羅中夏的胸。

又入。

四周霎時安靜下來，就連諸葛長卿也怔在了原地，不知該如何是好。此情此景，他再熟悉不過，前幾日就是在長椿舊貨店內，這個小子也是被凌雲筆的氣勢推動，被青蓮筆打入胸中。如今歷史重演，他當真是哭笑不得。

整場陷入了微妙的安靜，一時所有人都不知如何是好，似乎都在等待當事人的動靜。過不多時，躺倒在地的羅中夏雙手動了一動，然後悠悠從地上站起來。他原本驚惶的表情消失不見，取而代之的是一種似笑非笑的神態，神祕莫測。

諸葛長卿本來天不怕地不怕，但他看到羅中夏這副樣子，心裡卻突了一下。當日羅中夏被青蓮入體後失去了神志，反被青蓮筆控制，陷入了一種瘋狂狀態，威力無儔，自己幾乎不能抵擋。

而現在又多了一管點睛筆。

二筆入一人，這在筆塚歷史上沒有先例，究竟效果如何，諸葛長卿根本毫無概念。恐慌生於未知，面對著這種狀態的羅中夏，凶悍如他也滋生出一絲恐懼，不由自主地後退了一步。

羅中夏雙臂高舉過頭，只見左臂青光如蓮，右臂金光如鱗。鱗若龍鱗。諸葛長卿面色變得極為難看。他強壓住心頭恐懼，大叫道：「只要殺了你，兩管筆都是我的！」

話雖如此，可他頭頂的凌雲筆身形稍稍縮小了一圈，氣勢大減。筆靈隨心，凌雲筆講究的是氣勢宏大，主人此時露了怯，筆靈自然也就無從施展。

羅中夏恍如沒有聽見，雙臂光芒愈來愈強烈，似是兩股力量在劇烈碰撞激戰，整個人竟微微有些搖擺。此時他的身體變得近乎透明，體內可以隱隱看到兩個光團，變化無方，如同一個小型的核熔爐。

「青蓮筆、點睛筆……這怎麼能合二為一……只怕，只怕……」勉強清醒過來的彼得和尚喃喃道。筆靈是極驕傲的靈魂，大多眼高於頂，不肯分巢，何況這兩枝位列管城七侯，如今居於一人之身，難保不會出現筆靈互噬、兩下交攻的慘事。到時候只怕羅中夏的肉體承受不住這樣的劇鬥。

空氣此時微微一震，隨即歸為無比寂靜。四周的風聲、沙聲、草聲一時盡斂，羅中夏身上的一切奇光驟然收回，縮入體內，只留下他衣衫襤褸的暗淡肉身。

諸葛長卿定了定神，現在的羅中夏沒那麼唬人了，他覺得自己還有希望。他一舞頭頂凌雲筆，想過去掐死這個屢次壞事的臭小子。

可他只朝前走了一步，就停住了。因為羅中夏動了。他伸直了那條右臂，手掌張開對準諸葛長卿，口中不知念動什麼。只見已經褪色的手臂重新又湧起一片金色，金鱗復現。

幾秒鐘後，一條雲龍自他的掌心長嘯飛出，一身金鱗耀眼無比，潛龍騰淵，鱗爪飛揚。初時不大，遇風而長，最後竟有二、三十丈長。

這龍張牙舞爪，尤以雙目炯炯有神，彷彿剛被丹青名手點出玉睛，破壁方出。雲從龍，風從虎。

點睛之龍，恰恰就是凌雲筆的命中剋星。諸葛長卿臉色更難看了，又朝後退了一步。

「讓我來送你一程吧！」羅中夏邪邪一笑，聲音與往常大不相同。雲龍張牙舞爪，作勢要撲，四下裡的風雲一時間都紛紛辟易，像是被雲龍震懾。

就連凌雲筆都輕輕震顫，彷彿不能承受這等壓力。

諸葛長卿心神俱裂，雖不知羅中夏用的什麼法子，但現在顯然他已經壓服了二筆，與點睛融會貫通。點睛之龍仍舊在空中吞噬著風雲，諸葛長卿辛苦布下的雲障已經被吃光一角，有幾縷晨光透下。此時的形勢，已然逆轉。

羅中夏手舞點睛龍，逐漸欺近諸葛長卿身邊，炫耀般地故意在他四周遊走，故意遊而不擊，彷彿挑釁，凜凜金鱗顯出十足威勢。

諸葛長卿還想反擊，羅中夏看穿了他的心思，驅使金龍扶搖直上，從諸葛長卿面前幾乎擦著鼻尖飛上半空，張開大嘴去吞仍舊盤旋的凌雲筆。

諸葛長卿如遭雷擊，再無半分猶豫，慌忙雙臂一合，凌雲筆受了召喚，朝著主人頭頂飛來。那條金龍不依不饒，擺著尾巴直追過來，凌雲筆慌不擇路，堂堂一枝漢賦名筆竟亂如行草，落荒而逃。諸葛長卿使盡力氣，方才勉強避過追咬，讓凌雲筆回歸靈臺。

就在凌雲筆回體的一瞬間，金龍猛然追襲而來。諸葛長卿連忙身體一個後仰，帶著凌雲筆堪堪避過，與金龍大嘴只差毫釐，驚險至極。

他冷汗四流，知道今日已經沒有勝機。經過剛才那一番折騰，本來為凌雲筆牽繫的風雲逐漸散去，四周景色也清晰起來。諸葛長卿恨恨地看了一眼羅中夏，忍痛咬破舌尖，鮮血飛濺而出，掀動地上層層沙土，風起沙響，沙塵暴起，一下子把他的身形又遮掩起來。

沙塵呼呼吹過，遮天蔽日，這一次金龍卻在半空停止了動作，一動不動。黃沙隔了好久方才落下，目力所及，諸葛長卿已經不見了蹤影。地面上一攤鮮血，可見他受創極深。這人一旦判斷出形勢不利，說走就走，毫不拖泥帶水，這種貫徹到底的精悍著實令人驚嘆。

四下復歸平靜，羅中夏一個人靜靜站在中央，把雲龍收了，也不去追趕。其他人癱在原地，看他的眼神都有些敬畏。

「羅……羅先生？」彼得按住胸口，試探著問了一句。

羅中夏垂下雙手，回首低聲道：「可把他嚇走了。」

「什麼？」彼得不解其意。

羅中夏撲通一聲癱軟在地，疲憊中帶了一絲惡作劇得逞後的喜悅：「我只是冒冒險，用青蓮筆嚇他而已。點睛之龍，其實並不是真的啊。」

原來他的青蓮筆雖在此地備受壓制，但將詩句具象化的能力尚還能運用幾分。羅中夏聽到諸葛長卿口稱點睛筆，就立刻想到了李白〈胡無人〉中「虜箭如沙射金甲，雲龍風虎盡交回」兩句，於是放手一搏，以這兩句作底，利用青蓮的能力幻出一條金色雲龍，讓對方以為自己已經得了兩筆之妙，好知難而退。

這事也是極巧，羅中夏雖然不學無術，但平時極關注霍大將軍，所以對讚頌霍去病的〈胡無人〉印象極深——沒想到這兩句今日就起了大大的作用。

金龍作勢要吃凌雲筆，不過是做做樣子。諸葛長卿卻早有了成見，一心認定那金龍就是點睛所化，生生被唬得肝膽俱裂，傷重而逃。

羅中夏忍住胸中異動，蹣跚過去看各人的情況。二柱子身中兩刀，彼得和尚身負重傷，這結果可謂是淒慘之至。

他走到顏政身旁。顏政渾身劇痛依舊，掙扎著爬不起來，只好笑道：「雖然不是說這話的時候，不過……我懷裡有份東西給你，自己來取。」

羅中夏從他懷裡摸索了一回，掏出一張素箋。

「這是什麼？」

「這是小榕給你的信，剛才太忙了，現在才來得及給你。」

羅中夏展開信箋，上面寫了寥寥五行娟秀的字樣。顏政解釋道：「她留言說這是她爺爺尋到的退筆之法，托我轉交給你。」

羅中夏聽到「退筆」二字，不禁冷冷哼了一聲：「退筆？韋勢然又來誆我。」

「別人我不知，至少我可以確信，她是不會騙你的。」

顏政認認真真說道。羅中夏心亂如麻，與小榕的種種回憶再度湧上心頭。

他捏著素箋，胸中的異動卻愈來愈大，他如今身上史無前例地寄著兩管筆靈，在胸中互相抵牾，實在不知吉凶如何。心情苦悶，筆靈衝突，兩下交匯一處，加倍難耐，再加之剛剛一場大戰，羅中夏終於支撐不住。他雙目一合，身子沉沉倒下，素箋飄然跌落在地……

第二十二章　臨歧惆悵若為分

羅中夏做了許多奇怪的夢，每一個夢都五彩繽紛、龐雜紛亂，自己好像身陷斑斕的蜘蛛網中，神思皦皦地隨著無數文字與色彩飛速切換，令他目不暇接，以至於尚不及細細思忖，思緒已然被牽扯著忽而攀緣高峰，忽而挾帶著風聲與雷霆跌落深不可測的山谷。

一切終於都回復寂然，他慢慢睜開眼睛，首先映入眼簾的是幾絲和煦溫暖的午後陽光，然後是顏政。

「喲。」顏政把手裡的報紙放下，衝他揮了揮手。

他的腦袋還是有些迷茫，不得不緩慢地從左轉到右，從右轉到左，這才發現自己是躺在一間處置室的臨時硬床上，遠處的氧氣筒上印著大大的「市三院」幾個字。

羅中夏終於想起來了之前發生的事情，他活動了一下身體，只是四肢有些瘦疼，別的倒沒什麼大礙。他掙扎著從床上坐起來，指尖無意中觸到了枕邊的那張素箋，他拿起來一看，上面是五行娟秀楷字：

不如鏟卻退筆塚，酒花春滿茶綍青。
手辭萬眾灑然去，青蓮擁蛻秋蟬輕。
君自珍重
——榕字

這詩看起來似是個退筆的法子，卻寫得含含糊糊。他看到末尾「榕字」，心裡沒來由地又是一陣鬱悶，趕緊抓起素箋放回口袋裡，轉頭問顏政：「他們呢？」

顏政指了指門口：「彼得師父和二柱子倒都沒什麼大事，都住著院呢。」

「你怎麼樣？」

顏政豎起一個指頭，神情輕鬆地回答：「已經沒事了。我算過，紅光灌滿一個指頭大約要花五小時，可惜逆轉時間的規律不好掌握，不敢試在別人身上。我冒險戳了戳自己，運氣還好，總算恢復到昨天晚上的狀態了。」

羅中夏點了點頭，畫眉筆嚴格來說不算恢復系，它只是能讓物體狀態恢復到一個特定的時間，不能隨便亂用。

「那，那位死者呢？」羅中夏一提此事，心中一沉。他生平第一次見到一個人如此真切地死在自己面前，而他的遺物如今就在自己體內。

「我們離開法源寺的時候沒顧上他，也許現在屍體已經被人發現了吧。」顏政說到這裡，語氣也轉為低沉，他從褲兜裡掏出一本駕駛證，「我把他的身分證留給員警，把駕駛證拿來了。他因筆靈而死，我想做個憑弔也好。」

羅中夏接過駕駛證，上面的照片是個普通男性，眉眼儒雅，才二十六歲，名字叫做房斌。他不由嘆道：「因筆靈而死啊……不知他生前是否也如我一樣，欲避不及，以致橫遭這樣的劫難啊。都說筆靈是寶，也不知寶在什麼地方。」

顏政知道他對於筆靈一事始終存有芥蒂，也不好再去刺激他。恰好這時護士急急忙忙跑進處置室，一拍顏政肩膀：「嘿！你朋友醒了？」

「對，我請了好多公主和護士來吻他，這才醒。」

小護士舉起粉拳砸了顏政一下：「去，還是油腔滑調！你這傢伙，昨天忽然把我甩開跑出去，早上又帶著一群奇怪的人來急診，你到底是幹什麼的啊？黑社會？」

她的話如同連珠炮一樣劈哩啪啦，顏政趕緊攔住她的話頭：「那邊都弄好了？」

「我就是來告訴你這個的，我帶你去看看啊。」

於是顏政和羅中夏跟著小護士走進一間病房。躺在病床上的彼得面色蒼白，身上纏著繃帶，眼鏡碎了一邊，看上去頗為狼狽；二柱子倒是皮糙肉厚，只是下巴上貼了幾塊ＯＫ繃。

「彼得師父，你身體怎麼樣了？」羅中夏快步走近病床，輕聲問候。這兩個韋家的人為了自己曾經不惜生死，這讓他感動莫名，不由多了幾分親熱。

彼得神色不太好，但聲音依然清晰：「沒什麼。倒是羅先生你，現在感覺如何？」

羅中夏知道他問的是胸中那兩枝筆靈的事，遲疑了一下，按胸答道：「目前還沒什麼異狀。」他又忍不住追問了一句：「如果一個人植入兩枝筆靈，會怎樣？」

「會變成紅藍鉛筆吧。」彼得和尚在一旁半是調侃半是嚴肅地說，見羅中夏臉色轉陰，趕緊言歸正傳，「按道理說，一人一種才性，也應該只合一枝筆靈。這一人二筆，或許古代有先例，不過我確實是聞所未聞。究竟有害，抑或有益，委實不知。」

也就是說自己如今吉凶未卜……羅中夏悲觀地想。

顏政在一旁忽然插嘴問道：「他這一枝新的，卻是什麼筆？」

「點睛筆。」

「點睛？畫龍點睛的那個點睛？」

彼得點點頭，深吸一口氣：「這筆乃是煉自南梁的丹青妙手張僧繇[1]，我想畫龍點睛的故事你們都聽過。」

顏政拍了拍羅中夏的肩膀，笑道：「你這小子還真幸運，又是李白，又是張僧繇，可稱得上是詩畫雙絕了。」

羅中夏苦笑一聲，這哪裡能夠稱得上幸運。他又問道：「聽諸葛長卿的意思，這枝點睛筆，也是管城七侯之一？」

彼得道：「準確地說，點睛筆是唯一一枝現世的管城七侯，在諸葛家和韋家都曾經待過。我只聽說這一世的點睛筆落到一個外人手裡，卻沒想到會是這麼個下場。」

「這點睛筆好歹也是七侯之一，怎麼這麼廢柴？我看那個筆塚吏一點還手能力都沒有。」

彼得搖搖頭：「筆靈用法，千變萬化，並非所有的筆靈都有對戰之能。這枝點睛筆似乎別有隱祕，在筆塚吏手裡流轉速度很快，可惜具體怎麼回事，只有兩家的高層才知道了。」

羅中夏摸摸自己的胸口，點睛筆蜷縮在其中，一動不動，看起來人畜無害。他先把這個雜念拋開，從兜裡掏出小榕給他的那張素箋遞給彼得，彼得接過素箋一看，抬頭問道：「這是什麼？」

「小榕……呃……就是韋勢然的孫女給我的，說其中是退筆的法子。」

彼得「哦」了一聲，看來羅中夏仍舊沒打算接受筆靈，還一直惦記著退筆走人。他首先接過素箋看了一番，拍了拍光頭：「依此詩意，倒也能品出些味道，只是這信出自韋勢然，實在令人難以相信……」

羅中夏上前一步，堅定地說：「無論如何，我得試一試，這是目前我唯一的希望。」

彼得注視羅中夏雙目，見他態度堅決，徐徐嘆道：「也罷，羅先生你本非筆塚中人，又無此意，若能及早脫身，也是樁好事。」

顏政靠在門口，不以為然地聳了聳肩。彼得和尚扶了扶碎掉一半的眼鏡，開口道：「此詩看起來是集句，我想推敲詩意沒什麼用處，重點應落在『退筆塚』三字上。」

羅中夏聽得著急：「你說的退筆塚，究竟是什麼？聽名字像是一個確實能退筆的地方啊！」

「是兩個地方。」彼得和尚伸出兩個指頭，鄭重其事地在他面前晃動了一下。羅中夏迷惑地看了看他，彼得和尚露出好為人師的表情，對他講解。

退筆塚共有兩處：一處是在紹興永欣寺，是王羲之的七世孫智永禪師在陳隋時所立。他三十多年時間裡用廢了五大筐毛筆，後來特意把這些毛筆埋在永欣寺內，立了一塊碑，號「退筆塚」，留下這麼一段典故。另外一處則是在零陵的綠天庵，乃是唐代草聖懷素所留。此人擅書狂草，筆意直追草聖張旭；他嗜寫如癡，在自家故里的綠天庵中每日習字，日久天長，被寫廢了的毛筆甚至堆積成山，遂起名叫做退筆塚。

「也就是說，一個在永欣寺，一個在綠天庵；一個在浙江，一個在湖南。」

彼得和尚道：「不過你也別高興太早。這兩個地方只是書法史上的兩段典故，沒有人真正見過，甚至存在與否都不能確定。韋勢然說退筆塚能退筆，未免望文生義了。」

「那其他三句是不是也有什麼典故？」羅中夏仍舊不甘心。

「也許吧，不過現在還參詳不出來。」彼得和尚抖了抖素箋，抱怨道，「這集句的人真可笑，他以為這是《達文西密碼》啊。」

羅中夏沒注意到他的玩笑，他現在滿腦子都是退筆塚的事。退筆塚，能退筆，聽上去實在是合情合理，充滿了巨大的誘惑力。筆塚的世界雖好，卻不是自己能承受的，那個叫房斌的死者，就是前車之鑑。他死去的眼神，至今仍舊縈繞在羅中夏的夢境裡。

力量愈強，責任愈大，既然我負不起責任，還是不要這份力量吧。最終，他抬起頭，做出了自己的決定：「無論如何，我都希望能夠盡快擺脫這個筆靈，回到正常生活中來。」

彼得早料到他會做如此打算，於是頷首道：「退筆塚一直以來只是個典故，究竟虛實如何，沒人知道。就算能找到，裡面也可能隱藏著巨大危險。即便如此，羅先生，你還是要去嗎？」

「是的。」羅中夏斬釘截鐵。自從青蓮入體，他總是不斷遭遇生命危險，到處被人追殺，這種生活可不是一個正常大學生想過的。

「小榕你也不管了？」

羅中夏的心中浮起一道白影，可他狠狠心，咬牙道：「她爺爺韋勢然，根本無法信任。我們根本是不同世界的人，最好不再見。」

彼得閉上眼睛，沉思良久，開口道：「既然你已做了決定，我們便陪你去走一遭吧。」

羅中夏有些愕然，他可沒指望韋家的人做到這地步。

彼得笑道：「你一個普通人，對筆塚世界了解太少，萬一路上再遇到諸葛家的敵人，怎麼抵擋得了？還是我們跟著比較放心。」他停頓一下，又道：「當然，我們也是有私心的。事先說好啊，倘若真的順利取出青蓮筆，羅先生回歸正常生活，這青蓮筆和點睛筆，我們韋家是要拿走的。」

「拿走，拿走，我才不要呢。」羅中夏忙不迭地擺手。

就在這時，一直沒怎麼說話的顏政忽然開口：「喂，你們也算我一個吧。」

其他人同時轉過頭去看他。顏政樂呵呵地說：「這麼有趣的事情，我又怎麼能錯過呢！」

羅中夏暗自嘆了口氣，試圖說服這個好奇心過剩的傢伙：「退筆塚裡會發生什麼，誰也不知道，諸葛家半路會偷襲也說不定。其實你與這件事全然無關，何必冒這個險呢？」

顏政卻對這些警告置若罔聞，他活動活動手腕，露出招牌般的陽光笑容：「誰讓算命的說我有探險家的命格呢！」

彼得微微一笑道：「顏先生筆靈的能力十分罕見，說不定這次能幫上大忙。」

「還是彼得師父有見地。」顏政大為得意，然後又問道，「那麼，紹興永欣寺、永州綠天庵這兩個退筆塚，到底去哪個才好呢？」

彼得和尚搖搖頭：「這個我也不知道，所以得麻煩顏先生你和二柱子分別行動，前往這兩處做個先期調查，摸摸底。」

「那你和羅中夏呢？」

「我會先帶羅施主去一個地方。」

「哪裡？」

「自然是我們韋家的大本營——韋莊。韋家現任族長韋定邦，他也許會知道這兩處退筆塚的答案。」說到這裡，彼得的表情轉為憂心，「何況青蓮現世、闔族震動，再加上韋勢然復出、秦宜又有了蹤跡，這種種大事，必須得當面親自向族長說明。」

和尚那兩片眼鏡片後的溫和目光，突然為之一閃。

殘陽如血，車鳴蕭蕭，一條鐵路延伸至遠方。

四個人站在月臺上，各自背著行囊。顏政頭戴棒球帽，身著花襯衫，甚至領口還掛了一副墨鏡，心不在焉地嚼著口香糖；二柱子則換了一身普通的藍色運動服，土是土氣了點，但是他自己明顯感覺自在多了；羅中夏的行李不多，最重的是一本叫做《李太白全集》的書，這是他安身立命之本。

彼得和尚看看左右無人，從懷裡掏出一包香菸，顏政毫不客氣地拿了一支。彼得和尚給自己也點了一根，狠狠嘬了一口，半支菸就沒了。

羅中夏看到他不顧形象的饞樣，儘管心事重重，也不禁莞爾一笑。彼得和尚徐徐吐出一團煙霧，道：「學校那邊都辦妥了？」

「嗯，我請了病假。」羅中夏看了顏政一眼，他正跟二柱子連說帶比畫，似乎在講什麼摔跤技巧，「顏政那傢伙比我還痛快，把網咖都關了，好像不打算回來似的。」

彼得和尚隨手扔掉菸蒂，雙掌合十，呵呵一笑：「顏施主有大智慧，羅施主你有大機緣。」

羅中夏聽了他這句機鋒，忽然覺得人生真是充滿了幽默感和矛盾：此次出行尋找退筆塚，為的是及早解脫筆靈牽絆，前路茫茫，險阻未知，自己與筆塚的關係卻是愈來愈深，糾葛愈多。

彼得看出他的心事，拍肩寬慰道：「放心吧，我們這次去韋莊，主要是讓族長見見你。韋家的傳承已有千年之久，底蘊深厚，定邦族長學識淵博，一定可以為你指點迷津，找出真正的退筆塚來。」

羅中夏勉強笑笑，他仰頭望天，湧出一股莫名惆悵之氣。意隨心動，胸中筆靈忽有感應，也開始鼓蕩起來。

1 張僧繇，南梁著名宮廷畫師。

第二十三章　浮雲蔽日去不返

一輛滿是塵土的中型巴士在公路上徐徐開動，引擎有氣無力地哼哼著，讓人昏昏欲睡。此時天色剛近正午，陽光熾烈，靠車窗的乘客們紛紛把身體朝中間靠去，盡量避開晒人的光線；中間的人老大不情願，又不好公開喝斥，只得也裝作睡著，用肩膀或者大腿頂回去，默不作聲地捍衛著自己的領土。再加上走道和上方堆積如山的編織袋構成的崎嶇地形，十幾排座位呈現出犬牙交錯的複雜態勢。

車子每一次擺動，都會讓這個小小世界的格局變化一次。汗臭味、家禽味、汽油味，甚至還有個別人偷偷脫下皮鞋晾出來的臭腳丫子味，絲絲縷縷遊蕩在狹窄的車廂中，不時還有幾隻塞在座位底下的雞、鵝昂起脖子嘶叫兩聲，讓本來就燥熱的空氣更加難耐。

在這些表情痛苦的乘客之中，端坐著兩個人。左邊的是個普通大學生，一臉嫌惡地蜷縮在座位上裝睡，生怕沾上禽籠上的糞便或者後排的臭襪子。右邊是個面目清秀的和尚，一襲灰色僧袍，脖子上一串黃木佛珠，鼻子上還架著一副金邊眼鏡。

大學生已經快裝不下去了，倒是這位釋家子弟算得上是佛性純正，身處這種嘈雜、擁擠的環境之下仍舊不急不躁，泰然自若，頗有當年菩提樹下天魔狂舞、佛祖悟道的風範。仔細一看就會發現，這位大德耳朵裡還塞著兩個黑色耳機，一條細線牽進僧袍，手指有節奏地敲打著膝蓋，雙唇嚅動，似是在默默詠唱。

那聲音縹縹緲緲，若有若無，如梵音低吟：「我送你離開，千里之外，你無聲黑白……」

車子突然一個急剎車，發出一聲尖厲的嘯聲，慣性把所有的人都朝前拋去，車廂裡響起一片驚呼。一件包著鋼角的密碼箱從行李架上跳下來，斜斜砸向前排的一個小女孩。

說來也怪，就在這箱子即將砸中小女孩頭部的時候，卻像是憑空被一股力量橫向推動，在空中翻滾了幾圈，「哎喲」一聲，正面拍中了售票員的後腦勺。

這一切都是瞬息之間發生，乘客們誰都沒注意到過程，只看到了結果，紛紛露出幸災樂禍的表情。售票員疼得齜牙咧嘴，又怪不著別人，只得彎腰撿起箱子，衝司機大吼：「你怎麼開車的？！」

司機唯唯諾諾，縮著脖子拉動手剎，讓車子完全停穩。售票員揉著腦袋，悻悻轉臉嚷道：「韋莊到了，誰要下車？」和尚睜開眼睛，優雅地把耳機從耳朵裡取出來揣入懷中，拍拍小女孩的頭，然後把裝睡的大學生叫醒，一起走下車去。

車下後，和尚忽然回身，衝售票員頌了一聲佛號：「阿彌陀佛，貧僧適才聽到停車時聲音異常，既造業因，便得業果，想必是施主長期超載，以致制動鼓[1]失圓，還是換個新的為上。善哉善哉。」說完和尚深施一禮，扯著旁邊一臉蒙的大學生揚長而去。

這個和尚正是彼得，旁邊那個大學生，自然就是羅中夏。

這次回韋莊只為打探消息，所以顏政和二柱子並沒跟來，而是在附近待命。他和羅中夏在韋莊辦完事，立刻就趕去跟他們會合，再去前往紹興永欣寺或永州綠天庵。

然後羅中夏和彼得和尚離開帝都，一路風塵僕僕，先坐火車，再轉長途汽車，然後又擠上這輛穿行於鄉間的小型巴士，輾轉數日，方才抵達韋氏一族的聚集地——韋莊。

「尾椎骨都快坐斷了……」羅中夏揉著痠疼的脖子，低聲抱怨道。他原本以為，韋家傳承千年，筆塚吏們聚集的韋莊一定是個類似蓬萊、昆侖一樣的巍巍仙宮，至少也該是個武林門派的樣子，沒想到現實卻是如此殘酷。他環顧四周，這附近和普通山村的景色也沒什麼區別，滿眼灰黃，塵土飛揚，可絲毫看不出什麼隱逸的仙氣。

「羅施主，韋莊已經不遠。我最後再問你一次，你真的要退掉這枝青蓮筆嗎？」彼得忽然問道。

羅中夏毫不猶豫地點了一下頭。能力愈大，責任愈大，他既然不想擔負什麼責任，這種能力不要也罷。

彼得和尚看了他一眼，微微一嘆，轉身邁步走去。

兩人沿著一條簡陋的鄉間土路步行了約莫一小時，轉上一條滿是粉色、淡黃色野花的山梁，九轉八折，最後翻過一道高坡。一過高坡，視線豁然開朗，撲面皆綠，一條山路逶迤而下，如同萬綠叢中的一條白線，途中繞過一汪深潭和幾簇竹林，彎彎曲曲進入一處四面環山的低窪盆地。盆地依山傍水，盆底可以看到一片高簷青瓦的屋群，正是韋莊的所在。

彼得和尚表情淡然，羅中夏卻覺得眼前一清，彷彿被一股清泉洗滌了視線。比起外面世界的天翻地覆，這裡卻沒什麼變化，彷彿是五柳先生筆下的化外之境，超脫時間之外。尤其是習慣了都市喧囂的人，來到這裡都會有恍若隔世的感覺。

「這還像點樣子。」羅中夏嘀咕。

韋莊的路是青條石鋪成的，起伏不定，寬度剛剛能容兩輛汽車對開而過。道路兩側多是磚木結構的古屋，青磚青瓦，屋簷簷角高高挑起，姿態堂皇而寬方。楹聯、石雕和碑石比比皆是，點綴在古屋之間，瀰散著敦淳之氣，比起普通小村多了幾分古雅的書香味道。

他們兩個走到村口，仰起頭望了望石牌樓，上面兩個篆字「韋莊」，古意盎然，可惜牌樓旁邊還豎起一塊藍底白字的路牌，上面寫著「韋莊歡迎您」五個仿宋字，實在有點煞風景。羅中夏正要評論幾句，村裡的幾個年輕人恰好騎著摩托車「突、突、突」地與他擦肩而過，紛紛好奇地朝這邊望過來，吹兩聲口哨，還有一兩個背著旅行包的驢友對他舉起了照相機。

彼得和尚看著羅中夏的窘迫表情，不由大笑道：「羅施主，你莫非以為韋莊是與世隔絕的世外桃源？」

「我沒想到這是個和烏鎮一樣的旅遊景點……」

彼得和尚摸了摸佛珠：「筆塚吏講究的是入世修心，紅塵磨練，試想一個人不諳世情、不通世故，又如何能體味到筆靈的神韻？所以韋家從來不關起門來當隱士，用現在的話說，得和這個現實世界同呼吸、共命運，俗稱接地氣。」

羅中夏忽然想起了另外一個大族：「那諸葛家呢？也講究入世嗎？」

彼得和尚苦笑道：「他們家啊……問題是入世太深。算了，先不說這個，我帶你先去見族長。」他扶了扶金絲鏡框，不知為什麼，這一片本該熟極的家鄉之地卻讓他突然有了另外一種感覺，一種隔膜且不安的陌生感。就連小村靜謐的氣氛，都顯得不太一樣。

大概是長途旅行太累了吧，彼得和尚想，下意識地摸了摸自己的光頭。

兩人徑直走到韋莊的村委會。韋莊村委會設在一個叫做敦頌堂的地方，以前是一間私塾，現在改成了幾間辦公室。彼得和尚推門進去的時候，一群幹部模樣的人正在開會，其中一個身穿藏青幹部服的老頭手夾香菸，一手拿著鋼筆，正侃侃而談。他一看到彼得和尚，連忙把香菸掐了，把鋼筆別回胸前，起身對其他人說：「我有個客人要接待一下，你們先研究研究，我一會兒就回來。」

他走出門，隨手把門關上，示意彼得和尚隨他走到走廊拐彎，這才熱情地拍了拍他肩膀，上下打量了一番：「等你好久了。少小離家老大回，鄉音無改鬢毛衰，這後三個字倒是真適合你啊，呵呵。」

彼得和尚慢慢後退一步，淡淡一笑：「定國叔，好久不見。」

這個人叫韋定國，是現任韋氏族長韋定邦的親弟弟。韋定國處事手腕靈活，入世心重，很有活動能力，族內和筆靈相關的事情都是族長韋定邦處理，而一切俗務外事工作則交給了韋定國。他如魚得水，順理成章地當上了韋莊名義上的村長，以至於韋莊族內素有「內事不決問定邦，外事不決問定國」一說。只是彼得和尚一直不大喜歡這位叔叔，總覺得和自己秉性不合。

「這一位是……？」韋定國看到羅中夏，眼睛一瞇。羅中夏尷尬地點頭笑了笑，不知該說什麼才好。

彼得和尚小聲說了幾句，韋定國眼睛一瞪：「青蓮出世，就在他身上？」

羅中夏暗暗提高了警惕，生怕這位韋家長老突然發難，把自己抓住，畢竟青蓮遺筆是筆塚吏們志在必得之物。不過他感應了一下，並沒在韋定國身上感覺到筆塚吏的氣息——大概是筆靈難得的緣故，不是誰都有的。

沒想到韋定國熱情地走上來，握住羅中夏的手道：「歡迎啊歡迎，聽說你還是華夏大學的高才生，嗯，不錯，小夥子有前途，這次能蒞臨韋莊考察學習，讓我們蓬蓽生輝啊。」
這一套官場套話，讓羅中夏哭笑不得。他開口解釋道：「韋村長，這次我來，是來退掉青蓮筆的。」
韋定國笑容不變，官腔照打：「筆塚吏活著退筆這事，沒有先例，不過年輕人有想法是好的，多研究一下，多研究。」聽他的口氣，似乎壓根不相信。
彼得和尚這時插話道：「族長如今在哪裡？」
韋定國扶了扶玳瑁腿的黑框眼鏡，背著手慢慢踱到樓梯口，長嘆一聲：「族長如今情況卻不太好……」
彼得和尚一驚：「怎麼？」
韋定國道：「自從我哥被我那不成器的侄子打成重傷，就一直狀況不佳，這你也是知道的。這幾年病情越發嚴重，又不肯去省裡的醫院治療。前一陣被秦宜的事情一刺激，如今……咳。」
羅中夏聽彼得和尚講過，當年在當塗一戰，韋家損失慘重，沒想到族長到現在也沒恢復過來，病情似乎還更加嚴重了。
彼得和尚不動聲色，韋定國又道：「我這幾年來一直忙著我們外村的古鎮旅遊開發項目，族裡的事也沒怎麼幫忙。現在青蓮筆已經現世，這個節骨眼上正需要有人主持大局，大哥若是有什麼不測，韋家群龍無首……唉。」他見彼得和尚一直不吭聲，立刻換了一個話題：「你們是打算先歇一下，還是立刻去見族長？」
「多謝定國叔關心，我們先去見族長吧。」

「也對，正事要緊，我馬上安排車。我們叔侄倆回頭再慢慢敘舊。」韋定國說。三個人邊說邊走，來到村委會門口，並肩站定。

韋定國掏出手機交代了幾句，忽然沒來由地對彼得和尚說道：「你現在也三十多了吧？」

彼得和尚糾正道：「小僧二十三歲剃度，如今已經過了六載，是二十九歲，還沒到三十呢。」

韋定國呵呵一笑：「你這次回來，恰好能趕上筆靈歸宗，怎麼樣？要不要也去試試？」

彼得和尚眉毛一揚，摩挲著佛珠，似是心裡有什麼被觸動了，末了還是雙手合十道：「小僧已經遁入空門，這等好機會，還是讓給少年才俊吧。」

「賢侄你不必過謙，這一輩中，你本來就是最有前途的，若非出了那樣的事……嗯，現在既然回來了，就不要錯過。人選方面，組織上也會考慮的。」

彼得和尚只是嚅動一下嘴唇，最終還是搖頭微笑，沉默不語。韋定國皺了皺眉頭，沒再說什麼。

羅中夏悄悄問彼得和尚什麼是筆靈歸宗。彼得簡單地解釋了一下。

筆靈歸宗是韋家五年一度的大事。每隔五年，韋家就會遴選出這一輩中才學、人品、能力俱優的族人，允許他們進入藏筆閣，同時暫時解放閣中所收藏的筆靈。如果有人天資夠高，又足夠幸運，就有機會被筆靈選中，不光實力能一躍數級，而且從此成為筆塚吏，地位卓然。這些人選的年齡一般都限於十五歲至三十歲，由族內老一輩推薦。彼得和尚今年二十九歲，已經到了最後的機會，聽韋定國的口氣，似乎是有意推薦他參加。

羅中夏訝道：「這不是好事嗎？你已經很厲害了，有了筆靈豈不更是雪上加霜？」

「那叫如虎添翼吧？」

「對，對，如虎添翼……」羅中夏忙不迭地糾正了一下，「為什麼你不參加啊？」

彼得和尚淡淡道：「既然筆靈這麼好，羅施主又何必退呢？」他見羅中夏答不出來，淡定地雙手合十：「每個人都有自己的理由，不去成為筆塚吏。」羅中夏看彼得和尚表情堅決，似乎另有隱情，只好閉上嘴。

三個人沉默地站了一會兒，一輛純白色的越野車開了過來，停到三人身邊。司機從裡面探頭出來，恭敬地叫了一聲：「韋村長。」

韋定國拉開車門，讓羅中夏和彼得和尚上去，然後對司機說：「內莊，祠堂。」司機心領神會地點點頭。

彼得和尚坐在車裡，他看到後視鏡裡的韋定國又舉起了手機講話，不禁一陣嘆息：「我這位叔父，倒真是個入世之人，只是也似乎入得深了點。」

羅中夏縱然遲鈍，也能感覺到韋莊似乎也不是一團和氣，隱隱也有些抵牾在裡面。他摸摸腦袋，決定不去想這麼多，趕緊問了族長退筆塚的事，然後去把遺筆退掉是正經。這筆靈就是個定時炸彈，一天揣在懷裡，一天放不下心來。

世事紛擾，能看顧好自己就不錯了。

汽車發出一陣轟鳴，在韋莊的小巷中七轉八轉，開了約莫十分鐘，繞到了韋莊後面。原本的石條路逐漸變成土路，視野也變得狹窄起來，像是鑽進莊子後面的山裡，四周都被翠綠色的密林遮掩。

韋莊實際上分為內、外兩重。外莊住的多是韋氏偏房，也有外地來的散戶；從外莊進山之後，還要轉過幾道彎，才進入韋氏的內莊。這裡才是韋氏一族的核心，筆靈和關於筆塚的諸多祕密亦收藏於此，只有正房和族內長老被允許居住。

內莊被一圈清澈見底的溪水所環繞，只有一座竹橋與外界連接。車子開到橋前，就停住了。兩人下了車，走過竹橋。一踏入內村，羅中夏陡然覺得一股靈氣從地面拔地而起，從腳底瞬間傳遍全身，讓自己一個激靈，就連胸中青蓮遺筆和點睛筆，都為之一躍。那種莫名的通暢，令羅中夏忍不住想仰天長嘯，似乎不這樣不足以抒發心中爽快。

與此同時，在村子不同方位同時有十幾處力量升起。在羅中夏的感覺裡，他們的靈氣就好似暗夜手電筒那麼耀眼醒目。想來那些都是韋家潛藏的筆塚吏，他們感應到了青蓮和點睛二筆的氣勢，紛紛發出應和。

羅中夏暗暗下了決心，無論如何得把筆靈退掉，哪怕退一枝也行。身懷二筆（音近二逼，為不雅之詞），這實在是太難聽了……

彼得和尚拍了拍羅中夏的肩膀，示意他把筆靈安撫一下，然後那些筆塚吏也紛紛收斂氣息，重新隱遁不見。

可見韋莊的防衛實乃外鬆內緊，外頭是旅遊景點，內村卻戒備森嚴。

內村很安靜，幾十間高大瓦房連成一片，卻絲毫不顯得擁擠窒澀。羅中夏走到村邊，最先看到的就是村口那座氣宇軒昂的韋氏祠堂。祠堂門庭正中寫著三個正楷大字「扶陽堂」，旁邊是一副對聯「張膽諫上[2]、白首題臺[3]」，上聯典故用的是韋思謙，下聯就是這一脈韋氏的先祖韋誕。對聯陰刻石內，鐵鉤銀畫，歷經數世仍舊清晰可見。

遠處風聲帶來隱約的朗誦之聲，在都市裡最近才興盛起來的私塾，韋莊已經留存幾十年。筆靈是至性至學，才情之縱，所以為了能駕馭筆靈，這些詩書禮樂之類的修為必不可少。

據彼得和尚說，前些年村子裡建了小學，孩子們就在每天下課後再聚集到祠堂裡繼續讀書。不過韋莊的私塾不限於讀經，閱讀範圍廣泛得多，從《詩經》、《楚辭》到唐詩、宋詞，乃至《搜神記》、《酉陽雜俎》[4]之類閒書，甚至還有撫琴、舞劍、圍棋等科目。筆靈秉性各有不同，既有青蓮筆這樣喜歡飄逸之才的，也有凌雲健筆那種偏好剛猛之輩的，所以韋莊廣種薄收，因材施教，以適應於不同的筆靈。外界那些淺陋之徒以為國學就是讀幾卷儒經、背幾段蒙學、穿幾身古裝，實在是膚淺。

遠處的草坪上可以看到十幾名各式裝束的少年，他們穿著長衫、運動服或者跨欄背心，有的捧書朗讀，有的舞刀弄槍，有的練柔身體操，甚至還有的手持碩大鐵筆懸腕在空氣中疾寫。他們個個英姿勃發，氣定神足，只是彼此之間隱約有些緊張氣氛，各顧各的，很少見他們互相交談。

彼得和尚微微一笑，這些都是韋家「熔」和「裁」字輩的少年才俊，都在為筆靈歸宗大會積極地做著準備，幸運的就可以一躍龍門，成為家中驕子。他不由得想起當年的一段往事，唇邊浮起一抹奇異的情緒。

兩人舉步前行，祠堂前的幾名族人事先知道他要來，也不上前搭訕，只是朝祠堂入口指了指。祠堂內堂正殿供著筆塚主人的那幅舊畫，與羅中夏在韋勢然家裡看到的一般無二；旁邊立著一塊古青石制牌位，上書「先祖韋公諱誕之靈位」。抬頭可見一塊暗金橫匾，上有「韋氏宗祠」四字，凜然有威。

彼得和尚一進門檻，立刻跪拜在地，衝著舊畫靈位磕了三個頭。他磕完第三個，還未及抬頭，耳邊忽然傳來一個淳厚安穩的聲音：「你回來了。」

「我回來了。」彼得和尚從容起身，拍了拍身上塵土，雙手合十，望著眼前之人，「阿彌陀佛。」

準確地說，眼前是二人一車：一個面容枯槁的老人坐在輪椅上，右手還在打點滴，一道觸目驚心的傷疤從眉心劃下，直接連到脖頸下。若仔細觀察就會發現，這個人的蒼老並非因為年紀，而是被長時間病痛折磨所致。他的身後還有一名穿著護理制服的少女，她一手握著輪椅把手，一手還扶著點滴的架子。

這位老人與彼得和尚四目相對，兩個人一時都陷入了沉默，祠堂裡安靜到幾乎可以聽到輸液管中滴藥的聲音。羅中夏站在旁邊，感覺自己就像是一個外人。

老人把視線從彼得身上移向羅中夏，那目光如刀似鉤，把他看得渾身不自在，彷彿五臟六腑都被剖出來一樣。

「隨我來。」老人威嚴地說，他的聲音異常洪亮，和身體狀況形成了鮮明的對比。少女推著老人轉身朝祠堂後院走去，彼得和尚和羅中夏緊隨其後。不知為何，羅中夏覺得他鏡片後的眼神，比以往任何時候都更加平靜，平靜得有些不同尋常。

他們來到一間清雅的小隔間，這間小屋裡只擺了兩把檀香方椅和一面空空如也的書架。少女把輪椅擺正，恰好這時點滴也空了。於是她拔掉針頭，細心地用一片膠布貼在針口處，然後抬起點滴架，衝彼得和尚鞠了一躬，臨出門前還不忘把門給帶上。

此時屋子裡只剩下他們三個。

老人顫巍巍抬起手來：「你來說說，這到底是怎麼一回事。」

彼得和尚躬身一拜：「是，父親。」

1 制動鼓，brake drum，又稱煞車鼓，煞車系統的零件之一，透過摩擦使車輛減速或停止。

2 唐朝官吏韋思謙，他在當監察御史時，因舉證中書令褚遂良以低廉價格強行購買鄰人田地，導致褚遂良被貶。待褚遂良再次被重用，官復原職時，立即將韋思謙貶到外地當縣官。後來有人便勸說韋思謙，而後者回答：「大丈夫身處其位，就應該為國家明目張膽，怎麼可以為了自己而庸庸碌碌！」

3 出自《世說新語．巧藝》：陵雲臺樓觀精巧，先稱平眾木輕重，然後造構，乃無錙銖相負揭。臺雖高峻，常隨風搖動，而終無傾倒之理。魏明帝登臺，懼其勢危，別以大材扶持之，樓即頹壞。論者謂輕重力偏故也。韋仲將能書。魏明帝起殿，欲安榜，使仲將登梯題之。既下，頭鬢皓然，因敕兒孫：「勿復學書。」

4《酉陽雜俎》，筆記小說集，由唐朝博物學家段成式撰寫，其中包含了許多漢唐以來的生活狀態和思想狀況。

第二十四章　愁客思歸坐曉寒

韋莊內村，祠堂小室。彼得和尚這一聲「父親」喊得無煙無火、淡泊之至，也不知是佛性澄淨，還是心中存了憤懣。倒是把羅中夏嚇了一跳，他只知道彼得和尚在韋家身分不凡，卻沒料到這傢伙居然是族長的兒子。

韋定邦的大兒子韋情剛已經去世，豈不是說彼得和尚在韋家，相當於是太子之位？可他為何執意遁入空門，又為何與韋家這些老人的關係都這麼疏離呢？一瞬間有無數念頭湧入羅中夏的腦海。

「這些年來，委屈你了。」

輪椅上韋定邦臉上的表情被蚯蚓般的深色疤痕掩蓋，看不出喜怒，只能從聲音分辨出幾絲蒼涼的嘆息。彼得和尚淡淡一笑，不再多說什麼，他身處密室仍舊執佛家禮，態度已經很明確了。韋定邦見他不願敘舊，也沒強逼，又恢復了威嚴的族長模樣，看了一眼羅中夏。

彼得和尚把前因後果詳細一說，這一說就是一個多小時。韋定邦聽罷，閉上眼睛道：「這麼說，殺人煉筆，是諸葛家的人所為？」

彼得和尚開口道：「關於這一點，我倒是另有看法。」

「哦？」

「若有諸葛家插手，以老李的手眼通天，不需要特意跑來法源寺偷偷摸摸地幹。我看那諸葛長卿殺人取筆的舉動有些古怪，搞不好他是背著諸葛家在搞事，背後策動者另有其人。」

「嗯。」韋定邦對彼得和尚的猜測不置可否，他調整了一下輪椅方向，聲音提高了一度，「放出你的筆靈來。」

在這位氣場強大的族長面前，羅中夏覺得自己沒什麼選擇。他運了運氣，放開念頭，兩股靈氣破胸而出，懸浮在半空之中。一枝筆頂生出青蓮輪廓，一枝隱隱有龍吟之響。在這斗室之內，兩筆交相輝映，熠熠生光。

韋定邦盯著這兩枝筆靈，喃喃道：「點睛、五色、淩雲、麟角、畫眉、詠絮，以往幾十年都不會出一枝，現在卻如此頻繁，難道真應了那句『青蓮現世，萬筆應和』的讖言？」老人的指頭在椅背上輕輕敲擊著，發出鈍鈍的聲音。

過了半晌，他才緩緩開口：「這麼說，青蓮遺筆是韋勢然找到的？」

「不錯，此人老謀深算，他這一次重新出現，必然是有所圖謀。」彼得和尚鄭重道。提到這個名字，兩個人的表情都為之一凜，都想起多年前的那一場軒然大波。彼得和尚只是聽說，尚且心有餘悸；韋定邦親身經歷，自然更加刻骨銘心。

韋定邦又道：「青蓮不必說，詠絮筆也是罕有之物。想不到韋家經營這麼多年，還不及勢然一人之力。」他神情有些黯然，又抬頭道：「那個韋小榕，是何等人物？」

彼得和尚搖搖頭：「我沒有見過，還是聽羅施主自己說吧。」

羅中夏對小榕的了解，其實也極有限，只能把自己知道的講述一遍。韋定邦聽完，又問道：「這個小姑娘，有什麼與尋常女子不同之處？」

羅中夏不太明白韋定邦為什麼一直追問小榕的事。他搜腸刮肚想了半天，除了不愛搭理人之外，小榕也沒別的奇異之處了。非說有的話，每次他靠近她時，總覺得有種冷清蕭索之感，少了些溫熱之感，可這說出去略顯猥瑣……

韋定邦見他說不出什麼，便又抬頭看去，把那兩枝筆都打量了一番，嘖嘖稱奇：「羅先生你身兼青蓮、點睛二筆，際遇之奇，世所罕見。老夫這麼多年，也是第一次見到。」

羅中夏苦笑道：「可這種奇遇我一點也不想要，更沒那個技巧去駕馭它們。你們筆塚吏的爭鬥太嚇人。這枝點睛筆的上一任主人，就在我眼前被殺，我可不想重蹈覆轍。我只想盡快退筆，回到正常生活。」

彼得和尚介面道：「韋小榕留下一首詩給羅施主，暗示其中有退筆的法門：不如鏟卻退筆塚，酒花春滿荼綍青。手辭萬眾灑然去，青蓮擁蛻秋蟬輕。我已經查過了，前兩句來自明代王叔承的〈俠香亭是要離專諸梁鴻葬處為周公瑕賦〉，後兩句則來自同一作者的〈東海游仙歌簡王學士元馭王中丞元美〉——究竟這四句詩如何退筆，始終晦澀難以索解，特來請教父親。」

韋定邦沉思片刻，似笑非笑：「若說退筆塚的話，紹興永欣寺和永州綠天庵各有一處。不過那只是前人遺跡，和退筆沒什麼關係。老夫可從未聽過有筆塚吏能活著退掉筆靈的事。」

羅中夏聽到他這裡也沒有答案，一陣失望，正要告辭離去。韋定邦又開口道：「其實對你來說，退與不退，區別不大，都注定要成為筆塚吏們覬覦的焦點。」

羅中夏大吃一驚：「這，這是從何說起？他們不是只要筆嗎？」就連彼得和尚都面露疑惑，轉臉去看韋定邦。

韋定邦拍拍扶手，語氣裡多出一絲詭異的敬畏：「你可知道筆塚吏為何一人只能擁有一枝筆靈？」

彼得和尚在旁邊回答：「才情互斥，性靈專一。」

「不錯。自古以來，那些才華橫溢之人，無不是把自己的性格、學識與天賦熔煉一體，形成自己獨有的鮮明風格。李太白的謫仙飄逸是一種，杜工部的沉鬱頓挫是另外一種；懷素的書法以狂放不羈見長，柳公權卻講究法度嚴謹。這些天縱英才探索出了自己的獨色，並燃燒到了極致，千古獨此一家，豈能容你別有分心？所以自古筆塚吏一人只能擁有一枝筆靈，絕無例外。」

羅中夏點點頭，這個鐵律他聽很多人說過。正因為如此，他一人雙筆的遭遇，才會引起諸多筆塚吏的驚嘆。韋定邦顫巍巍地抬起手腕，指向羅中夏：「可是你的體質，卻和尋常筆塚吏不同——你不是筆塚吏，而是渡筆人。」

羅中夏從來沒聽過這名字，他隱隱覺得不安，趕忙轉頭去看彼得，彼得也是一臉茫然，恐怕也是頭一回聽說。

韋定邦道：「不怪你們不知。整個韋家，恐怕都沒幾個人知道這是怎麼回事，我也是偶爾翻閱一本前人筆記，裡面曾語焉不詳地提過渡筆之事。老夫原來也不大明白，不過看到你的遭遇，忽然之間豁然開朗了。」

「什麼意思？」

「什麼是渡？是擺渡之渡，亦是讓渡之渡。要知道，才情雖不可兼備，卻可以諸家同時傳頌。比如有那愛畫之人，既可以頌揚閻立本[1]的妙筆，也可以讚嘆張僧繇的點睛，經他品題傳播，讓兩者皆是聲名遠播，叫九州之人一起領略丹青神妙。這傳頌之才到了極致，即是渡筆人。」說到這裡，韋定邦一點他的胸口，「渡筆人本身不具才情，無法與筆靈神會，但他們的心胸天生虛懷收納、包容百家，所以可同時承載數枝筆靈，彼此之間不會互斥。」

說到這裡，韋定邦大為感慨：「韋家、諸葛家千年傳承，也不曾有過一個渡筆人，我原來以為這只是個荒誕不經的傳說罷了，沒想到今日竟然見到真身。古人誠不我欺。」

羅中夏下意識地摸了摸自己的胸口，臉色有些蒼白。難怪青蓮遺筆和點睛筆這麼痛快地衝入自己身體，原來是把自己當成人肉筆筒了。

他見過諸葛長卿和秦宜收筆的過程，需要用到筆海、筆架、筆筒之類的道具，過程十分繁複，而且稍有不慎就被筆靈跑了。若有這麼一個隨意收儲筆靈的渡筆人在，對筆塚吏來說可就是太方便了。難怪韋定邦會說，退不退筆，他都會成為別人覬覦的對象。

羅中夏正自驚疑不定，彼得和尚忽然開口道：「既然渡筆人有收儲筆靈之妙，那豈不是說，退筆也是有可能的嘍？」

他一句話提醒，讓羅中夏眼睛一亮。對呀，渡筆人既然能儲筆，就必然能退筆，否則只進不出，這人肉筆筒便毫無價值了。

韋定邦卻冷冷一笑：「渡筆人能不能退筆，古籍中的記載語焉不詳，沒人知道。不過你們得考慮另外一種可能。」

羅中夏聽到這話，悚然一驚。他畢竟不傻，只是略做思忖，便猜出了韋定邦的意思。一個筆塚吏只能裝一枝筆，渡筆人卻可以同時裝數枝筆靈。而且從實戰來看，這些筆靈的功能可以同時發揮，自如切換，這若是推演下去，可實在太可怕了。

想想看，若是有心人刻意把各種筆靈送入他體內，裝五枝，裝十枝，甚至裝百枝……就算渡筆人天生無法與筆靈神會，只能寄身，可架不住數量多啊，很快便能培養出一個同時發揮出幾十枝筆靈功效的筆塚吏，其威能驚世駭俗，堪稱筆塚世界核武器級別的怪物。

這是任何筆塚吏都不願見到的局面，勢必要把渡筆人除之而後快。這與人性無關，實在是天生相剋。

想到此節，羅中夏頓時口舌乾燥，沒想到今天是自投羅網來了。他下意識想轉身拔腿跑開，可一低頭卻發現，雙腿被不知哪兒來的茅草給纏住了。這屋子裡明明是木製地板，上頭還打了蠟，光溜溜的，什麼時候長滿了這許多茅草？而且這一簇簇茅草豐茂厚實，葉寬梗韌，似乎已經長了幾年，比繩索還結實，羅中夏用力動了動腿，竟是紋絲不能挪。

他哪裡還不明白，這是韋定邦發難了，下意識要驅動青蓮遺筆對抗。可就在選擇詩句的一瞬間，一股蒼涼淒苦之感如秋風吹入心扉，頓生憂傷鬱悶，一時間根本提不起吟詩的興頭。那茅草趁機又躥高了數尺，眼看要把羅中夏裹成一個草人。

羅中夏萬念俱灰，心道罷了罷了，竟然閉上眼睛束手待斃。

彼得和尚在一旁見勢不妙，衝韋定邦大叫道：「父親，你這是做什麼？」

韋定邦坐在輪椅上，沉著臉道：「你這麼聰明，該知道渡筆人對筆塚吏來說意味著什麼。」

彼得和尚怒道：「羅中夏是我們韋家的客人，豈能言而無信，見利忘義！」他平時總是那一副溫文優雅的面孔，這一刻卻化為金剛怒目。

韋定邦面對兒子質問，卻絲毫不為所動，繼續驅動茅草去纏羅中夏。彼得和尚一個箭步要衝到羅中夏身邊，雙手合十，要去擋住韋定邦的攻勢。韋定邦知道這孩子專心守禦之術，雖無筆靈在身，但若擺出十成守禦的架勢，尋常筆塚吏也奈何不了。

這個兒子性格倔強迂腐，用言語是說不通的。韋定邦微微嘆息了一聲，分出一道茅草去纏彼得。彼得雙目厲芒一閃，扯開胸口佛珠，大喝一聲：「散！」那一粒粒佛珠竟然把茅草叢撞開一道縫隙。

可這時韋定邦的聲音從四面八方傳了過來：「情東，縱然你有心救他，可面對一族之長的筆靈，也未免太托大了。」

話音剛落，一陣秋風平地吹過來，屋中頓生蕭瑟之意。黃葉旋起，茅草飄搖，無數的碎葉竟在風中構成了一枝長筆的輪廓。那筆桿枯瘦，頂端似還隱然有個斗笠形狀。

彼得和尚眉頭緊皺，雙手卻絲毫不肯放鬆守勢。他對韋定邦的筆靈再熟悉不過了，這枝筆赫然是與李白齊名的杜甫秋風筆。

杜甫以苦吟著稱，詩中悲天憫人，感時傷事，飽含家國之痛，加上他自己際遇淒苦，曾有「八月秋高風怒號，捲我屋上三重茅」之嘆，其筆靈遂得名「秋風」。至於那瘦筆之上的斗笠，其實還和青蓮筆頗有關係。當年李白曾經在飯顆山偶遇杜甫，戲贈一首調侃他的造型：「飯顆山頭逢杜甫，頂戴笠子日卓午。」杜甫一生十分敬仰李白，因此筆靈也把李白的形容保留了下來。

那如臂使指的茅草，自然就是杜甫所吟「三重茅」的具象。其實秋風筆的威力，遠不止此，它攻伐手段不多，強在守禦控場，必要時可以化出方圓數丈「沉鬱頓挫」的領域，能令對手深陷其中，動彈不得。這四個字，乃是杜甫自我評價，歷來為方家所推許，乃是杜詩之精髓所在，其形成的結界威力，自然不容小覷。

可惜自從那次大戰傷了元氣，韋定邦只能發揮出秋風筆威力十之二三，但對付羅中夏卻是綽綽有餘。

彼得和尚深知此節，因此拚命僵持，只要挨過一段時日，韋定邦殘病之軀必然後力不濟，便有可乘之隙了。韋定邦也看出自己兒子的打算，他冷哼一聲，抬起一個手指道：「兵！」

彼得和尚聽到這一個字，驚而抬首：「您怎麼連這個都恢……」話未說完，整個人已經被一團碎葉罩住，裡面車轔轔，馬蕭蕭，有金屬相擊的鏗鏘之聲，與哭聲匯成一場雜音合唱。杜甫秋風筆展開的「沉鬱頓挫」結界，分作數型。這一型取的是〈兵車行〉意境，有車、馬、兵刃、哭別等諸多聲響混雜一處，此起彼伏，百音繚繞，最能削人鬥志。彼得和尚沒料到，一下子被困在其中。韋定邦抬起頭來，望著秋風筆喃喃道「居然還有力量使出這一型來」。

彼得知道秋風筆只能困敵，不能傷人，但若想闖出去也絕非易事。他心念電轉，朝著旁邊被困在茅草裡的羅中夏喝道：「快！沙丘城下！」

杜甫一生最敬仰李白，所以理論上青蓮筆是可以克制秋風筆的。李白寫過幾首詩給杜甫，彼得和尚讓羅中夏念的是其中一首〈沙丘城下寄杜甫〉，也是描寫兩人友情最真摯的一首。青蓮遺筆若是將此詩用出，當能中和秋風筆的〈兵車行〉結界影響，彼得和尚就能得以喘息。

可是羅中夏那邊，卻是置若罔聞，一點動靜也沒有，任憑茅草蔓延上來。彼得心中一沉，這傢伙本來就如同驚弓之鳥，鬥志不強，一心想退筆避禍，如今突遭襲擊，恐怕韋家人的信用在他心目中已轟然破產，再無半點戰鬥的欲望。

他猶不甘心，還想再努力一下。那秋風筆已是秋風勁吹，結界大盛，一股無比巨大的壓力壓在彼得和尚身上，有如山嶽之重。彼得實在支撐不住，終於眼前一黑，暈了過去。很快有無數茅草如長蛇攀纏，把他裹了個嚴嚴實實。

韋定邦看到大局已定，這才收起秋風筆，面容比剛才更加蒼白，忍不住咳出一口血來。他的健康狀況十分糟糕，剛才勉強用出〈兵車行〉，已突破了極限。韋定邦看了眼被茅草緊緊綑縛住的兩個草人，顫抖著抬起右手，想去摸摸彼得和尚的臉，可很快又垂下去了。剛才的一戰耗去太多精力，他已是力不從心。

「畏人千里井，問俗九州箴。戰血流依舊，軍聲動至今。秋風啊秋風，不知我還能看你多少時日……」

這是杜甫的絕筆詩，此時韋定邦喃喃吟出來，那秋風筆在半空瑟瑟鳴叫，似有悲意傳來。韋定邦勉強打起精神，抓起旁邊一部電話，簡短地說了四個字：「定國，開會。」

當天晚上，韋家的幾位長老和諸房的房長都來到了內莊的祠堂內，黑壓壓坐了十幾個人，個個年紀都在六十歲上下。祠堂裡還有幾把紫檀椅子是空的，前一陣子因為秦宜的事情，族裡派出許多人去追捕，來不及趕回來。

韋定邦坐在上首的位置，韋定國站在他身旁。電燈被刻意關掉，只保留了幾枝特製的紅袍蠟燭，把屋子照得昏黃一片。

聽聞渡筆人和青蓮遺筆此時就在韋莊，長老和房長們的反應如同把水倒入硫酸般沸騰，議論紛紛。也不怪他們如此反應，青蓮現世這事實在太大，牽涉到韋家安身立命之本，是這幾百年來幾十代祖先孜孜以求的目標。

更何況還有一管點睛筆在。

青蓮、點睛，管城七侯已得其二；如果湊齊管城七侯，就有希望重開筆塚，再興煉筆之道。長老、房長們從小就聽長輩把這事當成一個傳說來講述，如今卻躍然跳入現實，個個都激動不已，面泛紅光。唯有韋定國面色如常，背著手站在他哥哥身旁默不作聲。

「關於這件事，不知諸位有什麼看法？」韋定邦問道。

「這還用說，既然青蓮筆和點睛筆已經被我們的人控制，就趕緊弄回來，免得夜長夢多！」一個房長站起來大聲說道。他的意見簡潔明快，引得好幾個人連連點頭。

這時另一個人反問道：「你弄回來又如何？難道殺掉那個筆塚吏取出筆來？」

那個房長一下子被問住，憋了半天才回答道：「呃……呃……當然不，韋家祖訓，豈能為了筆靈而殺生？」

那人又問道：「既不能殺生，你抓來又有何用？」

房長道：「只要我們好言相勸，動之以情，他自然會幫我們。」

「他若不幫呢？」

「不幫？到時候不由得他不幫。」

「你這還不是威脅？」

另外一位長老看兩人快吵起來，插了個嘴道：「你們搞清楚，那可是傳說中的渡筆人，就算青蓮筆能放，他也不能放，萬一被諸葛家抓去，只怕就無人能制了。」

頭一位長老斜眼道：「既然渡筆人就在韋莊，為何我們韋家不去改造一下，先發制人去幹他諸葛家？」

另一長老道：「你打算怎麼說服渡筆人真心為我們所用？」

「嘿，這不是又回到剛才那個話題了！渡筆人該怎麼處置好？殺不得，勸不得！」

又一人起身道：「青蓮遺筆關係到我韋家千年存續，茲事體大，不可拘泥於祖制，從長計議才是。」

他對面的人冷冷道：「如今是法治社會，你還搞那老一套？員警怎麼辦？你還想和國家機器對著幹？再說就算員警不抓，你為了兩枝筆，讓手裡多一條人命，於心何安？」

這位身懷青蓮遺筆的渡筆人到底該如何處置，韋家的長老們吵吵嚷嚷了半個多小時，也沒有個結論。韋定邦疲憊地合上眼睛，也不出言阻止。

忽然一個聲音插了進來：「我來說兩句吧。」眾人紛紛看去，發現竟是一直保持沉默的韋定國。

韋定國操持韋莊村務十多年，把整個村子管理得井井有條，威望卓著，所以他這無筆之人，地位並不比身上帶著筆靈的長老、房長們低。他一開口，大家都不說話了。

韋定國看了一眼自己哥哥，韋定邦點了點頭，於是他走上一步，用平時開會的語氣說道：「經驗告訴我們，走中間路線是不行的。想要做一件事，就要做得徹底，不留一絲餘地，猶猶豫豫、搖擺不定，都不是應有的態度，會有損於我們的事業。」

說到這裡，他「咣」的一聲把手裡端著的搪瓷缸子[2]蹾在桌子上，嚇了眾人一跳。「我在這裡有兩個想法，說出來給大家做個參考。」

韋定國環顧一下四周，看大家都聚精會神，輕咳了一聲，徐徐道：「第一，既然青蓮筆是開啟筆塚的關鍵，那我們韋家就該排除萬難，不怕犧牲，以奪筆為第一要務。至於那個渡筆人，既不能為我所用，早晚是個麻煩。我的意見是，直接殺人取筆，不留隱患。」

他這番發言苛烈之至，就連持最激進態度的長老都瞠目結舌，面面相覷。韋定邦道：「定國，你的意見雖好，可現在不比從前，擅自殺人可是要受法律制裁的，韋莊可不能惹上什麼刑事麻煩，這點你比我清楚。」

韋定國慢慢把搪瓷缸子拿起來，咕咚咕咚喝了一大口水，才笑道：「既然族長您有這層顧慮，我還有另外一個想法。」

他背起手來，開始繞著桌子踱步。他忽然伸手拍了拍其中一位房長的肩膀，問道：「青蓮筆對我們家族的意義是什麼？」那個房長沒料到他忽然發問，一下子竟不知如何回答。韋定國也沒追問，自顧說道：「或者我換個方式問，沒有了青蓮，我們韋莊的生活是否會有所改變？」

「不，不會改變什麼。」韋定國自問自答，「奪取青蓮筆，就能開啟筆塚，而筆塚中有什麼東西？誰也不知道。就算能煉筆吧，又能怎麼樣呢？能幫我們村子增長ＧＤＰ嗎？說到底，我們也不過是為了完成祖先的囑託罷了，這麼一代代傳下來，都習慣了，習慣到不去思考它的意義在哪裡。韋莊從建立起時就沒有青蓮，一樣延續到了今天，是不是？」

韋定國見長老們都沉默下來，笑了笑，拋出第二個建議：「索性忘掉青蓮筆、點睛筆和管城七侯，忘掉筆塚，就像一個普通的村子一樣生活。現在我正在和一個公司談韋莊的開發，以我們這裡深厚的人文氣息和古鎮風貌，絕對可以做得很大，全村人也都能受益。其他的事，不要去理。」

這一番發言，比剛才更讓人震驚，把在座者連人帶思想都完全凍結。筆靈本是韋莊安身立命之本，如今竟然被完全否定，實屬大逆不道，可韋定國說的話卻又讓人覺得無可辯駁。

「要麼盡全力去把青蓮筆追回來，不惜賭上整個韋家的命運；要麼乾脆放棄，從此不理筆靈，安心生活。無論怎麼選擇，千萬不要首鼠兩端，猶豫不決。族長你的決定是什麼？」

韋定國說完，剛好圍著桌子轉了一圈，回到原位。祠堂裡一片寂靜，所有人都不約而同地注視著韋定邦，雖然他們現在分成兩派，但哪一派都沒有韋定國的提議那麼激進，只好默默地把球踢給族長。

韋定邦卻是一臉平靜，好似對他弟弟的這番言論早已了然於胸，他平抬手掌，兩側的紅燭猝然熄滅，在短暫的黑暗之後，祠堂裡的日光燈大亮。所有人猝不及防，一下子暴露在光亮之下，還沒來得及調整原本隱藏在黑暗中的真實表情，顯得有些狼狽、扭曲。

韋定邦掃視一圈，口氣虛弱而堅定：「此事干係重大，容我再仔細考慮一下。今天我身子有些倦，明天早上再請諸位來議。」他雙手操縱輪椅朝後退了一段距離，轉了半個圈，又回頭道：「定國，你隨我來。」

於是韋定國推著他哥哥的輪椅，兩個人一前一後進了祠堂裡間。眾多長老和房長目送他們離開，彼此交換了一下眼神，紛紛離去。很快祠堂裡空蕩蕩的，只剩一張供在正中的筆塚主人畫像，畫中人神態安詳，清風明月。

……又一次，羅中夏見到了幻影。

這幻影只有輪廓，形體飄逸不定，似是霧靄所化。羅中夏發現自己居然變成了一個孩童，被它牽著手，站在一處孤崖邊緣。它娓娓說著什麼，羅中夏仰著頭細心傾聽，可惜那聲音縹緲，難以辨認。他只好舉目遠望，遠處雲濤翻湧，縹緲間似乎有一處開滿桃花的村落，時隱時現。

那幻影又說了幾句，忽然鬆開羅中夏的手，就這麼邁出懸崖邊緣，凌空飄然而去。羅中夏化身的孩童大急欲追，可那身影很快消失在雲濤之間，不見了蹤跡。孩子癱坐在地上，不由得大哭起來……

「莫走，莫走！」

羅中夏大叫一聲，猛然醒來。他環顧四周，發現自己正立在族長的屋子裡，周身被堅韌的茅草綑得嚴嚴實實，旁邊彼得和尚也是一樣被綑綁起來，兩個人好似兩顆大粽子似的，立在屋子裡，動彈不得。大概是秋風筆靈特有的壓制作用，青蓮和點睛都暫時呼喚不出來。

彼得和尚見他醒了，轉頭過來苦笑道：「我若知道你是渡筆人的體質，便不會帶你回來了。沒想到是我害了你，唉……」

羅中夏定了定神，啞著嗓子問道：「接下來你們要把我怎麼樣？殺了煉筆還是活著裝筆？」

彼得和尚咬牙道：「既然是貧僧帶你來的，就算拚了性命，也會把你活著帶出去。」羅中夏卻冷笑一聲，只當他是哄自己，韋莊的筆塚吏少說有二十之數，一個沒有筆靈的和尚，怎麼對付得了他們？

彼得和尚還要繼續說，羅中夏卻斷喝一聲：「你別說了！臨死之前讓我清淨一下行不行？」他此時心裡煩得不行，恨不得拿把刀來把胸膛劈開，把那兩枝惱人的筆靈丟出去，誰愛要誰要。沾了筆靈，果然一點好事都沒有。

這時大門「吱呀」一聲被推開，有輪椅腳輪的「咯吱咯吱」聲傳來。兩人抬頭一看，韋定邦臉色複雜地進了屋子。

羅中夏閉上眼睛，知道自己亡日已到，不由得心如死灰。彼得和尚正要怒目大喊，韋定邦卻一抬手，止住彼得的呼喝，一揮手，那些綑人的茅草頓時鬆弛開來，化為無數碎條消失在地板上。

羅中夏活動了一下全身，不明白他這葫蘆裡賣的什麼藥。

「前日老夫出手綑你，只因無論青蓮筆還是渡筆人，對筆塚吏來說都干係重大，不容有任何閃失。」韋定邦淡淡地解釋了一句，然後把昨天韋家長老們在會上的爭論簡單說了說。

彼得對此並不意外，韋家一直有出世和入世兩派思潮，尤其是最近幾十年，外界衝擊太大，韋莊想要保持超然獨立已不可能。幸虧有韋定國這麼一個擅長庶務交際的人物，才算能勉強維持。

「這麼說，他們都在等您做決定？」

「不錯。」

「而且您已經做出決定了？」

韋定邦點頭：「不錯。老夫仔細想了一夜，筆塚終究是留存才情之地，不是什麼屠場。若為此殺人煉筆，可就有違先祖初衷了。我雖然不能讓韋家復興，也不能沾著這些因果——羅小友，你可以走了，韋家不留你。」

羅中夏渾身一顫，簡直不相信這是真的。

韋定邦又看向彼得：「我等一下就召集長老，把族長之位讓給韋定國，以後韋莊如何發展，就看他的想法了。」他說完這一句，疲態盡顯，面孔似乎又蒼老了許多。看得出，這個決定對他來說，下得有多麼不容易。

彼得嘴唇嚅動一下，終究沒說什麼，只是雙手合十。他已是出家之人，韋家的事不宜置喙。羅中夏死裡逃生，正琢磨著是不是趁族長沒變卦離開。韋定邦又道：「你體內那枝青蓮遺筆，勾連著真正的青蓮筆，而真正的青蓮筆，又勾連著管城七侯，七侯又勾連著筆塚最大的祕密。所以你想求平安度日，只怕是樹欲靜而風不止啊。」

羅中夏聞言，把抬起來的腿又悄悄放下去了，苦笑道：「所以我才來這裡請教您，到底該怎麼退筆才好，可沒想到後來您……」

韋定邦微微一笑：「退筆的法門老夫雖無頭緒，但既然綑了你一夜，也該有些賠償。你過來一下。」

羅中夏警惕地湊近了幾步，生怕他又變卦發難。韋定邦從旁邊一個螺鈿漆雕扁盒裡，取出一遝宣紙信箋來。這宣紙白中透黃，紅線勾出字格，紙上隱隱還有香氣。

「這是仿薛濤箋[3]，全國如今也沒有多少張，老夫珍藏的這些，都送給你吧。」韋定邦道。羅中夏有點莫名其妙，這不就是一遝紙嗎？能值什麼錢？真有心賠償就給錢啊！

韋定邦看出這人胸無點墨，搖搖頭，指向他胸口道：「你身為渡筆人，胸中除了青蓮筆，尚有一管點睛對不對？」

羅中夏點點頭。

「你可知道點睛筆有何神妙之處？」

這個問題把他給問住了。之前在法源寺戰諸葛長卿時，他是用青蓮筆幻化成一條龍，假裝是點睛筆發威——畫龍點睛——但到底這枝筆是做什麼用的，卻茫然無頭緒。他這一路上試圖跟它產生聯繫，它也是愛搭不理。所以韋定邦這麼一說，他立刻好奇起來。

韋定邦道：「點睛筆位列管城七侯，自然有緣由。它沒有鬥戰之能，卻擁有看破未來的預見之力。倘若在人生困惑處，請出點睛筆指點迷津，點向未來那一點明昭之處，這其中價值，可比其他任何一枝筆靈都要大。這才是畫龍點睛的真意所在。它點睛的不是龍，而是命運。」

「合著它原來是筆仙啊？」羅中夏一陣失望，可很快又想明白了，「就是說，到底退筆之法在永州還是紹興，它能夠告訴我嘍？」

「它無法給你具體指示，它只能觀望你的命運之河，並辨認出一條未來最好的方向。至於那流向會發生什麼事，到底該怎麼做，還是看你自己。」

「那，那有什麼用啊！」羅中夏很是沮喪。

「年輕人，你可知道一次抉擇錯失，命運會偏差多少？古今中外多少聖賢大德，欲求一句啟示而不得，你就不要撿便宜賣乖了。」韋定邦到底是老族長，訓斥起來言辭嚴厲，羅中夏只能唯唯稱諾。

韋定邦又抖了抖手裡的仿薛濤箋：「點睛筆開示命運，一定要有靈物相載。老夫珍藏的這幾張仿薛濤箋，乃是一位老紙匠臨終所製，又在韋莊文氣濃郁之處浸潤了幾十年，雖不是什麼名紙，但裡面蘊藏的靈氣，足夠引出點睛筆了。」

羅中夏大喜，接過薛濤箋，立刻就要喚出點睛筆來問話。韋定邦又提醒道：「點睛每開示一次命運，便要掉落一根筆鬚，消耗一點你的壽數。等到筆鬚全禿了，你的壽數也就到盡頭了，須知天機嚴密，不可多問……」

羅中夏這才明白，為何彼得和尚說點睛筆的筆塚吏更換很頻繁。想必他們都是耐不住誘惑，頻頻詢問點睛筆未來之事，以致壽數耗盡。

羅中夏一聽這個，臉色變得謹慎許多。他心想就問這一次，退完筆就不用再問了，然後胸中一振，喚出了點睛筆。

這筆活脫脫一枝圭筆[4]模樣，筆頭尖弱，末端細至毫巔，只餘一縷金黃色的毫尖高高翹起。羅中夏駕馭著它，朝著那薛濤箋上點去。點睛筆原本只是微微有光，一見到這薛濤箋，突然光芒大盛，「嗖」的一聲自行飛過去，筆尖遙對紙面，不時點畫，似乎有一位無形的丹青大手在心中打著草稿。

羅中夏望著這一番景象，開口道：「筆仙，筆仙，接下來的路該往哪裡走？」彼得和尚噗哧笑了一聲，韋定邦卻是一臉無奈。

這時點睛筆動了，它在薛濤箋上飛快地寫了兩個字，然後一根閃耀著靈光的筆鬚飄然落地，化為微風。

薛濤箋上的兩個字螢光閃閃：「東南。」

紹興永欣寺在浙江。這「東南」二字，顯然是說羅中夏該去的退筆塚，是在永欣寺裡。

羅中夏大喜過望，只要有個方向就好。他正要轉頭道謝，卻看到點睛筆又寫了一個「西南」。永州綠天庵在湖南，難道它的意思是去永州？

羅中夏徹底糊塗了，這點睛筆什麼意思？難道說命運的指引，是同時在這兩個地方嗎？可他只有一個人啊，怎麼分身前往？

「這點睛筆不是壞了吧？」羅中夏狐疑地問。

韋定邦堅定地說道：「點睛筆不可能指示錯命運。它這麼指，一定有它的道理。」彼得和尚在一旁也是滿臉疑惑，可惜點睛筆不會說話，寫出方位，已經是它表達的極限了。

「羅施主，或許我們可以……」

他話沒說完，韋定邦突然被電擊一般，四肢「嗖」地無形中被一下子伸直，雙目圓瞪，整個身體開始劇烈地擺動。

羅中夏大驚，下意識地後退了幾步。彼得和尚大驚，連忙衝過去按住他雙肩。可韋定邦的抖動幅度絲毫未減，雙眼已經開始渾濁，嘴痙攣般地張大，發出「呵呵」的呻吟聲。

彼得和尚沒有選擇，只得雙手一起按住他脖子兩側，透過頸部動脈把「力量」注入韋定邦體內，試圖壓制住這股來歷不明的衝動。這是相當冒險的行為，彼得和尚身無筆靈，貿然把力量打入一個筆塚吏的身體，極有可能遭到筆靈的反擊，何況還是韋家族長的筆靈，威力勢必極大。可事到如今，已不容他猶豫了。

可他的手剛搭到脖子上，彼得和尚就驟然覺得自己按空了，一個踉蹌險些摔倒。他露出難以置信的表情，重新試了一回，力量仍舊透過老人空蕩蕩的殘破身軀流失一空，就像是對著一個網兜兒潑水一樣，涓滴不留。彼得和尚額頭冒出了一滴汗水。

這種現象只有一種解釋，韋定邦體內沒有筆靈。

彼得和尚卻無法相信眼前的事實。這怎麼可能？昨天他還亮出秋風筆，制住了他們兩個人，怎麼今天身體裡就沒有筆靈了？

疑問如潮水般紛紛湧來，把彼得和尚的神經迴路深深浸入驚疑之海：他人尚還在世，筆靈卻去了哪裡？人筆兩分，怎能獨活？昨晚到底發生了什麼？

彼得和尚愈想愈心驚肉跳，雙手不知不覺收了回來。韋定邦沒了束縛，全身抖得愈加厲害，如颶風中的一張樹葉，梳理好的白髮也完全散亂開來，有如狂暴的海草，嘴邊甚至開始流出鮮血。

他忽然意識到，這是來自筆靈的攻擊！「羅施主，快趴下！」

彼得和尚提醒了一聲，然後像貓一樣蹲伏下去，試圖發現攻擊者的位置。膽敢在韋家內莊攻擊韋家族長，這個人膽子相當大。這時，韋定邦的瘋狂抖動突然停止了，整個人癱軟在輪椅上，幾似敗絮。彼得和尚撲過去，雙手仍舊按住他脖頸，同時在屋子裡展出一圈波紋，試圖探測出是否有人藏在附近。

羅中夏手裡抓著薛濤箋，也一步邁過去，亮出青蓮筆來，在心裡琢磨著用哪一句詩禦敵比較好。

就在這時，外面一陣腳步響動，昨天那個護士推門進來，軟語相呼：「族長，到吃藥時間了。」她說完這一句，才看到彼得雙手按在族長脖子上，一聲尖叫，整個人癱軟在地板上。彼得和尚衝她「噓」了一聲，護士卻看到了韋定邦嘴邊的鮮血，顫聲道：「你，你殺了族長？」

彼得和尚還想分辯，護士已經開始大聲呼救：「來人啊，有人掐死了族長！」他暫時顧不得分辯，忙去探韋定邦的脈搏和心跳，發現兩處均悄無聲息。一代族長，已經溘然逝去。

他心中一酸，幾乎不忍抽手而去。

羅中夏知道這誤會大了，想過去跟小護士解釋，可護士一看他頭頂懸浮的青蓮筆，又喊道：「不好了！筆靈殺人了！」羅中夏大急，過去想抓住小護士胳膊，可她一甩手，掉頭跑了出去，聲音喊了一路。

這時門外傳來紛亂的腳步聲，還有少年人的喘息和叫嚷。此時天色尚早，最先聽到護士呼救的是那些晨練的韋家少年，可以迅速趕來。

羅中夏還要站在門口分辯，彼得和尚卻把他給叫住了，苦笑道：「別去解釋了，那是自投羅網。我們只怕是被人算計了。」

這一連串事件趕得太巧，小護士的反應又頗不自然。彼得和尚心細如髮，已經覺出其中味道不對。族長只怕是被人陰謀害死，然後再栽贓在他們兩個身上——這動機太明顯了，族長昨晚開會商議青蓮筆是殺是放，今天就被羅中夏給殺了，這不是很合理的推論嗎？

一個熟悉的影子出現在彼得和尚心中，難道是韋定國？

彼得和尚心中一嘆。韋定國雖無筆靈，卻與許多長老交好，家中留傳他覬覦族長位置也不是一天、兩天了。若他是幕後黑手，只怕早就做好了後續計畫，要把這次栽贓敲定轉角，釘得十足，他們無論如何解釋都是無用。

看來眼下只有先逃出去，才有機會洗清冤屈。

彼得和尚跟羅中夏飛快地交代了幾句，然後身形一矮，把散布在屋子裡的氣息收斂到周身，屏息凝氣。等到少年們衝到臥室門口，一腳踢開房門的一瞬間，彼得和尚騰空而起，雙腿如彈簧一般蹬踏而出，羅中夏也緊隨而出。

那群少年驟然見兩個黑影衝出內室，都下意識地紛紛閃避。彼得和尚趁機從人群縫隙中左轉右旋，來回穿插。幾個來回下來他就已經突破了走廊，衝到了院門口，動作如行雲流水。羅中夏雖沒他那麼靈活，但靠著這些小孩子對筆靈的敬畏，也順利逃了出來。

他們一出院門，正趕上另外一撥族人匆匆趕到。這回是幾個住在附近的長老，看他們的裝束，都是聽到呼喊後匆匆起床趕來的。

彼得和尚認出其中有兩個人是有筆靈在身的，如果被他們纏住，只怕就逃脫無望。他心念如電轉，甫一落地，腳尖一旋，整個人朝著另外一個方向飛去。羅中夏之前為了逃命，著實背了不少擾亂敵人的詩句，如「煙濤微茫信難求」、「雲青青兮欲雨，水澹澹兮生煙」[5]，現在正是用的時候，很快便造出一大片遮蔽視線的水霧。

那幾位長老尚不明形勢，反應不及，竟來不及出招阻攔，被他們從反方向逃走，很快就失去了蹤影。

很快，整個內村都被驚擾起來，得知族長遇害的村民紛紛聚集到村口祠堂前，議論紛紛。這實在是韋莊五十年來所未有的大變。

韋定國也從外村匆匆趕來，他一來，全場立刻都安靜下來。一位長老把整件事跟韋定國說了說，他皺了皺眉頭，卻仍舊面沉如水：「彼得和羅中夏呢？」

「逃走了，現在應該還在村裡。」

韋定國沉穩地擺了擺手：「內莊三面圍山，只有村口一條路，我們派人把橋截住，一層一層搜進去，不怕找不出他來。」

兩小時過去，彼得和尚感覺到有些絕望，羅中夏也喘息不已。眼前的路愈走愈窄，而且再無岔路，兩側都是高逾十公尺的石壁與翠竹，身後是整個內莊的村民。

原本他想帶著羅中夏趁亂衝出莊去，可村民們在韋定國的指揮下，層層推進，環環相連，連一絲空隙也沒有，逐漸把他逼至莊子深處，走投無路只是早晚的事。

「我們怎麼走？」羅中夏問。

「羅施主你放心，我把你帶進來的，就一定把你帶出去。」

彼得和尚深吸一口氣，自己誤闖的這條小路不能回頭，只好硬著頭皮朝著裡面逃去。走了不知幾個一百公尺，這條窄路的終點豁然開朗，眼前視野一片開闊。

眼前是一處赤灰色的高聳峭壁，石壁上有一個看似極深的半月形洞窟，洞口距地面足有十幾公尺，還用兩扇墨色木門牢牢關住。遠遠望去，這個洞窟隱有異氣，就連空氣流動都與周遭環境大為不同，彷彿一個連接異空間的入口。

這裡彼得和尚只來過一次，但是印象極深。

洞口兩側是一副楹聯：印授中書令，爵膺管城侯。

洞眉處有五個蒼勁有力的赤色大篆，但羅中夏不認得。彼得和尚苦笑著念道：「韋氏藏筆閣。」

1 閻立本，唐代著名的畫家、官員。

2 搪瓷缸子，分為大、中、小三個型號，是上世紀五十年代以後流行的生活必需品，具有不易生鏽且耐用的特性。

3 薛濤箋，唐代名妓薛濤自製的深紅小彩箋，於用作寫詩，後漸多用於寫信。

4 圭筆，指最細最小的筆，多用於勾邊或繪製精細之處。

5 此兩句皆出自李白〈夢遊天姥吟留別／別東魯諸公〉。

第二十五章　起來向壁不停手

羅中夏首先感覺到的是一片漆黑，這是人類視覺突然失去光線時的正常反應。藏筆閣中的黑暗與尋常不同，並不因為洞門剛剛開啟時射入的陽光而變得稀薄，它異常堅實，並黏稠無比。當他轉身把木門小心關閉的一剎那，整個人立刻陷入沉滯如墨的黑暗中。

黑暗帶來未知和恐懼，但在一定時候也帶來安全，比如現在。

羅中夏用手摸索到凹凸不平的牆壁，把身體靠過去，連連喘息。彼得和尚道：「內村現在已經大亂，現在也許族人們尚還不知我們遁入藏筆閣，兀自在村舍裡搜尋。」

「這個地方，是你們藏筆的地方嗎？」羅中夏問。

彼得和尚點點頭：「韋氏藏筆閣是韋莊至祕至隱之所，所有無主筆靈皆內藏於此，因此除了韋家族長，其他人未經允許是絕不可以隨意進入的，代代如此，概莫能外。」

羅中夏撇了撇嘴，這地方說是外人不得進入，卻已經是今年以來第二次被外人入侵了。第一次是秦宜，她甚至還搶走了兩枝筆靈。一想到「外人」這個詞，他不免又看了彼得和尚一眼，這個人之前應該發生過什麼，以致父子決裂，遁入空門，如今又目睹自己父親被殺，被全韋莊的人當成凶手，不知那副溫和面孔下得承受著多少痛苦。

彼得和尚似乎覺察到他的眼神，開口道：「眼下最重要的，是設法逃出去，其他事情安全了再說。」於是兩人扶著牆往漆黑的洞內走去。

這一路上，洞內空氣發出陳腐的味道，似乎從不曾流動。彼得和尚關切道：「羅施主，你感覺還好？」

「還好，還好。」

藏筆閣內雖然沒有光亮，卻不憋悶。羅中夏甚至能感覺到幾絲微妙的靈性湧動，就像是夏風中暗暗送來的丁香花香，雖目不可及，仍能深體其味。藏筆閣中藏的都是韋家歷代收藏的諸枝筆靈，閣內沐靈已久，浸染深長，自有一番莊重清雅的氣度。他身具兩管筆靈，對此頗為敏感。

他好奇地環顧四周，想看看都有些什麼筆靈，可惜視力所見，全是一片黑暗。彼得和尚道：「據說筆靈並非擱在一起，而是各有所在，每一枝都有自己的筆龕。除了族長之外，沒有人知道這些筆龕的確切位置。」

「據說？原來你沒來過？」

彼得和尚呵呵笑了一聲。他上一次——也是唯一一次——進入洞中已經是十年前的事情了。而且那一次是被人蒙上眼睛一直帶去山洞深處，因為出了一些波折，他立刻就退出來了，對藏筆閣實際上還是懵懂無知。

兩人走了一百多公尺，羅中夏感覺似乎置身於一條人工開鑿的隧道裡，用手摸了一圈，兩側石壁，頭頂是拱形石穹，腳下是石板地面，就像一條長長的墓道。

羅中夏扶住牆壁，發覺手指有異。他停下腳步，在石壁上細細一摸，覺察到有異的不是手指，而是牆壁。那些坑坑窪窪的長短小坑，原來都是鑿痕，滿牆雕的竟是一排排陰刻文字。

這些文字筆劃繁複，就算開了燈他也認不出來，他連忙叫彼得和尚過來看。

彼得和尚一摸下去，嘴裡「咦」了一聲。憑藉觸感，他能感覺到這些刻痕直硬剛健，筆勢雄強，每至豎筆長鋒之處，字痕甚至鋒利到可以劃傷指肚，渾然有晉人筋骨。仔細揣摩了一下，這竟是王右軍的名篇〈筆陣圖〉。再摸下去，則還有《筆經》、《東軒筆錄》、〈毛穎傳〉[1]等歷代詠筆名篇，這些文字不分段裁錯格，也不標明篇名著者，只一路落落寫下，首尾相接。

他又朝前走了十幾步，發現壁字略微有了些變化，趨於平直勻稱，字架豐美；再往前走，忽如平地一陣風起，壁字一變而成狂草，顛蕩跳脫，在牆壁上縱橫交錯，如布朗運動[2]。僅憑指摸很難辨認這些細緻的變化，更不要說讀出內容，彼得和尚索性不再去費心神，徑直朝前走去。甬道長三十多公尺，壁上文字風格變了數次。

彼得和尚閉目緩步前行，忽然發現兩側牆壁開始朝外延伸，他知道甬道已經走到頭了，於是沿著右側石壁摸了一圈，最後竟回到甬道入口，於是判斷自己置身於一個五十多平方公尺的橢圓形空廳之內。空廳的中央是一張木桌，桌上有一具筆掛，上面懸著幾枝毛筆，獨缺文房四寶的其他三樣。

空廳的四周除了進來的甬道以外，至少還有十幾條通道，洞口都是一人大小，裡面都很深，看來是通向別處的。彼得和尚出於謹慎，暫時沒有貿然邁進去。

他已經逐漸適應了黑暗，呼吸也有規律多了，不再像剛開始那樣感覺溺水一般。長老說得不錯，視力被剝奪以後，反而更容易讓人沉下心來靜思。

羅中夏也跟著彼得走過來，他發現有這麼多甬道，也是倒吸一口涼氣，抱怨道：「這麼多路，我們走哪一條才好？這牆上沒刻標記嗎？」

彼得和尚沒回答，仍舊閉目沉思。藏筆閣除了收藏筆靈以外，還用來考校韋氏族人的能力，那麼必然不會僅僅只是迷宮這麼簡單，肯定隱藏有什麼暗示機關，唯有破解者才能繼續深入。既然秦宜能闖入藏筆閣且盜走兩枝筆靈，顯然是成功破解了這個祕密。

「她既然可以，我當然也有機會。」

彼得和尚湧起一股爭勝之心，已經犯了佛家我執之戒，不過他不在乎。他「環顧」四周，發現空廳牆壁上仍舊刻著鋪天蓋地的文字，這些字和甬道中的一樣，有篆有草，有楷有隸，不一而足，而且變化無方，全無規整，也無句讀。有些字彼得可以摸得出來，有些字卻漫漶難辨。

「難道暗示就在這些文章內？」

彼得和尚暗忖，他手邊恰好摸到幾句像是詩文的部分，細細辨認，乃是：「京師諸筆工，牌榜自稱述。累累相國東，比若衣縫虱。或柔多虛尖，或硬不可屈。」這是歐陽修〈聖俞惠宣州筆戲書〉中的幾句，恰好沿著其中一個洞口的邊緣刻下。

彼得和尚能背得出全文，他清楚記得此詩前四句是「聖俞宣城人，能使紫毫筆。宣人諸葛高，世業守不失」，明明讚頌的是諸葛家人，居然出現在韋家藏筆閣內，不得不使人深思。壁字故意隱去「諸葛高」，只從「京師」起筆，莫非是暗有所指？

他忽又想到「或柔多虛尖，或硬不可屈」說的全是製筆之法，但未必不可解為辨識藏筆的方向。「虛尖」或指洞內似有路實則不通；而「硬不可屈」似也能理解為一條直路到頭，或者不要管其他岔路，一味直走。

他想了一通，覺得每一種都似是而非，難以索解，只好摸去洞口的另外一端，看是否還有其他提示。另一端用魏碑楷書寫著「伯英不真，點畫狼藉」，下一段卻用行草刻有「元常不草，使轉縱橫」，這四句俱引自孫過庭[3]的《書譜》。彼得和尚雖然了解這幾句話的意思，心中疑問卻愈大。伯英指的是三國書法名人張芝，元常指的是同時代的鍾繇，這幾句話說的是張芝擅長草書而拙於楷書，鍾繇擅長楷書而拙於草書。而刻字的人彷彿故意跟他們對著幹似的，用楷書寫張芝兩句，用草書寫鍾繇兩句，未免忤逆得太過明顯，不知是什麼用意。

只是一個洞口，就有如此之多的壁字，空廳裡可是有數十個洞口呢，何況甬道內尚還有海量文字，不知是否內藏玄機。若是要全部一一索解，怕是要花上幾年工夫，更何況現在無法用眼睛看，只能用手去摸。

羅中夏不敢打擾他，在洞口就地坐下，耐心等待。他忽然耳朵一動，聽見外面黑暗中一陣響動。響聲不大，但在這種環境之下卻異常醒目。

「洞內還有人？」

羅中夏驚覺回首，瞪大了眼睛，然後意識到自己這麼做毫無意義。他連忙凝神細聽，黑暗中看不到來者身形，只有兩對腳步踏在石地上發出橐橐之聲。奇怪的是，羅中夏卻沒聽到對方有任何喘息。

只要是人類，就必然會有呼吸。雖然屏氣可以忍於一時，但既然來人腳步聲都不隱藏，又何苦藏匿氣息？

也就是說，來的並非是人類。羅中夏飛快地在心裡做出判斷：「是筆童！」

他見過好幾次筆童，如今算是老熟人了。為了證實自己的判斷，羅中夏把身體屈起來平貼地面朝空廳中央前進。筆童煉自毛筆，體長硬直，不易彎腰，盡量讓自己放低身體是對付筆童的一種辦法。

兩個腳步聲從兩個方向逐漸逼近，羅中夏趴在地上，慢慢爬到空廳中央。腳步聲也循聲追來，他來到木桌前伸手一摸，筆掛上空空如也。

果不其然。

剛才木桌上還有幾枝筆，現在沒了。

黑暗中最恐怖的是未知，既然確定了對方身分，那就沒什麼好怕的了。羅中夏趕緊找到彼得和尚，低聲示警。

彼得和尚雖不入韋家族籍，對於韋家筆靈種種掌故祕密的了解卻不在任何人之下。與專拿湖筆煉筆童的諸葛家不同，韋家專煉的是安徽宣筆，是除了湖筆以外的另外一大系列，乃韋家始祖韋誕所創。韋家向來看不起諸葛家的湖筆，覺得湖筆不過是元末湖州工匠拾其殘羹冷炙而成，比不得源自漢代的宣筆。

至於羅中夏之前接觸過的無心散卓，那是韋勢然個人煉的筆，不在譜系之內。

宣筆筆童比湖筆筆童還要剛硬率直，正面打起來不會吃虧，但帶來的問題就是柔韌度不夠，難以靈活轉圜。古筆多是如此。只是韋家礙於顏面與自尊，從不肯屈尊使用湖筆，不能糅合二者之長。

彼得和尚於此節非常熟悉，眼前黑暗中的兩個筆童木然前行，也不知加速追擊，更不懂匿蹤偷襲。於是他對羅中夏面授機宜，又轉頭去研究石壁上的字了。

羅中夏喚出青蓮筆，念了兩句：「客心洗流水，餘響入霜鐘。」這是李白〈聽蜀僧濬彈琴〉裡的句子，一經念出，空廳內鐘聲四起，彷彿四面八方都有霜鐘搖擺，讓本來就呆頭呆腦的筆童無所適從。

宣筆筆童目不能視，靠的是以聲辨位。若在平時，即使是地上一隻螞蟻叼食，筆童也能聽個差不離，羅中夏若想隱蔽身形蒙混過去那是萬無可能。不料彼得和尚教他反其道而行之，故意弄得滿處噪音，筆童的超強聽力反成了缺點。

只聽空廳內音響頻頻，兩個筆童瞻之在前，忽焉在後，瞻之在左，忽焉在右，生生被羅中夏拖著空轉，只是打不著。一人二筆來回呼呼地圍著廳裡轉了數十個圈子，兩個筆童漸次被分開，前後拉開好長一段距離。

羅中夏見時機到了，先輕踏一步，吸引一個筆童朝反方向跑去，然後側身躍起，用手飛快地在廳頂敲了一下。另外一個筆童只知循聲而去，一下子也跳起來。此落彼升，正趕上羅中夏下落，兩個人在半空恰有一瞬間處於同一平面。

羅中夏伸出右手，大拇指一挺，食指鉤、中指送，三指並用，瞬間罩住筆童周身。只聽一聲清脆的「咔吧」，待得羅中夏落地，手中已經多了一枝宣筆。

這個手法在書法上叫做「單鉤」，是握筆的手法，以食指鉤住筆管，和壓住側面的拇指構成兩個枝點夾住毛筆，寫字時全以食指抬壓取勢，靈活多變。筆童煉自毛筆，單鉤握筆之法可以說是正中它們的七寸所在。

這是彼得和尚剛才悄悄教羅中夏的一招，雖然他學得很不熟練，但對付這些筆童問題不大。除掉一個筆童，壓力驟減。羅中夏好整以暇，再以聲響惑敵，掩護自己，不出一分鐘就抓住了第二個筆童的破綻，再一次施展單鉤之法，把它打回了原形。

羅中夏雙手持筆，把它們小心地擱回桌子上的筆掛，為防這些筆童又活過來，還把筆頭都卸掉。羅中夏心裡多少有些得意，宣筆筆童雖非強敵，但在短時間幹掉兩個也不是輕而易舉。他大笑道：「我這一招以聲掩步，彼得大師你看如何？」

「以聲掩步……」

彼得和尚突然心念轉動，不由得反覆念叨這四個字。聲可以掩步，難道字不可以掩形嗎？他「呃」了一聲，懊惱地拍了拍自己的光頭，也不理睬羅中夏，飛快地跑回甬道，順著原路折去入口。彼得和尚的腦海裡浮出一個模模糊糊的念頭，他似乎想到了什麼，所以必須要予以確認。

儘管在黑暗中，彼得和尚也只花了二、三分鐘就回到了藏筆閣的洞口。他並沒有打開洞門，而是轉過身來，再次伸出手緊貼在石壁上，去感受那些文字。

只是這一次，他卻沒有細緻地去逐字辨讀，而是一撫到底，嘴裡還低聲念叨著什麼。就這麼且摸且走，彼得和尚再一次順著甬道摸進中廳。他站在黑暗的廳內，不禁哈哈大笑起來，連聲說道：「原來如此！原來如此！」

原來這些刻在牆壁上的名篇大作並無特殊意義，內中文字也不是《達文西密碼》。如果執著於文字內容本身，就會像俠客島[4]上的那些高手一樣，皓首窮經也不得其門。

真正要注意的，是文章的字體。

彼得和尚早就注意到了：從入口開始，石壁字體風格的變化就異常劇烈。往往前一段方是行草，後一段就突變成了小篆；上一篇尚還在追襲晉風清臒，下一篇又成了北宋瘦金。短短三十幾公尺的甬道，赫然包容了篆、楷、草、隸、行數種書體，自秦至宋上下千年十餘位名家的筆風。

文字內容只是遮掩，真正的關竅，卻在這些書體筆風變化之間。看似雜亂無序的壁書，被這一條隱線貫穿成一條明白無誤的線索。比如其中一塊石壁上書的是鐘繇小楷，隨後向右一變而成顏體，兩下相悖，則這條路必是錯的；只有左側承接學自鐘繇曲折婉轉之風的智永〈千字文〉，方才對路合榫。書法自有其內在規律，這些暗示深藏在筆鋒之內，非精通書法者不能覺察。

彼得和尚閉目深思，慢慢把所觸所感撚成一條線，去謬存真，抽絲剝繭，一條明路逐漸在腦海中成形。這些規律附著在錯綜複雜的石壁甬道之上，便成了隱含的路標。只要得到甬道壁上文字的奧祕，就清晰無比了。

歷代進入藏筆洞參加筆靈歸宗的人，若修為、洞察力不夠，便勘不破這個困局，只得無功而返，或一頭扎進文意推敲裡出不來。

彼得和尚再度圍著空廳周圍的洞窟摸索一遍，皺了皺眉頭。「難道我的想法是錯誤的？」他低頭又想了一陣，習慣性地扶了扶眼鏡，走到中央木桌之前，雙手扶桌，嘿嘿一笑，以腳向下用力踏去。只聽轟然一響，一塊岩石被生生移開，一陣幽幽冷風撲面而來，顯然桌下是開了一條新的通道。

原來剛才他發現廳內那十數個洞口前所刻的書體均不符規律要旨，任何變化都未能出甬道所窮盡的範圍，也即這些路都是錯的。

若要變化，唯有去陳出新。

四面牆壁都是壁字，只有空廳中間石板平整如新，其上空無一字，正代表了「書無止境」的書法極意。唯有此處，才是正確的出路。當初這藏筆閣的設計者，想來就是欲用這種方式，使後學之輩能領悟到這層道理。

可惜彼得和尚雖打破了盤中暗謎，所關注的卻不是這些玄之又玄的東西。有風，即是有通風之處，即是有脫逃之口。

彼得和尚大喜過望，叫上羅中夏，毫不猶豫地跳了下去。

參與搜索的村民吵吵嚷嚷地陸續從村內的各個角落返回，沒有人發現彼得和尚和羅中夏的蹤跡，他們就像憑空從空氣中消失了一樣。不安的氣氛在人們之間流動，他們還沉浸在這場突發的驚變中。

唯一保持鎮靜的只有韋定國，他穩穩地站在小橋入口，雙手抱臂，兩道銳利的目光掃射著韋村內莊，不置一詞。他雖然沒有筆靈，卻無形中被默認為最高的權威。一名長老快步走到他身邊，面色凝重。

「族長怎麼樣了？」韋定國問道，目光卻絲毫沒有移動。

長老搖了搖頭：「心脈俱碎，已經不行了。」他說到這裡，警惕地看了看左右，趴到韋定國耳邊悄聲道：「而且……族長的秋風筆也不見蹤影。」

「哦？是被彼得收了嗎？」

「呃……」長老躊躇一下，「反正不在族長身上。」

韋定國微微皺起眉頭：「什麼意思？」

「但凡筆塚吏離世，筆靈離去，都會在軀體上留下一道筆痕。而族長遺體上，卻沒找到那東西。」長老沒往下說，但言下之意是，是筆靈先離開韋定邦，然後他才死的。

「荒唐，人不死，筆靈怎麼會離開？」韋定國不信。

長老訕訕不答，事實就是如此，只是無法解釋。

韋定國揮了揮手，嘆道：「此事再議，先派人去縣醫院辦理各項手續吧。」

「要不要……去公安局報案？」長老試探著問。

韋定國沉思了一下：「暫時不要，你去把那個小護士叫去我屋子裡，我等一下要詳細問問看。」

這時候負責指揮搜索的幾位房長、長老都逐漸聚攏過來，他們互視一眼，其中一個年長者向前一步，對韋定國道：「全村都找遍了，只剩一個地方沒有搜查過。」大家都盯著韋定國，所有人都知道那個地方指的是哪裡，也都了解此地的意義。現在族長既死，他們不約而同地等著韋定國拿主意。

韋定國面對著這些老人——其中有些人甚至是筆塚吏——忽然覺得很好笑。韋家世代以筆靈為尊，到頭來卻讓一個普通人來拿主意。族長一不在，就亂成這樣子，看來韋家的安生日子是過得太久了。

他心中思緒嗖嗖飛過，食指不由自主地擺動了一下，不過這個細微的動作沒有引起任何人注意。最後韋定國終於微微抬起下頷，卻始終沒有點下去。

羅中夏跟著彼得和尚縱身跳下洞穴，一直到他雙腳落地竟持續了四秒鐘。從這麼高的地方跳落居然什麼事都沒有，這讓他很驚訝。四周仍舊沒有任何光線，但是和上層相比，空氣卻清新許多，甚至有隱約的風聲從遠處傳來。他很高興，有風聲就意味著一定有出口。

彼得和尚也同時落地，低聲說了一句「跟上」。羅中夏索性閉上眼睛，伸直手臂向前探去，抓了幾抓卻什麼也沒摸到。他又朝著前面謹慎地走了三、四步，仍舊沒有摸到牆壁。他朝著幾個方向各自走了十幾步，手都摸空了，心裡不由得有些發慌。

人類最怕的並不是幽閉，而是未知。

曲折狹窄的石窟並不真正恐怖，因為那至少可以給人一個明確的方向——即使那個方向是錯的——而一個廣闊的黑暗空間則會讓人茫然，缺乏踏實感。人類在幽閉的寬闊空間裡需要的是能觸摸到一個實在的存在，就好像在雪原上最需要的是一個非白色的視覺焦點。

羅中夏心想這終究是在山中，還能大到哪裡去？心裡一橫，用雙臂護住頭部，腳下開始發足狂奔。也不知道跑了多久，氣喘吁吁地停下腳步，額頭上開始出現細微的汗水。他估計跑了怎麼也有十幾公里，可周圍仍舊是空蕩蕩的一片。

「難道這是另外一個考驗？」

彼得和尚比羅中夏鎮靜得多。從物理上考慮，這麼大的空間是不存在的，換句話說，這肯定是個奇妙的困局。現在他需要的，不是狂跑，而是找出關竅所在。

現在四周一片空茫茫，唯一踏實的就是腳下的地面。彼得和尚俯下身子去，用手去摸，岩面平整，觸處冰涼堅硬，甚至還有些濕漉漉的感覺。他用指關節叩了叩，有沉悶的橐橐聲傳來，說明底下是實的。

彼得和尚索性把身體趴在地板上，從僧袍袖子扯出一條線頭，抻直了平平貼在地面。羅中夏問他在幹嘛，他也不回答。

人類走直線一般要借助於感官或外部參照物的調整，當這些都被遮罩掉的時候，雙腿肌肉的不均衡就會導致步伐長度的不同，使得一腳走內圈一腳走外圈，最終形成一個圓。彼得和尚意識到剛才自己也很有可能是在轉圈子，所以他想借助線頭來校正自己的步伐，棉線頭只要兩頭抻直，就是絕對的一條直線，然後再扯一根棉線，與前面那根首尾相接，一路前行。這樣雖然慢，卻可以確保自己不會走偏。

就這麼持續了半天，彼得和尚已經腰酸背疼，一片袍袖已經被抽空了一半，可還是沒碰到任何岩壁。他不禁懷疑自己是否真的跌落到科幻小說裡常說的異次元空間了。

忽然，不知道什麼方向傳來一陣腳步聲。腳步聲很輕微，但彼得和尚已經在黑暗中待了許久，聽力變得相當敏銳，他立刻爬起身來，警惕地朝著聲音的方向「望」去。

一道光線剎那間閃過，彼得和尚連忙瞇起眼睛，下意識地抬起手臂去擋。這時羅中夏已經情不自禁地被燈光吸引，走了過去。彼得和尚大驚，剛發一聲喊說小心，羅中夏那邊就傳來「哎呀」一聲，然後就沒了聲息。

一道圓柱形的黃色光柱慢慢朝著這邊移動，不時上下顫動。是手電筒的光芒。

「該來的還是來了。」彼得和尚心想，這些長老原本就比自己對藏筆閣裡的情況要熟，想找到自己也並非什麼難事。雖然藏筆閣不可輕易涉足，但現在情況特殊，恐怕幾位長老已經銜命進來捉他。天時、地利、人和，這三條他此時一條都不占。

而唯一能勉強抗衡的羅中夏，只怕是已經被制住了。

借助手電筒折射的光芒，彼得和尚這才發現自己正置身於一方碩大無朋的圓硯狀岩石之中。岩面相當寬廣，幾乎及得上一個四百公尺跑道的操場大。難得的是這岩臺四面凸起，淌池、硯堂之形無一不具，甚至還有著一隻虎狀硯端，活脫脫就是一方硯臺的形狀，且不見任何斧鑿痕跡，渾然天成。

硯堂表面看似光滑，卻有一圈又一圈螺旋般的淺溝，就像是溜冰場裡的冰刀劃痕一樣。剛才只怕就是這些淺溝默默地偏導了步履，使人的轉圈傾向更加明顯。

這時手電筒光和腳步聲已經近在咫尺。

「彼得，你果然在這裡。」一個聲音傳來。

彼得和尚轉過身去，光線照射下他驚訝的表情無所遁形。

韋定國穿著慣常的那一身藏青色幹部服出現在手電筒光之後。他隻身一人，一手握著大手電筒，一手扶著陷入昏迷的羅中夏。

「定……定國叔。」

彼得和尚甫一見到他，不知道該說什麼好。韋定國微微點了點頭，臉上無欣喜表情，只是平靜地說道：「我就知道，你會在這兒。」

「你是來捉我回去的嗎？定國叔。」

面對這個問題，韋定國閃過一絲奇特的神色，反問道：「你覺得呢？」

韋定國雖然掌握著韋莊的實權，但畢竟只是一個普通村幹部，若說他是來單獨一個人捉拿彼得和尚，未免太過笑談。

「我原本以為你能闖過這一關呢，所以在前面等了你好久。」韋定國慢慢說道，「看來你仍未能窺破這圈子啊。」

彼得和尚不禁有些發窘，這硯臺平臺果然是藏筆閣中的試煉之一，而自己如果真是參加筆靈歸宗比賽，恐怕已經被淘汰了吧。心念一轉，疑問陡生，他跑來藏筆閣做什麼？若說捉拿，就該派遣有筆靈的長老，他孤身前來找自己，究竟動機何在？彼得和尚深知自己這位叔叔說一藏十，城府極深，此時隻身前來，一定有用意。

「族長不是我和羅施主所殺，凶手另有其人。」

「我知道。」韋定國的反應很是平淡。他從懷裡拿出另外一個手電筒遞給彼得和尚，然後把羅中夏放平在地，「我把他弄昏，不是要害他，而是接下來的東西，不可讓外人看到。」

彼得和尚從韋定國的話裡沒感覺到任何殺意，他遲疑一下，撥開手電筒開關，把羅中夏扛起來。兩個人沿著硯臺邊緣徐徐下行，順著一條窄如羊腸的岩質小路朝臺下走去。

兩道光柱左右晃動，激得四周的苔蘚發出微微的幽光。

彼得和尚現在可以看清了，這個硯臺平臺是岩壁上伸展出來的一片，其實是半懸在空中。它的四周是一個巨大的岩壁空間，幽曠深邃。怪石嶙峋的頂部和洞底距離半空中的硯石平臺起碼都有四、五十公尺高，四面八方的岩面高低不平，峰巒迭起，灰白色的岩枝延展到光線不能及的無限黑暗中去，層層疊疊，乍一看似是跌宕起伏、浪濤洶湧的海面在一瞬間被上帝的遙控器定格，然後向內坍塌構成這麼一個奇妙的世界。如果從側面看去，平臺就像是宇宙中的一個小小飛碟，遠處的苔蘚星光點點。

無邊的地平線只能給人以博大之感，一個具有封閉界限的碩大空間才更容易使人產生惶恐，那些看得到卻遙不可及的峭壁在上下左右構成恢弘的虛空之所，反襯出觀察者的渺小以及油然而生的敬畏，讓人彷彿進入混沌初開時的盤古巨蛋。

最令他吃驚的還是圓硯的正上方，從天頂上垂下一塊長條鐘乳石，通體漆黑，一柱擎天，如同一條松煙墨柱，鐘乳石底端不時有水滴到圓硯之上，就像是一隻看不見的手輕輕攫起墨柱在硯堂中輕輕研磨，而後徐徐提起，以致墨滴尚濃，珠綴硯底。一幅天然的「行墨就硯圖」。若說是天造地設，未免太過精緻；若說是人力所為，又得耗費多大精力才能雕成如此的造像。

彼得和尚深深吸了口氣，肺部一陣冰涼。他從來沒想過背靠內莊的那座山梁裡，還隱藏著這麼一處神奇的所在。這麼說起來，自己還要感謝硯臺上的淺溝。假如沒有那些溝紋誘導自己在平臺上轉圈，恐怕現在已經失足跌下谷底了。

「韋家自從遷居此地以來，歷時已經數百年，能有幸進入這裡的，不過千人。這是一個天然溶洞，也是上天賜給我們韋家先祖的一件禮物，不可多得的旅遊資源。如果好好開發一下，知名度估計不會遜於本溪水洞、桂林蘆笛岩等地方。據初步估計，每年光旅遊直接收入就能給我們帶來幾百萬元……」

韋定國邊走邊說，還興致勃勃地拿著手電筒四處照射，聲音在空曠的溶洞中嗡嗡作響。他愈是若無其事，彼得和尚在後面聽得愈是滿腹疑竇，但眼下也只能跟著走。

他們在黑暗中走了大約二十分鐘，地勢忽高忽低，難走至極，所謂的「路」只是岩石尖稜之間夾出來的一線平地罷了。頭頂的風聲呼呼大了起來，而靈氣也越發厚重，比起藏筆洞入口處的濃度強出數倍。

兩個人順著峭壁擠成的狹窄小路走出岩山。這裡地勢還算平坦，兩側岩壁像梯田一樣層疊而起，坡勢很緩。兩坡匯聚之前的一小塊空地上，聳立著一塊巨大的古樸石碑，碑下馱獸乃是一隻石麒麟，在古碑中十分罕見。碑上還寫著四個大字：「韋氏筆塚。」

「就是這裡了。」韋定國忽然站定，舉起了手電筒，「你自己一看便知。」

彼得和尚舉起手電筒朝兩側山壁上晃去，原來這石坡上影影綽綽有許多岩龕，就像是陝北的窯洞似的，形狀整齊劃一，都是半橢圓形，一看就是人工開鑿。許多岩龕內似乎有人影，彼得和尚拿手電再仔細一照，不禁悚然一驚，倒退了兩步。

光柱籠罩之下是一具穿著長袍的骷髏，骨骼已經枯黃，其間有熒熒閃光，彷彿摻進什麼礦物質。這骷髏的姿勢異常古怪，它在龕內雙腿散盤，雙手環扣抱懷，整個身體前拱，彷彿要把自己彎成一個籠子。龕頂還刻有字跡，只是不湊近就無法看清。

彼得和尚趕緊用手電筒去掃其他岩龕，一龕一屍。這些骷髏穿的衣服不盡相同，有素袍、儒服、馬褂、長衫，乃至中山裝、西裝，甚至還有明、清朝服，朝珠花翎一應俱全。有些衣服已經衰朽不堪，只餘幾縷粗布在骨頭上。每一具骷髏都保持著如此的姿勢，專心致志，在這藏筆洞深處的龕中端坐，似乎在守護著什麼。彼得和尚恐怖之心漸消，反覺得眼前的一切說不出地莊重肅穆。

「難道這裡就是……」

「不錯。」韋定國道，轉身跪倒在碑前，鄭重地叩了三叩，方才起身說道，「這裡就是我韋家歷代祖先埋骨藏筆之地，也是我韋家筆塚的所在。」

彼得和尚怔了一怔，走到碑前雙手合十，深鞠一躬，眼睛卻不住望著遠處一具具林立的屍骸，感到靈息流轉，心情竟莫名激動起來。

韋定國道：「人有生死，筆靈卻不朽。歷代祖先中的筆塚吏們自覺大限將至的時候，就會自行進入藏筆洞內，擇龕而逝，用最後的靈力把身體環成筆掛。當筆靈脫離軀殼之時，就附在屍骸之內，靜等著下一位主人的到來，把它解放出來。這幾百年來，人生代代更新，筆靈卻是循環往復，於此地認主，又歸於此地。」

彼得和尚注意到一些骷髏懷中隱然有光，想來都是韋家收藏的筆靈所在。這些曾經的英雄、文人墨客或者普通人，就在這暗無天日的地下化作骸骨，於黑暗中沉默地度過幾百年的時光，默默地守護著筆靈與韋家存續。彼得和尚想到此節，更覺敬意油然而起。

難怪韋定國要打昏羅中夏，原來這裡是先輩陵寢重地，又是筆靈收藏之所。

這時，手電筒掃到了兩個石龕，他發現這兩個龕內屍骨散亂不堪，半點靈息也無。韋定國道：「不錯，這就是秦宜那丫頭所為。可恨她竊走了筆靈也還罷了，而且還毀傷先祖遺骨。」語氣中隱有怒氣。

「您把我帶到這裡來，到底想做什麼？」

韋定國盯著他的眼睛道：「放你一條生路。」

「你果然跟族長的死有關！」彼得和尚忍不住還是刺了一句。

「不，我不知道。」韋定國坦然說道，隨即嘆了一口氣，「族長之死，自有公安鑑定。我所知道的，是接下來整個韋莊將會不一樣了……」

「恭喜您，定國叔，這是您一直以來的夢想吧？」

韋定國沒聽出彼得和尚語中帶刺，或者彼得和尚沒注意到黑暗中韋定國苦笑的表情。總之，這位政工幹部式的老人沒有對這句話做出反應，而是繼續說道：「我不想把韋莊捲進這些已經過時的紛爭。現在筆靈不是生活的主旋律，經濟發展才是。關於這一點，我和兄長之間屢有爭論。」

彼得和尚冷冷道：「所以你就殺了他。」

「不，兄長昨晚幾乎被我說服了，他告訴我，以後會辭去族長的位子，讓我來經營。不過他做下這個決定，表情卻有些古怪，又沒頭沒尾地對我說了一句話。」

「什麼話？」

「他說，萬一有什麼事情發生，讓我帶你從藏筆洞離開。」

「難道他早有預感自己會死？」

韋定國道：「族長從很久之前，就沒有什麼欲望活下去了。韋情剛身死，而你又……唉，若不是為了守護筆靈，他也不至於以病殘之軀熬到現在。死亡未嘗不是一種解脫。」

「可他是被人殺死的！凶手還竊走了筆靈。」

「我若深入去查，韋家只怕又會和筆靈糾纏不清。國有國法，還是交給有關部門去調查吧。」韋定國背著手，神情漠然。

彼得和尚知道他的立場，可沒想到他會切割得如此徹底。韋定國做了一個手勢，表示自己說得差不多了。他舉起手電筒，示意彼得和尚跟上他。

彼得和尚背上羅中夏，還是滿腹疑問，兩個人踏著堅硬的石路，一步步朝著韋家先祖陵墓的深處走去。途中兩個人都沒有說話。一路上兩側鬼火幽明，甚至還有磷光泛起，層疊起伏的石陵上不時有先人的墓龕出現，每一個墓龕中都坐著一具屍骸，每一具屍骸背後都有一段不為人知的故事和一管傳奇的筆靈。彼得和尚有時候想停下腳步來，好好憑弔瞻仰一下這些墓龕，可韋定國的腳步太快，他不得不緊緊跟隨其後。稍微不留神，就有可能失去前面的嚮導，在這黑暗中徹底迷失方向。

比起藏筆洞內錯綜複雜的石路，韋定國撲朔迷離的態度更讓彼得和尚覺得不安。韋勢然、韋莊、族長、永欣寺，這些彼此之間一定有什麼隱藏的聯繫，千頭萬緒，自己卻是茫然不解。還有，羅中夏、顏政、二柱子他們究竟會如何？這也是一個問題。

他們愈走愈低，兩側的岩丘越發高大，如同兩片巨壁朝中間壓過來，留在頭頂的幾乎只有一線天。當他們走到岩丘最底部的時候，彼得和尚發現恰好是在一個狀如漏斗一樣的倒圓錐尖位置，周圍高大的岩壁像羅馬競技場一樣圍成一個逐漸升高變大的大圈，墓龕們便稀稀拉拉地坐落在每一層凹進去的岩層中，如同一群坐在競技場裡的觀眾，高高在上，龕中屍骸顯出凜然的氣勢。

在這個位置抬頭，很輕易就可以看到幾乎所有的墓龕，它們居高臨下，用已經喪失了生氣的漆黑眼窩俯瞰著自己後世的子孫。冰冷詭祕的氣氛在這些屍骸間淡淡地飄動著，勾引出難以名狀的感受。

韋定國轉過身，伸出右手做了一個邀請的姿勢：「彼得，這裡目前一共還有八枝筆靈在，隨你挑選一管吧。」

彼得和尚怎麼也沒想到他會忽然提出這個要求，不由得有些結巴：「可是……筆靈不是該在認筆大會上任其神會的嗎？都是筆靈選人，哪裡有人挑筆靈的道理？」

「我剛才不是說了嗎？自從族長死了，許多事都將改變。韋家以後與筆靈無關了。」

彼得和尚看了看四周，韋定國所言不錯，一共有八個墓龕閃著光芒，八具擺成籠狀的屍骸護著八團幽幽藍光，每一個都代表了往昔的一位天才，每一管都蘊藏著一種奇妙的能力。只要他現在走上前去，筆靈唾手可得，他也可一躍成為筆塚吏，與族內長老平起平坐。

「那一管是岑參的雪梨筆；再高處一點，右邊，是秦觀[5]的少遊筆；這邊看過來第三格，是李後主的愁筆……」

彼得和尚笑了，打斷了這個介紹：「定國叔，您應該也知道，我已經發願此生不入筆靈，只修禦守之術。只怕您的好意，我不能領。」

「你還是對那件事耿耿於懷啊。」韋定國盯著他的眼睛，鏡片後的眼神閃爍不定。

彼得搖搖頭：「現在我已經皈依佛門，以往種種，如夢幻泡影，不去想，也就不必耿耿於懷了，當年之事如是，筆靈亦如是。」

「這可是你唯一的一次機會，以後不可能再有這種好事了。」

「阿彌陀佛。」

「好吧，既然如此，我也不勉強你。」韋定國看起來也像是放棄了，他略帶遺憾地再度望了望這片墓龕，「那你隨我來。」

彼得和尚仍走在韋定國後面，連頭也不曾回一下。黑暗中，沒人知道他的表情究竟是怎樣的，只有那一聲淡定的「阿彌陀佛」依然迴蕩在整個洞中，久久不曾散去。

那些筆靈似乎也被這聲音所擾動，在前任主人的屍骸中躍躍欲動，光芒盛了許多，如同送別他們兩個的路燈。

愈往洞窟的深處走，墓龕的數量就愈稀疏，洞窟也愈來愈狹窄，最後兩個人走到一處低矮的穹頂前，整個空間已經縮成了一條長長的甬道，就像是一條石龍把頭扎進岩壁裡一樣，他們正走在龍的脊背之上，甚至可以用腳感覺到一片片龍鱗。彼得和尚聳了聳鼻子，能感覺到有細微的風吹過，空氣也比之前要清新得多。這附近一定有一個出口！

韋定國指了指龍頭所向的漆黑洞口。

「順著這裡走，你和羅中夏就能走出去。出去是韋莊後山的另外一側，你小時候經常去玩的，應該迷不了路。」

彼得和尚一時間不知道該說什麼才好，他一直對這個叔叔懷有敵意，現在卻忽然迷惑了。他踟躕了一下，問道：「那定國叔，你想要我出去以後做什麼？」

韋定國道：「你出去以後，不要再回到韋莊來了。」

「那你呢？」

「哦，我會成為韋莊第一個沒有筆靈的族長。」韋定國換上了一副冷漠的表情，「韋莊將變成一個以旅遊業為主的富裕農村。然後筆靈將會逐漸成為一個古老的傳說。我要結束筆靈和韋莊的聯繫。

「至於你們……報仇也罷，退筆也罷，都與我、與韋莊無關了。你從這個出口離開那一刻，我們就不再有任何關係。在哥哥生前，我會盡心竭力輔佐他，完成一切他想要的。現在他已經死了，把握韋莊方向的是我。我將會為韋莊開闢一個新紀元。」

「可是，韋勢然或者諸葛家那些人，也一樣會來威脅你吧？」

「當韋莊變成一個普通村莊的時候，也就失去了他們能利用的價值。你看，我的想法才是最安全的。所以羅中夏退筆的心情，其實我很理解。」韋定國笑了笑。

彼得和尚張了張嘴，卻說不出話來。他總覺得這樣做實在是不可思議，在大家都搶破頭般地拚命把筆靈據為己有時，竟然還有人如此乾淨俐落地把這一個寶藏推開。但一想到自己剛才也是毫不猶豫地拒絕了韋定國的好意，沒有帶走任何筆靈，忽然覺得釋然了。

「阿彌陀佛，我知道了。」

韋定國揮了揮手，示意彼得和尚可以離開了。

「好好活著。」他衝著即將在黑暗中消失的彼得和尚喊道，這是彼得和尚印象裡他第一次如此高聲地說話。

1《筆經》，由韋誕所寫，總結了當時製筆之法；《東軒筆錄》，北宋魏泰撰，記載了北宋太祖至神宗六朝舊事的筆記；〈毛穎傳〉，由韓愈所寫之散文，用以抒發自身不被重用的情懷。

2 布朗運動，指微小粒子在流體中進行的無規則運動。

3 孫過庭，唐代書法家，其作品《書譜》全篇由草書寫成。

4 俠客島，為金庸小說《俠客行》中一位置偏僻的孤島。

5 秦觀，書、文、詩、詞兼長，為婉約詞派代表之一，與黃庭堅、張耒、晁補之並稱「蘇門四學士」。

第二十六章 伏櫪銜冤摧兩眉

去歲左遷夜郎道，
琉璃硯水長枯槁。
今年敕放巫山陽，
蛟龍筆翰生輝光[1]。

「唔唔……聖，什麼聖……」羅中夏雙眼裝作不經意掃視著車廂外面不斷後退的景色，抓耳撓腮。顏政捧著《李太白全集》坐在他對面，似笑非笑：「給你點提示吧。」說完他抬起右手，做了一個向前抓的姿勢，嘴裡學著電影《英雄》裡的秦軍士兵：「大風，大風！」

羅中夏緩緩從肺裡吐出一口氣，念出了接下來的兩句：「聖主還聽子虛賦，相如卻與論文章。」

這可真是諷刺，太白的千古名詩，他還要靠這種低級的形象記憶法才能記得住。不過也怪不得羅中夏，這兩句詩用的典故，自然而然就會讓人聯想到那個凶悍如狼的諸葛長卿，以及他那枝煉自司馬相如、能駕馭風雲的凌雲筆。

這也是無奈之舉。寄寓羅中夏體內的青蓮筆雖然只是遺筆，畢竟繼承的是太白精魄，寄主對太白詩理解得愈多，就愈接近太白本人的精神，筆靈的能力也就越發強勁。羅中夏國學底子太薄，用京劇裡「會通精化」[2]四個境界來比喻的話，他連「會」都談不上，只好走最正統的路子：背詩。

俗話說得好：「熟讀唐詩三百首，不會作詩也會吟。」前路渺渺，不知有多少凶險。羅中夏為了保命，也只好打起精神，乖乖把這許多首李白的詩囫圇個兒先吞下去。只可惜任憑他如何背誦，青蓮筆都愛搭不理，恍如未聞，似乎知道自己的這個宿主就算搖頭晃腦地背唐詩，也是春風過驢耳吧。

羅中夏愁眉苦臉地托腮望向窗外，心想：「唉，不知道彼得如今到了沒有。」

當日在韋家藏筆洞裡，他被韋定國一掌打昏，後面的事情全不知道，等到清醒以後，已經在一所小旅館的床上了。

洞裡到底發生了什麼事，他是一概不知，彼得和尚也沒提。自從出洞之後，這位溫潤如玉的和尚，一直沉默寡言，心事重重。

根據點睛筆的指點，浙江紹興的永欣寺和湖南永州的綠天庵都和退筆之事有關係。彼得和尚說，點睛筆先寫東南，後寫西南，可見永欣寺在綠天庵之前，因此他建議羅中夏先跟顏政、二柱子會合，去永欣寺，而彼得和尚則同時前往綠天庵探查。

羅中夏感覺到彼得和尚心神不寧，大概是想順便一個人靜靜，於是也並沒勉強。兩人與顏政、二柱子會合之後，兵分兩路而去。

「你這樣下去不行啊，幾小時才背下了兩、三首。」

顏政磕了磕指頭，渾身洋溢著「事不關己」的輕鬆。他的體內也寄寓著筆靈，卻沒羅中夏這麼多麻煩事。他的筆靈名為「畫眉」，煉自漢代張敞，只要對女性保持尊重即可人筆合一，無須背什麼東西。

羅中夏厭煩地擰開綠茶瓶蓋，咕咚咕咚灌了幾口：「算了算了，不背這首了，又沒多大的戰力，找些昂揚、豪氣的詩吧，比如〈滿江紅〉什麼的。」

「〈滿江紅〉是吧？你等我翻翻，看裡面有沒有……」同樣不學無術的顏政翻開目錄，掃了一圈，「呸，還全集呢，沒收錄這首詩……不過話說回來，這滿篇都是繁體字，又是豎排，看起來眼睛可真疼。」

「你可以用你的指頭治治嘛。」

顏政的畫眉筆具有奇妙的時光倒轉功效，可以用指頭使物品或者人的狀態回到某個不確定的過去，十根指頭每一根都是一次機會。不過顏政還沒學會如何控制，時間長度和恢復速度都不太可靠。

「這可不能亂用，有數的，我好不容易才恢復到這個程度。」顏政伸出指頭，除了兩個大拇指和右手的無名指以外，其他七根指頭都籠罩在一片淡淡的紅光中。

羅中夏看到這番情景，下意識地摸了摸自己胸口。那裡除了青蓮筆以外，還沉睡著另外一枝叫點睛的筆靈。自有筆塚以來，他可以算是第一個同時在身體裡寄寓著兩枝筆靈的人了。自從指點過一次命運以後，這幾天以來點睛筆一直都保持著沉默，悄無聲息，彷彿被青蓮筆徹底壓制似的。

這時候二柱子捧著兩盒熱氣騰騰的康師傅泡麵走過來，在狹窄的走道裡步伐十分穩健。

顏政和羅中夏背了一中午的詩，早已經飢腸轆轆，連忙接過碗麵，擱到硬桌上，靜等三分鐘。羅中夏發現只有兩碗，就問二柱子：「我說柱子，你不吃嗎？」

「哦，我吃這個。」二柱子憨憨一笑，從懷裡掏出兩個白饅頭，什麼也不就，就這麼大嚼起來。彼得和尚隻身去了永州，如今韋家人跟在羅、顏身邊的，只有這個二柱子。他本名叫韋裁庸，因為名字拗口難記，羅、顏都覺得還是二柱子叫起來順口。

羅中夏把鋼勺擱在碗面頂上壓住，隨口問道：「說起來，你自己沒什麼筆靈啊？」

二柱子嚥下一口饅頭，回答說：「奶奶說，筆靈選中的，都是有才華的人。我腦子笨，不是塊讀書的料，呵呵。」說到這裡，他呵呵傻笑著搔搔頭：「我以前在韋莊上學，後來被家裡人送到河南武術學校，奶奶說如果我老老實實學拳，將來也是能有成就的，不必去擠做筆塚吏那個獨木橋。」

顏政正色道：「美國摔角界的大拿布洛克．雷斯納有句話說『拳怕少壯武怕勤』，你這麼扎實的功底，只要不進武協，早晚會有大成。我覺得你就和我一樣，天生有做武術家的命格。」

羅中夏黯然道：「不錯，學拳可比當筆塚吏強多了，沒那麼多是非……」他摸了摸自己的兜裡，裡面擱著點睛筆的前一任主人房斌的駕駛證。他與房斌素昧平生，其人生前有什麼遭遇、經歷一概不知。不過羅中夏親眼見他因筆靈而被諸葛長卿殺死在眼前，不禁有了幾分同病相憐的感覺。留著這駕駛執照，也算是做一點點緬懷。

點睛筆雖能指示命運，趨吉避凶，可終究不能完全左右人生。這位房斌縱有筆靈在身，到頭來還是慘遭殺害。羅中夏心中始終有些不安，不知自己是否是下一個。

正在這時，窗外景色倒退的速度減慢了，車廂裡廣播說前方即將到達紹興車站，停車十分鐘。顏政一陣叫苦：「完了，我這碗麵剛泡上。」

「還有十分鐘，你還能吃完。」

「馬上就到紹興了，誰還吃泡麵啊！」顏政不高興地抱著碗道。那邊二柱子已經抱著旅遊地圖上的紹興介紹念起來：紹興古稱會稽，地屬越州，曾是我國春秋時期越國的都城，至今已有兩千四百多年的歷史，是我國的歷史文化名城。其中湖泊遍布，河道縱橫，烏篷船穿梭其間，石橋橫跨其上，構成了特有的水鄉風光，是我國著名的江南水鄉。江南水鄉古道的那種「黛瓦粉牆，深巷曲弄，枕河人家，柔櫓一聲，扁舟咿呀」的風情，讓許多久居都市鋼筋水泥叢林中的人魂牽夢縈。

可惜他聲音粗聲粗氣，比起導遊小姐甜美的嗓音差得太遠，更像是個小和尚在念經。

等到火車抵達紹興，羅中夏一行人下了車，一路趕到紹興柯橋。此時天色已晚，兼有濛濛細雨，整個小鎮都被籠罩在一片若有若無的霧靄之中，倒是頗有一番意境。不過若是依顏政的喜好，大概只想得到「宮女如花滿春殿，只今惟有鷓鴣飛[3]」吧……

在路上他們查閱了旅遊手冊，發現永欣寺現在已經不叫永欣寺了。這座寺廟始建於晉代，本名雲門寺，在南梁的時候才改名叫永欣，後來在宋代又改叫淳化寺，宋末毀於戰火。一直到明代重修的時候，方才又改回雲門寺的名字。手冊上說雲門寺在紹興城南秦望山麓，距離紹興城只有十六公里的路程。此時天色已晚，於是大家都同意先在鎮子上落腳，第二天一大早再前往。

「只要明天找到退筆塚，你身上的青蓮筆就可以退掉啦。」

二柱子對羅中夏說，很是替他高興。羅中夏嘴上只「嗯」了一聲，心裡卻無甚歡喜，這一路上雖然沒什麼波折，可他在韋莊發生了那些事之後，心裡總是惴惴不安，尤其是他又不能告訴二柱子，這是彼得和尚反覆叮囑過的，不然這個耿直的少年說不定會掉頭回去奔喪。

「算了，等我退了筆，這些事，就與我無關了。」羅中夏安慰自己道。

他們就近找了一家青年旅館，羅中夏和二柱子住在一個屋子，顏政說不習慣和男人睡，自己要了個單人房。自從離開韋莊之後，這是羅中夏第一次能躺下來好好休息一下，他四肢已經疲憊不堪，洗過澡就直接爬上了床。另外一張床上的二柱子已經是鼾聲大作。

過度疲倦，反而睡不著。羅中夏在床上輾轉反側了半天，覺得口乾舌燥，喉嚨裡煙熏火燎的。可是這個旅館的房間裡不提供水壺，想喝水，只能自己拿杯子去外頭飲水機裝。羅中夏縱然百般不情願，也只能勉強從床上爬起來，走到外頭走道。

外面走道很安靜，左右都是緊閉的房門，只有頂上一盞昏黃的日光燈亮著。飲水機就在走廊的盡頭。

羅中夏握著杯子朝飲水機慢慢走去，雙腳踩在化纖質地的劣質地毯上，發出沙沙的聲音。眼看就要走到飲水機面前，羅中夏忽然聽到一聲長吟：「朝聞遊子唱離歌，昨夜微霜初渡河。」語氣中竟帶有無限蕭索之意。

羅中夏不知道這是李頎的〈送魏萬之京〉的名句，還以為是哪個旅客看電視播的聲音太大呢，也沒在意，繼續朝飲水機走去。這時他看到一個男子站在旁邊。這個人穿一身黑色西裝，面色白淨，加上整個人高高瘦瘦，看上去好似是一枝白毫黑桿的毛筆。特別引人注目的是他臉上那個成龍式的大鼻子，鼻翼很寬，和窄臉的比例不是很協調。

「請問先生貴姓？」男子輕聲問道，聲音和剛才吟詩的腔調幾乎一樣。「哦，我姓羅。」羅中夏習慣性地回答道。

「羅」字甫一出口，四周霎時安靜下來，似乎在一瞬間落下無形的隔音柵牆。

羅中夏最初以為是錯覺，幾秒鐘以後，他開始發覺事情有些不對勁了：不光聲音，就連光線、氣味、溫度甚至重力也被一下子吞噬，肉體好似一下子被徹底拋入「無」的領域。

這一切來得實在太過突然，他上一秒鐘還在小旅館裡，現在卻深陷此處，羅中夏對此完全沒有心理準備，不由驚恐地左右望去。可是他只看到無邊深重的黑暗，而且十分黏滯。羅中夏試圖揮動手臂，卻發現身體處於一種奇妙的飄浮狀態，無上無下。

也不知道過了多久，一層淡淡的青色螢光從他的胸前湧現出來，逐漸籠罩周身。這點光在無盡的黑暗中微不足道，不過多少讓羅中夏心定了一些。這是人類的天性，有光就有希望。很快螢光把全身都裹起來，羅中夏發現自己的身體被這層光芒慢慢融化，形體發生了奇特的變化。

他變成了一枝筆。

莊生化蝶，老子化胡，如今羅中夏卻化了青蓮筆。筆頂一朵青蓮，纖毫畢見，流光溢彩。

羅中夏到底也經歷了幾場硬仗，很快從最初的慌亂鎮定下來。眼下情況未明，唯一可以確定的是：新的筆塚吏出現了。羅中夏沒想到敵人這麼快就找上門來。看到這片黑暗，他忽然想這個新的敵人是否和之前那枝五色筆一樣，可以把周圍環境封在黑暗之中，不受外界影響？不過這兩種黑暗還是有一些不同，五色筆的黑暗只是物理性的遮蔽，而眼前這種黑暗似乎讓一切感覺都被剝奪了。

就在這時，遠處一道毫光閃過，如夜半劃破天際的流星，一個聲音從四面八方響起。「羅中夏，歡迎進入我的『境界』。」

聲音沒有通過耳膜傳遞，而是直接敲擊大腦，所以羅中夏只能明白其意，卻無從判斷其聲音特徵。

「靠，我可沒情願要來！」他張開嘴嚷道，也不管張嘴是否真的有用。

「在你答我話時，就已經注定了，你是自願的。」聲音回答。

「渾蛋！你們家自願是這樣？」

「我事先已設置了一個韻部，一旦發動，你只要說出同一韻部的字，就會立刻被吸入我的領域。這是你進入這裡的必要條件。」

羅中夏回想剛才的情景，那人沒頭沒腦地念了句：「朝聞遊子唱離歌，昨夜微霜初渡河」，看來就是在那個時候埋伏下的圈套。他毫不提防，隨隨便便回了句「我姓羅」。「羅」字與「歌」字同屬下平五歌韻，於是……看來這個敵人已經知道了他的底細，故意設置了與「羅」字同韻的詩，一問姓名，羅中夏就上了當。

「你是誰？」

「在這個『境界』裡，我們是誰並不重要，重要的是它們。」隨著聲音的震動，黑暗中遠遠浮現出另外一個光團，光團中隱約裹著一枝毛筆，與羅中夏化成的青蓮筆遙相呼應。旁邊還有一個更小的光團，應該就是點睛筆。

聲音說：「你我如今置身於純粹精神構成的領域，與物理世界完全相反。你可以把這裡理解為一種『思想境界』的實體化。這裡唯一的實體，就只有筆靈——現實裡筆靈寄寓於你，在這裡你的精神則被筆靈包容。」

羅中夏下意識地嚥了口唾沫：「你是什麼筆？」

「滄浪筆。」

場面上沉默了一陣，那聲音似乎在等羅中夏發出驚呼。可惜羅中夏對這些文學典故完全不熟，沒有任何反應。那聲音又等待了片刻，似乎突然意識到這個對手國學底子有限，這才冷哼一聲。

遠處的滄浪筆忽然精光大盛，從筆毫中擠出一個光片，狀如羽毛，尖銳如劍。光羽一脫離滄浪筆立刻刺向羅中夏，沉沉黑色中如一枚通體發光的魚雷。

羅中夏慌忙划動手臂，企圖躲開，可是他忘了自己是在精神世界，無所謂距離遠近，只有境界差異，只好眼睜睜看著那片光羽削到自己面前。「砰」的一聲，光羽在眼前炸裂。他腦子一暈，身體倒不覺得疼痛，只是精神一陣渙散，猶如短暫失神。

「想躲閃是沒用的，在這個『境界』裡，一切都只有精神層面上的意義。我所能戰你的武器，是意識；你所能抵擋的盾牌，只有才華。」

「完了，那豈不是說我赤手空拳嗎？」羅中夏暗暗叫苦。

又是兩片光羽飛來，還伴隨著聲音：「乖乖在這個領域裡精神崩潰吧。」

羅中夏被對方這種趾高氣揚的態度激怒了，他好歹也曾經打敗過麟角筆和五色筆，跟諸葛長卿的凌雲筆也戰了個平手。

「那就讓你看看，到底誰會精神崩潰！」

沒用多想，他立刻發動了〈望廬山瀑布〉，這首詩屢試不爽，實在是羅中夏手裡最稱手的武器。

可是，這四句詩並沒有像他預想的那樣，幻化出詩歌的意象來，而是變成四縷青煙，從自己身體裡飄出，在黑暗中縹縹緲緲，他甚至能依稀從青煙的脈絡分辨出詩中文字。

「愚蠢。」聲音冷冷地評論道，「我已經說過了，這裡是思想的境界，唯有精神是具體的。你所能依靠的，只有詩句本身的意境和你的領悟，別想靠『詩意具象』唬人，今天可沒那麼討巧了。」

羅中夏沒回答，而是拚命驅使著這四縷青色詩煙朝著那兩片光羽飄去。〈望廬山瀑布〉詩句奇絕，蘊意卻很淺顯，以羅中夏的國學修為，也能勉強如臂使指。

眼見詩煙與光羽相接，羅中夏猛然一凝神識，詩煙登時凝結如鎖鏈，把光羽牢牢縛住。聲音卻絲毫不覺得意外，反而揶揄道：「倒好，看來你多少識些字。可惜背得熟練，卻未必能領悟詩中妙處。」

話音剛落，光羽上下紛飛，把這四柱青煙斬得七零八落，化作絲絲縷縷的殘片飄散在黑暗中。羅中夏受此打擊，又是一陣眩暈，險些意識渙散，就連青蓮筆本身都為之一震。

「在滄浪筆面前賣弄這些，實在可笑。」

「滄浪筆……到底是什麼啊？」

「嚴羽滄浪，詩析千家，你今日就遇著剋星了。」

羅中夏對詩歌的了解，只限於幾個名人，尚還未到評詩論道的境界，自然對嚴羽這人不熟。如果是彼得和尚或者韋小榕，就會立刻猜到這筆的來歷是煉自南宋嚴羽。嚴羽此人詩才不高，卻善於分辟析理，提綱挈領，曾著《滄浪詩話》品評歷代詩家，被後世尊為詩評之祖。

所以嚴羽這枝滄浪筆，在現實中無甚能為，卻能依靠本身能力營造出一個純精神的境界，以己之長，攻敵之短，憑藉解詩析韻的能力，專破詩家筆靈。

那些光羽名叫「哪吒」。嚴羽論詩，頗為自得，曾說：「吾論詩若哪吒太子析骨還父，析肉還母。」虧得羅中夏用的是李白詩、青蓮筆，如果是其他尋常詩句，只怕早被「哪吒」光羽批了個魂飛魄散、一筆兩斷。

饒是如此，羅中夏還是連連被「哪吒」打中，讓意識時醒時昏。青蓮筆引以為豪的具象，這時一點都施展不出來了。至於點睛筆，更是無從發揮。

羅中夏又試著放出幾首在火車上背的詩，結果因只是臨時抱佛腳，自己尚不能體會詩中深意，而被連連斬殺，被滄浪筆批了個痛快淋漓。

不知過了多久，攻擊戛然而止。羅中夏喘息未定，幾乎快瘋了，而局面上忽然又發生了變化。他看到眼前的光羽紛紛飛到一起，在自己四周匯成一面層層疊疊的帷幕，帷幕之上隱隱約約寫著許多漢字，長短不一。

「這叫煉幕，每一重幕便是一條詩句。這些字都是歷代詩家窮竭心血煉出來的，字字精當，唯一的破法便是窺破幕中所煉之字。你若能打得中，便能擊破煉幕，我放你一條生路。」聲音說。

羅中夏聽得糊里糊塗，只知道自己要找出字來，才能打破壁壘，逃出生天。他趕緊精神一振，凝神去看。果然這煉幕每一重帷上的詩字不用細看，句句分明。

距離羅中夏最近的一重帷幕款款飄過，上面飄動著一行字跡：「夢魂欲度蒼茫去，怕夢輕、還被愁遮。」

他不知詩中「煉」字之妙，心想這個「度」字也許用得好吧。靈識一動，青蓮筆飛身而出，筆毫輕輕點中幕上「度」字。整個煉幕一陣劇震，轟的一聲，生生把青蓮筆震了回去。

那一片原本柔媚如絲的帷幕頓時凝成了鉛灰顏色，陰沉堅硬如同鐵幕。「可惡，這和買彩券沒什麼區別啊。」

羅中夏暗暗咬了咬牙，又選中一塊「寥落古行宮，宮花寂寞紅」，這句短一些，猜中的機率或許會高一點。

青蓮筆點中「花」字，「啪」的一下立刻又被震回。聲音冷笑：「俗不可耐。」

羅中夏連連點選，卻沒一次點對。眼見這重重煉幕已經有一半都變了顏色，自己卻已經被震得沒有退路。萬般無奈，他只得再選一句更短的：「月入歌扇，花承節鼓。」一共八個字，機率是百分之十二點五，已經很高了。羅中夏已經對自己的鑑賞能力喪失了信心，心中一橫，把選擇權讓渡給了直覺。

就第二個吧。

筆毫觸到「入」字，帷幕發出清脆的裂帛之聲，化作片片思縷消逝在黑暗中。成功了！

羅中夏一陣狂喜，聲音卻道：「不過是湊巧，你能走運多久？」經他提醒，羅中夏才想起來煉幕愈收愈緊，已經逼到了鼻尖前，再無餘裕了。他慌忙亂點一通，希望還能故技重演。只是這回再沒有剛才的運氣了，他的努力也只是讓煉幕變色變得更快。

幾番掙扎下來，鐵幕已然成形，重重無比沉重的黑影遮天蔽日，朝著化成了青蓮筆的羅中夏挾捲而去。羅中夏感受到了無窮的壓力，如同被一條巨蟒纏住。他雙手下意識地去伸開支撐，卻欲振乏力。只聽到轟然一聲巨響，青蓮的光芒終於被這片鐵幕捲滅，在黑暗中

「啪」的一聲熄滅……

啊！羅中夏猛然從床上驚起大叫，把周圍的顏政嚇了一跳，伸手過去摸他額頭：「你鬼壓床了？」

羅中夏驚魂未定，說敵人在哪兒，顏政更驚訝了：「什麼敵人？我剛才出去打水，看見你躺在飲水機前面的地毯上，就給抬進屋了，還以為你睡糊塗了呢。」

羅中夏把剛才的事說了一遍，顏政也覺得納悶，剛才他可是一個人都沒看到。若說對方是敵人的話，為什麼就這麼輕易放過他了？難道不應該直接拖走解剖嗎？兩人正百思不得其解，二柱子一臉緊張地進來，說他感應到附近有筆塚吏，驚醒過來，趕緊來提醒他們。既然二柱子有感應，說明羅中夏剛才確實遭到了一次襲擊，不過敵人似乎沒什麼殺意，稍微接觸一下就退去了。

「我說，滄浪筆說的那個煉字，到底是什麼意思？」羅中夏問二柱子。他還從來沒碰到過這麼奇怪的敵人，感覺一身力氣都無處施展。

顏政肯定回答不出來，但二柱子是韋家培訓出來的，肯定知道。

顏政從包裡把《李太白全集》拿出來墊在桌子上，開始削蘋果。二柱子道：「我在村裡私塾上學的時候，聽過一個推敲的故事，就是關於煉字的。你們要不要聽？」

「說來聽聽。」顏政饒有興趣。

「唐代有一位詩人名叫賈島，有一次他想出了兩句詩『鳥宿池邊樹，僧敲月下門』，但卻不知道用『推』字好還是『敲』字好。他騎著驢子想了很久，都無法做出決定，最後竟然撞到了韓愈的儀仗隊伍。韓愈告訴他說『敲』字比較好。後世『推敲』一詞就是從這裡來的。」

二柱子的故事一聽就是講給少年兒童聽的，羅中夏和顏政卻聽得津津有味。聽完以後，羅中夏摸摸腦袋：「可我還是覺不出來『推』和『敲』有什麼區別。」

二柱子不好意思道：「我也是。」

顏政道：「這有什麼好為難的，推和敲都不好，應該用砸。僧砸月下門，大半夜的不砸門別人聽不見啊。」

「那還不如僧撞月下門。」

「逼急了和尚，搞不好還會僧炸月下門呢。」

三個人都笑了，氣氛略有緩和。二柱子道：「這個嚴羽滄浪筆的能力，我也不太清楚，老師沒教過他。不過聽你的描述，似乎只要說話不和他的韻部相同，就沒事了。接下來我們外出，盡量裝啞巴吧。」

倘若彼得和尚在此，肯定還有更好的辦法。但這三個人，一個不學無術，一個六竅皆通，還有一個年紀尚小，只能選擇這麼保守的辦法了。三人又聊了一會兒，決定聚在一個屋子裡睡更安全。他們不知道的是，在小旅館不遠的酒店二十層，幾道情緒不一的目光，正隔著玻璃注視著這邊窗口。其中一個人放下望遠鏡，露出悍狼般的面孔——正是羅中夏他們的熟人，諸葛長卿。

諸葛長卿對身旁那個有著成龍式大鼻子的男子道：「諸葛一輝，你剛才為何手下留情？」

諸葛一輝啜了一口杯中的清水，豎起一根指頭：「我的滄浪筆本來只能困住羅中夏，傷不了他。」

他的筆能把人拉入純粹精神領域，在那裡任何筆靈都無處遁形，所以在諸葛家，他負責的是調查和辨認筆靈，鬥戰反倒不是強項。

「我記得滄浪筆明明可以令對手精神崩潰。」諸葛長卿有點不甘心。

「那傢伙沒什麼學問，但剛才我窺視他內心，有那麼一點異常固執之處，比尋常人都堅定得多，死死護住了核心精神領域。我估計，這就是族長說的道心種子吧。」

諸葛一輝說到這裡，居然面露一絲敬畏，「他日後多讀讀書，未來不可預期啊。」

「那豈不是更要趁早幹掉？」

「不要整天幹掉這個殺死那個，我們諸葛家又不是犯罪集團。這次我們來，是為了搞清楚青蓮筆來紹興的目的，盡量不傷人。」

諸葛長卿道：「我不明白。他們三個只有兩個是筆塚吏，還是新丁，我一個人分分鐘搞定。只要落到我手裡，我保證他們很快就會說出所有的事，筆也歸我們所有了。」他轉動手腕，露出殘忍笑容。

諸葛一輝皺了皺眉頭，他一點也不喜歡這傢伙透出的血腥和殘忍味道。他把手機往桌子上一擱：「殺人取筆？你瘋了？有意見直接找族長說去。」

諸葛長卿聳聳肩，冷笑著回頭道：「十九，妳的一輝哥說不傷人，妳覺得呢？」

原來屋子裡還有第三個人，是個二十歲左右的長髮女子，長髮披肩，一身紅衣，高挑的身材英氣十足。她半坐在床邊，手裡玩著一把飛刀，眉眼之間帶有濃濃的煞氣。她聽到諸葛長卿的話，冷然道：「一輝哥，我就問你一句，你剛才在『境界』裡可看到點睛筆了？」

諸葛一輝苦笑著點點頭。

一聽到這個消息，十九的情緒一瞬間發生了波動，然後迅速被壓抑回去。她把飛刀拋得高高，又伸手抓住：「長卿哥說得沒錯。房斌老師果然是死在他的手上。」

真正殺害房斌的凶手諸葛長卿面不改色，在一旁抱臂冷笑。十九站起身來，語帶殺意：「放心吧。我不會給一輝哥你和族長添亂，在摸清楚羅中夏要幹嘛之前，我不會輕舉妄動。但在那之後……我一定要替房斌老師報仇。」

說到最後一個字，屋子裡突然湧起一股凜冽鋒銳的殺氣。諸葛一輝知道他這個族妹對房斌老師抱有一絲特別的情愫，所以聽說這次行動的目標是殺師凶手後，堅持一定要跟來。他知道十九脾氣倔強，也無法勸，無奈道：「先持續監視那三個人，等明天看情況再定。」

諸葛長卿吹了聲口哨，離開了房間。他轉身之後，從嘴角流露出一絲不易覺察的得意笑容。而十九走到窗邊，拿起望遠鏡重新朝那個小旅館望去，頭頂似乎懸浮著一把巨大的刀。

---

1 出自李白〈自漢陽病酒歸寄王明府〉。

2 會通精化，京劇境界。會：學會基本唱法；通：通達每一句臺詞蘊藏的情感與技巧；精：精益求精；化：將技巧融會貫通在表演中，達到人戲合一。

3 出自李白〈越中覽古〉。

第二十七章　寧期此地忽相遇

雲門寺坐落於紹興城南十六公里處秦望山麓的一個狹長山谷裡，距離倒不很遠，只是難找，沒有專線旅遊車。他們從紹興汽車南站坐156路車一路到平江村，然後花二十塊錢包了一輛破舊的計程車，一直開到了一個叫寺前村的小村落。村口立著一塊黃色看板，上面寫著：「雲門寺歡迎您。」還有一些老太太在旁邊賣高香。

司機說車只能開到這裡，剩下的路要自己走。於是他們三個人只好下車，進了寺前村。村子不大，很是清靜，村民們大概對旅行者見怪不怪了，慢條斯理各自忙著自己手裡的事情，只有幾個小孩子攀在牆頭好奇地盯著他們。

穿過小村，看到一條清澈見底的溪水從村後潺潺流過，上面有一座簡陋的石橋。在橋的旁邊立有一塊告示牌，上面說這條溪流名字叫做若耶溪。

當年大禹得天書、歐冶子[1]鑄劍、西施採蓮、秦皇望海的典故，都是在這條溪邊發生，歷代詩人詠頌的名句也是車載斗量，尤其是以綦毋潛[2]的〈春泛若耶溪〉為最著，實在是一條詩史中的名溪。羅中夏、顏政、二柱子三個人卻一片茫然，他們三個讀書少，不知「若耶溪」這三個字是什麼分量。

不過這裡只是一條入秦望嶺的支流，真正的開闊處要到南稽山橋，已經改名叫做平水江。但因為歷代詩家都是前往雲門寺拜訪時路經此地，所以這一段支流自稱若耶溪，倒也不算妄稱。

過了石橋以後，有一條小路蜿蜒伸入秦望山的一個綠蔭谷口，蒼翠幽靜。不知是宣傳不到位還是交通不方便，這附近遊客頗少，除了偶爾幾個背著竹簍的當地人，他們三個可算得上此時唯一的行人。

一進谷口，入眼皆綠，空氣登時清澄了不少，山中特有的涼馨讓人心情為之一暢。二柱子久居北方，很少見到這許多綠色，好奇地四處顧盼，只羅中夏懷有心事，沉默不言，偶爾朝四下看去，生怕昨天那奇怪的筆塚吏再次出現。

其實羅中夏真想仰天大吼：「我一點也不想要這枝青蓮筆，等退筆以後，你們拿走，別再來煩我了！」

過了鐵佛山亭、五雲橋，雲門寺的大門終於進入他們的眼簾。三個人不禁愕然，一時都站在原地說不出話來。

他們原本以為雲門寺既然是千年古剎，即便香火不盛，也該有一番皇皇大氣或者厚重的歷史感才對。可眼前的雲門寺，卻簡陋至極，像是什麼人用樂高積木隨便堆成的一樣，其貌不揚。

一座三開間的清代山門橫在最前，門楣上寫著「雲門古剎」，年代久遠更兼失修，油漆剝落不堪，像是一頭生了皮膚病的長頸鹿，木梁糟朽，山牆上還歪歪扭扭寫著「辦證」二字和一連串手機號碼。整個雲門寺方圓不到一里，甚至比不上一些中等村莊裡的寺廟，站在門口就能看到寺院的灰紅色後牆，就像是一鍋乳酪、黃粑和502膠水熬成的粥。

三個人對視了一番，都透出失望之色。

恰好這時一個中年僧人拿著掃帚走出山門，他一看有香客到來，像是見了什麼稀有動物，連忙迎上來。走到跟前，他才想起來自己還拿著掃帚，不好施禮，只得「啪」地隨手扔到地上，雙手合十頌了聲佛號：「阿彌陀佛，幾位施主是來進香的嗎？」

顏政伸出一個指頭指了指：「這……是雲門寺？」

「正是。小僧是寺裡的負責人，法號空虛。」僧人沒等他問，就主動做了自我介紹。

顏政又看了一眼，低聲嘟囔：「住這種地方，你的確是夠空虛的……」

「這座寺廟以前是叫永欣寺？」羅中夏不甘心地插了一句嘴。

空虛一愣，隨即興奮地笑道：「哎呀，哎呀，我本以為沒人知道這名字哩，這位施主真是不得了。」他還想繼續說，忽然想起什麼，伸手相迎：「來，來，請來敝寺小坐。」

三個人邁進山門進了寺內，裡面寒磣得可憐。門內只有一座三開間大雄寶殿，高不過四公尺，前廊抬梁，前後立著幾根鼓圓形石柱；兩側廂房半舊不新，一看便知是現代人修的仿古式建築，綠瓦紅磚建得很粗糙，十分惡俗。大雄寶殿內的佛像掛著幾縷蜘蛛網，供品只是些蠟製水果，門前香爐裡插著幾根殘香，甚至用「蕭條」來形容都顯不足。

「要說這雲門寺啊，以前規模是相當大的，光是牌坊就有好幾道，什麼『雲門古剎』、『卓立雲門』，旁邊還有什麼辯才塔、麗句亭。可惜啊，後來一把火都給燒了，只有那座大雄寶殿和山門倖存了下來。」空虛一邊帶路一邊嘮叨，他大概很久沒看到香客了，十分興奮，饒舌得像一個黑人歌手。

「你確定這裡的雲門寺就這一座？」羅中夏打斷他的話。

「當然了，我們這裡可是正寺。」空虛一揚脖子，「這附近還有幾個寺廟，不過那都是敝寺從前的看經院、芍藥院、廣福院，後來被分拆出去罷了。別看敝寺規模小，這輩分可是不能亂的。」

他見這幾個人似乎興趣不在拜佛，心裡猜想也許這些是喜歡尋古訪遺的驢友吧。於是他一指東側廂房：「你們若是不信，可以進這裡看看。這裡放著一塊明朝崇禎年間的古碑，叫〈募修雲門寺疏〉，那可都是名人手筆，王思任[3]撰文，董其昌[4]親書，董其昌是誰，你們知道嗎？」

羅中夏沒聽他的嘮叨，而是閉上眼睛仔細感應。這雲門寺看似簡陋，他卻總感覺有一種鬱鬱沉氣。青蓮筆一進這寺中，就開始有些躁動不安，有好幾次差點自行跳出來，幸虧被羅中夏用精神壓住。二柱子一直盯著他的反應，表情比羅中夏還緊張。

二柱子一把拉住要開東廂房門的空虛：「我們聽說，這裡有一個退筆塚，是南朝一位禪師的遺跡，不知如今還在不在？」

空虛聽到退筆塚的名字，歪著頭想了想：「你是說智永禪師？」

「對。」

空虛微微一笑：「原來幾位是來尋訪名人遺跡，那敢情好。本寺當年還出過一位大大有名的人物，比智永禪師還要著名。」

「誰呀？」二柱子好奇地追問。

「就是書聖王羲之的兒子，王獻之[5]。當年他曾於此隱居，屋頂出現五色祥雲，所以晉安帝才下詔把這裡改建為寺，起名雲門。」

眾人都有些肅然起敬，原本以為這其貌不揚的雲門寺只跟智永禪師有些瓜葛，想不到與王氏父子的淵源也這麼深。

空虛覺得這些還不夠有震撼力，一指寺後：「敝寺後院有個清池，就是王獻之當年洗硯之處，也是一處風雅的古蹟。要不要讓小僧帶你們去看看？」

「免了。」顏政一臉無奈，「指給我們去退筆塚的路就好。」這一回所有人都贊同他的意見，那個空虛實在太囉唆了。

空虛縮了縮脖子，把東廂房門重新關上，悻悻答道：「呃呃……好吧，你們從寺後出去，沿著小路左轉，走兩、三里路，在山坳裡有一處塔林，退筆塚就在那裡了。小僧還有護院之責，恕不能陪了。」他見這些人沒什麼油水可撈，態度也就不那麼積極。

三個人走了以後，空虛重新走到雲門寺門口，撿起扔在地上的掃帚，嘆息一聲，繼續掃地。沒掃上幾下子，忽然遠處又傳來幾聲腳步。他抬頭去看，看到三個人從遠處的五雲橋走過來。左邊那個是個短髮年輕人，精悍陰沉，頭部像是骷髏頭包裹著一層薄薄的肉皮，稜角分明；右邊一個身材高大，戴著一副墨鏡，鼻子頗大；中間卻是位絕色長髮美女，只是面色太過蒼白，沒什麼生氣，以至於精緻的五官間平添了幾分鬱憤。

這三個人都穿著黑色筆挺西裝，走路時雙肩大幅擺動，氣勢洶洶，怎麼看都不像遊客，倒像是黑社會尋仇。空虛見了，嚇得手裡掃帚「啪」地又掉在地上。

這三個人來到雲門寺前，大鼻子摘下墨鏡，環顧四周，鼻子聳動：「不錯，畫眉筆和青蓮筆剛才尚在這裡，不過現在已經離開了。」這正是諸葛一輝。

「房老師的點睛筆呢？」十九問。

「唔……氣息不是很明顯，不過肯定也在這裡。」

女子目光一動，徑直走到空虛面前，喝道：「剛才是不是有三個人來過這裡？」空虛嚇得連連點頭，沒等他們再問，就自覺說道：「他們到後山退筆塚去了。」

「退筆塚？」女子蛾眉一立。

「對呀，就是智永禪師的退筆塚。智永禪師是王羲之的七世孫，因為勤練書法，所以用廢了許多毛筆，他把這些廢筆收集到一起葬在塔林，名叫……」

「閉上嘴。」諸葛長卿雙目一瞪，把他的喋喋不休攔腰截斷。諸葛一輝摸了摸鼻子：「退筆塚……他們到退筆塚來做什麼？」

「管他們做什麼，我們過去。」十九冷冷說道。

諸葛一輝攔住她：「十九，不可輕舉妄動，對方想幹嘛還不知道。」

十九怒道：「難道讓我們就眼睜睜看著他們到處遛達？」她昨晚說好了先辦事，再報仇，可一看仇人就在附近，這怒氣就壓不住了。

諸葛長卿還在一旁煽風點火：「青蓮遺筆的筆塚吏是個半吊子，時靈時不靈；那個粗眉大眼的沒有筆靈，不足為懼；唯一需要提防的，只是那個高個子。」

「那一枝從特徵上來看，應該是畫眉筆，據說是治癒系的，沒有戰鬥力。」諸葛一輝習慣性地報出分析。

諸葛長卿搓了搓手，笑道：「沒錯，這麼算起來的話，敵人弱得很，幹嘛不動手？」

十九這時看了他一眼，奇道：「長卿哥你怎麼對他們那麼熟，難道你以前見過他們？」

諸葛長卿先是一怔，沒想到十九怒火中燒的時候，還能問出這種問題，連忙回答道：「房斌老師被青蓮筆殺死時，這管筆也在場。」他怕十九繼續追問，揮手示意他們兩個靠近自己，低聲道：「我有一個計畫……」

他們聲音愈說愈低，旁邊傻站著的空虛看到那個精悍年輕人不時用眼角掃自己，心裡生起一種不祥的預感。他下意識地回頭去看雲門寺後山，只見樹林蔭翳之處，一群山雀撲啦啦飛出來，四散而走。遠處山坳中不知何時飄來一片陰雲，恰好在雲門塔林的上空。

「阿彌陀佛……」空虛不由自主地捏了捏胸前佛珠。

「怎麼轉眼間就陰天了？」

顏政手搭涼棚朝遠處望去，山間原本澄澈的天空忽然陰了下來，一層雲靄不知何時浮至山間遮蔽陽光，周圍立刻暗了下來，彷彿在兩座山峰之間加了一個大蓋子。原本幽靜的蒼翠山林霎時變得深鬱起來，讓人心中為之一沉。

「九月的天氣真是和女人一樣變化無常呢。」顏政感嘆道，然後發現沒有人對他這個笑話表示回應。二柱子不懂這些，羅中夏低頭趕著路。他只好解嘲似的摸了摸自己的頭，繼續朝前走去。

他們穿過雲門寺後，沿著一條碎石鋪就的小路朝大山深處走去。雲門寺的路在山坳底部，秦望山的數座高大山峰聳峙兩側，如同巨大的古代武士披著繁茂的綠色甲冑，沉默地睥睨著小路上這三個如螻蟻草芥般的行人蠕蠕而動。

這條山路想來是過去雲門寺興盛時修建的，依地勢而建，路面以灰色碎石鋪就，兩側還一絲不苟地用白石塊標好。每一處路面上的石稜都被磨得圓滑，可見當年盛況。可惜現在廢棄已久，路面滿是落葉塵土，許多地方甚至被一旁橫伸過來的樹枝侵占，石縫間蓄積了許多已經漚爛的黑黃色葉泥，讓整條路看起來爬滿了灰明相間的條條斑紋。

這路愈走愈靜，愈走愈窄，窄到過濾掉了所有的聲音，彷彿引導著人進入另外一個幽靜的世界。步行了大約十五分鐘，他們翻過一道高坡，終於看到了空虛口中提到的雲門塔林——儘管有雲門寺的前車之鑑，可他們還是大吃一驚。

這是一個方圓幾十公尺的石園，一圈低矮的斷垣殘壁，只有從石臺上的三、四個柱礎才能勉強看出當年佛塔的痕跡。現在塔身早已經傾頹難辨，只剩幾截塔石橫陳，其上青苔斑駁，岩縫間植物繁茂。用腳撥開層層雜草，可以看到數個蓄滿陳年雨水的凹洞，這想來是佛塔底座用於存放骨灰的地宮，如今也湮滅無跡，淪為草間水坑。

兩株墓園松樹少人看管，一棵長勢蠻橫，枝杈肆意伸展；另外一棵則被雷火毀去了大半，只剩了一截枯殘樹幹。看起來，這裡廢棄起碼已經有數百年時光了，彷彿已經徹底被世界遺忘，於無聲處慢慢衰朽，慢慢磨蝕，空留下無人憑弔的塔基，令人橫生出一股思古幽情。

「這，就是塔林？」

羅中夏忍不住問道，他之前對塔林的印象是少林寺內那種鱗次櫛比、多層寬簷的高大佛塔，林立森森。而眼前的情景與想像中落差實在太大。這裡就好像是《天空之城》裡的拉普達（Laputa）一般，已經死去，留存給後人的只有空蕩蕩的遺骸。

佛塔都已經不在，遑論別的。他想到這裡，心中忽地一沉，難道說這一次的尋訪落空了嗎？可點睛筆明明是讓自己來這裡的。一陣山風吹過，顏政和二柱子互視一眼，一起蹚進深草，沿著塔林——其實應該叫塔林廢墟——走了一圈，繞到後面的翠綠色松樹林中，突然一起嚷道：「你來看！」

羅中夏連忙趕過去。原來在塔林廢墟後的一棵古樹之下，尚有一處墳塋。周圍青草已經有半人多高，若不走到近前是斷然不會發現的。

這墳包有半公尺多高，墳土呈黑色，周圍一圈青磚鬆鬆垮垮地箍住墳體，已經有許多磚塊剝落，露出黑黃色的墳土。墳前斜斜倒著一面墓碑，碑面已經裂成了三截，字跡漫漶不堪，但還勉強能辨識出，是三個字：退筆塚。

一看到這三個字，羅中夏心臟驟然一陣狂跳，也說不清是因為自己的心情還是青蓮筆。上空的陰雲似乎濃鬱了幾分。周圍一時間陷入一種奇妙的寂靜，所有的人都感受到有一種難以名狀的氣息絲絲縷縷地從墳內滲出，於是不約而同地把視線投向羅中夏。羅中夏嚥了嚥唾沫，向前伸出手。

「小心！這東西看起來怪怪的。」二柱子提醒道。

羅中夏惶然把手縮回去，面帶敬畏。這時顏政卻大大咧咧走過去，隨手在墳上抓了一把黑土，覺得這土鬆軟滑膩，彷彿裹了一層油脂，和周圍的黃土迥異。

顏政聳聳肩，把土擱了回去，然後發現手上漆黑一片，如同在墨缸裡涮過一遍。

羅中夏蹲下身子去看那塊斷碑。他仔細用手拂去碑上塵土，發現上面除了退筆塚三個字以外，落款處還有四枚小字：「僧智永立。」

毫無疑問，這個就是智永禪師的退筆塚，塚內數百禿筆，皆是禪師用禿練廢的毛筆。智永禪師原名王法極，是王羲之的七世孫。他住在雲門寺內，以羲之、獻之為楷，勤練不輟。每用廢一枝毛筆，即投入一個牆邊大甕之中。積三十年之辛苦，足足裝滿了五個大甕，於是智永便將這幾個甕埋於雲門塔林之中，立墳號「退筆塚」，於今已逾千年。

他又抓了把墳土，握在手裡用力一擠，竟微微有黑汁滴下。看來是塚中廢筆吐納殘墨，最後竟將墳土染成墨黑，足見智永禪師用功之純。

禪師已老，墳墨猶在，兩個時代的人便隔著千年透過這些墨土發生了奇妙的聯繫。但接下來該如何？沒有人知道。

這種場景就像是一隻貓拿到了一罐沙丁魚，卻無法入口一樣。現在退筆塚就在眼前，究竟如何退筆卻無從知曉。

「小榕那首詩怎麼說的來著？」顏政搓搓手，轉頭問羅中夏。羅中夏從懷裡取出那張素箋，上面小榕娟秀的字跡仍在：

> 不如鏟卻退筆塚，酒花春滿茶綍青。
> 手辭萬眾灑然去，青蓮擁蛻秋蟬輕。

「鏟卻？不會要把人家的墳給鏟了吧？挖墳掘墓在清朝可都算是大罪……」顏政嘟囔著，同時挽了挽袖子，四處找趁手的工具。沒人注意到，塔林石基下的數個地宮蓄積的水面忽然起了幾絲波動。

就在這時候，塔林外面忽然傳來一陣腳步聲。眾人回頭一看，原來是空虛。

空虛賠著笑臉：「我是怕各位施主迷路，所以特意來看看。其實這裡廢棄已久，沒什麼意思，附近還有獻之筆倉、陸游草堂等懷古名勝，不如小僧帶你們去那裡看看。」

「對不起，我們沒興趣。」顏政揮揮手，想把他趕開，卻忽然覺得身旁有一陣殺意。他做慣了混混，對危險有天然的直覺，急忙往旁邊一躍，避開了一塊飛石。

隨即諸葛一輝、諸葛長卿負手走出林子，把他圍住。兩管筆靈懸浮於空，熠熠生輝。

與此同時，仍舊在退筆塚前的羅中夏戰戰兢兢用雙手扶住墓碑，只覺得胸中筆靈狂跳，似乎要掙脫欲出。他心裡一喜，覺得有門，索性放開膽子，又去抓墳中之土。

當他的雙手接觸到墳土之時，突然「啪」的一聲，手指像是觸電一樣被彈開。在那一瞬間，羅中夏的腦海飛速閃過一張猙獰的面孔，稍現即逝，如同雨夜閃電打過時的驚鴻一瞥。他一下子倒退了幾步，腦裡還迴蕩著淒厲叫聲。

一陣凌厲的風聲自茂密的叢林中撲來，來勢洶洶。羅中夏剛才那一退，恰好避過這如刀的旋風。風貴流動，一旦撲空立刻不成聲勢，化作幾個小旋消失在林間。

「誰？」羅中夏哪裡還不知道這是筆塚吏來了。

林中風聲沙沙，卻不見人影。忽然又是一陣疾風刮起，在半路突然分成兩股，分進合擊。羅中夏好歹有些鬥戰經驗，心裡明白，如果自己不深入密林與敵人拉近距離，便只能消極防守，早晚是個敗局。

可敵人能力未明，貿然接近很危險。這時二柱子縱身而出，這個少年心思樸實，根本沒多想，一下子就衝出去了。

此時退筆塚前只剩羅中夏一個人。他知道強敵已至，心中不禁有些惴惴不安。退筆塚就在眼前，只是不得其門而入。他只要一摸墳塚，就會被一股力量彈回，同時腦海裡閃過一副猙獰臉孔，似乎蓄積了無窮的怨氣。事實上，自從羅中夏踏入塔林之後，就覺得四周沉鬱，和上次在法源寺中被沉沉怨氣克制的感覺很類似。

他抬起頭看了看天，天空已經被一片山雲遮蓋，頗有山雨欲來之勢。羅中夏嘆了一口氣，拍拍身旁的退筆斷碑，只盼智永禪師能夠多留下片言隻語，能給自己一些提示。

這時候，他聽到一陣細碎的腳步聲從旁邊傳來。

羅中夏以為是顏政，一回頭卻驚見一個面色蒼白的女人。女人身穿黑色西裝，雙眼滿是怨毒，長髮飄飄，隱有殺氣。

「點睛筆在你這裡？」十九的聲音低沉鋒利。

羅中夏下意識地點了點頭。

「死吧！」

一道刀光突然暴起，「唰」地閃過羅中夏的脖頸。他憑著一瞬間的直覺朝後靠去，勉強避開，饒是如此，脖子上還是留了一道血痕。羅中夏自從被青蓮筆上身以後，雖屢遭大戰，可如此清晰地瀕臨死亡還是第一次，冷汗嗖嗖地從脊梁冒出來。

「喂……我都不認識妳。」羅中夏嚷道，身體已經貼到了退筆塚，再無退路。

十九也不答話，「唰唰唰」又是三刀劈過。

「虜箭如沙射金甲！」

羅中夏情急之下，隨手抓了一句。青蓮筆立刻振胸而出，一層金燦燦的甲冑在身前雲聚。只聽當、當、當三聲，硬擋下了這三記殺招。只是事起突然，金甲尚未完全形成，三擊之下就迸裂粉碎。羅中夏只覺得胸前一陣劇痛，忍不住呻吟了一聲。

「愚蠢！」十九冷笑道，舉刀又砍。

「一朝飛去青雲上！」羅中夏忍痛用雙手在地上一拍，整個身體「呼啦」一下飛了起來，堪堪避開刀鋒，飛出兩公尺開外才掉下來。屁股和背後因為剛才靠得太緊，沾滿了黑色的墨跡，看起來頗為滑稽。

他轉頭朝周圍看去，無論是林中還是塔外都悄無聲息，顏政、二柱子都像是憑空消失了一般。

「不要妄想尋求援助，去地獄贖罪吧！」

十九緩緩抬起刀鋒，對準了仇人。這時候羅中夏才看清她手裡拿的是一把柳葉刀，刀身細長，明光閃閃，顯然是一把已經開過刃的真正兵器。

「喂……我根本不認識妳。」羅中夏又重複了一次，青蓮筆浮在半空。他莫名其妙地被人劈頭蓋臉亂砍了一通，生死姑且不論，總得知道理由吧。

「你自己知道！」

十九的柳葉刀又劈了過來。羅中夏嘆了一口氣，他最怕的就是這種最不講道理的回答。他先嚷了一句「秋草秋蛾飛」，借著筆靈之力跳到了數公尺開外，又念了一句「連山起煙霧」，青蓮筆蓮花精光大盛，一層霧靄騰騰而起。

以羅中夏的水準，把幾百首太白詩背完並融會貫通幾乎不可能，因此臨行前彼得和尚教了他一個取巧的辦法，就是挑選出一些利於實戰的詩句，只背這些——雖未必能勝，自保卻勉強夠了。於是他在火車上隨手翻了幾句文意淺顯又方便記憶的詩句。

詩法裡有「詩意不可重」的說法，靈感在一瞬間綻放，以後則不可能再完全重現這一情景。青蓮筆也有這種特性，在一定時間內用過一次的詩句便無法二度具象化。羅中夏不知此理，卻知道這個規律，於是一口氣找來十幾句帶「飛」、「霧」、「風」、「騰」的詩句背得滾瓜爛熟——用顏政的話說，「全是用來逃命的招數」。

現在這個辦法居然取得了效果，十九自幼苦練刀法，現在面對一個連大學體育課都逃的棒槌卻數擊不中。她見到青蓮筆已經完全發動，攻勢不由得有些放緩，緊抿著蒼白的嘴唇，長髮散亂。

退筆塚周遭升起一片霧帷，黑色的墳塋在其中若隱若現。隔著重重霧靄，羅中夏縮在霧裡，對十九認真地說道：「我有青蓮筆，妳打不過我的，妳走吧。」

「可笑。」十九只說了兩個字，揮起柳葉刀虛空一劈，虛無縹緲的山霧竟被這實在的刀鋒一分為二，就連退筆塚的墳堆都被斬出一條裂隙。

羅中夏嚇得跳了起來，驚魂未定，卻看到更讓人驚駭的一幕：十九凌空而起，而她的身旁赫然出現一枝通體泛紫的大楂筆。

楂筆的筆頭極肥厚，筆毫濃密，專寫大字，因為體形太大，手不能握，只能抓，所以又被稱為「抓筆」。這一枝楂筆狀筆靈尤為巨大，簡直可以稱作筆中蘇眉：筆頭與筆身等長，卻寬出十幾倍，毫鋒稠密泛紫；筆桿極粗，如寬梁巨椽，直通通一路下來。退筆塚周圍的空氣一下子都凝結起來，彷彿被這種驚人的氣勢所震懾。

這樣一枝巨筆在十九嬌小的身軀旁出現，顯得格外不協調。

羅中夏舔了舔嘴唇，暗自嘆息。青蓮筆跟這枝巨筆相比，簡直就像是老虎跟前的小貓。

「你怕了嗎？」十九的聲音說不清是嘲諷還是自得。

羅中夏沒答話，而是暗自念動了〈上雲樂〉中的一句「龍飛入咸陽」，他不指望自己真能一下子飛去咸陽，只要能飛出丈許脫離戰場就夠了，最起碼也要和顏政或二柱子聯繫上。一條小龍從青蓮筆中長嘯而出。羅中夏大喜，腿一騙跨上龍脊，作勢要走。說時遲，那時快，巨筆微微一晃筆軀，筆毫像章魚的觸手一樣舞動。十九用力揮起一刀，刀風疾衝，她的刀風原本只可波及周圍數公分，此時卻忽然威力暴漲，竟呈現出肉眼可見的一道半月波紋，切向羅中夏。

「糟糕！」

羅中夏慌忙從龍身上滾下來，小龍慘嘯一聲，連同身前數株杉樹被切成兩截，連旁邊的退筆塚也被削去一角，斜斜流下一捧墨土。這不起眼的柳葉刀竟然被巨筆把威力放大到了這種地步。

「這到底是……什麼筆？」

十九的聲音漸大，似乎也被自己的筆靈增幅，直如黃鐘大呂[6]，震得羅中夏耳膜嗡嗡作痛。「如椽巨筆，你知死了嗎？」

「如椽筆」煉自晉代書法名家王珣。此人聲名極隆，乾隆三希堂即是以他所書寫的〈伯遠〉帖以及王氏父子的〈快雪〉、〈中秋〉三帖來命名。傳說他在夢中曾得神人傳授大筆一枝，名為「如椽」，他醒來以後就跟別人說：「這看來是要有用大手筆之事。」結果皇帝很快駕崩，所有葬禮上需要的悼詞、詔令，包括謚號的選擇，都由他來起草。

這枝如椽巨筆雄健有力，氣勢宏大，可以把任何非實體的東西都放大數倍。十九雖然身為女子，脾性卻和如椽筆十分相合，她精研刀法，和筆靈配合起來可以爆發出很大的威力。

羅中夏不知典故，卻知道這裡面的凶險。剛才一劫勉強逃過，十九接下來的攻勢源源不斷，數十道半月刀風在如椽筆縱容之下，持續力和破壞力都無限放大，像颶風一般橫掃沿途一切物體，整個林子成了慘遭巨人蹂躪的小花園。

他伏在地上不斷翻滾，還得提防倒下來的樹木，無比狼狽。刀鋒產生的風壓太大，讓他甚至無法開口詠詩。青蓮筆本是靈體，不怕這些攻擊，可主人無能，它也只好在半空枉自鳴叫。如椽筆睥睨著這個小個頭兒的傢伙，從容不迫地蜷展著筆毫，像一位鋼琴家在撫摸著自己優雅修長的指頭。

刀風銳雨仍舊持續著，突然有一道刀鋒刺過退筆塚，嘩啦一聲，直接削掉了整個墳塚的頂端。一時間黑土飛揚，磚瑩橫飛。這歷經千年的退筆塚，竟就這樣毀了。

在墳塚被掀開的一瞬間，半空鬱積的雲氣猛然收縮。已經有些紅眼的十九渾然不覺周圍的異狀，仍舊瘋狂地揮著柳葉刀。

轟！

一聲巨大的轟鳴突然從小小的塚頂爆裂，響徹數里之外；巨大的力量像火山噴發一樣從殘塚裡瞬間宣洩而出，四周的空氣被震出一圈圈波紋，彷彿水面泛起壯觀的漣漪。伴隨而來的還有遮天蔽日的墨土與淒厲的鳴叫，令半空陰雲都為之一震。與此同時，塔林遺跡中本已經浸滿雨水的地宮，也開始泛起咕嘟咕嘟的怪異聲音。

十九這時才覺察到異樣，震起的墨土劈哩啪啦地從半空掉下來，砸在她頭上。她不得不停下了刀，撥開頭上的土，詫異地朝退筆塚望去。趴在地上的羅中夏也迷惑不解地望著天空，不知是該逃還是該留。

這時從退筆塚裡噴出來的黑氣已經扶搖直上，被那股劇烈的爆炸高高拋入極高的雲層，直達天際，突然之間又扭轉身軀，頂端化成一顆猙獰的人頭，在半空劃了一道弧線，狂吼著自上而下朝她撲過來。

十九提著刀，一時間傻在原地動彈不得，任憑那人頭黑氣從高空呼嘯而來。

「小心！」也不知道出於什麼心理，羅中夏突然斜刺裡衝了過去，一把抱住十九，兩個人在草地上滾了幾滾。那團黑氣重重砸在十九原來站立的地方，地面劇震，草地立刻四分五裂，更多的黑氣從縫隙裡冒出來。青蓮筆和如椽巨筆筆桿微顫，抖動不已，竟似也驚駭不已。

黑氣一擊不中，立刻抬頭再度發難。此時羅中夏和十九已經倒在地上，避無可避。忽然一道靈光閃過，一枝纖細筆靈昂然橫在了黑氣與他們二人之間。

不是青蓮筆，也不是如椽巨筆。是點睛。

1 歐冶子，春秋末期至戰國初期越國人，善製劍，傳說中，用女兒干將和女婿莫邪鑄造成兩把劍。
2 綦毋潛，唐朝山水田園詩派詩人。
3 王思任，明朝官員、作家，擅寫山水遊記。
4 董其昌，明朝政治人物，擅書畫，是明代後期的藝壇領袖。
5 王獻之，王羲之之子，擅行書與草書。
6 黃鐘大呂，形容音樂或文辭正大、莊嚴而高妙。

第二十八章　君不來兮徒蓄怨

《歷代名畫記》曾有記載，張僧繇於金陵安樂寺繪四白龍而不點眼睛，「每雲點睛即飛去。」人以為妄誕，固請點之。須臾雷電破壁，兩龍乘雲騰去上天，二龍未點睛者見在。」

指示命運節點的點睛筆，在這最關鍵的時刻，居然自行跳了出來。

與十九巨大的如椽筆不同，點睛筆極為纖細，筆頭那一縷金黃色的毫尖高高翹起，如同一根指南針的針尖，遙遙指向退筆塚。

羅中夏和十九保持著倒地的姿勢，一上一下，一時間都驚愕不已，兩個人目不轉睛地望著那枝點睛筆靈。原本浮在半空的青蓮光芒越發暗淡，彷彿被點睛喧賓奪主，重新壓制回羅中夏的身體。一人不能容二筆，點睛既出，青蓮就不得不隱了。

此時那團氣勢洶洶的黑氣已經從最初的遮天蔽日收斂成了一片低沉的墨雲，黑壓壓地籠罩在這一片塔林方寸之地，凝化成模糊的人形，蛇一樣的下半身以半毀的退筆塚為基張牙舞爪，怨氣沖天。退筆塚內的黑土逐漸顯出淡色，像是退潮一樣，被這股強大的力量一層層吸走了蓄積的墨跡，於是黑氣越發濃郁起來。

十九這時候才注意到自己和羅中夏的曖昧姿勢，她又驚又怒，在他身下拚命掙扎。羅中夏大窘，試圖鬆開胳膊，環住十九身軀的雙手卻被她壓在了身下。他想動一動身子，讓兩個人都側過來，才好鬆手。十九卻誤以為他欲行不軌，羞憤之下一個耳光扇了過去，聲音清脆。羅中夏吃了這一記，心中一怒，順勢一滾，兩個人一下子分開，坐在草地上望著對方喘息不已。

羅中夏摸摸身上的刀傷，不明白自己剛才為什麼要救這個要殺自己的女人，他記得當時似乎胸中升起一股動力，促使自己不由自主撲了過去，難道這與點睛筆有關？

「我也不指望那女人報恩，好歹也別無緣無故追殺我了吧。」他一邊這麼想，一邊朝旁邊瞥了一眼，發現十九沒理會他，也不去撿掉在地上的柳葉刀，而是仰起頭，癡癡地望著那管點睛筆。剛才可怕的表情變成悲戚神色，眼神裡滿是憂傷。

這時半空中隆隆作響，宛如低沉陰鬱的佛號。一枚人頭在滾滾墨氣中若隱若現，能勉強看出是個老僧模樣，鬚髮皆張，表情混雜了痛苦、憤怒以及一種極度絕望後的惡毒，甚至還能隱約看見老僧上身赤裸，其上有一道道的抓痕，宛如一具流動的炭雕。

羅中夏和十九一起抬起頭看去，同一個疑問在兩人心裡同時生起：「這個……這是智永禪師嗎？」

與此同時，二柱子在相隔一百公尺的密林中，陷入了奇妙的對峙。

他剛才一衝進樹林，就立刻發現了一個身影匆匆消失。轉瞬之間，林中陣陣戾風滾滾而來，轉瞬間就逼近了二柱子。四面風起，周圍的杉樹、柏樹樹葉簌簌作響，搖擺不定。

二柱子意識到，這是諸葛長卿的凌雲筆來了。他雖無筆靈，但毫無懼色，緩緩把眼睛閉上，用心去靜聽風向。戾風雖然自四面而起，但畢竟有行跡可尋。過了約莫一分鐘，他忽然睜開眼睛，身形微動，趁著一陣狂風猛起之時，朝著一個角落猛然衝去。

諸葛長卿利用風雲藏匿了身形躲在林間暗處，試圖在暗中轟下二柱子，他沒想到對手沒有筆靈還敢主動出擊，為之一怔。

趁著這一個微小的空隙，二柱子已欺近他，揮拳打去。

按照實力，二柱子遠不是諸葛長卿的對手。不過這次諸葛長卿卻表現得十分奇怪，並沒一上來就痛下殺手，反而有意纏鬥，凌雲筆也是時隱時現。二柱子沒那麼多彎彎繞的心思，無論敵人什麼打算，他就扎扎實實地一拳拳打下去。

兩人一個樸實剛健，一個心思不明，就這麼在林中纏鬥起來。

而在另外一處，一個聲音朗聲吟道：「兵威衝絕漠，殺氣凌穹蒼。」

諸葛一輝語帶肅殺，吟的正是李白的〈出自薊北門行〉。顏政道：「念什麼詩，打過一場再說！」他晃了晃手腕，衝過來就打。

諸葛一輝大為無奈，他剛才那一招，乃是滄浪筆中的一記殺招。詩韻是一個「蒼」字。蒼字在平水韻裡頗為特殊，既屬下平七陽，也屬上聲二十二養。這樣一來，即使對手避開了下平七陽的所有漢字，也會被二十二養的漢字束縛。

學問愈大，對付這一招就愈為棘手。誰知顏政的學問比羅中夏還不如，反而不會受這些亂七八糟的暗示干擾。諸葛一輝其實並無殺心，只想把這傢伙盡快困住，好去支援十九，於是屢屢出言挑釁，誘使他說出預先設定的韻部。

可誰知顏政打架，奉行的是拳頭說話，悶頭只是打。諸葛一輝的能力不以鬥戰為主，碰到顏政這種街頭出身的流氓，實在是遇到了剋星，只得拳腳相交，一時也陷入僵局。

這兩處正在僵持，遠處退筆塚忽然傳來猛烈的爆炸聲。兩人同時抬頭望去，恰好看到黑雲蔽日，直上青天，然後化作猙獰人頭俯衝而下。看著遠處一條黑煙扶搖直上，還有那和尚的猙獰面容，他們心中忽然湧動一種極度的不安。

「我靠，那是什麼？」顏政脫口而出。

「先去救人要緊。」諸葛一輝沉聲道，他對諸葛長卿很放心，但很擔心十九的安危。

兩人互相交換了一下眼神，在一瞬間達成協議——不打了，各自去救自己人。他們同時把臉轉向退筆塚的方向，邁步前衝，顏政看了眼空虛：「你是當事人，也別逃啊。」也不管他是否願意，拽起來就走。

三個人頂著滾滾墨霧，衝過雲門塔林來到退筆塚旁空地，恰好看到羅中夏與十九在草地上打滾分開，已初具形態的巨大墨和尚就在不遠的地方，浮在空中如同鬼魅，淒厲恐怖。

「這……就是智永禪師嗎？」

諸葛一輝仰頭喃喃說道，他問了一個和羅中夏一樣的問題。在場眾人都被這個巨大的凶神震懾住心神，在原地幾乎挪不動腳步，就連顏政也收起了戲謔表情，臉上浮起難得的認真。

墨和尚忽然仰天大吼了一聲，空氣都為之轟然震顫，似乎在叫著誰的名字，卻無法聽清。沒等聲波消逝，和尚又是一聲淒厲叫喊，巨大的衝擊波像漣漪一樣向四周擴散，所有人都一下子被衝倒。怨氣漸濃，他們感覺到呼吸都有了幾絲困難，全身沉重無比，似是也被鬼魂的無邊積怨壓制、束縛，光是從地上爬起來就要費盡全身的力氣，遑論逃走。

「這智永禪師真是害人不淺……」顏政吃力地扭動脖子，抱怨道。

這時候一個驚惶的聲音響起：「這……這不是智永禪師。」

一下子，除了十九以外的所有人都把注意力集中過來，說話的原來是空虛。他膽怯地指了指在半空擺動的和尚，結結巴巴地說：「小寺裡有記載，智永禪師有一位弟子法號辯才，據說眉鬚極長，也許……」

「你知道些什麼？」諸葛一輝一把揪住他衣領，厲聲問道。

空虛這時候反倒恢復了鎮靜，嘆道：「這位辯才禪師，可算得上是本寺歷史上第一可悲之人。」

原來這位辯才禪師俗姓袁，為梁司空袁昂之玄孫，生平寄情於書畫之間，也是一位大大有名的才子。因為仰慕智永禪師書法之名，他身入空門，拜了智永為師，深得其真傳。智永臨死之前，把天下至寶——王羲之的〈蘭亭集序〉真跡託付給他。辯才不敢掉以輕心，把真本藏在了臥室祕處，從不輕易示人。

唐太宗李世民屢次找辯才索取，辯才都推說真本已經毀於戰火。李世民無奈之際，手下一位叫蕭翼的監察御史主動請纓，假裝成山東一位書生前往雲門寺。蕭翼學識淵博，與辯才情趣相投，兩個人遂成莫逆之交。辯才拿出祕藏的〈蘭亭集序〉真本與他一同玩賞，蕭翼便趁這個機會盜出帖子，獻給李世民。

經過這一番變故，辯才禪師驚怒交加，悔恨無極，終於圓寂於寺內。他的弟子們把他的骨灰埋在了佛塔之下，距離退筆塚不過幾步之遙。

聽完這段公案，眾人不由得都點了點頭。看來這位辯才禪師怨念深重，死後一點怨靈糾纏於恩師所立的退筆塚內，蟄伏千年，恨意非但未消反而越發深重。難怪雲門寺總被一股深重怨氣籠罩，就是這位辯才的緣故了。

「千年怨魂，那得多大的怨念……」

想到此節，所有人都倒抽一口冷氣。此時辯才禪師已經吸盡了退筆塚內的墨氣，塚土慘白，方圓幾百公尺都被罩在黑雲之下。辯才本人的肉體神識早已經衰朽湮滅，只剩下怨恨留傳後世，現在只怕早沒了判斷力，所見之人在其眼中都是蕭翼，全都該死。剛才那一聲巨吼，只怕也是找蕭翼索債的。

他們只是些筆塚吏——有一些還是半吊子——不是道士，面對這種局面，不知該怎麼辦才好。無論是顏政的畫眉、羅中夏的青蓮還是十九的如椽，都無法應付這樣的敵人。

「點睛筆呢？它剛才是不是阻止了辯才的攻擊？」諸葛一輝忽然想到，向羅中夏問道。兩人二次相見，有些尷尬，但事急從權，顧不得許多了。

羅中夏黯然道：「我不知道……」

點睛筆只能指示命運方向，卻不管你如何到達。何況它把這些人都引到這個鬼地方，難道就是為了送死？

他轉過頭去，發現十九癡癡地看著點睛筆，連墨和尚都無法吸引她的注意，忍不住猜測，她莫非和這枝筆關係匪淺？

此時墨和尚的形體越發凝實，諸葛一輝急道：「十九，妳快過來！」

十九緩緩轉過臉來，一臉微妙，紅唇輕啟：「點睛筆說，更大的危機即將到來。」

眾人不禁面面相覷，在這深深秦望山中的雲門塔林，難道還有比眼前這個禪師的怨念更可怕的東西？

第二十九章　巨靈咆哮擘兩山

墨氣繚繞，黑雲滾動，整個雲門塔林以退筆塚為圓心形成了一個巨大的高壓雲團，把方圓將近兩公里的山林都牢牢籠罩起來。如果從高空俯瞰，就好像是哪位粗心的畫手在剛完成的翠山工筆畫上灑了一滴煞風景的墨汁。

辯才禪師在半空來回徘徊，不時發出低沉的吼聲，帶著一千多年的怨恨把這些後世的小輩團團圍住，空氣越發沉重，不時有墨跡清晰可見的黑風颳過，在身上衣服留下一道炭筆狀的狹長痕跡。

此時這裡一共有五個人、三枝筆靈在，陣勢也算得上十分顯赫，只是這三枝筆靈沒有一個有能力對付這種非物質性的怨靈。顏政盯著辯才看了一陣，拍了拍空虛肩膀：「喂！你是和尚，該知道怎麼除妖吧？」

空虛大驚：「我……本寺不接作法事的業務，小僧只會念幾段《往生咒》。」

「死馬當活馬醫，你試試看吧，說不定他念在你們同寺香火的分上，能給個面子呢。」

空虛沒奈何，只得戰戰兢兢趺坐在地上，撩起僧袍，捏起佛珠開始念叨。他的聲音很低，發音又含混，除了他自己沒人能聽懂說些什麼。

一陣陰風陡然興起，吹過空虛身體。空虛渾身一陣顫抖，經文幾乎念不下去了，逐漸有鮮血從他的五官開始流出，殷紅的血液一沾空氣立刻變得黑硬不堪，如同被墨洗過。

空虛想往回跑，可咣當一下撲倒在地，氣喘吁吁。更多的陰風從四面八方吹過來，像毒蛇吐芯一般狂舞，要纏住空虛。顏政有心把他拽到安全距離，可一時被陰風所擾，援救不及。就在這時，諸葛一輝縱身向前，一腳把空虛踹回來，正好被顏政接住。他亮出畫眉筆，在空虛身上一點，恢復到五分鐘前的樣子，這才算救了這和尚一命。空虛清醒之後，大叫一聲，撒腿往雲門寺跑去，看來是真被嚇得不輕。

他跑遠了之後，諸葛一輝朗聲道：「大敵當前，我們應該摒棄成見，一致對外。」然後他又加了兩個字：「暫時。」

顏政對這人頗有好感，自無不可。但羅中夏看了一眼仍舊凝望著點睛筆的十九，冷冷道：「你先說服你的同伴吧。她可是一直要殺我呢。也不知道我哪裡得罪她了。」

諸葛一輝有點尷尬道：「這件事，等我們能活下來再說不遲。我們可以靠過來嗎？」

「隨便你們。」羅中夏暗暗提高了戒備。

諸葛一輝拽起十九，在她耳邊輕語幾句，十九咬了咬牙，勉強點了一下頭。他們兩個走到羅中夏、顏政一行人身邊，然後彼此背靠背站定，四個人形成一個小圓圈，圓圈外面是呼嘯往來的墨風和陰氣，以及辯才和尚的怨魂。

外部的強大壓力迫使這兩撥剛才還打得不可開交的人站到了一起，聚精會神應付眼前的困局。

點睛筆和如椽筆終於飛到一起，共同泛起一層微弱的光芒籠罩在四個人頭上，現在這是他們與辯才之間唯一的屏障。比起兩個關係惡劣的主人，如椽和點睛之間水乳交融，默契無間，好像一隻鬆獅犬和一隻小吉娃娃一般靠在一起。

「不愧是管城七侯之一的點睛筆啊。」諸葛一輝不忘嘖嘖稱讚。他算得上是個筆靈研究學者，對諸多筆靈的來歷、淵源如數家珍。

「你跟它很熟？」羅中夏問道。

諸葛一輝點頭道：「這點睛筆，可算得上是筆靈之中最難捉摸的……它雖然能夠在一些關鍵時刻給予你啟示，驅使你去做出選擇，進而影響你的人生，可是沒人知道什麼才是關鍵時刻，又會有什麼樣的影響，甚至無法分辨什麼是點睛驅使你做出的選擇，什麼是你自己決定做出的選擇……」

顏政撓撓頭：「聽起來對現在的局勢毫無用處哩。」

羅中夏緊盯著外面的動靜，心裡卻突地一動，連帶著點睛在空中都泛起一絲波動。他忽然想到剛才面對辯才的攻擊，自己毫無來由地撲過去救下那個瘋姑娘，難道這也是點睛所為？它究竟預示著什麼？

諸葛一輝又道：「如果是那種重大抉擇，點睛筆需要耗費筆塚吏的壽數；但平時筆靈與筆塚吏浸潤日久，也會透過心意傳遞一些十分模糊的小指示，用來趨吉避凶。至於準不準，就看兩者是否心意相通了。」

羅中夏聽了，覺得似乎也沒什麼特別的用處。他側過臉去看十九的臉，發現對方也在直勾勾地望著自己，目光裡都是怒氣，甚至不遜於外面辯才和尚的怨恨，嚇得又趕緊縮回去了，惴惴不安。羅中夏試著運了一下氣，發現青蓮在胸中左衝右突，但似是被什麼東西牽住，總不能掙脫。

看來點睛不去，青蓮筆是沒辦法召喚出來了。

辯才的鬼魂仍舊飄浮著，隨著墨氣愈聚愈多，它的形體越發清晰，已經可以分辨出它脖子上的佛珠顆粒、僧袍上的花紋以及兩道長眉的條條眉毛，層層疊疊的黑雲緩慢地蠕動，讓它的表情看起來充滿惡意的生動。

兩枝筆靈撐起的屏障在重壓之下變得稀薄，似乎支撐不了多久。

「您說，我們該如何是好？」顏政問諸葛一輝，後者無形中已經在這個小團隊裡建立起了權威。

諸葛一輝皺起眉頭：「姑且不論十九說的那個更大危機，眼下這個辯才，恐怕要有與他生前相關的東西相制才行……」

顏政嚷道：「既然他是弄丟了〈蘭亭集序〉，你們誰把那個背出來，說不定那和尚就瞑目了！」羅中夏真在中學時代背過這段，張口就來：「永和九年，歲在癸丑，暮春之初，會於會稽山陰之蘭亭……」

諸葛一輝連忙阻住：「喂！你這不是成心挑撥他嗎？！」

彷彿為了印證他說的話，外面墨雲突然動作加劇，化成煙狀藤蔓糾結在幾個人四周，壓力陡然增大了數倍。俗話說罵人不揭短，辯才和尚為了這本帖子負疚了千年，忽然這麼聽見別人念這個，豈有不惱羞成怒的道理！

羅中夏忍不住出言諷刺道：「人家原本在墳裡待得好好的，偏偏有些人不問青紅皂白就掀了退筆塚的蓋子，惹出這種亂子。」

十九大怒，把刀一揚：「渾蛋，你說什麼？」兩個人一吵，如椽和點睛之間的光芒又暗淡了幾分。

諸葛一輝見狀不妙，連忙喝止。十九抽回了刀，羅中夏悻悻聳了聳肩，嘴裡嘟囔：「夠本事，妳就把整個墳都扒了，跟我發什麼脾氣。」

諸葛一輝聽到他的話，眼睛忽然一亮：「但凡怨靈，都不可能獨立生存，勢必有所憑依。你們看這墨煙滾滾，卻都是從退筆塚裡伸出來的。裡面一定有什麼根本的東西，把它毀了，也許怨靈也就自己散去。我想這是唯一的出路。」

說到這裡，諸葛一輝語氣變得有些猶豫：「不過……這需要你們三個人的通力合作。這是個問題。」說完他指了指羅中夏、顏政和十九。

十九道：「讓我跟這個無恥小人合作，不可能！」

諸葛一輝有些生氣，拍了拍手掌：「十九！什麼時候了，還這麼任性！」

十九眼眶登時紅了，手中柳葉刀緩緩放下，泫然欲泣：「哥哥，你對房老師就這麼無情？」

「報仇是活下去的人才能做的事情。」

「為了報仇，所以要和仇人合作嗎？」十九哭著嗓子反駁。

他們兩個說得旁若無人，顏政看了看她的神色，拉了拉羅中夏的袖子，悄聲道：「你在外面欠了多少風流債啊？」羅中夏哭笑不得，實在想不起來自己哪裡得罪過這位大小姐。

諸葛一輝一聽房老師的名字，嘆息道：「房老師如果在世，也不會想妳如此。」

十九沉默了一下，終於開口道：「好吧……我知道了，但不保證會發生什麼事。」諸葛一輝把手放到她肩膀上，別有深意地看了羅中夏一眼，後者打了個寒顫。

接著諸葛一輝簡要地說了一下自己的想法。

此時整個空間滿是辯才的力量，因此就需要一種遠距離攻擊的手段，只有靠十九的如椽筆運用放大的能力，配合柳葉刀的刀勢才能最快達到攻擊效果；而羅中夏則需要用點睛筆指示方向，以保證不會出現偏差；至於顏政，則要用畫眉筆的恢復能力隨時為他們兩個治療，以免中途夭折。

「要記住，我們的目標只有一個，就是退筆塚。」

「那如果毀了退筆塚，讓辯才變得更糟呢？」顏政問。

「最壞的情況，也不過是回到現在的狀態。」

諸葛一輝的解釋讓顏政很滿意，他點了點頭，伸開七根指頭，紅光彤彤：「喂，你們兩個，上吧！我會以注定要作為守護者的命格保護你們。」

十九重新提起精神，祭起如椽大筆。如椽筆凌空飛舞，巨大的筆毫高速旋轉，把辯才的妖氛稍稍吹開一條通道，三個人飛快地衝出屏障。點睛筆和如椽筆留下的淡淡氣息還能保護諸葛一輝，讓他對全域進行指揮。

此時四下幾乎完全黑了下來，濃霧滾滾，根本無法分辨東南西北。羅中夏不知如何操縱，只得心隨意動，去與點睛筆相互應和。點睛的纖細身影在半空滴溜溜轉了幾轉，牽引著羅中夏朝著某一個方向而去。

十九緊隨其後，忽然開口道：「別以為這代表我會原諒你。」

「隨便妳了……」羅中夏無暇多顧，眼睛緊盯著點睛的指示，生怕跟丟了。辯才從空中看到這三個人，慘號一聲，如潮般的陰氣鋪天蓋地而來。

衝在最前的羅中夏一下子被淹沒，開始口鼻流血，渾身寒顫連連。就在他覺得自己的生命力開始流失的時候，顏政的手適時搭到了他的肩上，把他恢復到之前的狀態。

「還有五次。」

羅中夏略側了側頭，發現原來十九也中了招，幾縷殷紅的鮮血流到白皙的臉上。顏政一手扶一個，分別為他們療了一次傷。

而這時又有一股陰風從身後打過來，顏政渾身顫抖了一下。羅中夏和十九要去攙他，顏政擺了擺手，咧開嘴笑笑，示意繼續向前：「不用管我，流氓會武術，誰也擋不住。」

四周影影綽綽，全是辯才和尚猙獰的面孔，掀動起無數墨浪，呼嘯著拍打而來。這三個人有如驚濤駭浪中的三葉扁舟，時進時退，一會兒被捲入海底，一會兒又浮出海面，唯有頭頂的點睛巋然不動，像北斗星一樣指示著某一個方向。

羅中夏和顏政一前一後，把十九包夾在中間，盡量讓她減少與陰氣的接觸。過不多時，兩人已經血流滿面，顏政手裡的恢復能力有限，不到萬不得已，不敢擅用。

十九見到兩個人的慘狀，心中忽然有些不忍：「喂，我不用你們保護。」

「我們是為了活命，又不是為了妳。」羅中夏用手抹了抹臉，覺得被陰氣侵襲深入骨髓，渾身的血液都快凝結了。

十九蛾眉一蹙，怒道：「我信的也不是你，而是點睛。」

「你們……能死後再慢慢吵嗎？」顏政有氣無力地嚷道，辯才和尚的攻擊一次比一次凶險，他必須準確地判斷出自己三個人生命力消逝的速率，盡量達到最大的治療效果。

「就在那裡了！」

羅中夏忽然大叫一聲，點睛在半空鳴叫不已，筆毫點點。十九無暇多想，如椽筆猛然一掙，兩側墨霧紛紛暫時退去，讓出一條路來，路的盡頭正是已經被毀去了頂蓋的退筆塚。

「去吧！」顏政伸出最後一根手指，點中十九背部，她立刻恢復到了五分鐘前的最佳狀態。隨即，失去所有恢復能力的顏政和羅中夏被接踵而來的陰氣淹沒，撲倒在地。

十九不及他顧，舉刀就劈。刀勢經過如椽筆放大，推鋒猛進，彷彿一陣颶風橫掃一切。陰氣和墨雲本非實體，刀鋒只能稍稍逼退它們，而退筆塚卻是實實在在的。在十九近乎瘋狂的刀勢之下，墳塋像被灼熱餐刀切開的奶油一樣，應刃而裂。

隨著陣陣刀光飛舞，在極短的時間之內，退筆塚生生被十九的柳葉刀削成了一片片的土磚飛屑。辯才和尚好似被踩中了七寸，在空中舞動得更加瘋狂，一時周遭所有的黑氣都猛然收縮，化成萬千觸手朝十九刺過來。

可是已經晚了。

當墳塋的結構終於無法支撐住壓力的時候，退筆塚終於在這猛烈的刀鋒切斬之下轟然塌陷。塚中枯筆嘩啦啦滾落一地，這些古筆竹竿殘破，筆毫已經凋謝無蹤，數量十分驚人。

羅中夏這時艱難地抬起頭，抬手高聲嚷了一句：「看天！」

十九聞聲抬頭，看到點睛用盡最後一絲力氣點了點殘塚，隨即化作一團微光飛回羅中夏胸中。她循著筆勢去看，赫然發現那些枯筆之間，隱約可以看到一個小小的骨灰甕。

「就是它了！」

如椽筆傾盡全力，把十九的刀鋒放大到了極致。頭髮散亂不堪的十九飛身而起，拚盡全力不餘後招，一道肉眼可見的半月波紋海嘯般劈過去，在墨霧攫住十九身軀之前，「唰」的一聲，硬生生連墳塋帶那骨灰甕一起劈成兩半。

辯才和尚抽搐了一下，昂起頭來從嗓子裡發出一聲尖厲的長嘯。嘯聲尖銳而淒厲，四面墨霧瞬間收縮至身體內，就好像是被火燎了的蜘蛛腿一樣。四下登時澄清，半空之上只剩一個烏黑色的墨和尚，稜角分明，如刀砍斧鑿。

就在辯才開始濃縮的同時，四周突然降下一片古怪的寂靜，無論辯才、殘塚、樹林還是風都凝滯不動，像是垂下四面肉眼看不見的隔音幕布，隔絕了一切聲音。

寂靜到讓人覺得不正常。

沒有人動，甚至辯才禪師都一動不動，像是一尊烏木雕出來的佛像，面上戾氣漸消。十九、羅中夏、顏政三個人癱倒在地，生死不明。

地面微微震動，樹葉發出簌簌的細微聲響，一道青色的光芒在羅中夏胸前復盛，彷彿為了應和，一道白光從遠處的某個地方閃過。

一陣低沉的隆隆聲滾過，如火車開過。這種震顫開始極為細小，波及的範圍只是退筆塚，然後是雲門塔林、整個雲門寺，最後甚至整個秦望山的兩翼也開始微微地顫抖起來，就好像被夸父的大手抖開地毯一樣抖動著地殼。

而那道白光，和青光融匯一處。青蓮筆從羅中夏胸前躍然而出，呦呦共鳴，從筆頂蓮花到毫尖細毛都精神抖擻，彷彿見到多年老友，雀躍難耐。

震顫不知何時已經停止，整個秦望山周身都有絲絲縷縷的氣息飄然而出。方圓十幾里，這些肉眼勉強可見的靈氣自山谷、山脊、山腰等處蒸騰而上，不疾不徐，紛紛融入白光之中。

白光最終凝聚成了一條長約幾里的乳白色長帶，曲折蜿蜒。它在半空蜷曲成一個縹緲的巨大圓環，並停在了距離退筆塚不遠處的一個小山丘上，光芒漸盛，十分耀眼。過不多時，圓環逐漸收縮，慢慢斂入山丘，不留片縷。

一分鐘後，秦望山震動復起。一縷白煙從山丘下的小池塘內重新扶搖直上，升至半空，逐漸伸展。周圍雲氣見了，紛紛散開，彷彿戰戰兢兢迎接主人到來的僕役。這光的形狀漸次有形，有頭有頸，有喙有翅，竟似一隻展翅待飛的白鵝。這頭白鵝微一曲頸，一聲響徹數里的叫嘯從山體之內響起，引起周圍山嶺陣陣共鳴回聲，聽上去清越激昂，無比深遠。待白光盡數化走，褪去光芒，出現在山丘之上的，竟是一管筆靈。這筆通體素白，筆管豐腴優美，如白鵝梟水，雍容不可方物。

這時一個蒼老的聲音不知在何處響起：「好一枝王右軍的天臺白雲筆。」

眾人聞言，無不大驚。不知何時，一個身穿唐裝的老者負手而立，神態安詳。這老人無聲無息地接近身旁，眾人竟無一覺察。

唐裝老者沒把注意力放在眾人身上，而是舉頭仰望那枝他口中的天臺白雲筆的筆靈，語帶讚嘆：「人說管城七侯之中，這枝天臺白雲筆號稱雅致第一，如今來看，果不其然啊！」

相傳，晉時書聖王羲之王右軍曾在天臺山的華頂苦練書法，但無論如何努力，總不能突破既有境界，進展甚微。一夜他心情煩悶，依山散步，忽然一位鶴髮銀髯的老者飄然而至，自稱「白雲老人」。王羲之向他求教書法之祕，老人就在他掌心寫下一個「永」字，教以永字八法。王羲之從「永」字的體勢架構入手，終於悟出運筆之道，從此境界精進，成為一代宗師。後來為了紀念白雲老人，王羲之還特意手書《黃庭經》一部，藏於天臺山頂的一山洞內——即是如今的黃庭洞。

諸葛一輝心頭一跳，他對天臺白雲的典故很熟悉，這麼說的話，眼前這枝莫非是王羲之的筆靈？

他從小就聽大人們說管城七侯的故事，知道這是筆塚主人親煉的七枝至尊至貴的筆靈，每一枝都煉自空前絕後的天才巨擘。筆靈若有階級，那麼這七枝就是當之無愧的貴胄，足可傲視群筆。

只是管城七侯之中，除了偶爾現身的點睛筆、青蓮遺筆以外，其他的筆靈無論名號還是樣式都已經在筆塚那一場離亂中湮滅無存，留傳至今只剩幾行殘卷片帙，甚至沒人知道究竟都有哪幾位得以位列管侯。如果這老人說的是真的，那他此時親眼所見的，就是傳說中的其中一枝！

王羲之是千古書聖，百代仰止，他歸為管城七侯當之無愧。可是諸葛一輝心中卻生出一個疑問。

每一枝筆靈，多少都與煉者之間有些聯繫。天臺白雲筆是王氏之靈，按說該留存在天臺華頂的墨池，或者藏有他所抄寫黃庭經文的黃庭洞內，為何會跑到在王羲之生前還不曾存在的秦望嶺雲門寺來呢？

「獻之墨池，智永退筆，嘿嘿，筆塚主人藏筆之處果然非常人所及。」老者輕托白髯，不住輕點頭顱，彷彿在鑑賞一幅名畫。

這時天臺白雲筆周身泛起白光，那光籠罩筆管周身，幻化成一隻優雅白鵝，拍了拍翅膀，朝著退筆塚的方向飛去。

羅中夏站在一片狼藉的廢墟之中，神情委頓，衣服破爛不堪，瞪著那個老頭，雙目之中卻燃燒著熊熊怒火。諸葛一輝、十九和顏政不認識，他可太認識這老頭了。

羅中夏突然發出一聲暴喝。老者站在幾公尺開外的一處高坡上，朗聲笑道：「羅小友，好久不見。」

「韋勢然！」

羅中夏此時真是百感交集，他落到今天的境地，全都是拜韋勢然所賜，說韋勢然是仇人絲毫也不為過。可他忽然想到，韋勢然既然突然現身，那麼……小榕也許也在附近吧？一陣驚喜潛流在怒潮的底層悄悄滑過。

他心中一下子湧起無數問題想要追問，韋勢然卻擺了擺手，示意他少安毋躁，一指天上。羅中夏抬起頭來，胸中驟然一緊。

點睛筆沒，青蓮筆出，在半空之中鳴啾不已，逐漸綻放出一朵蓮花，羅中夏從未見青蓮筆的青蓮花開得如此精緻，青中透紅，晶瑩剔透，甚至花瓣上的紋路都清晰可見。與此同時，白鵝輕輕飛至退筆塚上空，以青蓮筆為圓心開始飛旋盤轉。

只見碧空之上，一隻雍容大鵝圍著一朵青蓮花振翅徘徊，似有依依不捨之情，鵝身縹緲，蓮色清澄，讓在場眾人心神都為之一澈。

曾有一位大儒感慨道：「以右軍之筆，書謫仙之詩，寧不為至純乎？獨恨不能人間相見矣。」今天青蓮、天臺白雲二筆交匯，同氣相鳴，彷彿書聖、詩仙跨越漫長時空攜手一處，惺惺相惜，已然幾似傳青主「至純」的境界。

就連辯才的墨色怨靈，也為這種氛圍所感染，靜立空中不動。

羅中夏耐不住性子，張嘴要說些什麼，卻又被韋勢然的手勢阻住：「羅小友，先且慢敘舊，待此事收拾清楚再說不遲。」

天臺白雲位列管城七侯，靈性自然與尋常大不相同。它彷彿聽到韋勢然的話，白鵝昂頸回首，又幻成一枝白筆，蘸雲為墨，青空作紙，不出片刻半空中就留出片片雲跡，蔚然成觀，赫然一篇〈蘭亭集序〉正在逐字而成。

眾人看著那筆靈上下翻飛，無論筆力勁道還是字裡行間的那一段風韻，無一不是形神兼備，彷彿右軍再世，持筆揮毫一般。

雲字繚繞，逐漸把辯才和尚的墨身圍住。每書完一字，墨身的墨色就淡去幾分，眉間戾氣也消減了幾縷。等到天臺白雲筆書至最後一句「亦將有感於斯文」時，最後一個「文」字寫得力若千鈞，摧石斷金，似是一鼓作氣而至巔峰。

辯才和尚的身形已是漸不可見，受了這一個「文」字，殘餘的凶戾之氣頓消，唇邊卻露出一絲解脫後的微笑，如高僧圓寂時的從容坦然。

「阿彌陀佛。」

一聲佛號在空中響起，辯才和尚最後的魂魄四散而去，千年的怨魂，終於消散無蹤。

退筆塚——準確地說，現在已經是退筆塚遺跡了——前恢復了平靜，顏政、十九兩個人伏在地上，尚還沒恢復精神；諸葛一輝蹲在十九身旁，驚愕地望著天臺白雲，他號稱筆靈百科全書，卻也是第一次目睹這一枝筆靈的風采，完全被震驚到說不出話來。

羅中夏走到韋勢然身前，問出了縈繞心中許久的疑問：「你從頭到尾都是在騙我，對不對？」

韋勢然笑道：「同一件事，從不同角度來看，是不同的。」

羅中夏沒理睬這個廢話回答，繼續追問，聲音逐漸高昂起來：「這個不能退筆的退筆塚！也是你讓小榕騙我來的，對吧？」自從他無意中被青蓮上身以後，事故接連不斷，種種危險麻煩，全是因此人而起。

「不錯。」韋勢然回答得很乾脆，「我叫你來退筆塚，其實另有用意。」

羅中夏面色因為氣憤而變得漲紅，忍不住握緊了拳頭：「什麼用意？！」

韋勢然悠悠然彈了彈指頭，像是當日在長椿舊貨店後的小院裡一樣：「你們要知道，管城七侯都是筆塚主人的愛物，所以他為了尋找收藏之地，也頗費心思。這一個退筆塚，實際上乃是筆塚主人盛放天臺白雲的筆盒。」

在場眾人面面相覷，不知他忽然提起這個幹嘛。

「筆通大多以為筆靈必然與煉者的籍屬有所關聯，其實大謬不然。」說到這裡，韋勢然瞥了諸葛一輝一眼，後者有些臉紅。

「天臺白雲是王右軍性靈所製，何等尊貴，豈能放到盡人皆知的地方？隋末唐初之時，筆塚主人終於選定了秦望嶺作為天臺白雲筆的寄放之所。這裡有王獻之的墨池、智永的退筆塚，他們兩個與王羲之都有血緣之親，作為藏筆之地再合適不過——不過盒子雖有，尚缺一把大鎖。」

「於是辯才也是個關鍵？」諸葛一輝似乎想到了什麼。

「不錯。」韋勢然道，「據我猜測，那個御史蕭翼，恐怕就是筆塚主人化身而成的。他故意騙走了辯才收藏的〈蘭亭集序〉真跡，讓老辯才怨憤而死，然後再把這和尚催化成無比強大的怨靈，一腔沉怨牢牢鎮住雲門寺方圓數十里，順理成章地成了筆盒上掛著的一把大鎖。」說完他雙手一合，像是鎖住一個並不存在的盒子。

眾人都沉默不語，原來他們以為那只是唐初一段文化逸事，想不到還有這層深意。羅中夏意識到了什麼，神色有些惶然。

韋勢然伸出兩個指頭：「因此，若要開啟筆盒，讓天臺白雲復出，必須要有兩個條件。」

「釋放辯才的怨靈？」顏政和諸葛一輝脫口而出。

韋勢然讚許地點了點頭：「不錯，只有辯才的怨靈徹底釋放出來，才能解開加在筆靈上的桎梏。不過，這才是筆塚主人此局真正的可怕之處……筆靈大多狂放不羈，如果只是簡單地毀棄退筆塚，固然可以解開辯才的封鎖，但天臺白雲也會在解脫的一瞬間溜走。毀棄退筆塚的人非但不能得到筆靈，反而會遭到辯才怨靈的反噬。這並非沒有先例。」

眾人想到剛才的凶險場面，無不後怕，心想不知那位不幸的先例究竟是誰。

「所以只有在釋放的瞬間克制天臺白雲，不讓它遁走，才能借此化掉辯才怨氣？」

「不錯，只有在解放天臺白雲的同時留住它，才能讓天臺白雲用〈蘭亭集序〉化去辯才怨靈，再從容收筆。一環扣一環，一步都不能錯。而能滿足這個條件的……」

韋勢然停頓了一下，把視線投向半空，白鵝依舊圍著青蓮團團轉，不離退筆塚上空：「管城七侯之間有著奇妙的共鳴。若要控制一枝管城筆侯，必須要用另外一枝管城筆侯來應和，這也是筆塚主人最根本的用意——非七侯之一，就沒資格來取七侯之筆。如今的世上，六侯渺茫無蹤，只有青蓮筆已經現世……」

羅中夏臉色「唰」地一片蒼白：「即是說，你們騙我來退筆塚，根本目的就是讓青蓮與天臺白雲彼此應和相制，你好收筆？」

「然，天下唯有青蓮筆才能破開這個局。」

韋勢然指了指半空，用行動回答了羅中夏的疑問。一個斑駁的紫檀筆筒「嗖」一聲從他袖中飛出，悄然靠近仍與青蓮糾纏的白鵝。這筆筒是用一截枯樹根莖製成，鏤節錯空，蒼虬根鬚交織在一起，拼湊出無數個「之」字紋路，可稱得上是一件渾然天成且獨具匠心的名器。

相傳王羲之一生最得意的作品就是〈蘭亭集序〉，而〈蘭亭集序〉中最得意的，是那二十一個體態迥異、各具風骨的「之」字。王羲之當時興致極高，天才發揮得淋漓盡致，等到後來他再想重現，已是力不能及。所以要收天臺白雲筆，用這一個紫檀「之」字筆筒，再恰當不過。韋勢然顯然是早有準備。

「原本我計畫是把羅小友誘到退筆塚前，然後自己動手。不過既然有諸葛家的幾位主動配合，我也就樂得旁觀了。那位帶著如椽筆的小姐真是知心人，毀塚毀得真是恰到好處。只可惜你們不知內情，若不是天臺白雲及時出世，險些在辯才手裡送掉性命。」

聽完這種風涼話，羅中夏已經再無法可忍。「可惡！青蓮筆，給我打這個老東西！」一聲怒吼，被一騙再騙而積聚的怒氣一下子全爆發出來，如同維蘇威火山一樣噴射著灼熱的岩漿，滔天怒意捲向韋勢然。

這個懦弱的少年第一次如此積極主動地表現出強烈的戰鬥欲望。

「雷憑憑兮欲吼怒！」

感應到了主人召喚，本來與天臺白雲筆沉浸在共鳴中的青蓮筆猛然回頭，把羅中夏口中的詩句具象化成如嘯似吼的雷霆，氣勢洶洶。

韋勢然卻似早料到了他的反應，輕輕用指頭一挑，所有的雷電都被一股奇異的力量引導著反震回去。羅中夏用盡全力，一點後招都沒留，這一下猝不及防，一下子被震出十幾公尺以外，衣服發出一股焦糊的味道。

「你的青蓮筆畢竟只是枝遺筆，還是別逞強了。」

韋勢然淡淡說道。這時紫檀「之」字筆筒已經將天臺白雲吸入大半，每一個「之」字都泛起了金光，遠遠望去就好似在筆筒外鑄了許多金字一樣。

韋勢然收完了筆，對著遠處的羅中夏道：「羅小友，好好保存你的青蓮筆吧，日後還有大用。」

說完韋勢然身影一轉，如穿林之風般倏然消失。於是退筆塚之上，真正恢復了平靜。辯才已消，白鵝已收，空剩下滿目瘡痍的廢墟和半空中一朵不知所措的蓮花。蓮花的花瓣頹落，色澤灰敗，和剛才的光彩迥異。

羅中夏靜靜地躺在地上，剛才韋勢然的話他聽在耳裡全無反應，全身的傷痛不及心中悲涼。他的希望原本全寄託在了退筆塚上，指望能就此解脫，回歸正常生活，卻殘酷地又一次被騙了——而且還是被那個人又一次騙了。

他閉著眼睛，心如死灰，覺得生無可戀，恨不得一死了之。

忽然一滴清涼的水滴在臉上，冰冷徹骨，卻像是冰敷的毛巾搭在發燒的額頭，讓整個身體乃至靈魂都為之一舒。

羅中夏仍舊閉著眼睛。很快他就感覺到了更多的水滴滴下。

不，不能叫滴下，那種輕柔的感覺，應該叫飄落才對。

一隻柔軟的手放在了他的額頭上，還伴隨著細切的抽泣聲，那聲音似曾相識。羅中夏下意識地睜開了眼睛，卻發現身旁空無一人，只有幾片柳絮般的白色雪花殘留在臉上，很快就融化了。

他猛然坐起身子，瞪大了眼睛急切地四處環顧。當他與顏政的視線重合時，後者面色凝重，衝他點了點頭。

「是她……」

青蓮筆收，點睛筆出。

指引命運的點睛筆再一次指出了方向。

羅中夏循筆尖望去，只來得及見到林中一個嬌小的身影閃過，然後立刻消失……還未等他有所感慨，視線忽又被另外一位女子的身影擋住，冰冷的刀鋒距離鼻尖只有數毫米之遙。

「姓羅的，現在繼續算我們那筆帳吧！」

一陣低沉銳利的聲音突然劃破山林，略顯狼狽的諸葛長卿從林子裡鑽出來，身上的衣著還好，頭上卻落滿了碎葉。

二柱子實在是個難纏的對手，這孩子太認真了，認真到幾乎沒有破綻。諸葛長卿雖然故意留了實力，但在他的拳腳緊逼之下，也一度手忙腳亂。

直到退筆塚那邊的動靜徹底消退，諸葛長卿才快刀斬亂麻，使出一招〈大風賦〉，把二柱子遠遠吹開。二柱子雙手護住面部，後背狠狠撞在樹幹上，暈厥過去。

諸葛長卿冷冷一笑，卻沒有過去補刀，他得盡快趕過去跟諸葛家的其他人會合。

一出密林，諸葛長卿聳了聳鼻子，能察覺到曾經有過一個強大的筆靈存在過，周圍環境裡仍舊殘留著它的靈跡，那種感覺異常地強大，也異常地陌生。

他朝退筆塚的方向望去，那裡既沒有青蓮筆，也沒有如椽筆，頗為安靜，只有風吹過樹冠的沙沙聲，殺伐的戾氣半點也不曾剩下。

諸葛長卿心中起疑，他謹慎地靠近退筆塚的方向，同時收起凌雲筆。幾分鐘以後，他接近了退筆塚的邊緣，屏息凝氣，盡量讓自己的腳步不發出聲音，同時撥開一段樹枝，朝退筆塚望去。

映入他眼簾的首先是滿目的瘡痍。原本碩大的退筆塚已經不復存在，取而代之的是一片扭曲的廢墟。以廢墟為圓心，周圍半徑幾十公尺內都是橫七豎八的斷裂樹幹、碎磚，還有無數的枯筆，原本豐饒的草地被犁出了數十道深淺不一的溝壑，黑色的泥土從溝壑兩側翻出來，看上去就像是綠地上的數道疤痕。可見這裡有過一場驚心動魄的大戰。

羅中夏和顏政直挺挺躺在地上，衣衫破爛不堪，身體上遍布刀痕，有些甚至深可見骨，以至於血汙成片，遠遠望去，幾乎就像是人形的生魚片一般。

這些可怕的傷口一看就是被鋒利的刀刃所割。十九抱臂站在一旁，喘息未定，顯然是剛經歷了場惡戰，上衣有幾處撕裂，露出雪白的肌膚。那把柳葉刀倒插在腳邊，距離羅中夏只有幾公分的距離。諸葛一輝四處搜尋著散落在地上的枯筆，這些都是智永禪師當年用過的，即便只是尋常毛筆，也頗有文物價值。

諸葛一輝從懷裡掏出手機，撥通了一個號碼。諸葛長卿的懷裡忽然一顫，當即明白他在打給自己，連忙按住手機，疾退了幾步，躲到半人多高的一塊山石後面，才按下接聽。

「喂，長卿，你那邊怎麼樣？」

「敵人喪失戰鬥力了，你們那邊呢？」諸葛長卿故意壓低嗓音。

「一言難盡，但敵人也都被制住了。盡快過來與我們會合。」

「好。」

諸葛長卿收起手機，故意又停留了片刻，才走入退筆塚的範圍之內。他倒不必刻意化裝，已經足夠狼狽了。十九看了他一眼，沒說什麼。

諸葛一輝把撿起來的枯筆歸攏到一堆，然後迎上去關切地問道：「看你遲遲未至，還以為出了什麼變故呢。」

「是個難纏的強小子，不過到底不是筆塚吏。」諸葛長卿說完，環顧四周，問道，「這裡到底發生了什麼事？」

於是諸葛一輝就把整個退筆塚、辯才、天臺白雲筆、韋勢然的事一一講給他聽，諸葛長卿聽得滿面陰雲，眉頭一跳一跳。

「就是說，這裡藏的是王羲之的筆靈，被韋勢然坐收了漁翁之利？」

「沒錯。」

「可惜！」諸葛長卿咬牙切齒，早知道這裡藏的是管城七侯之一，就該多派些人來。

「早晚有機會的。」諸葛一輝拍拍他肩膀，「我們總算有所收穫，把青蓮筆弄到手了，還有一管畫眉筆做添頭。」

諸葛長卿看了一眼倒在地上不省人事的羅中夏和顏政，一直懸著的心終於放下來了，笑道：「我就知道惹惱了十九的人沒好下場。」

「這兩個傢伙都沒什麼經驗，空有好筆，牛嚼牡丹。剛才韋勢然離開以後，他們還以為平安無事了呢，結果十九一發威，沒費多大力氣就解決了。」諸葛一輝樂呵呵地說。

十九彎下腰，從羅中夏身上摸出一個黑色的小塑膠本，扔給諸葛長卿：「你看看這個，這是羅中夏在法源寺裡弄來的。」諸葛長卿接過來一看，發現是駕駛本，它一直放在羅中夏身上。他隨手打開，第一頁的黑白照片十分清晰，是一張三十多歲儒雅男性的臉。

「他還有臉留著房老師的照片！」諸葛長卿感慨道，瞥了羅中夏一眼，隨即凶光一露，「我們就該以牙還牙，讓他們也嘗嘗房老師的剜心之痛！」

他本以為十九和諸葛一輝會接話，兩人卻都沒有應聲。諸葛長卿看看左右，忽然覺得氣氛有些凝滯。

「長卿，」諸葛一輝和藹地問道，「你說你沒見過房老師，又怎會知道他的相貌呢？」

「……呃……駕駛執照上有他的名字嘛……」諸葛長卿一時語塞。

「真的嗎？」

諸葛長卿連忙低頭去看，發現駕駛執照上的名字分明寫的是「顏政」兩個大字！

「駕駛執照上寫的是顏政的名字，只有見過房老師，才能只看照片立刻就認出來吧？」

諸葛一輝說話還是慢條斯理，但口氣逐漸嚴厲。

諸葛長卿抑制住心臟狂跳，連忙辯解道：「十九妹剛才不是說羅中夏從法源寺裡弄來的嗎?我想那肯定是和房老師的死亡有關。」

諸葛一輝和十九對視一眼,諸葛一輝嘆了口氣,似乎是失望至極,這時十九踏上一步,眼神逐漸改變:「你又是怎麼知道房老師與法源寺有關呢?」沒等他再次辯解,十九又是一聲厲喝:「你又是怎麼知道房老師是被剜心而死?!」

諸葛長卿被這一連串逼問亂了陣腳,他慌忙一指羅中夏:「點睛筆明明就在他的身上!一定就是他殺死了房斌!」

話音未落,原本直挺挺躺在地上的羅中夏和顏政忽然一跳而起,兩個人衣衫整齊,身上半點血汙傷痕也沒有。顏政笑嘻嘻地運起畫眉筆,朝駕駛證上一拂,駕駛證立刻恢復到五分鐘前的樣子,上面寫的不再是「顏政」,而是「房斌」。這是顏政殘存的最後一絲能力。

此時諸葛長卿的表情,十分精彩。他退後一步,頭頂開始有凌雲凝聚。

羅中夏冷冷道:「今天就讓你看看我這管點睛的厲害。」

一條金龍自掌心長嘯而出,一身金鱗光彩奪目,雙目炯炯有神,充滿了靈性。

諸葛長卿臉色更難看了,又朝後退了一步,衝十九和諸葛一輝沉聲道:「諸葛兄,十九妹,請你們相信我,就是眼前這個人殺死了房斌老師!他點睛筆都亮出來了,可謂不打自招了!」

十九卻巋然不動,只是冷冷道:「雲從龍,風從虎,是不是和當日一樣?」諸葛長卿連忙點點頭:「不錯!當時他新得了點睛筆,我本想為房老師報仇,卻反被點睛的金龍打敗,實在是心有餘而力不足啊。」

「長卿哥。」

「嗯？」

「你剛才只有一句話是真的。」十九頭髮高高飄起，兩隻眼睛變得赤紅，如同北歐神話中的女武神，「惹惱了十九的人從來沒有好下場。」

諸葛長卿感覺到如椽筆已經昂起了頭，空氣壓力大增，他急忙道：「十九妹，妳……」

羅中夏此時收回金龍，冷笑道：「你當日被我的金龍驚走，可萬萬沒想到那條金龍是我用青蓮筆和李白詩『虜箭如沙射金甲，雲龍風虎盡交回』兩句幻化出來的吧？點睛筆是指示命運之用，根本不是戰鬥型的，你不知道吧？」

顏政也幫起腔來：「你剛才說被點睛打敗？根本就等於是不打自招！」

諸葛長卿環顧四周，最後把身體湊近諸葛一輝，試圖尋求幫助，語氣近於哀求：「諸葛兄，你是家裡最聰明的人，這種愚蠢的中傷，你根本不會相信！」

諸葛一輝長嘆一聲：「原本我們是不信的，但你現在句句說謊，滿身破綻，叫我如何幫你……」

諸葛長卿突然凶光畢露，他猛一伸手卡住諸葛一輝的脖子，來了一個完美的勒頸後翻，大吼道：「你們不許靠近，否則他就死定了！」

顏政道：「你終於承認自己的罪行啦？」

諸葛長卿吼道：「住嘴！」話音未落，淩雲筆呼嘯著衝出來，一時間風起雲聚。他試圖和上次一樣，用風雲造成混亂，然後伺機逃走。

「別想逃！」

十九和羅中夏同時喝道，兩人疾步向前，分進合擊，竟顯出了極高的默契。往往青蓮筆一馬當先，將周遭風雲以詩句具象固化，然後十九刀鋒一閃，經如椽筆放大的鋒刃所向披靡。很快那些風雲就被斬得七零八落，不成氣魄。

凌雲筆雖然強悍，可在兩管筆夾擊之下顯得左支右絀。

諸葛長卿只看到眼前人影晃動，凌雲筆噴吐的雲氣愈來愈少，刀鋒卻愈來愈多，不禁有些慌張，夾著諸葛一輝的脖子朝後退去，把自己藏身於一團滾滾黑雲之內。青蓮筆和如椽筆攻勢雖盛，卻始終沒有對諸葛長卿本體進行攻擊。

「我有人質，他們投鼠忌器，絕不敢動手。」諸葛長卿想，同時把諸葛一輝勒緊了些。殊不知，這恰是十九和羅中夏想讓他強化的概念。

諸葛一輝只是脖子被諸葛長卿箝住，雙手還是靈活的。他聽到十九呼喊，立刻高抬雙臂。諸葛長卿以為他要掙扎，怕一隻手不夠，就用兩隻手勒得更緊了。沒料到諸葛一輝卻絲毫沒有反擊的意思，反倒堵住了自己的兩個耳朵。

還沒等諸葛長卿反應過來，真正的陷阱發動了。

「雷憑憑兮欲吼怒！」

羅中夏飛身大喝，青蓮筆立刻將這詩句具象成天雷炸裂般的強悍音波。在下個瞬間，十九的如椽筆把這原就十分巨大的震動放大了數十倍。兩人一前一後，時機拿捏得分毫不差。

這已經不能稱為雷了。是霹靂。大霹靂！

肉眼可見的空氣波紋向四面擴展開來，在如此巨大的音波面前，滾滾風雲根本不堪一擊，立刻被席捲一空。一直拚命箝住諸葛一輝脖子的諸葛長卿想要抽出手來堵住耳朵，已經來不及了。

他整個人被撲面而來的壓力震倒在地，腦子被刺入的霹靂聲攪成了一鍋粥，當場暈厥在地，口吐白沫，兩道鮮血順著耳洞流出來。

霹靂只持續了短短兩秒就結束了。

除了諸葛長卿以外，其他人都安然無恙，只有顏政抱怨似的揉了揉耳朵，嘟囔著以後再也不和羅中夏吵架了。

十九走上前去，欲揮刀去斬諸葛長卿，卻被諸葛一輝攔住。諸葛一輝道：「十九，且慢動手。殺人並非妳我可以裁決的，還是把他押回去，讓老李定奪的好。」

十九看了一眼兩眼翻白、四肢不斷抽搐的諸葛長卿，冷哼一聲，「唰」地把刀收入鞘中。

羅中夏自從得了筆靈以來，這次贏得最為酣暢淋漓，心裡被騙的鬱悶稍稍緩解。他這時方覺得大腿一陣痠疼，這是典型平時缺乏鍛鍊的結果，他低下頭，本想揉揉，忽然鼻子一陣幽香飄過。他連忙抬起頭，看到十九站到了他面前。

他見慣了十九劍拔弩張、金剛怒目的表情，此時她恢復了正常表情，柳目含黛，五官清秀而精緻，英武颯爽之間帶著幾絲內秀的柔媚。一時間羅中夏竟然驚呆了，想不到她原來這麼漂亮。

他的視線往下滑去，卻不小心看到了十九右肩。那裡的衣服已經在剛才的一連串混戰中被扯破，露出一截白皙圓潤的肩頭，在黑色西裝襯托下更顯細膩。十九發覺他眼神不善，很快發覺哪裡不對，立刻蛾眉一立，伸手輕扇了他一個耳光。

若是敵人，只怕十九早就拔刀相向；這一斬一扇的差別，已經默認了十九對羅中夏已無敵意。

「啪！」

羅中夏捂著臉，面色尷尬，不知該叫冤抱屈哪樣才好。十九怒容一斂，神情忽然有些扭捏，雙眸望著旁邊，低聲說了句「謝謝」。

「嗯？」羅中夏一愣，隨即擺了擺手，「沒關係啦，諸葛長卿也是我的仇人，我出手也是天經地義的事。」

十九輕輕搖了搖頭，聲音漸低：「我是說剛才……嗯，辯才剛攻擊我的時候，你……呃……救了我。」

羅中夏這才反應過來。辯才和尚剛從退筆塚裡冒出來的時候，黑氣直撲十九，當時他也不知吃錯了什麼藥，撲過去把她抱開，才算逃過一劫。

「呃……我沒那麼有武德，也許是點睛筆驅使我這麼做的吧。」

「你是說，這是命運的指示？」

話一出口，兩個人都覺得大不自在，彼此都頗為尷尬，都不知該如何說才好。這時候諸葛一輝和顏政綁好了諸葛長卿，也走了過來，兩個人這才鬆了一口氣。

諸葛一輝讚道：「羅兄弟你倒有急智，竟然能想到用青蓮筆具象出重傷之勢，唬過了諸葛長卿。」

羅中夏訕訕賠笑，其實那句詩最初他背下來，只是單純為了裝死用的罷了，哪想到今天居然派上了這種用場。

「裝死也是實力的一部分，那也是要有演技的。」顏政一本正經地補充。

「不過我沒想到啊，你們最後居然會同意我的提議，來演這麼一場戲。」

「假如你當時沒有在辯才的黑氣下救過我的命，我是絕對不會答應的。」十九道，「我在想，能夠在危急時刻還不忘去救敵人，這與房老師的精神實在太接近了。這樣的人應該不會害人的。」

「謝謝！」

諸葛一輝伸出手來，鄭重其事地與羅中夏和顏政握了握。

「我們準備帶著這個叛徒回上海去，看族裡如何處置。你們接下來準備去哪裡？」

羅中夏一聽，神色黯然。他此行最大目的，就是退掉青蓮筆回歸正常生活。現在唯一的希望也破滅了，退筆塚非但不能退筆，反而被人利用。他灰心喪氣，已不知前途在何處了。

「要不要去我們諸葛家看看呢？」

羅中夏霍然抬起頭來，看到諸葛一輝和十九以及顏政都滿懷期待地望著他。

第三十章　憶昨去家此為客

羅中夏和顏政張大了嘴巴，露出兩張土包子的表情。

在他們面前是一棟豪華的白色別墅，西式風格，雖然只是三層小樓，卻顯出不凡的氣度。在別墅的周圍是一座效仿蘇州網師園的小園林，無論松柏灌木都修剪得異常精緻，看得出主人付出過很大心力。

十九看到他們兩個的樣子，抿嘴一笑，做了個邀請的手勢：「請進吧。」兩個人對視了一眼，有些膽怯地踏入了別墅的大門。

他們從紹興回上海時沒再坐火車，諸葛家專門派了三輛黑色林肯去紹興接駕，兩輛坐人，一輛先導，開在杭甬高速公路上十分拉風。十九不知為什麼，主動選擇和羅中夏坐到了一起；顏政只好一臉委屈地和諸葛一輝同一輛車，暗自遺憾二柱子沒一起來。

二柱子畢竟是韋家的人，去諸葛家做客實在敏感。所以他先行一步，去永州和彼得和尚會合。

一路上十九沒怎麼說話，一直望著窗外，羅中夏也不敢多嘴，就把身體靠在沙發上閉目養神。

車隊沒有開進上海市，提前下了高速。又開了將近半小時，車窗外的景色變得和剛才迥異，農田減少，綠地增多，遠處還有些別緻小樓，彼此之間的間隔很遠，甚至還有高爾夫球場，看起來是專門為那些富人開發的別墅區。羅中夏不知道另外一輛車裡的顏政感想如何，反正自己的腿肚子有些轉筋。

他們四個人一進別墅的廳堂，顏政忍不住「嘖」了一聲。這裡的裝潢風格充斥著近代民國氣息：兩側是高大的古木書架，上面密密麻麻擺放著線裝書；一套明式桌椅邊擺放的是暗綠色的燈芯絨沙發；一個落地式仿古地球儀擱在書桌旁邊。一副廳聯掛在廳牆正中：進則入世，修身養性齊家治國平天下；退而出關，絕聖棄智清靜無為悟妙門。

一位老者早已經恭候在廳內，一見他們四個人進來，立刻迎了上去。

「羅先生，幸會！」老人伸出手，羅中夏也伸出手，兩手相握，他感覺一股力量透過這個身材矮小的老人右手猛衝過來，稍做試探又退了回去，如浪湧潮去。

「不愧是青蓮。我此生能見到青蓮筆吏，真是死也瞑目了。」老人笑道，羅中夏有些尷尬，撓了撓頭，不知該說什麼才好。

十九說：「這一位是諸葛家的管家，你就叫他費老吧。」

費老略一點頭，對羅中夏說：「老李就在樓上等您，請隨我來。」

十九推了推羅中夏，示意他跟著費老走。

羅中夏不太放心地看了她一眼：「我自己去？」他其實對諸葛家並不了解，潛意識裡還認為是敵人，除了十九以外他對其他人都不放心。十九拍拍他的肩膀，示意不必擔心。

顏政愣頭愣腦也要跟過去，卻被諸葛一輝一把拉住：「來，來，顏兄，讓我帶你參觀一下我們諸葛家的收藏。」

「俗話說讀萬卷書不如打百遍拳，」顏政活動活動手指，忽然來了興致，「不如我們去切磋一下。」

「若要打拳，我倒有個好去處。」諸葛一輝笑道。

羅中夏看顏政和諸葛一輝興致勃勃地從旁門離開，深吸一口氣，跟著費老上了樓梯，心裡忐忑不安。十九一直目送著他。他們爬上三樓，走到一條鋪著地毯的長廊盡頭，那裡有一道紫檀木門，門面雕刻著一幅山水圖，山皴水波與木紋配合得渾然天成，十分精美。

費老在門上謹慎地敲了三下，門裡很快傳來一個聲音：「請進來吧！」費老推開門，讓羅中夏進去，表情很是恭謹。

這一間顯然是書房，三面牆都是滿滿的書籍。屋子中間有一個大大的實木書桌，桌上文房四寶俱全，一張雪白的宣紙鋪開來，桌後站著一個人正提筆欲寫，筆毫欲滴，顯然已經蘸飽了墨。一本線裝書倒扣在一旁。

看到羅中夏來了，老者從容擱下筆，微微一笑。費老道：「這位就是老李，亦是諸葛家的族長。」

老李最多也就五十出頭，而且滿面紅光，頭髮烏黑，一張略胖的寬臉白白淨淨，不見一絲皺紋，濃眉大眼，留了一個大背頭。

羅中夏看了一眼桌子上倒扣的書，上面只有兩個字：春秋。

「羅先生，歡迎你！」老李衝他和藹地笑了笑，「等我寫完這個字。」說完他重新俯下身子去，運氣懸腕，轉瞬間寫了一個「道」字。

「羅先生你看這字如何？」

「挺好，寫得蠻大的……」羅中夏不通文墨，只好這麼回答。老李也不生氣，哈哈大笑，把毛筆在水裡涮了涮，擱到了筆架上，然後踱步出來。

「你的事情，我已經都聽說了。」老李讓他坐到沙發上，自己則坐到了對面，雙手優雅地交錯在一起。羅中夏摸不清楚他的用意，保持著沉默。這個人的雙眼非常有特點，裡面總似燃燒著一些什麼東西，很有激情。

「退筆之事，他們韋家幫不上忙，我們諸葛家亦無辦法。既然雲門寺的退筆塚是個圈套，那麼你唯一的選擇，就只有去永州的綠天庵碰碰運氣了。」老李開門見山。

羅中夏鬆了一口氣，很久沒碰到這麼坦誠的人了：「多謝您的關心！我會盡快退掉筆靈，至於青蓮遺筆和點睛，等退出來，你們想要就拿去吧。」

老李似笑非笑：「羅小友的如意算盤打得不錯，可惜啊，樹欲靜而風不止。我看你身具渡筆之才，必然是要被諸方覬覦的。」羅中夏心中一驚，想不到他和韋定邦眼力一樣犀利，一眼就看出了自己是渡筆人的身分，而且也說了一樣的話。

老李看到羅中夏的反應，抬起手來，語氣凝重：「本來呢，你退筆，我取筆，兩廂情願，沒什麼問題。可是這一次諸葛長卿的背叛，讓我發現，除了諸葛家和韋家之外，還有第三股神祕勢力在悄然布局。我有直覺，他們才是最可怕的敵人。」

「是韋勢然？」

「有可能，但不完全是。」老李道。

那麼，秦宜去韋家盜筆，背後是否有人唆使？這麼一分析，羅中夏發現，真的隱隱有一股力量，似乎把這兩家的邊緣人都統合在了一處，儼然成勢。

「諸葛家和韋家再不和睦，也不會傷人性命，這是鐵律。可這第三股勢力，卻不會在乎人命，他們很可能是殉筆吏的餘孽，這可就麻煩了。」老李沉聲道。

「殉筆吏？這到底是怎麼回事？」羅中夏隱隱覺得，這件事十分關鍵。秦宜就是用奇怪的法門，把鄭和給煉成了筆，而諸葛長卿殺房斌，似乎也與此有關聯。

老李把目光移向房間內的文房四寶，徐徐道：「既然羅小友你問起來，我便直言相告。筆塚自南宋關閉，從此再無筆靈，這你是知道的。可是歷代總有個別筆塚吏不甘心，希望能找回筆塚主人的煉筆法門，再開筆靈之道。可惜他們沒有筆塚作為參考，亦無正道在胸，最後從兩家煉製筆童的手法裡，開發出一套以活人煉筆的邪路，叫做殉筆。」

老李說到這裡，信手拿起一管毛筆，用手指摩挲其筆尖：「筆塚主人煉筆，是取那些天才死後的不昧魂魄，凝煉成筆靈；而殉筆之道，則是拿一個與筆靈相合的活人生生煉化，再讓筆靈將其奪舍——換句話說，是筆靈吞噬掉人的魂魄，借著人軀復活。筆塚吏是身懷筆靈，而殉筆吏，則是占據了筆塚吏身體的筆靈。」

羅中夏聽得毛骨悚然，這可真是至邪之法。細細一想，這正是鄭和所遭遇的事。秦宜拿來殉筆的，雖然只是一枝無心散卓，但原理是一模一樣的。

老李又道：「筆塚傳人，最崇靈性。而殉筆搞出來的，都是行屍走肉，只配叫做筆童，實在是大逆不道。這個殉筆法門太過邪惡，諸葛家和韋家曾數次合力圍剿，銷毀典籍，殺死行邪法之人。我本以為這已失傳，想不到……今日又重新見到了，還把爪子伸進我諸葛家來。」

說到這裡，他冷哼了一聲。諸葛長卿是家中主力，居然都叛變了，還不知殉筆吏餘孽在諸葛家滲透了多少人。

「羅小友，你未來要面對的，恐怕是這些敵人。他們要取筆，可絕不會顧惜人命。何況你的渡筆資質，可是殉筆吏們求之不得的上等材料。你，逃不掉的。」

韋定邦說過同樣的話，看來兩家的族長，都不看好羅中夏的退筆之旅。羅中夏心中一陣躁鬱，他想逃避，可是愈逃，牽涉愈深。原來只是為完成一個課外作業，可折騰到現在，卻變成了整個筆塚世界的紛爭核心。他坐立不安，覺得壓力從四面八方湧來，簡直要窒息而死。

這時老李忽然問了一個奇怪的無關問題：「羅小友，問你個問題，你覺得如今的時代怎麼樣？」

羅中夏沒料到他會忽然問這麼一個高深的問題，只好敷衍著回答道：「還好吧。」

老李搖搖頭，聲音略微有些激昂：「就表面上來看，當然還算不錯，經濟在發展，城市居民生活水準在提高，然而同時人們的道德水準卻在直線下降啊。你覺不覺得，如今的社會，已經到了古人所說禮崩樂壞的程度了？金錢至上，利益至上，整個社會完全物質化了，已經忘記了傳統道德和精神。國學不存呢！」

「也沒那麼嚴重吧。」當然這句話羅中夏沒說出口。「現在不是出了許多談國學的書嗎？還有電視上也天天講，還有人上讀經班呢。」

老李不屑地揮了一下手：「現代國人太缺乏古風薰陶了，琴棋書畫一門不通，諸子百家一人不曉。人心不古，世風日下，是普遍的現象，並非是一兩個人、一兩場講座可以扭轉的——說到電視講座，客氣點是隔靴搔癢，實質上徹底的誤人子弟，建議你還是別看為好。」

「不過總算有人去做，總歸是好的啊。」

「沒錯。我們諸葛家也是筆塚主人一脈相承下來的，從很早的時候起就以『不教天下才情付諸東流』為己任。所以我們筆塚後人，有責任把先人要維護的東西保留下來，發揚光大。這既是諸葛家的天命，也是諸葛家的責任。」

老李把右手按在胸口，雙目閃閃：「所以以前我一直運用諸葛家的財力和影響力，在各地邀請學者講演，投資建設國學院。我記得你們華夏大學也是我們推動的項目之一。我原本希望能借此振興國學。」

「不、不會吧……」羅中夏心裡罵了一句粗話，沒想到鞠式耕的國學課，竟然就是眼前這個人推動的。看來他和這些筆塚家族發生聯繫的時間，要比他想像中還要早。

老李的眼神忽然從慷慨激昂變得有些憂鬱：「但是我後來意識到了，一個人再有錢，他所做的也很有限。比如我斥資數千萬去購買廣告，但那也只能占幾分鐘時間。而每天二十四小時全國播放的廣告差不多有我的幾萬倍。僅僅靠這些手段去挽救傳統，是不夠的。」

「那……該如何？」

他別有深意地看了羅中夏一眼，一字一頓說道：「挽救中國精神，唯有國學；而挽救國學，唯有筆塚。」

「總算說到正題上來了。」羅中夏心想。

「青蓮筆是管城七侯中最為特別的一個，它從來沒有臣服過筆塚，它一定掌握著打開筆塚的關鍵。事實上，一直在搜集管城七侯的不只是他們韋家，我們也一直致力於此。但我和那些自私的人不同，我如果借助七侯的力量，就有能力打開筆塚。到時候中國數千年來的精粹都將得到解放，讓那些偉大的先輩重現今世，重新感化這個已經接近道德底線的社會。」

羅中夏沒想到這個人這麼坦誠，坦誠到他都不敢正面回答。

「我知道你一直想退筆出世，歸隱山林。不過天已降大任在你頭上，往小了說，你自己要保命存身；往大了說，國學興亡，匹夫有責啊。」老李把身體朝前傾了傾，聲音變得緩和，但口氣依然緊迫。

「經歷過智永之事後，你也該知道，退筆畢竟只是虛妄，還不如做些有意義的事情。」然後他露出一個溫和的笑容：「怎麼樣？要不要和我一起來實現國學理想？」

諸葛長卿垂頭半跪在陰冷的地下室內，兩隻胳膊被高高吊起，半身赤裸。他已經恢復了神志，然而兩隻眼睛既沒有神采也沒有焦點，如同一匹受了傷的孤狼。

顏政沒想到諸葛一輝會把自己帶來這裡，他不太喜歡這種密閉空間的混濁味道，也不喜歡這種酷刑的氛圍。他們現在身處這間地下室隔壁的監視室內，透過閉路電視觀察著諸葛長卿的行動。

「這算是非法羈押吧，不怕被員警臨檢抓到嗎？」

諸葛一輝淡淡回答：「顏兄，法律面前人人平等，但平等有先有後。」

顏政倒抽一口涼氣，想不到他們家勢力這麼大，竟可以肆意動用私刑。同時他又有些不屑，顏政以前是流氓出身，打架犯事講的是實力和氣魄，最看不起的就是那些仗著自己爹媽身分而四處囂張的人，連帶著對特權階層都有些隔閡。

諸葛一輝俯下身子吩咐工作人員把鏡頭拉近一點。顏政看到，在諸葛長卿的胸口、後頸和太陽穴都貼著微小的白色電極，長長的電線連接到地下室外的某一個地方。電極有節奏地放著微弱的電流，使得他不時抽搐。

「就這麼鎖著他，會不會被他用筆靈掙脫？」顏政忽然問。

「顏兄你看到他身上那些電極了嗎？」

「不會是用高壓電這麼直接吧？」

諸葛一輝笑著搖搖頭：「筆靈是精神，電刑管什麼用呢？那個電極其實傳送的是數位化了的〈白頭吟〉。」

顏政比出一個放棄的手勢，無可奈何地說：「諸葛兄，兄弟我讀書少，您把話給一次說全吧。」

諸葛一輝取過一張影印紙遞給顏政，顏政展開一看，這〈白頭吟〉原來是一首詩：

皚如山上雪，皎若雲間月。聞君有兩意，故來相決絕。
今日斗酒會，明旦溝水頭。躞蹀御溝上，溝水東西流。
淒淒復淒淒，嫁娶不須啼；願得一心人，白頭不相離。
竹竿何嫋嫋，魚尾何簁簁。男兒重意氣，何用錢刀為！

就算顏政不懂詩，也能聞到這詩中頗多哀怨之氣。諸葛一輝忽然問道：「司馬相如和卓文君的典故，顏兄該知道吧？」

「知道一點。古代《鐵達尼號》，富家小姐卓文君愛上窮小子司馬相如，兩人私奔去了紐約，最後淹死在格陵蘭島。」

諸葛一輝忽略掉後一半的胡說八道，繼續說：「後來司馬相如被漢武帝賞識，他發達以後，就有休妻之念。卓文君寫了這首〈白頭吟〉給他，以示勸諷，讓他慚愧不已。千古閨怨詩詞，這首當稱得上超絕了。」

顏政拍了拍腦袋：「我明白了，司馬相如怕老婆，所以你們就用這首卓文君的詩克制了諸葛長卿的相如凌雲筆？」

「正是，司馬相如有愧於文君，有〈白頭吟〉在，他的筆靈是斷不敢出的。」

諸葛一輝指了指監視器旁邊，那裡擺著一臺電腦，螢幕上一條類似心電圖的曲線在跳動：「這是我們諸葛家最新的研究成果，可以將詩詞數位化，然後轉化成有規律的電波。用科學的角度去看，筆塚吏與筆靈互動的表現形式可以視作一種特殊的神經脈衝。我們把〈白頭吟〉轉化成特定頻率的電波去刺激他的神經，自然就能起到克制的作用。」

他停頓了一下，盯著螢幕感慨道：「目前這項研究剛剛有個雛形，想不到第一個拿來試驗的竟然是他。」

顏政想起羅中夏的青蓮筆也曾經被秦宜用崔顥的詩鎮住過，大概能理解其中原理。「諸葛兄好厲害。這種東西，如果不是文理兼修，恐怕是做不到。」

「謬讚了。」諸葛一輝一邊謙虛一邊得意，「舉凡筆靈特性、如何破法，整個諸葛家我是最熟知不過的。」

顏政想問問自己的這管畫眉筆該如何使用，如何破法。可這時候外面傳來一陣腳步聲，兩個人回頭去看，原來是費老和十九。

「有成果嗎？」費老背著手，一改剛才的慈祥面孔，地下室的光線不足，他的臉看起來很陰沉。

「我覺得用刑用處不大，這個人我了解，拷打沒用。」諸葛一輝抬了抬下巴，螢幕裡的諸葛長卿還是一副桀驁不馴的神態，還不時用威脅的眼神盯著鏡頭。十九恨恨地咬了下嘴唇，如果不是費老在場，恐怕她就已經衝進去把他的頭斬下來了。

「不妨事，我進去看看。」

費老有一種不怒自威的威嚴，他彈了彈手指，旁邊有守衛趕緊打開鐵門。諸葛一輝有些擔心地提醒道：「費老，這個克制程式還不成熟，您小心點。」

費老「唔」了一聲，表示知道了，然後走進地下室。他慢慢來到半跪下的囚犯跟前，諸葛長卿聽到聲音抬起頭來，與他四目平視。費老端詳了片刻，鼻孔裡忽然冷哼一聲：「諸葛家待你不薄。這麼多年養育之恩，食祿之義，你倒回報得好啊！」

「要殺就殺……」諸葛長卿虛弱地說。

「你的同謀都還有誰？」

諸葛長卿沒有回答。費老知道他不會說，也不再追問。他袖子一擺，突然出手，迅捷如閃電。在外面的顏政甚至沒看清楚他的動作。只聽「啪啪」六聲，六枚電極貼片幾乎在一瞬間被費老撕了下來。

電腦發出一陣尖厲的鳴叫，把在場的人都嚇了一跳。

諸葛長卿突然仰頭一陣痛苦的低吼，胸前靈光乍現，被壓制已久的凌雲筆驟然失去束縛，開始劇烈地擺動。費老抬起如同樹皮般枯槁的右手，手指一翻，「噗」的一聲直接插入諸葛長卿的前胸。等到他退手出來的時候，右手二指夾住了一管筆靈的筆頂。

費老再一運力，雙指慢慢夾著筆頂朝外帶，漸次拉出筆桿、筆斗……最後他竟生生把凌雲筆從諸葛長卿身內拽了出來！

只見整枝凌雲筆被從主人身體裡扯出二尺多長，只剩筆毫還與諸葛長卿藕斷絲連，就像是用筷子夾起一塊拔絲地瓜，有絲絲縷縷的細線相連。一人一筆只憑著這一點連接著，似乎隨時可能會扯斷。

凌雲筆猛然被人抓住，像一條受驚的鱔魚左右拚命搖擺，雲氣亂飛，費老的二指卻似一把鋼鉗，泛起紫青光芒，死死扣住筆靈，絲毫不曾動搖。

諸葛一輝擦了擦額頭的汗水，喃喃自語道：「想不到費老竟動用自己的筆靈……」旁邊顏政聽到，問他費老的筆靈是什麼來歷。諸葛一輝和十九都沒回答，全神貫注盯著地下室裡的情景。顏政自討沒趣，只好也把視線轉回螢幕。

地下室內，費老握著筆靈冷酷地對諸葛長卿說：「現在你的身體已經不受你的神志控制，你的神經已經隨著凌雲筆被我抓了出來，你還不說嗎？」

諸葛長卿用沉默做了回答。

費老道：「有骨氣，那麼我只好直接問筆靈了，它們是永遠不會撒謊的。」彷彿為了證實自己說的話，他的拇指稍微在凌雲筆管上用了一下力，諸葛長卿立刻發出一聲慘號，如同被人觸及自己最痛的神經一般。

「你在諸葛家內的同夥，是誰？」費老厲聲問道，他的頭頂隱約有白氣蒸騰而出，顯然也在全神貫注。

諸葛長卿口裡發出嘶嘶的聲音，眼角開始滲血。現在的他整個神經已經被拽到了凌雲筆內，實際上是筆靈在利用他的身體說話。

「是誰？是殉筆吏的餘孽嗎？」

「不是……」聲音虛弱沙啞。費老不得不讓自己的問題盡量簡單一些，同時右手的五個指頭靈巧地在凌雲筆管上遊動著，像是彈鋼琴，又像是操作傀儡的絲線。筆靈畢竟只是非物質性的靈體，他的能力還不足以對它們進行很精細的操作。

「為什麼你們要殺房斌？」

「不知道……」

「誰是幕後主使？」

「主人的力量，是你們無法想像的……」

諸葛長卿全身的抖動驟然停滯，他的嘴唇嚅動了幾分，試圖繼續吐出字來。費老聽不清楚，朝前走了兩步。突然諸葛長卿雙目圓睜，從嘴裡「哇」的一聲噴出一大口鮮紅的血，正噴在距離他不到半公尺的費老臉上。

費老猝不及防，身體疾退，右手大亂，凌雲筆趁機擺脫了控制，圍繞著諸葛長卿不停鳴叫。這一次，是諸葛長卿本身的強烈意識壓倒了凌雲筆，強烈到甚至可以影響到已經被拽出體外的神經。可強極必反，這一舉動也讓他受創極深。他隨即又噴出數口鮮血，只是再沒有剛才那種高壓水龍頭的強勁勢頭，一次弱過一次。最後鮮血已經無力噴出，只能從嘴角涓涓流出，把整個前襟都染成一片可怖的血紅。

就連他頭頂的凌雲筆，光彩也已經開始暗淡，繚繞雲氣開始變得如鉛灰顏色。「快！叫急救醫生來！」

諸葛一輝見勢不妙，立刻喝令手下人去找大夫。很快四、五個白大褂衝進地下室，費老看著那群人手忙腳亂地把奄奄一息的諸葛長卿抬上擔架，滿是鮮血的臉上浮現古怪的神情，甚至顧不得擦擦血跡，就這麼一直目送著諸葛長卿被抬出去。

諸葛一輝他們也隨即衝進地下室，十九細心地拿了一條毛巾遞給費老。費老簡單地擦拭了一下，轉頭對諸葛一輝說：「看起來，有人在他的意識上加了一個極為霸道的禁制，一旦涉及主使者身分的敏感話題，就會自動發作。」

「到底是誰如此可怕！」諸葛一輝倒抽一口涼氣，但想不到哪枝筆靈可以做到這一點。

費老擦了擦臉，沉聲道：「至少我們知道，諸葛家之外，有一個強大的敵人。連長卿這種心高氣傲的人，都稱其為主人。」

諸葛一輝點點頭，這個情報他們早就從顏政那裡知道了，現在不過是再確認一下。費老長嘆一聲，把沾滿血跡的毛巾還給十九：「趕緊去查一下，這幾個月以來，諸葛長卿打著諸葛家的旗號，到底偷偷行動了多少次、殺了多少人、用這種有傷天和的齷齪手法收了多少筆靈！」

「明白。」

「最重要的，是要查出那個敵人是誰，是不是失傳已久的殉筆吏。」

四個人走出地下室，費老和諸葛一輝在前面不停地低聲交談，想來是在討論如何擒拿幕後主使的細節。顏政和十九走在後面，當他們走過一個九十度轉角時，十九忽然拉了一下顏政衣角，讓他緩幾步。

等到前面的費老和諸葛一輝轉過拐角，她忽然壓低了聲音開口問道：「你們是親眼看見房老師被殺，對吧？」

「嗯，對。」

他們回到別墅大廳的時候，恰好羅中夏從老李的房間裡走出來。顏政問他跟老李都談了些什麼，羅中夏苦笑著攤開了手：「他邀我一起復興國學。」

他剛才回絕了老李的邀請。羅中夏並不喜歡這種蠱惑人心式的口號或者過於火熱的理想，也對國學沒什麼興趣，尤其是一想到自己被青蓮筆連累變成了一個關鍵性人物，他就覺得麻煩和惶恐。老李對他的拒絕似乎在意料之中，也沒有強求，只說讓他在這裡住上幾天，仔細考慮一下。

顏政聽完了羅中夏的講述，不禁伸開雙手感慨道：「好偉大的理想呀，十月革命一聲炮響，為我們送來馬列主義！你也許有機會做國學革命導師哦。」

「做革命導師的都死得早，你看李大釗[1]。」羅中夏白了他一眼。

接下來的幾天裡，羅中夏和顏政享盡了榮華富貴，就像是真正的有錢人一樣生活。諸葛家在這方面可毫不含糊，每天山珍海味招待，就連臥室也極盡精緻之能事——不奢華但十分舒適。老李、費老和諸葛一輝在這期間很少露面，只在一次小型宴會上出現了一次，與他們兩個喝了一杯酒——那次宴會顏政一人喝了兩瓶，事後幾乎吐死——大概是忙著處理叛徒事件。而諸葛家的其他人也很少來打擾他們，只有十九每天陪著他們兩個四處參觀，打打網球、高爾夫什麼的。老李還慷慨允諾他們可以敞開使用別墅的圖書館，也算是薰陶一下國學，可惜這兩個不學無術的傢伙只用了一次，就離那裡遠遠的。

十九人長得漂亮，性格又爽朗，而且善解人意，做玩伴實在是再合適不過。有如此佳人作陪，就是什麼都不幹，也賞心悅目。不過讓顏政鬱悶的是，她似乎對羅中夏更加熱情，有意無意總纏在他身邊。顏政沒奈何，只好去和別墅裡的年輕女僕搭訕聊天。

不過羅中夏自己知道，這很大程度上是因為自己體內有管曾經屬於房斌的點睛筆。至於房斌到底是什麼人，他一直不敢問，生怕又觸動十九的傷心事，平白壞了氣氛。

除了十九以外，還有一個總是樂呵呵的胖大廚，他自稱叫魏強，是諸葛家這間別墅的廚師長，奉了費老之命來招待他們。不過這傢伙沒事不在廚房待著，卻總遠遠地圍著他們兩個轉悠。羅中夏問他，他就說廚師做飯講究量體裁食，得把人觀察透了才能做出真正合適的膳食。魏強脾氣倒好，任憑顏政如何擠對也不著惱，就那麼樂呵呵地背著手遠遠站著。

這幾天裡，大家都很默契地對筆靈和之前發生的那些事情絕口不提。如果不是發生了一件小事的話，恐怕羅中夏和顏政真的就「此間樂，不思蜀」了。

有一次，羅中夏吃多了龍蝦，捧著肚子在園林裡來回遛達消化，不知不覺走到一個側門。他還沒推開門，魏強就忽然出現，招呼他回去。羅中夏本不想聽，可不知不覺就走回來了，莫名其妙。

羅中夏回去以後偷偷講給顏政聽，後者不信邪，去親身試了一次，也過了不一會兒就回來了。

羅中夏問他發生了什麼，顏政鬱悶地說：「我本來想翻牆出去，結果又碰到了魏強。也不知道怎麼回事，我糊里糊塗就回到別墅了。」

「你是不是被他催眠了？」

「我像是那麼意志薄弱的人嗎?反正這個魏強，肯定不只是廚師那麼簡單！」

羅中夏和顏政這時候才意識到，這種幸福生活還有另外一個名字，叫做「軟禁」。

「難怪十九每天老是跟我們形影不離的，原來我還以為是她對你有意思呢。」顏政咂咂嘴，羅中夏心裡一沉，有些說不清的失望。顏政笑嘻嘻地拍了拍他肩膀，寬慰道：「佳人在側，美酒在手，這種軟禁也沒什麼不好啊。」

「喂，得想個辦法吧？」

顏政揮了揮右手，給自己倒了杯紅酒，摻著雪碧一飲而盡：「你出去有什麼事情嗎？」

羅中夏一時語塞，他原來唯一的願望就是擺脫青蓮筆，這個希望徹底斷絕以後，他一下子失去了目標。

「就是說嘛。事已至此，索性閉上眼睛享受就是了。時候到了，自會出去；時候不到，強求不來。」顏政一邊說著一邊晃晃悠悠走出房間，手裡還拎著那瓶紅酒，且斟且飲。

接下來的一天，雖然羅中夏並沒打算逃跑，可自從意識到自己被軟禁之後，整個氛圍立刻就變了。他總是懷疑十九無時無刻不監視著他，猜測十九的衣服裡也許藏著竊聽器，要不就是趁他轉移視線的時候偷偷彙報動靜，甚至上廁所的時候都在想十九會不會趴在外面偷聽。疑神疑鬼容易降低生活品質，這一天他基本上沒怎麼安心過。十九見他魂不守舍，以為他病了，他就順水推舟敷衍了兩句，就推說身體不太舒服，回自己房間去了。一個人躺在床上拿著遙控器翻電視頻道，從頭到尾，再從尾到頭。

他看電視看得乏了，翻了一個身想睡覺，忽然被什麼硬東西硌了一下，發出一聲微弱的「吡」。他想起來這是自己的手機，因為沒什麼用，所以被隨手扔在了床上，一直關著，現在被壓到了開機鍵，所以螢幕又亮了起來。

一分鐘後，一連串未接通知嘩啦嘩啦衝進來，都是來自彼得和尚的號碼，還有一則簡訊。羅中夏猶豫地打開訊息，上面只是簡單地寫道：「關於退筆，接信速回。」又是退筆，羅中夏苦笑一聲，把手機扔在一旁，翻身去睡，這種鬼話信一次就夠了。

他不知不覺睡著了，在夢裡，羅中夏感覺一股溫暖的力量在引導著自己，這力量來自心中，如同一管細筆，飄浮不定，恍恍惚惚。

是點睛？

想到這裡，他立刻恢復了神志，點睛筆為什麼會忽然浮現出來？羅中夏很快發現自己迷迷糊糊，下意識地把手機握在了手裡，大拇指又誤按了簡訊介面上的回撥鍵，線路已經處於通話狀態。

「喂喂！聽得到嗎？你在哪裡？」對方的聲音模糊不清，信號很嘈雜，但能聽得出是彼得和尚本人。

「諸葛家。」羅中夏只好接起電話，簡短地回答。

彼得和尚略過了寒暄，直接切入了主題：「退筆塚的事情，我已經聽說了，很遺憾。」

「嗯……」

「我在永州的事情查得有點眉目了，搞不好，緣天庵真的有退筆之法。」

羅中夏沒有感覺到驚喜，反而變得多疑起來。一朝被蛇咬，十年怕井繩。點睛筆一共指出兩處命運的關鍵節點，結果雲門寺裡藏的卻是王羲之的筆靈，反為韋勢然作了嫁衣。那麼緣天庵會不會又是他的陰謀？

「你也不能確認真偽吧？」羅中夏尖銳地指出。

彼得和尚說：「是的，我既不確定是真的，也不確定是假的，那還有百分之五十的希望不是嗎？我們可以在永州碰面，然後去把這個問題解決掉，你不是一直想回歸平靜生活嗎？」

「彼得師父，對不起啊，我現在……」羅中夏斟酌了一下詞句，「如果你在現場經歷過那些事，你就會明白，我對這件事已經沒什麼信心和興趣了，何況現在諸葛家已經把我軟禁，我根本出不去。」

說完他就掛掉了電話，坐起身子對著雪白的牆壁，強迫自己對著空氣露出不屑的笑容：「什麼退筆，別傻了，都是騙人的！」

這通電話搞得他本來就低落的心情更加鬱悶，沒心思做任何事情，於是唯一的選擇就是睡覺。至於點睛，也許那只是自己做夢見到而已吧。

羅中夏躺在床上，雙手緊扯著被子，昏昏沉沉地睡著了。也不知道過了多久，忽然他感覺到鼻邊一陣清香，他以為又是點睛，不耐煩地揮了揮手。可香氣揮之不去，他睜開眼睛，驚訝地發現十九正俯下身子，兩個人的臉相距不過幾寸，一雙紅唇清晰可見。

難道她要夜襲？還是說她還在監視我？

羅中夏又驚又……喜，一下子不知道是該靜等，還是主動投懷送抱，他正琢磨著左右為難，十九卻把嘴湊近他耳朵：「喂，快起來！」

羅中夏忙不迭地拿起襯衫套好，這才問道：「這大半夜的，發生什麼事了？」

十九轉過身來：「你們想不想離開這裡？」

羅中夏一愣，拿不準這是試探還是什麼。他看了看牆上掛鐘，現在是凌晨三點。十九焦慮地看了看窗外，神情一改白天的溫文淑雅。羅中夏忽然發現，十九沒穿平時的時尚裝束，而是換了一身黑色的緊身衣，把原本就苗條的身材襯托得更窈窕有致，一把柳葉刀用一根紅絲帶紮在腰間。

「老李和費伯伯我最了解了，他們表面上對人都是客客氣氣，實際上可會用各種手段達到目的，你們現在實際上是被軟禁在這裡！」

「這還用你說……」羅中夏心想，嘴上回答道：「那我該怎麼辦？逃走嗎？」

十九堅定地點了點頭：「對，而且我要你跟我走。」

羅中夏嚇了一跳：「去哪裡？」

「費伯伯已經找到了諸葛家其他幾個叛徒的下落。我要你們跟我一起去，趕在費伯伯之前去殺了他們！」

羅中夏一驚，他們的效率可真是夠高的：「可是……妳這麼幹，不也等於背叛了諸葛家嗎？」

「我才沒有背叛，我只是不想讓殺死房老師的凶手死在別人手裡！」十九怒道，「本來我一直要求參加行動，可都被他們拒絕，只讓我在這裡守著你們。我不幹！」

這最後一句說得如同小女生的撒嬌，可隱藏著洶洶怒氣和凜凜殺意。

「那妳找我們有什麼用，自己去不就好了。」

羅中夏實在不想再蹚這渾水了。彼得和尚叫他去退筆他都拒絕了，更別說這是和自己不相干的事情。還有一個隱隱的理由：十九親口承認守在自己身邊是老李的命令，不是別的什麼原因，他更加心灰意懶。

十九上前一步，口氣裡一半強硬一半帶著哀求：「我不想讓家裡任何人參與，一輝哥也不行。他們肯定會立刻告訴費伯伯，把我捉回去。我能依靠的只有你們。何況……何況你還有房老師的……」她咬了咬嘴唇，欲言又止，一雙美眸似乎有些潮濕。

羅中夏生平最怕麻煩和美人落淚，可惜這兩者往往都是並行而來的。他想上前扶著她胳膊安慰，可又不好這麼做，弄得手足無措，幾乎就要認輸。腦子裡無數想法轟轟交戰，一會兒心說：「別去，你還嫌自己的麻煩不夠多嗎？」一會兒又說：「人家姑娘都這麼求你了，再不答應就太不爺兒們了。何況這是個逃脫軟禁的好辦法。」

十九看到他仍舊在猶豫，不由得急道：「費伯伯他們已經買了明天去永州的機票，現在不走，就趕不及了。」

「永州？」羅中夏猛然抬起頭來，目光閃爍。

「對，我今天偷聽了他們的電話，諸葛長卿的同夥叫諸葛淳，現在湖南永州，之前家裡派他去，是在探訪和筆靈有關係的遺跡。」

羅中夏心中的驚訝如錢塘江的潮水一般呼呼地漲起來，奇妙的命數齒輪在此「哢嗒」一聲突然齧合在了一起，這難道也是點睛筆的效用之一？

他意識到，自己除了屈服於命運，已經別無他途。

「好吧，我們怎麼離開？」他長嘆一聲，說服了自己。

十九這才轉哀為喜：「這裡地形我最熟，你們跟著我走就好。如果有人阻攔……」她拍了拍腰上的柳葉刀，英氣勃發。

兩個人走到門口，羅中夏忽然想起來，一拍腦袋：「糟糕，那顏政呢？」

「算你小子有義氣。」

顏政笑咪咪地從門口外面站出來，時機拿捏得相當準確。他已經穿戴整齊，穿了一身全新的藍白色運動服，如同一位私立學校的體育老師。

羅中夏一看到他的笑容，就知道這傢伙是什麼意思：「你早知道了吧？」

面對質問，顏政聳了聳肩：「十九姑娘畢竟臉皮太薄，我跟她說你是睡美人的命格，非得吻才能醒來。」

原來剛才十九俯下身子去……她真的相信了顏政的胡說？！

羅中夏驚愕地轉臉去看十九，後者白皙的臉一下就紅透了。她慌慌張張撩起肩上長髮，用微微發顫的聲音說：「我們趕快走吧。」

於是他們兩個緊跟在十九身後，朝別墅外面跑去。十九在前面疾走，頭也不敢回一下，只看到黑色長髮飄動，配合著凹凸有致的緊身衣，讓羅中夏一時有些心旌搖動。

「喂，逃跑的時候不要分心！」顏政一眼就看穿了他的心思。

羅中夏趕緊把視線收回來，對顏政小聲道：「我還以為你會留戀這裡的腐敗生活呢。」

「腐敗當然好啊，不過你別忘了我的畫眉筆是婦女之友，一切都以女性利益為優先。」

三個人輕車熟路，很快就來到別墅大門。沿途一片平靜，絲毫不見巡邏的保全。正當他們以為可以有驚無險地逃出去時，一個淳厚的聲音忽然傳入每個人耳朵裡。

「十九小姐、羅先生、顏先生，這麼晚還沒睡，是要吃夜宵嗎？」

魏強樂呵呵地從角落裡轉出來。

---

1 李大釗，中國共產黨主要創始人之一。

第三十一章　我知爾遊心無窮

一見魏強，三個人都收住了腳步。十九「唰」地抽出刀來，目露凶光。

「十九小姐，想吃夜宵的話，我送到房間給您就好。」魏強還是那副肯德基大叔式的和藹神情，他把左腳往外挪了挪，把整個出口都納入自己的控制範圍。

「廢話少說，我們想走，你想攔，那就打一場吧！」

魏強連連惶恐地擺動雙手：「不，不，打架？我只是個廚子而已，廚子不打架，只打飯。」

「那你就給我閃開！」

十九毫不畏懼地朝前走來，顏政和羅中夏緊跟其後。他們原本以為魏強會立刻阻攔，都暗自有了提防。沒料到魏強脖子一縮，閃到了一旁，如同一個誤闖了車行道又趕緊縮回去的行人。

三個人從魏強身邊轟轟地跑過去，看也不看他一眼。就在他們以為自己已經跑出院子的時候，卻突然發現自己竟站在了別墅門口，背對著大門，而魏強正在大門前遠遠地站著，笑咪咪地朝這邊望來。三個人疑惑地互視一眼，心裡都驚疑不定。

他們沒多做考慮，立刻轉身，重新朝門外跑去，魏強這次仍舊沒攔著。他們一踏出大門，這一次卻發現自己面向的是別墅右側的一條園林小徑，小徑的盡頭是一個游泳池旁的露天小餐廳。

無論他們如何睜大了眼睛，都無法覺察到自己什麼時候被人神不知鬼不覺地掉轉了方向。

「十九小姐，您更喜歡在露天餐廳用餐？」魏強恭敬地說，語氣裡絲毫不帶諷刺或揶揄，彷彿這一切跟他無關。

羅中夏問十九：「這個人，有筆靈嗎？是什麼能力？」

十九搖了搖頭：「魏強這個人很少在別墅出現，我跟他不熟。」

顏政有些不耐煩，他不怕跟人對拚，但是討厭這樣被人耍的感覺，他一晃拳頭：「擒賊先擒王，直接把他打倒不就得了。」

其他兩個人一時也想不出什麼別的好辦法，只好表示贊同。不過此時尚沒到需要拚命的時候，所以顏政打算只靠拳頭，十九也把刀刃朝裡。

三個人第三度接近大門。顏政一馬當先，右拳一揮砸向魏強的後頸。他怕對方拆解或者反擊，左手還留了一個後招。十九在一旁橫刀蓄勢，一旦顏政攻擊落空，她好立刻補進。

魏強卻不閃不避，連身形都不動一下。顏政的拳頭即將砸中他的一瞬間，魏強突然消失了！顏政揮拳落空，身子一下子失去平衡，朝前踉蹌了好幾步才穩住。他重新直起身子來環顧四周，發現不是魏強消失，而是自己又莫名其妙地置身於大門附近的一處苗圃，面前只有一叢圓頭圓腦的灌木。

而羅中夏和十九則站到了距離顏政數公尺開外的碎石路上。

「奇怪，這一次我們站的位置倒沒和顏政在一起，是魏強失誤了嗎？」羅中夏對十九說。這種不是捨命拚死的場合下，他反而顯露出了出奇的冷靜。

「不知道。」十九急躁地說，如果是強敵也就罷了，現在擋路的偏偏只是一個小廚師，放著打開的大門卻就是過不去。

羅中夏深吸了一口氣：「事實上，剛才我注意到，顏政要打中他的一瞬間，他似乎跺了一下腳。」

「可是這說明什麼？」顏政也從苗圃那邊走過來，表情鬱悶。

「這傢伙絕對是有筆靈的，跺腳大概是發動的條件之一吧。」羅中夏這時候興奮起來，眼神閃亮，「我有個主意，我們再去衝一次。」

「衝多少次，還不是一樣的結果？」顏政反問。

羅中夏瞥了遠處的魏強一眼，壓低了聲音：「這一次不同，我們三個分散開，十九在先，然後顏政你第二個，相隔兩公尺，然後是我，也隔兩公尺。」

「這是做什麼？」其他兩個人迷惑地對視了一眼。「照做就是了，我想確認一些事。」

於是他們三個就按照羅中夏的辦法站成一列，第四度衝擊大門。這一次仍舊和之前一樣，他們甫一出大門，魏強腳下一振，立刻就發現自己朝著反方向的別墅跑去。

顏政停下腳步，喘著粗氣朝羅中夏喊道：「喂，福爾摩斯，看出什麼端倪了嗎？」

羅中夏露出一絲笑容，指了指他：「我們的順序。」

顏政和十九這才注意到，三個人的順序和剛才正好相反。羅中夏最接近別墅，其次是十九，最後才是顏政，三個人之間相隔還是兩公尺開外。

「我們的相對位置並沒有變化，但是相對於周圍的絕對座標卻完全相反……換句話說，這不是單純的傳送，而是一整塊空間的轉動。剛才也是，顏政你打他的時候，我和十九站在旁邊，結果你被轉到了苗圃，我們的相對位置也沒變化，但方向卻顛倒了。」

「我一直忘了問，你在大學是學什麼的？」

「機械。」羅中夏簡短地回答，然後繼續說，「可見他的能力，應該是和空間的控制有關，而且不能針對個體，一動就是整個空間位移。剛才顏政打他，我們三個都被移開，就是例證。」

十九皺著眉頭想了許久，用修長的指頭戳住太陽穴，口氣不確定地說：「我倒是聽一輝哥說過有這麼一管筆靈……難道是它？」

三個人重新回到大門，魏強仍舊恭候在那裡，絲毫沒有不耐的神色，也沒有一絲得意。這一次他們沒急著走，十九走到魏強跟前，目光凜然，吐出三個字：「水經筆。」

魏強眉毛一挑，然後拊著手掌讚嘆道：「哎呀，十九小姐真是冰雪聰明，想不到你們這麼快就發覺了。」說完他的右腿開始籠罩出一層靈氣，整個人的神情也和剛才有些不同。筆靈大多自具形體，肉眼可見，像這種附在右腿不見筆形的，莫說羅中夏和顏政，就連十九都沒見過。

「水經筆……是什麼來歷？」顏政問。

「就是酈道元。」魏強耐心地回答。

酈道元是南北朝北魏時人，一生遊遍長城以南、江淮以北，並以一千二百五十二條水道為綱，寫遍相關山陵、湖泊、郡縣、城池、關塞、名勝、亭障，留下不朽名著《水經注》，為古今輿地形勝之作中的翹楚。後來酈道元捲入政爭，死於長安附近亂軍之中，筆塚主人遂將其煉成筆靈，以「水經」命名。

魏強拍了拍自己的雙腿：「酈道元遊歷山川大江，全憑這一雙腿，可以說是匯聚九州之地氣。」

「水經不離，地轉山移。」十九記得諸葛一輝曾經說過這樣的話，當時一帶而過，似懂非懂，現在大概能明白了。

羅中夏果然猜得不錯。水經筆得了酈道元遊歷千里的精髓，有挪轉地理之能，可以切割出一個圓形地面，然後以某一點為圓心進行旋轉平行位移。實際上就把他們三個腳下的土地變成了一個大圓盤，盤子轉，人也跟著轉。而且這種旋轉效果只限於水經圈內的所有生物體，地面本身並不會真的轉。

而魏強用帶著「水經筆」的右腿踏下去，就是為了確定位移空間的圓心所在。他就是圓心。所以前面幾次他們明明已經跑到別墅外面，魏強輕輕一跺，整個地面做了一百八十度的轉動，使他們變成面向別墅。

「水經筆的作用半徑是一公里，十九小姐你們走不掉的，還是回去吧。」魏強悠然說道，他的水經筆不能打，也不需要打，依靠這種效果，敵人根本無法近身，他非常有自信。

「嘿嘿。」羅中夏冷笑一聲，他之前給人的印象一直是唯唯諾諾，得過且過，現在卻忽然變得如此有自信，倒讓顏政和十九吃驚不小。羅中夏把他們兩個叫到身邊，耳語幾句，三個人一起點了一下頭。

「這次又是什麼花招？」魏強心裡略想了想，不過沒怎麼放在心上。無論什麼樣的花招，只要把他挪開，就毫無用處了。

他們三個又開始了新一輪對別墅大門的衝擊。魏強搖了搖頭，覺得這三個孩子真是頑固。他運起水經筆，微微抬起右腿，只等他們衝過去就立刻跺下去，這次直接把他們轉移回臥室算了。

可這右腿懸著就放不下來了，魏強驚訝地發現：十九在拚命往外衝，已經跑出大門一段距離，而羅中夏卻拚命往別墅方向跑，兩個人保持著一條直線的距離。

「倒也聰明。」魏強微微一笑。

以魏強為圓心，現在十九和羅中夏各占據了那個水經圓直徑的兩個端點，一個位於魏強的十二點鐘方向，一個在六點鐘方向。如果他轉動水經圓，把十九轉回去，那麼同時原本在別墅前的羅中夏就會同樣轉動一百八十度，來到十九的位置。無論怎樣，他們都有一個人在外面。

可他們忽略了一件事。

水經圓並不只是能轉一百八十度，還可以轉任何度數，比如九十度。

魏強這一腳跺了下去，地轉山移。

十九和羅中夏一瞬間被水經圓轉移，他們分別被挪去了魏強的左右兩側——三點和九點鐘方向，仍舊是在別墅院內。

魏強剛想勸十九不要再做無用功，卻覺得腦後忽然響起一陣風聲。

只聽「砰」的一聲，顏政的拳頭結結實實擊中他的後頸，魏強眼前一黑，還未及驚訝就倒在了地上。

十九和羅中夏聚攏過來，看到魏強終於被放倒，十九禁不住按在羅中夏肩膀上喜道：「成功了，你的計畫成功了！」

羅中夏的計畫其實很簡單。他們並非只是簡單地在直徑的兩個端點，同時讓顏政暗中占據了第三個點。從魏強的方向來看，他藏身在左側九點鐘方向。

當魏強發覺他們的第一層詭計以後，第一個反應必然是把水經圈轉動九十度，好讓原本位於十二點和六點的羅中夏和十九挪去九點和三點。而這才是圈套的關鍵所在——隨水經圈轉動的不只是羅中夏和十九，原本在九點鐘的顏政也隨之轉移到了六點鐘，恰好是魏強的背後位置。

破解掉第一層詭計的魏強很是得意，這造成了一個短暫的反應遲鈍，這對於從背後偷襲的顏政來說足夠了。他自以為識破了圈套，卻不知正是給自己埋下失敗的種子。

未動用一管筆靈，就打敗了一個筆塚吏。這固然有魏強未下殺手的緣故，但也可算得上是件功勳了。

顏政一臉讚賞地伸出手，對十九擺了擺指頭，十九意識到自己的手還按在羅中夏肩膀上，面色一紅，趕緊縮回去。顏政這才慢條斯理地拍了拍剛騰出空來的肩膀。「你看，我不是跟你說過嗎，只要你肯面對自己的命運，就能幹得很出色。」

「我才不想有這樣的命運。」羅中夏苦笑著回答，對這些表揚顯得有些窘迫，大概不是很適應這種場合。「我們還是快走吧，還不到慶祝的時候。」

十九從口袋裡掏出一把車鑰匙：「我弄了一輛車，就在前面不遠的地方，已經加滿了油。」

顏政一指還在昏迷中的魏強，問道：「這傢伙該怎麼辦？」

十九聳聳肩：「就留在這裡吧，一會兒傭人就會發現的。」

「打傷管家，還偷車，現在的翹家女孩真是不得了啊。」顏政由衷地讚嘆道。

白色 Lexus 在高速公路上風馳電掣，十九戴著墨鏡緊握方向盤，幾乎要把油門踩到底。

「我們現在去哪裡？」顏政問，然後瞥了一眼時速表，現在是每小時一百四十公里。

「進市裡，去虹橋機場。我們去長沙，然後轉機去永州。」十九盯著前方的道路。

顏政指了指時速表：「開這麼快，不怕交警抓嗎？」

「有這個車牌，就是開到光速也沒人管。」顏政吐了吐舌頭，心想這諸葛家能力好大。

羅中夏沒參與這次討論，他躺在後座上心不在焉地睡覺。他盤算諸葛淳再能打也只是一個人，有十九和顏政助陣，估計沒什麼危險，何況說不定他們還沒趕到，他就已經被費老他們收拾了呢。

他真正關注的，是彼得和尚口中的綠天庵。他恍惚記得彼得和尚之前曾經說過，綠天庵是懷素故居，不由得擔心那裡別和雲門寺一樣，藏著什麼和尚的怨靈吧。

還有，會不會那裡也藏著一枝什麼管城七侯筆，他們騙自己過去只是為了開啟封印？彼得是和尚，智永是和尚，辯才是和尚，這個懷素也是和尚，自己怎麼總是在和尚堆裡打轉呢？

和前往雲門寺一路上的企盼心情相比，現在羅中夏真是百感交集，心情複雜，若非信任點睛筆的指引，只怕早撒腿跑了。

他們三個到達虹橋機場的時候，天剛剛濛濛亮。十九買好了三張飛往長沙的飛機票，羅中夏悄悄傳了一則訊息給彼得和尚：「綠天庵見。」然後寫下自己的航班號碼和抵達時間。

這個舉動他誰也沒透漏，免得節外生枝。

「我去梳洗一下，你們在這裡等我。」十九對顏政和羅中夏說，然後轉身朝盥洗室走去。女孩子畢竟愛漂亮，不能容忍蓬頭垢面的形象——即使是面對敵人，也要面色光鮮。

等她走遠以後，靠在塑膠椅子上的顏政雙手枕頭望著天，忽然感慨道：「那位大小姐，對你夠好的。」

「我何德何能。」羅中夏一陣悵然，也不知為何如此，「她之所以對我這麼熱情，只是因為我體內有她房老師的點睛筆罷了。」

顏政一下子坐直了身體：「說起來，這個房斌到底是什麼人物啊，竟能引起這麼大的關注？」

羅中夏搖了搖頭：「不知道，十九沒提過，我也不好問。」

「能被十九和諸葛家如此關切，又懷有點睛，想來是個強人。但若是強人，怎會被諸葛長卿殺掉呢？」

「這些事情，跟我們沒什麼關係，我只要退了筆就好。」

顏政咧開嘴笑了：「你聽過一個墨菲定律嗎？」

「什麼？」

「E＝MC^2。」

「這不是愛因斯坦的那個……」

「E代表embarrassment，M代表metastasis。這個公式的意思就是：麻煩程度等於一個人想擺脫麻煩的決心乘以光速的平方。」

「胡說。」

羅中夏知道顏政是信口胡說，但這事實卻是血淋淋的。他只是為了退筆，卻已經被捲入了諸葛和韋氏兩家的對抗、韋勢然的陰謀和管城七侯的復出，真是如雪球一樣愈滾愈大。這時他看到十九從盥洗室走出來，於是閉上了嘴。

很快廣播裡宣布前往長沙的乘客開始登機，三個人上了飛機，坐在一排，顏政最裡面，中間是羅中夏，外面是十九。顏政一上飛機就把頭靠在舷窗上呼呼大睡起來。昨天折騰了一晚上，大家都很疲倦了。

羅中夏的安全帶大概是出了點問題，繫得滿頭大汗都沒繫好。在一旁的十九用指頭頂了他一下，低聲罵了一句：「笨蛋。」然後探過半個身子去，幫他把安全帶束好。這麼近的距離，羅中夏甚至可以清晰地看到她精緻的鼻頭上留有一滴香汗。

安全帶折騰了一番後，終於馴服地扣在了羅中夏身上。十九呼了一口氣，重新靠回到座位上去。羅中夏也閉上眼睛，裝作不經意的樣子說：「呃……可不可以問個問題？」

「嗯？」十九原本閉上的眼睛又睜開了。

「房斌……房老師，究竟是什麼樣的人？」

十九沉默了一下，緩緩回答：「他是一個擁有偉大人格的人，是我的知己和老師。」然後一路上，兩個人再也沒提及這個話題。

他們從上海坐飛機到長沙轉機，長沙到永州每天只有三班飛機。他們又在機場多等了幾小時，最後當飛機抵達永州的時候，已經是晚上六點多了。

永州城區並不大，很有些江南小城的感覺，街道狹窄而乾淨，兩側的現代化樓房之間偶爾會有棟古老的建築夾雜其間，讓人有一種雜糅現代與古典的斑駁感。這裡沒有大城市的那種窒息的緊迫感，總有淡淡的閒適瀰漫在空氣中。大概是入夜以後的關係，巨大而黑色的輪廓能給人更深刻的印象，淡化了時代要素，更接近古典永州那種深邃幽遠的意境。

計程車裡的廣播刺刺啦啦地響著，播音員說今天東山博物館發生一起盜竊案。顏政拍拍司機肩膀，讓他把廣播關掉，別打擾了十九的心情。後者托著腮朝外看去，窗外的街道飛速往後，車窗外經常有小店的招牌一閃而過，店面都不大，名字卻起得很古雅，不是「瀟湘」、「香零」就是「愚溪」，都是大有典故的地方。

永州古稱零陵，源於舜帝。瀟、湘二水在這裡交匯，勝景極多，單是「永州八景」就足以光耀千秋。歷代遷客騷人留了極多歌詠辭賦，尤以柳宗元《永州八記》最為著名。

十九在永州市柳子大酒店訂了三間房，這「柳子」二字即是源於柳宗元。等安頓下來以後，羅中夏和顏政來到十九的房間，商討接下來怎麼辦。十九說費老安排給諸葛淳的任務是去湖南境內尋訪筆靈，永州是其中一站。

自從筆塚封閉之後，除了一部分筆靈被諸葛家、韋家收藏以外，仍舊有大批筆靈流落世間。數百年間，這些野筆靈便一直遊蕩，無從皈依，就算偶爾碰到合意的人選，寄寓其身，也不過幾十年歲月，等寄主死後便解脫回自由之身。

正所謂「夜來幽夢忽還鄉」，這些筆靈煉自古人，於是往往循著舊時殘留的記憶，無意識地飄回自己生前羈絆最為深重之地。

因此，諸葛家和韋家歷代以來都有一個傳統：每年派人去各地名勝古蹟尋訪，以期能夠碰到回遊舊地的筆靈，趁機收之。雖是守株待兔之舉，但畢竟不同於刻舟求劍，時間長了總有些收穫。筆塚主人去後，煉筆之法也告失傳，尋訪野筆靈成為兩家蒐羅筆靈的唯一途徑，是以這一項傳統延續至今。

既然那個叛徒諸葛淳在永州尋訪筆靈，那麼必然要去與之相關的文化古蹟，按圖索驥，必有所得。

可是按圖索驥談何容易。

永州是座千年古城，歷史積澱極為厚重，文化古蹟浩如煙海，每一處都有可能與筆靈有所牽連。比如離他們所住的柳子大酒店不遠的柳子街，就有一座紀念唐宋八大家之一的柳宗元的柳子廟，內中碑刻無數，還有寇准所住的寇公樓[1]、周敦頤曾悟出《太極圖說》[2]的月岩、顏真卿的浯溪碑林、蔡邕[3]的秦岩石刻，等等。若是熟知各類典故的諸葛一輝，或許還有些頭緒；但以他們三個的能力，面對這許多古蹟無異於大海撈針。

「那我們從綠天庵開始找起呢？」羅中夏小心翼翼地提議。

「哦？為什麼？」十九看了他一眼。自從他智破了魏強的水經筆後，十九的態度有了明顯轉變，很重視他的意見。

「我讀書少，不知說得對不對啊。」羅中夏仔細斟酌著詞句，彷彿嘴裡含著個棗子，「這些古蹟，應該只是那些古人待過一段的地方，總不能他在哪兒待過，哪兒就有筆靈吧？只有綠天庵，懷素在那裡一住幾十年，以蕉為紙，練字成名，連退筆塚也設在那裡，有筆靈的機會比較大吧？」
顏政看了他一眼，奇道：「你什麼時候變得這麼博學了？」
羅中夏掩飾道：「我一下飛機就買了份旅遊導覽圖，照本宣科而已。」
就在這時，羅中夏和十九身上的手機同時響起。兩個人對視一眼，各自轉過身去，用手捂住話筒，低聲說道：「喂？」
羅中夏的手機上顯示來電的是彼得和尚，於是他趕緊走出房間去，話筒裡傳來的卻是一個陌生的聲音，而且略帶口音。
「喂，是羅中夏先生嗎？」
「呃，對，您是哪位？」
「我是永州市第三中醫院的急診科。是這樣，剛才有一位先生受了重傷，被送來我們這裡。他被送來的時候，手裡的手機正在撥你的號碼，所以我們聯繫你，想核實一下他的身分，以及通知他的親屬。」
羅中夏一聽，嚇得跳了起來，聲音都微微發顫：「那……那位先生是不是個和尚？」
「對，身上還有張中國佛教協會頒發的度牒，上面寫的名字是『彼得』，我看俗名是韋……」
羅中夏焦急地問：「那就是了！他現在怎麼樣？」
「他全身十幾處骨折，目前還處於危險期，我們還在搶救。如果您認識他的家人，請盡快和他們聯繫。」
羅中夏急忙說自己就在永州，讓對方留下了醫院的地址，然後心急火燎地回了房間。回了房間以後，他發覺氣氛有些不對。十九已經打完了電話，和顏政兩個人面面相覷。

看到羅中夏進來，十九晃了晃手機，用一種奇妙的語氣說：「猜猜是誰打來的？」

「誰啊？」

「諸葛淳。」

羅中夏張大了嘴，一個本來成為目標的人，現在居然主動打電話給他們了，這個轉折太意外了。

「他說了什麼？」

「他還以為自己身分沒暴露，讓我幫他查關於懷素的資料。」十九又補充了一句，「以前我跟他關係還不錯，他經常拜託我查些資料什麼的。」

「懷素？那豈不是說他的目標正是綠天庵嗎？」

「很明顯，中夏你猜對了。」十九欽佩地望了他一眼，繼續說，「我故意探了他的口氣，他似乎今天晚上就急著要，看來是要立刻動手。」

說完十九飛快地把柳葉刀和其他裝備從行李袋裡拿出來，穿戴在身上。她看了看手錶，說事不宜遲，我們不妨現在就去。諸葛淳既然要探訪筆靈，肯定會選人少的時候，現在已經晚上七點多了，正是個好時機。她的表情躍躍欲試，已經迫不及待了。

顏政說：「可是，你們家來追捕諸葛淳的人在哪裡？如果他們先走一步，或者剛好撞上我們，就麻煩了。」

十九略帶得意地說：「這個沒關係，我事先已經都打聽清楚了。他們不想打草驚蛇，所以來永州的人不會很多。我查過了一輝哥的行程，他們要明天早上才到。諸葛淳恐怕還不知道自己的處境，今天晚上正是我們的機會！」

顏政和十九拔腿要往外走，羅中夏猶豫了一下，攔住了他們：「十九，能不能等一小時？」

「唔？怎麼？」十九詫異道。

羅中夏覺得不說不行，於是就把剛才電話裡的內容告訴他們，順便把彼得和尚的來歷告訴十九——當然，他隱瞞了彼得和尚來永州的目的和綠天庵退筆塚的真相。

「我知道你們諸葛家和韋家是世仇，不過彼得師父曾經與我們並肩作戰過，我希望去探望一下他。」

十九柳眉微蹙：「不能等事情辦完再去嗎？」

羅中夏道：「人命關天，他現在受了重傷，還不知能撐到幾時。」

顏政一聽受傷的是彼得，也站在羅中夏這邊：「諸葛淳反正都在綠天庵，不急這一、兩小時嘛。」

十九左右為難，她握著腰間柳葉刀，蔥白的手指焦躁地敲擊著刀柄，卻不知如何是好。

顏政忽然拍了拍腦袋，拉開房間門，叫來一個路過的服務生。「從永州市第三中醫院那裡叫計程車到綠天庵，能用多長時間？」

服務生愣了一下，隨即露出對外地遊客的寬容笑容：「這位先生大概是第一次來永州。永州市第三中醫院和綠天庵都在零陵區，只相隔一個街區，就算步行，十分鐘也到了。」

顏政驚訝道：「什麼？綠天庵不是在郊區的古廟裡嗎？」

服務生恭恭敬敬回答：「對不起，先生，綠天庵就在市區裡，東山高山寺的旁邊，如今已經是一個公園了。」

顏政回頭望著十九，用眼神向她徵詢。十九聽到這裡，終於鬆了口：「好吧……那我們就先去看你的朋友，但是要快，否則我怕諸葛淳會溜走。」

彼得和尚緩緩睜開眼睛，發現自己變成了一具被白布包裹的木乃伊，醫院熟悉的消毒水味鑽進鼻子。他覺得全身上下幾乎都碎了，疼得不得了，身體就像一塊被踩在地上的餅乾，破爛不堪。

當他看到顏政和羅中夏出現在視線裡的時候，首先咧開嘴笑了：「如果我在天堂，為什麼會看到你們兩個？」

「喂喂，和尚不是該去極樂世界的嗎？」顏政也笑嘻嘻地回敬道，把臨時買來的一束淡黃色雛菊擱到枕頭邊。羅中夏看他還有力氣開玩笑，心中一塊石頭方才落地。

兩個人聚攏到彼得和尚的床前，一時都有些故友重逢的喜悅。不過這種喜悅很快就被現實沖走，他們交換了一下分開後各自的經歷，話題開始變得沉重起來。

「……於是，你們就跟那位姑娘來到了永州，是嗎？」彼得和尚望了望病房外面，感覺到一股強悍的氣息。十九就在門外，但是她鑑於兩家的關係，沒有進來，而是在走廊等候。

羅中夏問：「究竟是誰把你打成這個樣子的？」

「這倒巧了，那個人就是諸葛淳。」彼得和尚吃力地扭了扭脖子，苦笑著回答，脖子上的固定支架發出吱吱的聲音。

原來彼得和尚收到了羅中夏的訊息以後，第一時間趕往永州，比羅中夏他們早到了幾小時。他不想等候，就自己去了綠天庵探路。孰料剛爬上東山的高山寺，他迎面碰到了諸葛淳。還沒等彼得和尚說什麼，諸葛淳上來就直接動起手來。

彼得和尚本來精研守禦之道，可猝然遭到攻擊、不及抵擋，一下子被諸葛淳的筆靈打中。在被打中的一瞬間，他只來得及護住自己的頭部，可身體的其他部位就被墨汁重重砸中，肋骨、肩胛骨、股骨等斷了十幾處。他跌落山下，想拚盡最後的力氣用手機警告羅中夏，終於還是支撐不住暈厥過去。等到他醒來的時候，已經在醫院裡了。

羅中夏早就在懷疑，醫院和綠天庵相隔這麼近，一定是有緣故的，想不到果然是這樣。

「他出手之快，簡直就像是氣急敗壞，有些蹊蹺。」彼得和尚指出，「你們此去綠天庵，還是小心些好，可惜我是不能跟隨了。」

「彼得師父您好好休息就是，我只是去退筆而已，不會節外生枝。」

「你究竟還是沒放棄這個念頭呢。」彼得和尚別有深意看了看他，羅中夏有些窘迫，趕緊把視線挪開。彼得和尚把視線轉向顏政：「我的僧袍就掛在旁邊，請幫我把裡面的東西拿來給羅先生。」

顏政從他的袍子裡取出一封信和一方硯臺。羅中夏展開信，上面的墨字用正楷寫就，一絲不苟，但是裡面的內容，卻和韋小榕留給他的那四句詩完全一樣：

不如鏟卻退筆塚，酒花春滿荼綍青。

手辭萬眾灑然去，青蓮擁蛻秋蟬輕。

羅中夏放下信箋，盯著彼得和尚問道：「這……這究竟是怎麼回事？這不是和原來一樣的詩嗎？」

彼得和尚緩緩吐了口氣道：「我初看的時候，也很驚訝。後來我終於想通了，我們之前一直理解錯誤，只看了第一句，便以為得了線索，興沖沖直奔雲門寺，其實這詩就要和後面連起來看，才能發現正確寓意。」

「什麼？」

「你看第二句裡『酒花春滿』四字，酒花在詩詞中常作『杯中酒渦』，比如『酒花蕩漾金尊裡，棹影飄颻玉浪中』[4]、『任酒花白，眼花亂，燭花紅』[5]，『春滿』意指嗜酒。智永禪師持節端方，而懷素卻是一生嗜酒如狂，愈是酒酣，興致愈足，『飲酒以養性，草書以暢志』；而『茶綍青』顯然應該是個比喻，綠天庵本來叫清蔭庵，後來因為懷素種了十畝芭蕉用來練字，才改名綠天庵。」

彼得和尚說到這裡，長嘆一聲：「如果我們能夠早一點注意到的話，就該猜到，這詩中暗示的退筆塚，指的實在應是綠天庵的懷素，而非雲門寺的智永。族長大概是注意到了這個錯誤，於是把這詩重新寫了一遍，來提示我們真正的退筆之處是在這裡。」

「那麼後面兩句呢？」

彼得和尚搖了搖頭：「我還沒參透。」

羅中夏冷然道：「你分析得不錯，但是有一個矛盾。」

「願聞其詳。」

「這詩本是韋勢然的陰謀，用來把我誘到退筆塚前好解放天臺白雲筆。如果他第二句有這樣的暗示，我們又看透了先去綠天庵，那他的陰謀豈不是無法得逞？他何苦多此一舉！」

這時候顏政在旁邊插了一句嘴：「那如果這詩並不完全是陰謀呢？」

羅中夏一愣：「怎麼說？」

「如果韋勢然最初準備的是不同的詩，而小榕出於提醒我們的目的，在不被她爺爺發現的前提下暗中修改了一些細節，讓這首原本故意引導我們去雲門寺的詩中，多了一些關於退筆的真實資訊，瞞天過海，你覺得這種可能怎麼樣？」

「這怎麼可能？」羅中夏大叫。

「把所有的不可能排除，剩下的再離奇也是真相。」顏政理直氣壯地說，他的「婦女之友」畫眉筆也在胸內跳躍了一下，以示贊同，「反正我始終覺得，小榕不會背叛我們。」

「可韋勢然和她還是在雲門寺耍了我們！」

「那只怪我們笨，沒注意到這詩中的寓意嘛，卻不是小榕的責任。」顏政攤開手，「如果早意識到這一點，韋勢然去雲門寺埋伏的時候，我們已經在綠天庵輕輕鬆鬆退掉青蓮筆了，可惜了她一片苦心。」

這時候病房外十九咳嗽了一聲，示意時間差不多了。顏政和羅中夏只好先結束爭論。彼得和尚勸他們說：「反正綠天庵近在咫尺，只消去一趟就知道真相了。」

羅中夏心中翻騰不安，他隨手拿起那方硯臺：「這個硯臺是做什麼用的？」

彼得和尚搖了搖頭：「不知道，但這是族長的囑託，我想一定有所寓意吧，總之你收著吧。」羅中夏「唔」了一聲，把它揣到懷裡。

「你們去那裡，可千萬記得照顧自己……」

「當然了，我們是鐵交情，就算拿十本《龍虎豹》[6]也不換哩。」

顏政樂呵呵地說，拍了拍羅中夏的肩膀。羅中夏也拍了拍顏政的肩，對於這個大大咧咧的網咖老闆，他一向是十分信任的。他現在接觸的所有人，都是懷有什麼目的，唯有這傢伙灑脫隨性，只是因為覺得好玩就跟過來了。

兩個人在即將離開病房的時候，顏政忽然回過頭來問道：「二柱子呢？他不是也來跟你會合了嗎？」

彼得和尚搖搖頭：「他中途被叫回韋家去了，大概是定國叔的意思。」

韋家族長更替，策略面臨劇變，散在各地的筆塚吏都紛紛被召回。二柱子雖無筆靈，也是家中年青一代的佼佼者，自然也在召回之列。

他們在病房裡的談話，十九一句話也沒問。三個人離開醫院以後直奔綠天庵。那個服務生果然沒有說錯，兩地之間近在咫尺。他們過了馬路，轉了一個彎，就看到東山。東山之上是湖南名剎高山寺，高山寺所屬武殿的後側，即是綠天庵。他們穿過懷素公園，繞過那所謂的「洗墨池」、「練帖石」、「懷素塑像」之類嶄新的偽古蹟，沿著上山的石階飛奔而去。

此時已經接近九點，空山寂寂，月明風清，白日裡的遊人早就不見了蹤影，只有古木參天，翠竹環繞，整個東山都籠罩在一片安詳寧靜之中。在一座現代化的都市之內居然有這樣一處隔離喧囂的幽靜所在，也算是相當難得。

他們沒做片刻停留，很快把這些都拋在身後，腳下如飛，周圍越發幽靜荒涼。三個人一直跑到快接近高山寺的時候，忽然收住腳，一時間都怔住了。

眼前的石階之上，仰面躺著一個穿著黑色西裝的男子。這人一動不動，生死未明。再往上去，又看到另外一個黑衣人，匍匐於地。

等到他們視線繼續延伸，都不禁倒抽一口涼氣。

眼前短短三十幾級臺階，竟有十幾個人橫七豎八倒臥，如同大屠殺現場，空氣中甚至有淡淡血腥之氣。樹木歪倒，落葉凌亂，就連青條石階都崩裂出數道裂縫，可見戰況之激烈。

十九忽然渾身劇震。

「這些……都是我們諸葛家的人啊。」

---

1 寇準，北宋名相，擅詩能文，作品保有晚唐風格。

2《太極圖說》，宋周敦頤所著，全文共二四九字，受道、佛兩家思想影響，主要闡述宇宙從無到有的行程：「無極而生太極，太極而生陽，動極而靜。靜極復動，一動一靜，互為其根；分陰分陽，兩儀立焉。」

3 蔡邕，東漢官員、書法家，傳擅書法，發明了飛白書。

4 出自李群玉〈望月懷友〉。

5 出自蘇試〈行香子（秋興）〉。

6《龍虎豹》，創刊於一九八四年的香港成人雜誌。

第三十二章　夜光抱恨良歎悲

聽到十九這麼說，羅中夏和顏政都露出震駭的表情。諸葛家的人不是明天才到嗎？怎麼今天晚上就出現在這東山之上了？而且，看他們的樣子，是遭受了襲擊，究竟是誰幹的？

羅中夏和顏政對視一眼，腦子裡同時浮現出一個名字：「韋勢然。」

十九走過去，扳過一個人的腦袋來端詳了一陣，強忍住震驚道：「不錯，是我們的人，這些都是費伯伯的部下。」

死者全身扭曲，骨骼都彎成了奇怪的形狀。而另外一個死者死狀更慘，他的脖頸被生生拗斷，脖子上還有幾個爪痕，像是被什麼怪物捏住脖子。

三個人在陰冷山林裡陡然看到這麼多死人，心中都掠過一陣寒意。十九膽子最大，聲音也有些發顫：「他們雖然沒有筆靈，實力也不能小覷。能夠把他們打倒，一定是強大的敵人……」

「除了韋勢然，我還真想不出有誰。」顏政道。

羅中夏心裡卻有些懷疑，韋勢然儘管可惡，不過他的風格似乎沒有這麼殘忍。眼前的慘狀若是人類所為，那可當真稱得上是喪心病狂。

空氣中忽然隱隱傳來一聲呻吟，十九敏銳地捕捉到了這個聲音：「有活口！」三個人立刻四下尋找，最後在一棵柏樹後面發現了那位倖存者。他蜷縮在柏樹底下，奄奄一息，身邊都是斷裂的樹枝。看來他被拋到樹上，然後跌落下來，樹枝起了緩衝作用，這才救了他一命。

十九和羅中夏把他的身體放平，拍了拍臉，他嚅動一下嘴唇，卻沒什麼反應。她抬頭對顏政說：「你的畫眉筆，能救他嗎？」

顏政伸開十個指頭，每一根都放著熒熒紅光。前兩天在諸葛家別墅醉生夢死，他已經把能力補充得氣完神足。他伸出右手拇指，有些為難地說道：「用是可以用，只是我不知能救到什麼程度。畫眉筆畢竟不是治療用的，我現在最多只能恢復到五分鐘之前。」

「盡力吧！」

於是顏政伸直右手拇指，抵在了那人的腰間。紅光一擁而入，瞬間流遍全身。那人軀體一顫，立刻被畫眉筆帶回了五分鐘之前的狀態——他的身體仍舊殘破不堪，唯一的區別是神志還算清楚。可見他受傷的時間比五分鐘要早。現在顏政所能恢復的，僅僅只是他受傷後還未流逝一空的精神。

那人吃力地動了動脖子，看到了十九，雙目似蒙了一層塵土，喃喃道：「十九小姐……您，您怎麼來了？」

「快說！是誰襲擊你們的？！」十九托起他的脖子，焦急地問道。

「怪……怪物……」那人囁嚅道，眼神裡流露出恐懼，身體開始變軟。「什麼怪物？」

「筆……筆……」那人話未說完，頭一歪，兩隻眼睛徹底失去了神采。即使是畫眉筆，也僅僅只為他爭取來五分鐘的生命。

十九緩緩放下那人，雙目開始有什麼東西燃燒，原本的震驚與驚惶此時都變成了極度的憤怒。

「我們走！」十九說，她的聲音裡蘊藏著極大的壓強，隨時有可能爆發。

羅中夏不由得提醒她說：「現在可別輕舉妄動，先看清形勢。」

「我不會讓他們那麼快死的。」

月光下十九的臉變得無比美麗，也無比銳利，就像一把鋒芒畢露的刀。

「喂，我是以朋友身分提醒妳的。」顏政正色道，「現在不是妳一個人，而是我們三個夥伴的事，對不對？」

十九看了一眼羅中夏，默默點了一下頭。

「很好，既然我們是夥伴，那麼就該互相配合，互相信任。妳如果太衝動，反而會害了我們大家。」

十九對這麼尖銳的批評絲毫沒有反駁。

「前面不知有什麼敵人，我們得團結起來，統一行動，才會安全。」顏政忽然變成了一個政治老師，「如果把其他兩個人視為肯把背面交給他的同伴，就碰碰拳頭吧。」

三個人都伸出手，三個拳頭互相用力碰了碰，相視一笑。

「你怎麼會有這麼多感慨？」羅中夏問。

「我以前做流氓的時候，打架前都會這麼鼓勵別人的。」顏政有點得意忘形地說，羅中夏和十九都露出哭笑不得的表情。

三個人不再發足狂奔，他們放棄了山路，而是從遍生雜草的山脊側面悄無聲息地湊過去，免得被不知名的敵人發覺。

高山寺名為古剎，其實規模並不大。自唐代始建以來，歷經幾次兵亂、政治運動的浩劫，建國後一度改為零陵軍分區幹校校址，不復有當年盛況。現在所剩下的只有大雄寶殿和武殿兩座暗棕色的古建築，以及兩側的鐘樓和鼓樓，骨架宏大，細節卻破落不堪。此時夜深人靜，寺內的和尚也都下山休息去了。空無一人的高山寺在月色映襯之下，更顯得高大寂寥。三個人繞過一道寫著「南無阿彌陀佛」的淡紅色山牆，悄悄接近了正殿。

他們看到，殿前站著五個人。

站在最周邊的是一個五短身形的胖子，戴了一副頗時髦的藍色曲面眼鏡，相貌有點娘里娘氣的。顏政一見到他，心中不禁一樂，原來這胖子就是當日被自己打跑的五色筆吏。十九也認出他的身分，正是諸葛長卿的同夥諸葛淳——難怪他會跑到醫院去襲擊羅中夏和顏政。

而胖子的旁邊，赫然也是一個羅中夏的熟人，是他在韋勢然院子裡看到的那個冒牌老李，但是他今天穿的是件黑白混色長袍，瘦削的尖臉沒有半點血色，眼窩深陷，如同一個營養不良的吸血鬼。

但最讓顏政和羅中夏震驚的，不是這些熟人，而是第三個人。

這第三個人身材高大，高近兩公尺，一身橙紅色的運動服被膨脹的肌肉撐成一縷縷的，他披頭散髮站在那兩個人身後，不時搖擺著身體，並低吼著。當他的臉轉向羅中夏這邊的時候，頭髮慢慢分開，露出一張年輕熟悉的臉龐。

是鄭和！

羅中夏一下子覺得整個人彷彿被兜頭澆了桶液氮。鄭和現在難道不是該在醫院裡變成了植物人嗎？怎麼忽然出現在這永州的東山之上，和這些人混在一起？！

他再仔細觀察，發現鄭和體形似乎是被生生拉長，比例有些失調，而且整個身體都透著慘青色的光芒，十分妖異，像極了筆童，但比起筆童，感覺要更為凶猛可怕。

站在這三個人對面的，正是諸葛一輝和費老。

他們兩個周圍一片狼藉，倒著五、六個西裝男子，瓦礫遍地。諸葛一輝也似乎受了重傷，勉強站在那裡喘息不已。唯有費老屹立不動，背負著雙手，夜風吹過，白髮飄飄，氣勢卻絲毫不輸於對方三個人。

他們幾個人誰也沒放出筆靈，可筆靈們本身蘊藏的強大力量卻遮掩不住，肉眼看不見的漩渦在他們之間盤旋，在空氣中達到一個微妙且危險的平衡。

冒牌老李忽然開口，他的聲音尖細，很似用指甲劃黑板，話裡總帶著一股話劇式的翻譯腔：「我親愛的費朋友，你既然不姓諸葛，又何必為守護這麼一個家族的虛名而頑抗呢？」

費老冷冷哼了一聲，卻沒有回答。

「失去了忠誠部下的你，一個人又能挑戰什麼？」

諸葛一輝聞言，猛地抬起頭來，怒道：「還有我呢！」

話音剛落，諸葛淳手指一彈，一滴墨汁破空而出，正撞在諸葛一輝的胸膛。喀嚓一聲，他的身軀被炸到距離羅中夏他們不遠的水泥空地上，發出一聲悶哼，再沒力氣爬起來。諸葛淳跑過去，得意揚揚地用腳踏住了他的脊背。

十九本來要衝出去扶，被顏政和羅中夏死死拽住。

「諸葛淳！你這吃裡扒外的傢伙。」費老動了動嘴唇，從嘴裡吐出一句話。

諸葛淳滿不在乎地撫摸自己的指甲：「費伯伯，你們來永州，不就是來抓我的嗎？我這也算正當防衛。別以為我不知道家裡發生了什麼，諸葛長卿那小子不小心，被你們給耍了，我可不會重蹈覆轍。你們明面宣布明天才到，卻在今天晚上偷偷跑來，還自以為得計，真是可笑。」

「你早知道了？」費老眉頭一皺。

諸葛淳搓了搓肥厚的手掌，得意道：「那可不止如此，我告訴你，那個十九也跟過來了，我已經把她也騙來這裡。一會兒收拾完你，我就去收拾她。小姑娘那麼水靈，肥水不能流了外……」

他話沒說完，一股壓力驟然撲面而至，竟迫得他把話嚥了回去，朝後退了三步，臉憋得通紅。

費老雙眉並立，一字一頓：「你膽敢再說一個字，我就把你的筆靈揪出來，一截一截地撅斷。」

諸葛淳見過費老的手段，也知道他絕不只是說說而已，不由得有些膽怯，白粉撲撲的肉臉上一陣顫抖。

冒牌老李見他被嚇退，揚了揚手，把話題接了過去：「親愛的費朋友，主人是如此的著急，以至於他沒有太多耐心再等待。睿智的禽鳥懂得選擇合適的枝條棲息啊。」

在場的都知道他想說的是良禽擇木而棲，但他非要選擇這麼說話。

「你們的主人到底是誰？殉筆吏嗎？」費老不動聲色地問。

冒牌老李發出一聲嗤笑：「他們只是區區螢火蟲而已，豈能跟太陽和月亮比光亮！」

「那你是誰？」

「在下姓褚，叫一民，命運女神治下的一個卑微子民。」

「不認識。」

費老緩緩放下雙臂，兩道青紫色光芒從指尖流出，一會兒工夫就籠罩了兩條胳膊。他自身激發出的力量，甚至在高山寺的正殿前形成一圈小小的空氣波紋，捲帶著落葉、香屑與塵土盤旋。

這股力量一經噴湧出來，對面的幾個人除了鄭和以外，面色都微微一變，誰也不敢小覷了這個老頭。

褚一民道：「費朋友，我對你的執迷不悟感到非常遺憾。」

費老冷冷道：「你們不必再說什麼了，我直接去問你們的靈魂。」他這句話蘊藏著深刻的威脅，不是比喻，而是完全如字面的意思——他有這個能力和自信。

沒容對方還有什麼回答，費老開始一步一步邁向他們。他每踏出一步，石板地面都微微一顫，生生震起一層塵土。他步履沉穩，極具壓迫力，雙臂火花畢現，青紫光芒越發強烈。

三個人都感應到了這種壓力，雙腿都是一繃。褚一民連忙偏過頭去，問諸葛淳他是什麼筆。諸葛淳擦了擦額頭的細汗，湊上去對褚一民道：「這老頭子用的是通鑑筆，可要小心。」

「通鑑筆？！那可是好東西……」

褚一民輕輕感嘆道，舔舔自已蒼白的嘴唇，露出羨慕神色。

通鑑筆的來頭極大，它煉自北宋史家司馬光。司馬光一生奉敕編撰通史，殫精竭慮，窮竭所有，一共花了十九年方才完成了《資治通鑑》，歷數前代變遷凡一千三百六十二年，堪稱史家不朽之作。司馬光一世心血傾注於此書之內，所以他煉出來的筆靈，即以通鑑命名，守正不移。

尋常筆靈多長於詩詞歌賦、書法丹青等，多注重個人的「神」、「意」；而這一枝通鑑筆系出史家，以嚴為律，以正為綱，有橫貫千年道統的博大氣度。

《資治通鑑》的原則是「鑑於往事，有資於政道」，目的在於鑑前世之興衰，考當今之得失，能夠由史入理，舉撮機要，提綱挈領，從龐雜史料中總結出一般規律。通鑑筆也秉承此道，善於切中關竅，能覺察到人和筆靈散發出的意念之線，甚至可以直擊筆靈本體。

諸葛淳壓低聲音提醒其他兩個人：「絕對不能被他那隻手碰到……他可以直接抓出筆靈，到時候就完全受制於人了……」

他話未說完，鄭和已經無法忍受這種壓力。他狂吼一聲，扯下已經破爛不堪的運動服，像一頭凶猛的黑豹挾著山風撲了過去。褚一民比了個手勢，和諸葛淳退開幾步，打算趁機觀察一下費老的實力。

「第一個送死的是你這怪物嗎？」

面對鄭和的暴起，費老絲毫不慌，雙臂運處，《通鑑》橫出。通鑑一共二百九十四卷，極為厚重，通鑑筆這一擊可以說雄渾大氣、嚴整精奇，極有史家風範。鄭和比費老身軀大了三倍，非但絲毫沒占到便宜，反而被震開了十幾公尺遠，背部重重撞到高山寺正殿的廊柱之上。整個正殿都微微一顫，發出破裂之聲。

圍觀的三個人心中自忖，鄭和這一擊純屬蠻力，自己應該也能接得下，但絕做不到費老這程度。

鄭和皮糙肉厚，看起來並沒受什麼傷，他晃了晃頭，再度撲了過來。費老早看出來他是個筆童，只是比尋常的筆童強壯了一些，於是也不跟他硬拚，慢慢纏鬥。

筆童本無靈魂，純粹是靠筆塚吏在一旁靠意念操作，如果筆塚吏失去了操縱能力，筆童也就只是一個沒思想的木偶罷了。通鑑筆飛速轉動，如同雷達一樣反覆掃描整個空間，很快就捕捉到鄭和有一條極微弱的意念之線，線的另外一端，恰好連著某一個人。

是諸葛淳。

費老不動聲色，繼續與鄭和糾纏，身形借著閃避之勢慢慢轉向，步法奇妙。鄭和空有一身力氣，每次卻總是差一點摸到費老衣角。兩人且戰且轉，當費老、鄭和與圍觀三人之間達到一個微妙距離的時候，通鑑筆突然出手了。

這一擊電光石火，毫無徵兆，鄭和與諸葛淳之間的連線突然「啪」地被通鑑筆切斷。費老驟然加速，影如鬼魅，圍觀三人只覺得耳邊風響，他的手掌已經重重拍到了諸葛淳的胸前。

諸葛淳慘呼一聲，從口裡噴出一口鮮血。他顧不上擦拭，肥碩的身軀就地一蜷，試圖逃掉。可為時已晚，費老雙手一翻，附了通鑑筆靈的手指噗哧一聲插入胸內，把他的筆靈生生拽出了一半。這五色筆靈外形精緻，鑲金嵌玉，可惜現在受制於人，只能搖擺嘶鳴，也陷入了極度惶恐。

「諸葛家規，叛族者死。」

費老陰沉沉地說了八個字，舉手就要撅斷五色筆靈。

就在這時，費老突然覺得一股疾風襲來，他雙手正拽著筆靈，動彈不得，隨風而至的一股巨大的壓力正中他小腹，眼前金星閃耀。費老心中有些吃驚，想不到還有人能跟上自己的速度，他只得鬆開諸葛淳的筆靈，運用通鑑筆反身切割，瘋狂地把周遭一切意念連線都切斷。

人類彼此大多靠感知而建立聯繫，通鑑筆切斷意念之線，也就斷絕了感知之路，實質上就等於「偽隱形」，使對方反應遲鈍兩到三秒。在戰鬥中，這幾秒的差距可能就會讓局勢截然不同。

褚一民的動作一下子停滯下來，可那一股力量卻似乎不受影響，以極快的速度又是一擊。這一次被打中的是費老的右肩，費老身形一晃，下意識地雙掌一推，用盡全力轟開威脅，同時向後跳去，一下子拉開了幾公尺的距離。

這一連串動作只是在數秒之間，在外人看來就好像是費老身影一閃，回歸原位，諸葛淳突然無緣無故倒地不起。

費老站在地面上，嘴中一甜，竟吐出血來。他的小腹與右肩劇痛無比，對方的物理攻擊力實在驚人。如果不是他在接觸的一瞬間用了縮骨之法，現在恐怕受傷更重。他環顧四周，發現攻擊者居然是鄭和。

費老大疑，他剛才明明已經切斷了諸葛淳和這個筆童之間的意念連線，就算這筆童設置了自動，也斷不會有如此精密的攻擊動作。

費老仔細觀察了上身赤裸、露出膨大肌肉的鄭和，發現他和普通的筆童有些不同：雖然他神志不清，可雙眸仍舊保有細微神采；而且最重要的一點是，一般筆童是通體青色，而鄭和胸口卻尤其青得可怕，明顯比其他部位顏色深出許多。

費老腦子裡忽然閃過一個念頭。「殉筆吏？」

通鑑筆再度開始掃描，這一次集中了全部精力在鄭和的身上。在通鑑筆的透視之下，費老驚訝地發現，鄭和周身沒有任何外連的意念之線，而在他厚碩胸肌之後的心臟處，卻有一團火焰伸展出無數金黃色的意念觸鬚，藤蔓般地爬遍全身，像傀儡的絲線一樣從內部控制著身體。唯一沒被意念觸鬚占據的是他的腦部，那裡尚還保有自我意識，但已經呈現出鉛灰色，如同癱軟的棉線糾成一團。

看上去，鄭和的大腦機能已經完全失效，此時的他完全是由胸內的那團火焰操縱。

「果然是殉筆吏！」費老怒吼道，「你們居然下作到了這一步！」

鄭和緩了緩身形，再度吼叫著撲上來。他身上的筆靈身分還無法判定，但從膨大的肌肉可以猜測，必然是屬於物理強化類型的。

通鑑筆畢竟脈出史家正統，嚴謹、有法度。司馬光當年編撰通鑑的時候，先請負責各個朝代的同修者做成通鑑長編，然後再自己親為增削，是以筆力犀利持久。通鑑筆深得其神，上下揮斥，一道道史訓飛去，雖然無法傷及本體，但也把鄭和身軀內向外散發的意念連線一一斬斷。

鄭和像是永遠不知疲倦的猴子，不斷在建築之間跳來跳去，大幅移動，忽而飛到殿頂，忽而落到山牆邊，有好幾次甚至就落在羅中夏他們藏身之處周圍。但他似乎對他們熟視無睹，把注意力全放到了費老身上。

費老則以不變應萬變，牢牢站在殿前空地，據圓為戰。這一大一小兩個人你來我往，彼此都奈何不了對方。只可憐了高山寺的正殿與周圍的廂房，在對轟之中不是被費老的筆鋒削飛，就是被鄭和巨大的身軀撞毀，磚瓦四濺，牆傾楫摧，足以讓文物保護部門為之痛哭流涕。

時間一長，費老的攻勢有些減緩，他剛才受的傷開始產生負面影響，通鑑筆的掃描也不比之前那麼綿密。

就在鄭和剛結束一輪攻勢的同時，費老忽然感覺背後有一股力量陡然升起。他的眼前突然一片漆黑，所有的光線都被一層黑幕阻斷，冥冥中只有黃、青、紅三色光線，如同三條紋路鮮明的大蛇遊過來。

黃色致欲，青色致懼，紅色致危，正是可以控制人心志的五色筆。諸葛淳從剛才幾乎被撅斷的危機中恢復過來，開始了反擊。

費老冷冷一笑，史家最重品德，於是通鑑筆又號君子筆。君子慎獨，不立危地，無欲則剛，這五色碰上通鑑，正是碰上了剋星。

果然，那三束光線掃過費老身上，絲毫不見任何作用。費老見黑、白二色並沒出動，便猜出這個筆塚吏的境界只及江淹，還未到郭璞的境界，更不放在心上。

不料那三束光線繞著費老轉一圈，卻扭頭離去，一根根全搭在了鄭和的身體之上。只聽鄭和仰天一聲淒厲的大吼，空氣一陣震顫，他竟被同時催生出了最大的恐懼、最強烈的欲望和最危險的境地三重心理打擊，刺激肌肉又膨脹了一倍，幾乎變成了一個扭曲的筋骨肉球。

費老剛剛用通鑑筆切割開黑幕，就看到巨大化的鄭和朝自己飛撞而來，速度和壓迫力都提升了不只一倍，簡直就像是一輛肉質化了的動力列車。費老躲閃不及，被撞了個正著，胸中氣血翻騰。他拚命使了一個四兩撥千斤，把鄭和撥轉方向。慣性極大的肉球轟隆一聲，正砸進了高山寺的正殿，撞毀了三、四根柱子和半尊佛像，整個建築岌岌可危。

就在這時，真正的致命一擊，才剛剛到來。

褚一民突然出現在費老身後，長袍之下，一隻瘦如雞爪的冰手搭在了他的肩膀上：「費朋友，別了。」

費老猝不及防，一下子被褚一民抓了個正著，他只覺得一股透澈的陰冷順著指頭滲入骨髓和神經。

費老毫不遲疑，雙手回推。褚一民以為他想用通鑑筆抓住自己，慌忙小腹一縮。不料費老這一次卻用的正宗太極氣勁，一記「撥雲見日」結結實實打在褚一民肚子上。

褚一民吃了那一記打擊，面容痛苦不堪，似哭非笑，整個人開始進入一種奇妙的狀態。他頎長的身子直直擺動著，如同一具僵屍，忽然扯開嗓子叫了起來。那嗓音淒厲尖嘶，忽高忽低，在這空山夜半的古廟之外徘徊不去，讓人覺得毛骨悚然。

「南山何其悲，鬼雨灑空草。長安夜半秋，風前幾人老。低迷黃昏徑，嫋嫋青櫟道。月午樹無影，一山唯白曉。漆炬迎新人，幽壙螢擾擾[1]。」

這詩句鬼氣森森，光是聽就已經讓人不住打寒顫，何況褚一民本身的嗓音還有一種奇怪魔力能攫住人心。隨著詩句吟出，一團白森森的幽靈從褚一民背後飄出來。

這團幽靈形狀飄忽不定，開始彷彿是枝筆的形狀，後來竟幻化成一張慘白的人臉面具，附著在褚一民臉上，讓他看上去表情木然。

費老剛要動，那一股涼氣已經開始從肩膀向全身蔓延，這鬼氣應和著詩的節奏，怨恨悲愁，縹縹緲緲地纏繞在神經之上。褚一民戴著面具，開始起舞，四肢節折，轉腕屈膝，光憑動作就讓人感覺到萬般痛苦。費老看了他的動作，不知為什麼心中一顫，愁苦難忍。

他運起通鑑筆「唰」地劈下來，用史家中正之心驅散悲絲，又轉向去抓那筆靈所化的面具。筆鋒一晃，幾乎要扯下面具。褚一民忽然又變了動作，面具聳動，一腔鬱卒隨著詩聲洶湧而出。

「吾不識青天高，黃地厚，唯見月寒日暖，來煎人壽[2]……」

動作悲憤激越，把詩者感懷之心表達得淋漓盡致。以面具覆面，純以肢體表達諸般情感，是為演舞者最高境界。此時的褚一民完美地用動作把情緒傳達給觀者，堪稱大師。古廟子夜，一個黑白袍人戴著面具起舞，這場景真是說不出地詭異。

史家講究心存史外，不以物喜，但唯有悲屈一事往往最能引發唏噓，如屈原投江、太史公腐刑（宮刑），等等。後人寫史至此，無不擱筆感嘆，是以這種情緒恰與通鑑筆的史家特質相合。加上費老受傷過重，通鑑筆已難支撐。

他為求不為面具感染情緒，只好閉上眼睛，沉聲道：「原來是李賀的鬼筆，失敬！」

「居然被你認出來了，佩服！」褚一民戴著那面具說。

李賀生在晚唐，詩以幽深奇譎、虛荒誕幻而著稱，人皆稱其為鬼才。他一生愁苦憂鬱，體弱多病，手指瘦如雞爪，卒時僅二十七歲。他身死之後，筆靈被筆塚主人收之，但因為詭異莫測，在歷史上時隱時現，到後來變成了一個傳說，諸葛家和韋家誰都不曾見過。想不到這筆靈今天居然出現在東山之上。

戴著面具的褚一民一搖一擺，緩步上前，嗓子如同唱戲般抑揚頓挫：「既已知鬼，其必有死。」雞爪一樣的白手伸開五指，如同五根鋼針去抓費老的腦袋。

「住手！」

一道刀光閃過，「唰」地在那蒼白的手上留下了好長一道血痕。褚一民突然受襲，慌忙把手縮回去。他的動作一亂，情緒感染力陡減。費老只覺得心中一鬆，哇地吐出一攤鮮血，面容瞬間蒼老了不少。

十九、顏政和羅中夏從山牆那邊閃了出來。

諸葛淳見了十九和顏政，褚一民見了羅中夏，他們互相對視，彼此都露出一絲奇妙的表情。月明星稀，夜幕之下，高山寺前一下子陷入一種奇妙的僵局。

最初打破這個沉默局面的是鄭和，隨著一陣嘩啦嘩啦的瓦礫碰撞聲，碩大的鄭和搖搖晃晃從正殿前站起來。他這一走，高山寺的大雄寶殿再也支撐不住，轟然倒塌，變成了一片廢墟。大雄寶殿倒塌之後，後面的武殿和那傳說中的綠天庵遺址便進入眾人的視線。綠天庵遺址尚在遠處，薄霧濛濛，只看得到庵上一角。那棟武殿倒是看得清楚，這殿堂比大雄寶殿小了一些，木質結構，暗淡無光，比大雄寶殿還破落幾分。

羅中夏看了一眼遠處綠天庵的遺址，心中一陣天人交戰。退筆之法，就在眼前，究竟該如何是好……剛才戰鬥雖然劇烈，可那畢竟是別人的事情，嚴格來說和自己半點關係也無。他此來東山，真實原因並非是為了幫著十九報仇，完全是因為聽說這裡還有退筆之法的緣故。

他心裡一時亂了起來。

這時諸葛淳從地上爬了起來，用手絹擦擦嘴角的血，掏出粉盒補妝，然後衝十九一笑：「喲，十九，妳出落得愈來愈漂亮了。」

十九柳目圓睜，一句話也不說。

諸葛淳又道：「怎麼不打個電話給我呢？山路濕滑，壞人又多，如果出了事，我怎麼向妳爹交代？」

十九勃然大怒，一舉柳葉刀就要動手。諸葛淳笑嘻嘻地把肥厚的手掌擱在費老頭頂：「費老是山嶽之重，缺了他，諸葛家會很為難啊。」

十九一怔，從牙齒縫裡蹦出一句：「你——」終究還是把刀放了下去。

費老喃喃道：「十九，快走，別管我。」諸葛淳手掌一用力，一道鮮血從費老白髮間流下來。顏政悄悄繞著邊靠近，運起畫眉筆，想去幫費老恢復狀態，可是諸葛淳卻擋住了去路。他看到顏政，不由得縮了縮脖子，眼神裡有幾絲膽怯，還有幾絲憤恨。

顏政一看是他，不禁笑道：「上次臉上的傷好了嗎？」說完他威脅似的晃了晃拳頭，讓諸葛淳面色有些僵硬。他最在意自己容顏，上次卻被這個傢伙痛打了一頓，至今心有餘悸。可怕歸怕，諸葛淳還是張開了五色筆的領域，讓顏政一時不敢輕易靠近。

褚一民此時還未摘下面具，面具白如屍骨，兩個眼窩、口鼻處都是黑漆漆的黑洞，看上去幾似骷髏。他走到了羅中夏身前，微微彎下腰，一拂長袖，兩人面向而立。

「羅朋友，長椿一別，好久不見，請接受一個老朋友的祝福！」

「你把我的朋友鄭和怎麼了？」羅中夏沒理他的問候，直接問道。褚一民面具後的表情不知是什麼，這讓他很不習慣，覺得難以猜度。

「鄭和先生已經找到了他人生的價值，作為朋友，你該為他高興才對。」

「什麼價值？」

「能夠和千年時光遺留下來的筆靈合而為一，為主人做一番前所未有的事業，難道不是比庸庸碌碌過上一生更璀璨嗎？」

「放屁！」羅中夏大怒，筆靈和自己結合，除了帶來無數麻煩與危險以外，從來沒半分好處。現在他看到鄭和變成一頭肌肉發達的怪物，更覺得褚一民在胡說八道。

褚一民歪過頭去：「你是抱持這樣的觀點嗎？」

羅中夏倒退了幾步，青蓮筆現，黑夜中顯得格外醒目。鄭和見了，眼神閃閃，沉沉地低吼著，褚一民一揮袍子，示意他少安毋躁，然後把臉上的面具褪去，對羅中夏道：「羅朋友，我沒想到今天晚上你也會出現在這裡。既然來了，我們不妨做筆交易。」

在場的人都是一驚，大家都以為一場惡戰免不了，可誰都沒料到褚一民會提出這麼一個要求。

顏政和十九都把視線投向羅中夏，羅中夏舔了舔有些乾燥的嘴唇，道：「你想說什麼？」

褚一民的神態如同古典話劇中的開場說書人：「我知道你的事情，一個為了失去而四處奔走的少年；一個渴望回歸平靜的疲憊靈魂；一個誤入了另外一個世界的迷途羔羊。我們對此深表同情。」

「少說廢話！」羅中夏怒道。他看了一眼遠處的鄭和，發現對方的眼神裡有一些奇怪的東西。

褚一民繼續說道：「這裡是懷素的故里，他的退筆塚可以幫你擺脫軀殼的桎梏。我猜，你是來退筆的吧？可是，你並不知道如何退掉，對不對？」

羅中夏不置可否。韋定國帶給他的那封信裡，其實只是重複了韋小榕的那四句詩，並沒有帶來更多資訊。

「我們現在手裡握有你需要的資訊，而羅朋友你則擁有我們所沒有的。你與筆塚的世界本無瓜葛，我想我們可以進行毫無偏見的合作。」褚一民說到這裡，別有深意地掃視了一眼費老和十九。

顏政忍不住開口諷刺道：「這種騙局也太明顯了吧，幫主。」

褚一民抖了抖袍子：「這並非是個騙局，我更願意用另外一個詞——雙贏。」他又把注意力轉回羅中夏：「你的青蓮筆和點睛筆同屬管城七侯，這是個關鍵。我們告訴你進入綠天庵退筆塚的方法，你把它們退出來，交還給我們，然後在各自熟悉的世界幸福生活，直到終老。」

「而且我還會保證你這些朋友的安全。」褚一民又加了一句。

十九看羅中夏久久不回話，不禁急道：「你不能相信這些人！」

「我們是很有誠意的，十九小姐。」褚一民攤開雙手，瘦削的臉上血色更加淡薄，如果他突然撲上去咬住十九脖頸，也不會有人奇怪，「否則我們會直接幹掉你們所有人，然後從容收了你們的筆靈，讓少女的哀鳴響徹這夜空——哦，不，那太醜陋了。」

「說到底，你們只是想要這枝筆靈吧？！」羅中夏冷笑道，「別遮掩了，讓韋勢然出來見我。」

「韋勢然？」褚一民先是一愣，隨即聳了聳肩，「他不過是個不那麼聽話的危險玩具，當主人覺得有必要的時候，就會去把他放回玩具盒子裡，蓋上蓋子不再打開。」

羅中夏暗自挪動了一下腳步，原來他們不是一夥的。看來這青蓮筆真是個好東西，韋家、諸葛家、韋勢然，還有這些奇怪的人，他們都興趣濃厚。

管城七侯也罷，筆塚遺產也罷，都與自己無關。既然與韋勢然無關，褚一民的這個提議讓羅中夏真的有些心動了。他想詢問一下點睛筆，可後者卻依然沉睡。

「過多聽從命運的指引，最後就會變成命運的囚徒。」這是諸葛一輝曾經對他說過的，點睛筆和毒品一樣，用得太多有了依賴，以後就會無所適從。

羅中夏抬頭望了望依然在半空綻放的青蓮筆，嘆了口氣，最後還得他自己來做決定。每當命運發生變化時，他都想逃走，不想讓自己承擔這種沉重的責任——即使那是自己的命運。

「怎麼樣，考慮一下我的提議嗎？」羅中夏保持著沉默。

「動手！」

十九突然大吼道，震耳欲聾，如椽巨筆如同一艘突然衝破水面的潛水艇，昂然現身，一下子打亂了場上暫時出現的和平氣氛。

是羅中夏在剛才倉促之間想到的一個戰術，充分考慮到了每個人能力的特點。自從打敗魏強之後，他體內的一些東西開始覺醒了，這甚至連他自己都沒覺察。

如椽筆並不只是能放大刀鋒，只要是非實體的東西，都可以放大。十九的聲音經過增幅，變得無比巨大，足以震懾全場。

然後是顏政，他事先塞住了耳朵，一待十九的能力發動起來，他就趁著敵人短暫的停滯欺身殺入。一指向費老，一指向諸葛淳——諸葛淳剛才曾被費老所傷，而費老剛才還處於完好狀態，他們都會被畫眉筆恢復到五分鐘之前的狀態。

而整個行動的核心是羅中夏。他在十九發動攻擊的同時，用青蓮筆把李白詩「兵威衝絕漢」、「身將客星隱」、「戈甲如雲屯」三句具象化，構成一個層層疊疊的防禦網，隔絕褚一民——尤其是隔絕鄭和——可能採取的救援行動。十九的如椽筆將把這種效果放大到極致。只要救出費老讓他恢復狀態，那對方三個人根本就不足為懼。

十九眼看五分鐘的時限即將過去，而羅中夏似乎忘了這回事，情急之下，不得不立刻啟動這個戰術。

攻勢一發，全盤皆動。

被如椽筆增幅的聲音化成一道肉眼可見的空氣波紋，向四周以極快速度擴散開來，無論是武殿前的蟠龍石柱還是兩側松柏枝葉都為之一震。諸葛淳、褚一民和鄭和的耳膜突遭這奇峰陡起的聲波壓力，半規管內一陣混亂的鳴叫，行動一滯。

顏政沒有放過這個機會，他伸出雙手食指，在聲波來襲的同時撲向諸葛淳和費老。而羅中夏卻站在原地，沒有動。

一旦失卻了羅中夏這關鍵一環，整個戰術立刻失去了制勝的基礎，立行崩潰。

而褚一民和鄭和已經最先從聲波震盪中恢復了神志。鄭和身形一晃，橫著撲向準備攻擊的顏政，顏政把注意力全放在了諸葛淳和費老身上，根本沒想到有人會從羅中夏造成的漏洞攻過來。

鄭和的巨大身軀賦予了他巨大的動能，顏政雖然皮糙肉厚，被他從側面撞過來也不免大感其疼，雙指在距離諸葛淳和費老幾公分的地方停住了。鄭和揮拳亂砸，迫使顏政節節後退，同時不得不連續消耗寶貴的畫眉筆，修補自己被鄭和砸斷的筋骨。

而十九本來應該是輔佐羅中夏強化青蓮筆的防禦效果，這一下子撲了空，陷入了一瞬間的迷茫。整個計畫完全坍塌了。

她陷入迷茫的同時，褚一民恰好剛剛恢復。他毫不遲疑地再度催動鬼筆，白色的面具重新覆蓋了蒼白的臉。

十九很快意識到羅中夏沒有動作，她顧不上去質問他，抽出刀來，試圖直接去斬諸葛淳。這時一個白色面具、黑白袍子的舞者已經擋在了她的面前。十九舉刀狂攻，舞者扭曲著關節，似乎徹底投入全身心於此，每一個細微動作都一絲不苟。

纏鬥了數個回合，十九發現自己竟逐漸被對方的動作所吸引。鬼筆敏銳地洞察到了她心中偏執之處，以巧妙的動作牽引出憤怒。十九沒有費老那種定力，被復仇的火焰沖昏了頭腦，眼前閃動的白色面具如同在拷問心靈，她動作更加狂亂，攻勢固然愈加猛烈，破綻也愈是大露。

諸葛淳在一旁見褚一民已經得手，立刻施放出五色筆的青色光線，纏上十九。十九眼前立刻出現了她最害怕的東西——被剜了心的房斌屍體。屍體還在抽搐，大量的鮮血從喉嚨裡噴湧而出，彷彿一個被針扎漏了氣的氣球。

內心無以復加的憤怒突然遭遇了最深層的恐懼，就好像灼熱的岩漿被潑上了北極冰山。十九的內心實在無法承受這種折磨，面部血色褪得一乾二淨，不禁發出一聲淒涼的慘呼，手中鋼刀沒拿穩，竟「噹啷」一聲落到了地上。

褚一民見機立刻上前，用手輕輕拍了拍十九肩膀。十九頓覺全身冰涼，鬼氣侵入四肢神經，使她動彈不得。

那邊鄭和與顏政的戰鬥也已經結束，諸葛淳的墨汁攻擊和鄭和狂飆式的亂打合在一起，顏政終於不及恢復，被打翻在地，諸葛淳得意揚揚地踏上一隻腳。

一瞬間混亂的場面很快又恢復了平靜，除了費老，癱倒在地的又多了十九和顏政。

唯一仍舊站在原地的只有羅中夏，他一直沒有任何動作，兩隻眼睛空洞地望著遠處的綠天庵。

「羅中夏，你這個渾蛋！」十九顫抖著身體聲嘶力竭地嚷道。

顏政躺倒的姿勢雖然狼狽，也勉強仰起頭，用極少見的嚴肅口氣道：「哥們兒，這可就真有點不夠朋友啊……」話沒說完，諸葛淳一腳踏過去，迫使他閉上了嘴。

「我是否可以視此為羅朋友你的決定？」褚一民離開十九，抹下面具，滿意地垂下袍袖。

「是的。」羅中夏的聲音乾癟無力。

---

1 出自李賀〈感諷五首之二〉。

2 出自李賀〈苦晝短〉。

第三十三章　愛君山嶽心不移

「呵呵，能準確判斷形勢的人才是英雄。」褚一民臉上的皮膚在肌肉的牽動下抖了抖，算是笑過了。

羅中夏此時的面色不比他強多少。這位少年故意不去看被縛的兩個人，任憑頭頂青蓮嗚啾，冷冷說道：「我要你保證他們三個人的安全。」

褚一民彈了彈手指，示意諸葛淳放開顏政，把他們三個擺在山牆根下。然後褚一民走過去，用鬼筆在每個人肩上拍了拍。三縷陰白的氣體飄入費老、十九和顏政體內，他們的身體不禁顫抖了一下。

「別擔心，這只是預防措施。」褚一民看了一眼羅中夏，道，「我保證目前他們不會受到任何肉體的傷害。」

「肉體傷害？那你剛才對他們做了什麼？」

「哦，那三縷氣息叫做長吉詩囊，是我這李賀鬼筆的精華所在，你可知是什麼？」

「反正不是好東西。」

褚一民不以為忤，反而朝天一拜，神態恭敬：「羅朋友你該知道，縱觀千古，李賀李長吉作詩是最耗心力的，用心至極，冠絕詩史。旁人賦詩，最多不過『吟安一個字，撚斷數莖鬚』[1]，而李賀則是燃命焚神，以自己生命賦詩作句。他在生之時，習慣在坐騎邊放一個詩囊，新得了句子就投入囊中，回家整理。他母親抄檢詩囊時曾感慨：『是兒要嘔出心乃已耳！』李賀嘔心瀝血，才成此詩囊，所以這個浸染了李賀生命的長吉詩囊，天生能夠吸吮人心精氣，在囊中化詩。我剛才各自為他們三個心臟處繫了一個長吉詩囊，現在他們就和李賀一樣，嘔心瀝血，一身精氣慢慢貫注在詩囊之中……」

「你……」羅中夏大驚。

褚一民一擺手：「別著急，這詩囊吸收的速度，我可以控制。只要你在規定時間內出來，並如約退筆，我保證長吉詩囊對他們造不成任何損害。」

羅中夏掃視了一眼，發現費老、十九和顏政失去了神志，各自閉著眼睛，看不見的精神開始朝著詩囊匯集。儘管他們還能聽到，可已經完全動彈不得。他放棄似的垂下了肩膀，搖了搖頭：「好吧……你要我做什麼？」

褚一民一指遠處夜幕下的建築輪廓：「那裡就是綠天庵，羅朋友你是否知道？」

「知道，懷素故居，退筆塚就在那裡。」

褚一民搖了搖頭：「所以說若不跟我們合作，羅朋友你今世怎麼也不可能得到靈與肉的解脫。世人的迷茫總會使真實偏向。」

羅中夏心中著急，他卻還在賣著關子。褚一民繼續操著翻譯腔兒道：「世人都以為綠天庵就是懷素故居，卻不知道真正的綠天庵，早就已經毀於戰火，在歷史的長河中消逝。退筆塚也已經早不存在。」

羅中夏聽了腦子一嗡，心中大亂，難道說自己這一趟又白來了不成。

「現在的綠天庵，不過是後人重修以資紀念，與真正的綠天庵並無半點瓜葛。」褚一民頓了一頓，遙空一指，「羅朋友你需要關注的，是武殿之前的四條龍。」

所有人都朝武殿看去。大雄寶殿已經被鄭和毀掉，那建築倒看得清楚，殿前有青石柱四根。柱上都蟠著浮雕石龍。奇特的是，武殿建築顏色灰暗，石柱也剝落不堪，柱礎與柱頭的雲紋做工粗糙，而這四條石龍卻精緻無比。一條條體形矯健，鱗片龍鬚無不纖微畢現，龍頭擺動，作騰雲之勢，極為奪目——和整個武殿的風格顯得格格不入，就好像那龍不是雕出來，而是飛來的一樣。

「這四條石龍歷來以為是修建高山寺的時候所雕，可惜他們都錯了。這龍的名字，叫做蕉龍，與懷素淵源極深，只是不為人知罷了。」

「什麼淵源？」羅中夏急躁地追問。

「據說懷素臨終前曾經遭遇大險，於是以指蘸墨，凝聚畢生功力寫下四個草書的龍字，把退筆塚封印起來。這些狂草龍字變成石龍留在東山之上，一直守護著那裡。後人若要進入退筆塚，就必須使蕉龍復生遊動，才能現出退筆塚的所在。本來今晚我們打算自己動手，沒想到羅朋友你會出現。你身上有點睛筆，畫龍點睛，沒有比你更合適的人了，這一定是上天的指引。」

羅中夏忽然覺得肩上很沉，他討厭承擔責任。

「而進入的辦法，就著落在這塊石碑上。」

褚一民的身旁不知什麼時候出現了一塊古碑，碑身粗糲，剝落嚴重，上面的凹字龍飛鳳舞，羅中夏幾乎認不得幾個。不過碑上浮著一層淡淡的靈氣，羅中夏在筆靈世界浸染久了，已經能注意到這些細節。

「這是懷素的真跡〈千字文碑〉，今天我們剛剛從慷慨的博物館朋友那裡借來的，是一把鑰匙。一會兒我會用〈千字文碑〉鎮在殿前，你用點睛筆點醒那些蕉龍。等到群龍遊動，入口自然就會顯現出來。你進去就是，就像進自己家門一樣簡單。」

「不會有什麼危險？」

「不會，懷素能有什麼危險，他只是個書法家。」褚一民輕鬆地回答。

看來你沒聽過辯才和尚的故事，羅中夏心想，然後問道：「你們是為了什麼？」

「懷素花下如此心血封住那裡，自然隱藏著筆靈——當然這個無須羅朋友你來擔心，你只要進去把你自己的筆靈退掉，還給我們就是。」

羅中夏注意到他用了一個「還」字。

隨即褚一民讓諸葛淳守住那三個俘虜，鄭和用健碩的身體扛起石碑，跟著褚一民和羅中夏來到了武殿之前。

走近之後，石龍的形象看得愈加鮮明。一排四根石柱，柱上龍爪凌空，栩栩如生，只是每一條石龍都目中無睛，雙眼都是半個光滑的石球，如同盲人瞽翁，讓整條龍失去不少神韻。

褚一民走到殿前，讓鄭和把石碑放下。他圍著〈千字文碑〉轉了幾圈，忽然一掌拍下去，碑面登時龜裂，一代古碑，就此毀完。很快羅中夏注意到，諸多草字中留存的靈氣開始順著裂隙流瀉而出，逐漸流滿了整個武殿院前，懷素的精神充滿整個空間。

柱上的四條石龍受此感應，似乎泛起了幾絲生氣，鱗甲甚至微微翕張。褚一民對羅中夏做了一個手勢：「請！」

羅中夏此時已經沒有了選擇，他定了定神，把青蓮筆收了回去，喚出了點睛筆。點睛筆甫一出身，就感應到了那四條石龍的存在，躍躍欲試。它甚至不用羅中夏催促，自行飛了過去，泛起光芒，依次在石龍眼中點了八下。

儘管他已經有了心理準備，但還是被眼前的景象驚呆了。

那四條石龍被點了眼睛之後，一層光鮮色澤以眼眸為原點，迅速向全身擴散開來。很快整條龍身都重新變得鮮活起來，沉積在體外的千年塵埃紛紛剝落。武殿微微震顫，發出低沉的轟鳴聲。

沒過多久，這四條石龍已經完全褪掉了石皮，周身泛綠，龍鱗卻是純黑，正是懷素寫在蕉葉上的墨跡。它們從柱上伸展而下，盤旋蜷曲，從容不迫地四處遊走，儀態萬方，視一旁的三個人如無物。莫說羅中夏，就是褚一民也直勾勾地盯著，不肯移開視線一瞬。

很快四條龍匯聚到了一處，用頎長的身體各自擺成了一個草體繁寫的「龍」字，每個「龍」字都造型各異，各有特色，字架間充滿了癲狂、豪放、自在的豪邁，即便不懂書法的也能感受到撲面而來的心靈震撼，彷彿整個宇宙都變成空虛，任憑這龍字騰挪馳騁，汪洋恣肆。

一個黑漆漆的洞口逐漸從這四字中顯現出來，它浮在半空，如同一個異次元的入口，洞形如塚門。

褚一民一推羅中夏肩膀，道：「羅朋友，你的解脫之道，就在眼前了。」

羅中夏心臟急速跳動，他的雙腿開始有些發軟。在褚一民的催促之下，他硬著頭皮朝前走去。說來也奇，他一接近塚門，塚門立刻變長變寬，大小剛可容羅中夏一個人通過。

羅中夏閉上眼睛，心中一橫，一步邁了進去。他整個人進入的一瞬間，塚門突然收縮成一個小點，然後徹底消失於虛空之中。從旁觀者看來，就好像是他被黑洞吞噬了一樣。

諸一民看著塚門消失，嘴角露出一絲獰笑。他揮揮手，讓鄭和站到一旁，自己一直盯著那四條仍舊盤旋遊走的蕉龍。

在武殿的周邊，諸葛淳正百無聊賴地看著那三個已經被詩囊控制了的人。

諸葛淳已經重新補好了妝，蹲在費老身前，用肥胖的手拍拍他的臉，開始浮現出受壓抑後的復仇快感。

「費老頭，我知道你一直看不起我，可惜你現在落在我手裡了。」費老沒有回答，一直保持著沉默。

「老子哪裡不如人，你和老李總是厚此薄彼。現在你知道錯了吧？勝利的是我！」

諸葛淳又走到了十九身前，這一次他的手在她臉上撫摩得格外久：「十九啊十九，以後叔叔會好好疼愛妳的。」

十九蒙受這種恥辱，還是沒有任何反應，俏麗的臉龐看不到什麼表情。

他摸夠了，重新站起身來，對著顏政道：「你的朋友羅中夏死到臨頭，還不知道哩。」

顏政一聽大驚：「啊？你們不是說跟他做一筆交易嗎？」

「別傻了，誰會遵守諾言！」諸葛淳從懷裡掏出一根菸，悠然自得，眼神裡露出幾絲得意，「你懂什麼，那個懷素的退筆塚可不是什麼安全的地方，守門的蕉龍對擅自闖入的人絲毫不會客氣——要不這一次為什麼主人派了這麼多人來。原本我們打算硬闖的，現在好了，既然有主動送死的傻小子，我們倒是省心。他這一死，青蓮筆和點睛筆不就順理成章地解放了嗎？到時候我們一舉兩得，既收了青蓮和點睛，又可以削弱蕉龍的能力，到那時候再從容闖入，就能找到主人想要的那第三枝……」

「你們的主人到底是誰？」顏政問。

「反正你是一個死人了，知道這些幹嘛？」諸葛淳過足了嘴癮，哈哈大笑著起身，卻沒注意到顏政眼皮突然牽動了一下，胸前一串佛珠自行轉動起來。

羅中夏最初的感覺是一陣迷茫，就好像上次被諸葛一輝拽入滄浪筆的「境界」裡一樣，無上無下。隨即他眼前一亮，身體一沉，雙腳立刻碰觸到了堅實的地面。

原本他以為退筆塚和古墓差不多，陰森恐怖，卻沒想到眼前陽光和煦，碧空如洗，出現在身前的竟然是一條蜿蜒曲折的黃土小路。小路兩側荷花滿塘，清新的細風拂過，引來陣陣撲鼻的清香。遠處岸堤之上蕉樹成蔭，蕉葉颯颯，如綠波蕩漾。其間隱約有座篷頂田舍，儼然一幅隨興恬靜的田園風光。

他遲疑地走了兩步，以為這是一種幻覺。可是這風、這泥土和荷花的味道無比真切，讓羅中夏一瞬間恍惚覺得剛才的一切才是南柯一夢，現在才真正回歸到真實的本源。

羅中夏緩步向前慢慢遛達著，邊走邊看，心中不安逐漸消失，步履逐漸輕鬆，整個人如同融化在這一番暖日野景之中。

快接近那間田舍的時候，羅中夏突然停住了腳步。

兩側的水塘突然荷花攢動，水波翻滾，緊接著四條大龍像《侏羅紀公園》裡的雷龍伸長脖子一樣徐徐從水面升起，看它們的蕉綠身軀以及墨色鱗片，就是剛才那四條沒錯。這四條蕉龍伸出三分之二的身體，居高臨下用點睛之眼睥睨著這個小小人類，然後長嘯一聲，氣勢洶洶地從四個方向朝羅中夏撲過來，鱗爪飛揚。

羅中夏嚇得渾身僵硬，肌肉緊繃。他曾經靠一隻假龍嚇跑了諸葛長卿，如今卻見著真龍了！他花了兩秒鐘才做出反應，胸中一振，青蓮筆應聲而出。

青蓮一出，那四條龍的動作登時停住了。它們就像是被絨毛草吸引了注意力的小貓，一起歪頭盯著青蓮筆，身體微微搖擺，剛才的攻擊消失了。羅中夏不敢擅動，心裡拚命在想到底有什麼詩句可用。還沒等他想出來，四條龍又動了，它們蜷曲著修長的軀體湊到羅中夏身前，用鼻子去嗅，如同家犬一般。

羅中夏甚至可以聞到它們噴吐出來的氣息，那味道清香如蕉葉，絲毫不臭，倒不難聞——可這種被巨大的怪物聞遍全身的感覺，讓他的雞皮疙瘩層出不窮。青蓮筆懸在頭頂，似乎頗為激動，這種反應只有在天臺白雲筆出世的時候才有過。

這時，一個聲音從遠處田舍中傳了過來。

「來的莫非是故人？」

四條蕉龍一聽這聲音，立刻離開羅中夏，擺了擺尾巴，撲通撲通跳回到水裡去。羅中夏循聲望去，只見到一位清臒僧人從田舍走了出來。

那僧人穿著一身素色袍子，寬大額頭，厚嘴唇，面色清臒，就和這山水田園一樣淡然平和，唯有一雙眼睛閃著無限神采，如夜空之上的北極星。

想不到在這一片世外桃源之內，居然還有人！

羅中夏還以為他問候的是自己，結果剛要作答，卻發現這和尚正抬頭望著青蓮。和尚端詳片刻，忽然拊掌喜道：「原來是太白兄，好久不見。」

青蓮震顫，也是十分激動。

和尚側過身子，看了羅中夏一眼：「請來敝庵一敘。」語氣自然，也不問來歷目的，彷彿認識許久。羅中夏見他沒什麼惡意，就跟著進去，心中卻是一陣嘀咕。

這庵前掛著一塊木匾，上書「綠天庵」三個字。羅中夏心中一動，莫非他就是……

庵內素淨，只有一張木榻、一張長桌、兩把繩床、一尊佛像。桌上擺著文房四寶，不過已經許久未曾動過。倒是床頭散落著幾片芭蕉葉子，其上墨跡未乾。

和尚拿來兩個木杯，將其中一杯遞給羅中夏：「太白兄，我知你好飲，可惜這裡無茶無酒，只好以淨水一杯聊作招待了。」

羅中夏接過杯子，一飲而盡。他從來沒喝過這麼好喝的水，清涼柔滑，沁人心脾，整個靈魂似乎都被洗滌。

他放下杯子，遲疑地開口問道：「你……呃……這位大師，您是懷素？」

和尚淡淡一笑：「那叫懷素的和尚，已經死了許久，在這塚中的，無非是一個無所皈依的魂魄罷了，是與不是，又有什麼分別呢？」

「這麼說，您是嘍？」羅中夏不甘心地追問。

「正如你是李太白，你又不是李太白。外面一個綠天庵，這裡也有一個綠天庵。」和尚戲謔地眨了眨眼睛，也不知是對羅中夏說還是對青蓮筆說。兩人一時無語。懷素起身又為他倒了一杯水，徐徐坐了回去。

羅中夏沒想到這綠天庵內，藏的卻是懷素本人。千年的古人，如今竟鮮活地出現在自己面前，還是個傳說中的名人，這讓他心潮起伏，有些異樣的激動。

羅中夏見懷素久久不言，忍不住開口又問：「大師跟李白很熟嗎？」

「有一面之緣，不過勝知己多矣。」懷素看了他一眼，「你可知剛才若非蕉龍嗅到你身上有李太白的氣味，只怕才一踏進這綠天庵，就被那四條龍吃了呢。」

羅中夏這才知道，自己被褚一民擺了一道，差點莫名其妙地掛了，後背不禁有些冷汗。

窗外蕉樹林發出風過樹林的沙沙聲，間或有一兩聲鳥鳴，此時該是綠天庵世界的午後。懷素推開木窗，讓林風穿堂而過，一時間沉醉其中。

他回過頭來，道：「太白兄，你觀這自囚之地，卻還不錯吧？」

「自囚？」

「心不自囚，如何自囚？」

這種禪宗式的機鋒，羅中夏根本不明白，他只能傻愣愣地回答道：「那就沒的可囚了吧？」

懷素拊掌大笑，讚道：「太白兄好機鋒！」

羅中夏大拙若巧，無意中卻合了禪宗的路子。

「你可知懷素和尚為何在此地嗎？」

羅中夏搖了搖頭。

「你既然身負筆靈，想來該知道筆塚主人了？」

「嗯，聽過。」

懷素把頭轉回窗外，口氣全用第三人稱，似是在說別人的事：

「此事就是由他而起。那懷素和尚在臨終之時，有一位先生來榻前找他，自稱是筆塚主人，要把他煉成筆靈，說以後書法便可長存於世。懷素和尚愚鈍，一世不拘於酒筆，只求個自在，又何必留戀什麼筆靈呢。可筆塚主人再三勉強，於是懷素和尚撿來四片蕉葉，傾注一生寫下四個龍字，然後神盡而亡。一縷魂魄不散，用這四條龍字化成一尊退筆塚，自囚於內，以示決心，已經有一千二百餘年了。名為退筆，實為退心。」

羅中夏默然，庵外那一番景象原來全是「龍」字所化，而眼前這個懷素，只是一個鬼魂罷了。為了不被煉成筆靈，拘束形體，他竟選擇在這方寸之地自囚千年，可稱得上是大決心了。「再三勉強」四個字輕描淡寫，不知後面隱藏著多少驚心動魄。

懷素抬眼看了眼青蓮筆，問道：「太白兄神遊宇外，縱橫恣意，青蓮又怎麼會甘心為筆塚主人之僕呢？」

羅中夏連忙解釋道：「這枝青蓮，只是遺筆，真正的青蓮筆已經不在了。」然後他把青蓮筆雖名列管城七侯之一，卻從未受過拘羈的事情告訴懷素。

懷素聽了，頗為欣慰，連連點頭道：「太白兄不愧是謫仙人，和尚我愚鈍，只好用此下策，太白兄卻灑脫而去，可比和尚境界高得多了。」

羅中夏心中一動，猛然想起那詩的第三句「手辭萬眾灑然去」，莫非是指這個？他一轉念，惦記著十九和顏政他們的安危，截口道：「大師，我此來是為了退筆。」

「退筆？」懷素面上看不出什麼表情。

「不錯！退筆。」

羅中夏把此事前後首尾說了一遍，懷素笑道：「原來太白兄也未能勘破，來這裡尋個解脫。」

「希望大師能成全。」

「你覺得此地如何？」懷素答非所問。

羅中夏不知道他的用意，謹慎地回答道：「還，還好……蠻清靜的。」

「既如此，不妨與我在此地清修，不與世俗沾染，也就無所謂退與不退了。」

羅中夏被問住了，一時間不知該說什麼才好。懷素還要說些什麼，忽然窗外景色一滯，在極遠處似乎有什麼聲音在呼喊著，令這綠天庵的幻景也為之波動。

懷素伸出指頭，在空中一劃，憑空截出一片空間，可以窺到外部世界的動靜。羅中夏只看了一眼，覺得全身的血液幾乎都凝固了。

在那個畫面裡，顏政和十九正在武殿之前拚命抵擋著褚一民、鄭和、諸葛淳等三人的攻擊，一邊朝著退筆塚狂喊：「羅中夏，快出來！那裡危險！」

原來就在羅中夏剛剛進入綠天庵的時候，顏政居然動了。

在醫院臨走的時候，彼得和尚交給他一串黃木佛珠，交代說：「此去東山，凶險一定不小，這串佛珠是我的護身之物，雖然是後來補充過的，卻也凝聚了我一身守禦的能力，也許能派得上用場。」

這佛珠覺察到主人身陷險境，於是自行斷裂，黃木製成的珠子落在地上，悄無聲息，竟像水滴入地一樣消失不見。過不多久，有淡紫色的霧氣蒸騰而出，籠罩顏政全身。長吉詩囊受這佛霧的干擾，對他全身的控制力度有了輕微的減弱，顏政神志有些恢復，發現自己只剩下一根小拇指能動。

但這就足夠了。

他暗中勉強運起畫眉筆，貫注於小拇指上，朝著自己一戳，壓力登時大減。褚一民給他鎖上長吉詩囊還不足五分鐘，因此畫眉筆恢復到五分鐘前，剛好能去除詩囊的威脅。

顏政之前聽到諸葛淳的話，得知羅中夏中了褚一民的奸計，貿然踏入綠天庵，如今生死懸於一線。他是個爽朗人，雖然覺得羅中夏那件事做得不夠講義氣，但他有他的苦衷，只是過於輕信他人；如今身陷死地，自己是不能坐視不理的。

他暗地裡計算了一下，自己的畫眉筆還剩下五發，勉強夠用了。他轉頭去看，費老受傷已久，畫眉筆怕是派不上用場，眼下只有救出十九來，才能有些勝算。於是顏政悄悄朝十九的身邊挪去，諸葛淳萬萬沒想到他竟然恢復過來，還在抽菸，他趁機豎起無名指，捅到了十九的身上。

十九事先並不知道顏政的舉動，所以她甫一恢復，立刻長長出了一口氣。這一呼氣驚動了諸葛淳，他一見兩名俘虜居然擺脫了詩囊的控制，大驚失色。

顏政見勢不妙，從地上抓起一把土來撒將出去，大喊一聲：「看我的五毒迷魂煙！」然後掠起十九朝旁邊散去。

這一招還真唬住了諸葛淳，他一聽名字，停住了腳步。這一猶豫，顏政已經抱起十九逃出去好遠。

他把十九放下，顧不得細說，只急切道：「妳剛才也聽到了吧？羅中夏有危險，我們去救他！」

「救他？」十九一陣發愣。

「對，救他！也是救妳房老師的點睛筆！」

顏政大吼，十九不再說話，她從地上一骨碌爬起來，把披到前面來的長髮咬在嘴裡，兩人朝著武殿跑來。

此時褚一民和鄭和還在殿門口，期待著那四條蕉龍吞下羅中夏，把青蓮筆和點睛筆吐出來。顏政和十九的到來完全出乎他們意料，他們甚至沒來得及阻攔。顏政和十九踏進殿前院落，一眼就看到那四條遊龍，卻不見羅中夏的蹤影，看來情況很是不妙。

他們別無選擇，只好大聲喊道：「羅中夏，快出來！那裡危險！」指望在某一處的羅中夏能聽到，及時抽身退出。

「羅朋友已經聽不到你們的呼喊了，他大概正在被蕉龍咕嚕咕嚕地消化吧。」

褚一民陰惻惻的聲音傳來，他和鄭和以及尾隨趕來的諸葛淳站成一個半圓形，慢慢向兩人靠攏過來。現在俘虜絕對逃不掉，於是他們也不急。

「你在放屁，算命的說羅中夏有死裡逃生的命格，你說對吧？」

顏政在這種時候，還是不失本色。十九面色沉重地「嗯」了一聲，眼神閃動，渾身散發出銳利的光芒。

「他為了一己私利而背叛你們，你們幹嘛如此維護他？」褚一民嘲諷道。

顏政毫不猶豫地回答：「我樂意。」

這個理由當真是無比充分，從古至今，沒有比這個更有力、更簡潔的了。

「很好，我本來想留下你們獻給主人。既然你們有決心，那就為了這種偉大的友情去死吧。」

褚一民揮了揮手，兩個筆塚吏、一個殉筆吏撲了上去，開始了最後的殺戮。這一次，他們既不會輕敵，也不會留手。顏政和十九一步不退，兩個人施展出最大力氣，放開喉嚨繼續叫道：「羅中夏，快出來！危險！」

渾厚的男中音和高亢的女高音響徹夜空，經由如椽巨筆的放大增幅，直至另外一個空間……

羅中夏怔在了那裡，一動不動。

「退筆之法，確實是有，不過，太白兄你果真要坐視不理嗎？」懷素淡淡道，隨手關上畫面。庵內立刻又恢復了平靜祥和的氣氛，但人心已亂。

羅中夏垂下頭，灰心喪氣地喃喃道：「我出去又能有什麼用……我根本戰不過他們。我只是個不學無術的普通學生罷了。」

懷素給他倒了第三杯水：「今世的太白兄，你若一世都如此消極退讓，退筆而不退心，和我自囚於這綠天庵內，有什麼區別？若要尋求真正的大解脫，便要如太白兄那樣，才是正途。如秋蟬脫殼，非是卸負，實是新生呢。」

青蓮擁蛻秋蟬輕？

莫非真正的退筆，不是逃避，而是開通？

從一開始，羅中夏就一直在逃避，但是他現在意識到，這樣不行了。

他本質上並非一個薄情寡義之人，何況外面二人都與自己出生入死，若是要犧牲他們來換取自己退筆之安，只怕今世良心都難以安寧，又與不退有什麼區別！

這道理很簡單，而羅中夏一直到現在方才領悟。

外面的呼喊還在聲聲傳來，這與世隔絕的綠天庵，居然也不能隔絕這聲音。羅中夏緩緩抬起頭，從繩床上站起身來，他心中有某種抉擇占據了上風，第一次露出堅毅決斷的表情：「大師，告辭了，我要出去救他們。」

「你不退筆了嗎？」

「不退了。」羅中夏說得乾脆，同時覺得一陣輕鬆。這閃念之間，他竟覺得自己如同換了一個人。

懷素微微一笑，輕輕舉起雙手，周圍的景物開始暗淡起來，似乎都被慢慢濃縮進懷素魂魄之中：「善哉，太白兄既抉擇如是，我可助你一臂之力。」

「大師如何助我？」

懷素指了指青蓮，用懷舊的口氣道：「我與前世的太白兄雖只一面之緣，卻相投甚深。當日零陵一見，我不過二十出頭，太白兄已然是天命之年了。你既有青蓮筆，就該知太白詩中有一首與我淵源極深。」

「哪一首？」

「〈草書歌行〉，那是我以〈狂草醉帖〉與太白兄換來的，兄之風采，當真是詩中之仙。」懷素雙目遠望，似乎極之懷念，「你尚不能與青蓮筆融會貫通，但若有我在，至少在這首詩上你可領悟至最高境界。以此對敵，不致讓你失望。」

羅中夏面露喜色，可他忽然又想：「可大師你不怕就此魂飛魄散嗎？」

懷素呵呵一笑：「和尚我癡活了一千二百餘年，有何不捨？佛說一切有為法，如夢幻泡影。我執於自囚，已然是著相，此時正該是幡然頓悟之時——能夠助太白兄的傳人一臂之力，總是好的。」

羅中夏點了點頭，不再說什麼。此時周圍景色像是日久褪色的工筆畫一樣，乾枯泛黃，不復有剛才水靈之感，絲絲縷縷的靈氣被慢慢抽出來注入懷素身內。這綠天庵退筆塚本是懷素囚心之地，如今也回歸本源。

「哦，對了，和尚還有一件故人的東西，就請代我去渡與有緣之人吧。」

羅中夏隨即覺得一陣熱氣進入右手，然後消失不見。當周圍一切都被黑幕籠罩之後，懷素的形體已經模糊不見，可黑暗中的聲音依然清晰。

「可若是我的魂魄化入青蓮筆中，你則失去唯一退筆的機會，以後這青蓮、點睛二筆將永遠相隨，直到你身死之日，再無機會。縱然永不得退筆，也不悔？」

「不是筆退，不是靈退，心退而已。」

兩人相視一笑。

顏政覺得自己差不多已經到極限了，只剩一個手指尚有恢復能力，身上已經受了數處重傷，大多數是出自鄭和的拳腳和諸葛淳的襲擊，肺部如同被火灼傷一樣，全身就像是一個破裂的布娃娃。

不過這最後一個他沒打算用在自己身上，因為旁邊有一位比他境遇還窘迫的少女，即使是最後時刻，畫眉筆也不能辜負「婦女之友」這個稱號。

十九頭髮散亂，還在兀自大喊。最開始的時候，她還有些彆扭，可戰到現在，她呼喚的勁頭竟比顏政還大，喊得聲嘶力竭，淚流滿面，也不知是為了羅中夏還是為了房斌。她身上多處受傷，可精神狀態卻極為亢奮激動，一時間就連褚一民的鬼筆也難以控制，因此他們才得以撐到現在。

可留給他們的時間不多了。

羅中夏仍舊杳無音信，敵人的攻勢卻是一波高過一波。

「放棄吧，也許你們會和你們那不忠誠的朋友更早見面。」

褚一民冷冷地說道，他確信羅中夏已經被蕉龍吃掉了，如果足夠幸運的話，也許他在臨死前也對蕉龍造成了一定損害，只要把眼前的這兩隻小老鼠幹掉，他們就立刻闖進綠天庵，那裡還有一枝筆靈等著他們去拿。

鄭和的巨拳幾乎讓武殿遭遇了和大雄寶殿一樣的遭遇，在強勁的拳風之下，瓦片與石子亂飛，個別廊柱已經開始出現裂痕。

砰！

顏政又一次被打中，他彎下腰露出痛苦表情，搖搖欲倒。十九揮舞著如椽巨筆，衝到了他面前，替他擋下了另外一次攻擊。

「到此為止了。」顏政喘息著對十九笑了笑，伸出最後一根泛紅的指頭碰了碰她的額頭。十九全身紅光閃耀，恢復到了五分鐘之前的狀態。

「趁還有力氣，妳快逃吧。」他對十九說。

十九半跪在他面前，怒道：「你剛才叫我拚命，如今又叫我逃！」

「那到了天堂，記得常寫信給我和羅中夏，如果地獄通郵的話。」顏政開了也許是他這一生最後的一個玩笑。

「休息時間結束了！」

諸葛淳惡狠狠地嚷道，擺出架勢，打算一舉擊殺這兩個小輩。

這時候，褚一民發覺那四條遊龍又開始動彈了，就好像剛才羅中夏剛剛進去一樣，慢慢盤聚團轉，最後從虛空中又出現在了退筆塚的大門。

這一異象吸引了在場所有人的注意力，他們一時間都停止了動作，一起把視線投向退筆塚，眼看著一個黑點如月食般逐漸侵蝕空間，優雅而緩慢，最終擴展成一個幾何意義上的圓。然後他們看到了羅中夏像穿越長城的魔術師大衛一樣，從這個沒有厚度的圓裡鑽了出來。

他居然還活著？

可這個羅中夏，像是變了一個人。褚一民的直覺告訴他，這個小鬼一定發生了什麼。他的表情平靜至極，以往那種毛糙糙的稚氣完全消失不見，周身內斂沉靜，看不見一絲靈氣洩出，卻能感受得到異常的湧動。

「他退掉了青蓮和點睛嗎？緣天庵內究竟是什麼？」褚一民心中滿是疑問，他整了整袍子，走到羅中夏的面前，故作高興：「羅朋友，真高興再見到你，你完成我們的約定了嗎？」

羅中夏似乎沒聽到他說的話，而是自顧喃喃了一句。褚一民沒聽清，把耳朵湊了過去：「什麼？我聽不清，請再說一遍。」

「少年上人號懷素。」少年的聲音低沉而堅定。

「什麼？」

褚一民無緣無故聽到這麼一句詩，不禁莫名其妙。此時在場的人都停了手，原本已經瀕臨絕境的顏政和十九看到羅中夏突然出現，又喜又驚。喜的是原來他竟沒死；驚的是他孤身一人，雖然有青蓮筆撐腰，也是斷斷撐不住這些傢伙的圍攻。

「草書天下稱獨步。」羅中夏念出了第二句，聲音逐漸昂揚，身體也開始發熱，有青光團團聚於頭頂。

褚一民的動作突然停住了，他想起來了。這兩句詩，是〈草書歌行〉，是李白所寫，詩中所詠的就是懷素本人。李白與懷素是故交，李白所化的青蓮筆……

「糟糕！我竟忘了這點！」他一拍腦袋，跳開羅中夏三丈多遠，右手一抹，李賀鬼筆面具立刻籠罩臉上，如臨大敵。

可是已經晚了。吟哦之聲徐徐不斷。

墨池飛出北溟魚，筆鋒殺盡中山兔。

羅中夏劍眉一立，作金剛之怒，兩道目光如電似劍，似有無盡的殺意。在場的人心中都是一凜，感覺有黑雲壓城、山雨欲來之勢。諸葛淳只覺得自己變成被貓盯住了的老鼠，兩股顫顫卻動彈不得；就連鄭和都彷彿被這種氣勢震懾，屈著身體沉沉低吼；褚一民雖不明就裡，但憑藉直覺卻感覺到馬上要有大難臨頭，眼下之計，唯有先下手為強。青蓮筆以詩為武器，如果能及早截斷吟詩，就還有勝機。

「一起上！」

褚一民計議已定，大聲呼叫其他二人。其他二人知道其中利害，不敢遲疑，紛紛全力施為。一時間二筆一童化作三道靈光，怒濤般的攻擊從四面八方向著羅中夏湧來。

眼見這股浪濤鋒銳將及，羅中夏嘴角卻浮起淺淺一笑。他身形絲毫未動，只見青光暴起，青蓮靈筆衝頂而出，其勢皇皇，巍巍然有恢弘之象。怒濤拍至，青蓮花開，氣象森嚴，怒濤攻勢如同撞上礁石的海浪，一下子化為齏粉，涓埃不剩。

那三個人俱是一驚，這次合力的威力足以撼山動地，可他竟輕輕接了下去，心中震惶之情劇升。而詩句還在源源不斷地從羅中夏唇中流瀉而出：

八月九月天氣涼，酒徒詞客滿高堂。

箋麻素絹排數箱，宣州石硯墨色光。
吾師醉後倚繩床，須臾掃盡數千張。

每言一句，青蓮筆的光芒就轉盛一層，如同一張百石大弓，正逐漸蓄勢振弦，一俟拉滿，便有摧石斷金的絕大威力。三個人均瞧出了這一點，可彼此對視一番，誰都不敢向前，生怕此時貿然打斷，那積蓄的力道全作用在自己身上。

褚一民身為核心，不能不身先士卒。他擦了擦冷汗，暗忖道：「這羅中夏是個不學無術的人，國學底子肯定有限，這詩的威力能發揮出來三成也就難得了，莫要被眼前的光景唬住。」

他摸摸自己的面具，心想他青蓮筆姓李，我鬼筆也姓李，怕什麼！那傢伙心志薄弱，只要我攪住他情緒，稍加控制，就一定能行。

於是他催動鬼筆，一面又開始做那怪異舞動，一面伸展能力去探觸羅中夏的內心，只消有一絲瑕疵，就能被鬼筆的面具催化至不可收拾。

可當他在探查羅中夏靈臺之時，卻感覺像是把手探入空山潭水中，只覺得澄澈見底，沉靜非常，不見絲毫波動。

鬼筆在靈臺內轉了數圈，竟毫無瑕疵可言。其心和洽安然，就如同……

「禪心？」

褚一民腦子裡忽然冒出這麼一個念頭，十分驚訝。他甚至開始懷疑，這是否真的是羅中夏的內心，否則怎麼可能突然就擁有了一顆全無破綻可言的禪心？他這一遲疑，羅中夏已經開始了真正的反擊。

飄風驟雨驚颯颯，落花飛雪何茫茫。

兩句一出，如滿弓松弦。

青蓮靈筆驟然爆發，前面蓄積的巨大能量潰堤般蜂擁而來，平地湧起一陣風雷。只見筆靈凌空飛舞，神意洋洋，如癲似狂，竟似是被一隻看不見的手握住，在虛空之上大書特書，字跡如癲似狂，引得飄風驟雨，落花飛雪，無不具象。

這攻勢如同大江湧流，一瀉千里，大開大闔，其勢滔滔不絕，讓觀者神色震惶，充滿了面對天地之能的無力感。

羅中夏自得了青蓮筆來，從未打得如此酣暢淋漓，抒盡意興。三個人面對滔天巨浪，如一葉孤舟，只覺得四周無數飛鏃嗖嗖劃過，頭暈目眩，無所適從。懷素雖有一顆禪心，卻以癲狂著稱，此時本性畢露，更見囂張。

起來向壁不停手，一行數字大如鬥。
恍恍如聞神鬼驚，時時只見龍蛇走。
左盤右蹙如驚電，狀同楚漢相攻戰。

〈草書歌行〉一句緊接一句，一浪高過一浪。以往詩戰，只能明其字，不能體其意，今天這一首卻全無隔閡，至此青蓮筆靈的攻勢再無窒澀，一氣呵成。詩意綿綿不絕，筆力肆意縱橫，兩下交融，把當日李太白一見懷素醉草字帖的酣暢之情表達得淋漓盡致，幾似重現零陵相聚舊景。讓人不禁懷疑，若非懷素再生，誰還能寫得如此放蕩不羈的豪快草書。

此時人、筆、詩三合一體，一枝太白青蓮筆寫盡了狂草神韻，萬里長風，傲視萬生，天地之間再無任何事物能攖其鋒、阻其勢。

湖南七郡凡幾家，家家屏障書題遍。
王逸少[2]，張伯英[3]，古來幾許浪得名。
張顛[4]老死不足數，我師此義不師古。

只可憐那三個人在狂風驟雨般的攻勢之下，全無還手之力，任憑被青蓮筆的〈草書歌行〉牽引著上下顛沛，身體一點點被沖刷剝離，腦中充塞絕望和惶恐，就連抬手呼救尚不能行，遑論叫出筆靈反擊。

狂潮奔流，筆鋒滔滔，層疊交替之間，狂草的韻律迴旋流轉，無始無終，整個高山寺內無處不響起鏗鏘響動。忽而自千仞之巔峰飛墜而落，挾帶著雷霆與風聲，向著深不可測的溝壑無限逼近，與谷底轟然撞擊，迸發鏗鏘四濺的火花，宛若祭典中的禮炮。緊接著巨大的勢能使得響聲倏然拔地反彈，再度高高拋起，劃過一道金黃色的軌跡，飛越已經變成天空一個小黑點的山峰之巔。三人只覺得骨酥筋軟，感覺到自己被一點一點沖刷消融，最後被徹底融化在這韻律之中……

古來萬事貴天生，何必要公孫大娘渾脫舞。

羅中夏緩聲一字一字吐出最後兩句，慢慢收了詩勢。青蓮筆寫完這篇詩，痛快無比，停在空中的身軀仍舊微微發顫，筆尾青蓮容光煥發。遠處山峰深谷仍舊有隆隆聲傳來，餘音繚繞。

而在他的面前，風雨已住，已經沒有人還能站在原地了。這〈草書歌行〉的強勁，實在是威力無儔。

三個人包括鄭和，全都伏在地上，奄奄一息。他們身上沒有一處傷口，但全身的力量和精神卻已經在剛才的打擊中被沖刷一空，現在的他們瞪著空洞的雙眼，哪怕是挪動一節小拇指都難，整個人彷彿被掏空了。

羅中夏站定在地，長收一口氣，彷彿剛剛回過神來。奪目的光芒逐漸從背後收斂，像孔雀收起了自己的彩屏。

他招了招手，讓青蓮筆回歸靈臺，然後轉動頭顱。顏政和十九在一旁目瞪口呆，已經完全不知道該說什麼才好了。

羅中夏衝顏政和十九笑了笑，從那三個人身上踏過，徑直來到他們身旁。他半蹲下去，伸出手，用低沉、充滿愧疚的聲音說道：「謝謝你們，對不起！」

這七個字的意義，三個人都明白，也根本無須多說什麼。顏政也伸出手去，打了他的手一下，笑道：「我就說嘛，你有死裡逃生的命格。」

十九還是默不作聲，羅中夏俯下身子，伸出手去擦她臉頰上的淚水。她沒料到他竟會做出這種舉動，想朝後躲閃，身子卻無法移動，只好任由他去擦。

她閉上了眼睛，感覺這個人和之前畏畏縮縮的氣質變得完全不同，有一種熟悉的感覺……對了，就像是房老師。

一想到這裡，十九蒼白的臉孔泛起幾絲溫潤血色，不再掙扎。

顏政儘管受了重傷，可還是拚了老命扭轉脖子旁觀，看他居然使出這種手段，不禁問道：「你剛才究竟去哪裡了，是懷素的退筆塚，還是花花公子編輯部啊？」

羅中夏微微一笑，顯得頗為從容穩重，他把十九臉上的淚水擦乾，道：「今日之我，已非從前。」

這話說得大有禪意，顏政和十九面面相覷，不知該露出什麼表情才好，心中居然都有了敬畏之感，彷彿這傢伙是一代宗師一般。

羅中夏拍了拍十九的肩，然後一口氣站起身來。顏政問他去哪裡，羅中夏回過頭答道：「我去問他們一些問題。」

他踩著那一片瓦礫殘葉，來到那三人橫臥之處。鄭和仰面朝天，肌肉已比剛才萎縮，稍微恢復了正常體形，兩塊胸肌上下微動，表明他尚有呼吸；諸葛淳栽進了一個銅製香爐，露出一個碩大的屁股在外面翹著；褚一民受傷最重，他的鬼筆面具四分五裂，整張臉就像是一張未完成的拼圖。

羅中夏首先揪起了褚一民，揚手甩掉了他的面具。面具底下的褚一民瞪大了血紅色的眼睛，嘴唇微微發顫——原來他相對其他人功力比較深，所以一直沒失去神志。但現在他寧願自己已經不省人事了。

「你的主人，到底是誰？」

羅中夏問，聲音不急不躁，態度和藹，卻自有一番逼人的氣勢。

「我不能說。」褚一民本來就沒什麼血色的臉如今更加蒼白，「我說了，就會死。」

「哦。」

褚一民閉上眼睛，準備承受隨之而來的拷打。

但出乎意料的是，什麼都沒發生。羅中夏鬆開了他，轉向諸葛淳。他用青蓮筆給諸葛淳輸了些力氣，於是諸葛淳很快也從昏迷中醒來。

「你的主人，是誰？」

「褚……褚大哥。」諸葛淳慌得說話開始結巴。

羅中夏笑了：「那麼在他之上呢？」

諸葛淳趕緊搖搖頭道：「不知道。」

羅中夏「嗯」了一聲，把他放開。

諸葛淳暗自鬆了一口氣，不料羅中夏忽然又回轉過來，心中又是一緊。「問個題外話，那天在醫院裡，你襲擊了我、顏政和小榕，是誰主使的？」

「呃……」諸葛淳不敢說，只是把目光投向那邊的褚一民。

「我明白了，謝謝你。」羅中夏嘆息了一聲，一股悵然之情油然而生。原來自己畢竟冤枉了小榕，這種委屈，不知什麼時候才能報償給她。

羅中夏站起身來，突然，一陣陰冷的山風刮過，就連體內靈氣充沛的他，都不禁打了一個寒顫。他急忙回頭，四周暮色沉沉，山林寂寂，沒什麼異常的情況。可憑藉著青蓮筆，羅中夏還是感覺到了一陣莫名的惡寒。

突然，褚一民的身體暴起，整個人動了起來。羅中夏一驚，沒想到在青蓮筆和懷素的合力攻擊之下，他居然這麼快就恢復了。

可再仔細一看，卻發現褚一民根本不是自己爬起來的，而是被什麼力量生生抓起來的，他保持著直立狀態，腳底距離地面有十幾公分，四肢無力地劃來劃去，就像一隻被人類抓住的蚱蜢。

「喂！」羅中夏急忙過去抓住他的雙腿，試圖把他拽下來。誰知那股力量奇大，褚一民鮮血狂噴，喉嚨裡發出呵呵的聲音。

羅中夏急中生智，祭出青蓮筆，具象化了一句「山海幾千重」，這才憑著重力把褚一民拽了下來。

可他眼看已經不行了，瞳孔開始渙散，四肢抽搐不斷——和當日彼得和尚目擊的殺死韋定邦的手法完全相同！

羅中夏一揮手，讓青蓮筆射出一圈青光籠罩四周，阻止那股力量繼續侵襲。然後他按住褚一民雙肩，給他貫注續命靈氣。

可這股力量實在太過霸道，就算是來自青蓮的力量也只能讓褚一民略微恢復一下神志。他晃了晃頭，嘴裡滿是鮮血，低聲囁嚅。

羅中夏急忙貼過耳朵去，只聽到劇烈的喘息聲和一個模糊不堪的聲音：「函丈……」

「什麼？再說一遍！」

褚一民的聲音戛然而止，手臂垂下，就此死去。一縷白煙從他身體裡飄出來，哀鳴陣陣，圍著他的屍體轉了三圈，然後轉向東南，飄然而去，逐漸化入松林。

不一會兒，遠處林間傳來磷光點點，如燈夜巡，讓人不禁想起筆主李賀那一句「鬼燈如漆點松花」。

人死燈滅，鬼筆縹緲。

羅中夏無可奈何，緩緩把他放下。他環顧四周，赫然發現眼前只留一片空地，無論是諸葛淳，還是鄭和，都已經消失不見！

已經有了禪心的羅中夏處變不驚，立刻閉上眼睛，把點睛筆浮起。憑藉著點睛筆的能力，他凝神聽了一陣，突然眉毛一挑，口中叱道：「出來！」

點睛隱，青蓮出，朝著某一處空間的方位刺了過去。

這一切都在瞬間發生，只聽到噗哧一聲，青蓮筆竟在半空刺到了什麼。一聲惱怒的悶悶呻吟傳來，隨即鄭和的身軀突然從半空中隱現，劃過一條拋物線落在地上，震起一陣煙塵。

那股力量又破風襲來，但這已經對羅中夏沒什麼威脅。他操縱青蓮筆在前一橫，輕輕擋住，把攻勢化為煙雲。

羅中夏還未來得及得意，心中忽然意識到，這是個調虎離山之計！

果然，等他收起青蓮筆，再度用點睛感應的時候，方圓十幾公里內已經再沒了蹤跡，已經失去了追蹤的機會。

這個敵人看來原本是打算殺掉褚一民轉移注意力，然後借機隱匿身形，把那兩個人都搬走。

卻沒想到被羅中夏識破了行蹤，用青蓮筆截了鄭和下來。

這個隱藏角色似乎頗為忌憚羅中夏，白白被青蓮刺了一筆，居然沒多逗留，一擊即走。

羅中夏看了看被他救回來的鄭和，心裡想：「大概他是覺得，鄭和這種筆童沒有心智，不會洩露什麼祕密吧。」他轉念一想：「也好，畢竟我把他截了回來，不至於再被人當作工具使喚。」

他與鄭和關係不算好，但畢竟是同校的同學。當初鄭和被秦宜煉筆的時候，他就差點見死不救，一直心存愧疚。今天這份慚愧，總算是消除部分了。鄭和仍舊昏迷不醒，不過看起來沒有性命之虞。

羅中夏走回到顏政和十九身邊，那兩個人都還沒從剛才的變故中驚醒過來。顏政搔了搔頭，忍著傷痛問道：「剛才褚一民臨死前說了什麼？」

羅中夏皺眉道：「函丈……我只聽到這兩個字。」

十九想了想，不知道什麼筆塚吏是以這兩個字為名的。

羅中夏還在兀自沉思。他本來就很聰明，自從繼承了懷素的禪心之後，頭腦更為清晰，終於可以把一些事情串起來了。

看來剛才殺褚一民的，與在韋莊殺害韋定邦的是同一個人，至少是同一夥人——兩人的死狀十分相近。而從鄭和的狀況可以判斷，就是出自殉筆吏之手，至少有關係。

這夥人既非諸葛家，也非韋家，卻對筆塚瞭若指掌，實力和狠毒程度猶在兩家之上。韋勢然在這裡面，扮演的究竟是什麼角色？

一個謎團破開，卻有更多疑問湧現。羅中夏搖了搖頭，自嘲一笑，不再去想這些事情。

此時月朗星稀，風輕雲淡，永州全城融於夜幕之中，間或光亮閃過，靜謐幽寂，恍若無人。羅中夏身在東山之巔，遠處瀟水濤聲訇然，禪心澄澈，更能體會到一番味道。直到此時，他才真正領悟「青蓮擁蛻秋蟬輕」所蘊含的真實意味。

「你接下來，要怎麼辦？」顏政問。

羅中夏從容答道：「回到最初。」

（下集待續）

1 出自盧延讓〈苦吟〉。

2 王逸少，即書聖王羲之。

3 張伯英，即草聖張芝。

4 張顛，為書法家張旭的別稱。

高寶書版集團
gobooks.com.tw

DN 321
筆靈・上

作　　者　馬伯庸
副 主 編　林子鈺
責任編輯　藍匀廷
校　　對　林子鈺
封面設計　張新御
內頁設計　賴姵均
企　　劃　何嘉雯
版　　權　張莎凌

發 行 人　朱凱蕾
出 版 者　英屬維京群島商高寶國際有限公司台灣分公司
　　　　　Global Group Holdings, Ltd.
地　　址　台北市內湖區洲子街88號3樓
網　　址　gobooks.com.tw
電　　話　(02) 27992788
電　　郵　readers@gobooks.com.tw（讀者服務部）
傳　　真　出版部(02) 27990909　行銷部(02)27993088
郵政劃撥　19394552
戶　　名　英屬維京群島商高寶國際有限公司台灣分公司
發　　行　英屬維京群島商高寶國際有限公司台灣分公司
法律顧問　永然聯合法律事務所
初版日期　2025年05月

原書名：七侯筆錄（上）

國家圖書館出版品預行編目(CIP)資料

筆靈．上 / 馬伯庸著. -- 初版. -- 臺北市：英屬維京群島商高寶國際有限公司臺灣分公司, 2025.05
面；　公分. -- (DN ; 321)

ISBN 978-626-402-236-1(上冊：平裝). --

857.7　　114004236

GOBOOKS
& SITAK
GROUP©